LE CYGNE ET LA CHAUVE-SOURIS

"Actes noirs"

DU MÊME AUTEUR CHEZ ACTES SUD

Dans la collection "Actes noirs"

LA MAISON OÙ JE SUIS MORT AUTREFOIS (prix Polar international de Cognac), 2010 ; Babel noir n° 50.

LE DÉVOUEMENT DU SUSPECT X, 2011 ; Babel noir n° 70.

UN CAFÉ MAISON, 2012 ; Babel noir n° 97.

LA PROPHÉTIE DE L'ABEILLE, 2013 ; Babel noir n° 128.

L'ÉQUATION DE PLEIN ÉTÉ, 2014 ; Babel noir n° 157.

LA LUMIÈRE DE LA NUIT, 2015 ; Babel noir n° 173.

LA FLEUR DE L'ILLUSION, 2017 ; Babel noir n° 204.

LES DOIGTS ROUGES, 2018 ; Babel noir n° 237.

LE NOUVEAU, 2021 ; Babel noir n° 291.

LES SEPT DIVINITÉS DU BONHEUR, 2022.

Dans la collection "Exofictions"

LES MIRACLES DU BAZAR NAMIYA, 2020 ; Babel n° 1780 (prix Lire en Poche de littérature traduite).

Titre original :
Hakuchō ta kōmori
Éditeur original :
Gentosha Inc., Tokyo.

ISBN 978-2-330-18405-6

KEIGO HIGASHINO

Le Cygne et la Chauve-Souris

roman traduit du japonais
par Sophie Refle

ACTES SUD

1

Automne 2017

Dehors, le bas du ciel était rouge, et le haut gris. D'épais nuages l'envahissaient. La météo n'avait pourtant pas parlé de pluie.

— Tu as pris un parapluie, Nakamachi ? demanda Godai Tsutomu au jeune collègue debout à ses côtés.

— Non. Vous croyez qu'il va pleuvoir ?

— Je t'ai posé la question parce que je commence à le penser.

— Il y a une supérette dans le coin, non ? Si vous voulez, je peux aller en acheter un.

— Non, non, ce n'est pas la peine.

Godai consulta sa montre. Il était presque 17 heures. La température en ce début novembre était plutôt fraîche. Pourvu qu'il ne pleuve pas, pensa-t-il. Il ne voulait pas traiter un enquêteur du commissariat de secteur comme un commissionnaire.

Les deux policiers se trouvaient dans le bureau d'un atelier de l'arrondissement d'Adachi, à Tokyo. Une cloison amovible bon marché délimitait un espace d'accueil sommaire. Des tuyaux, valves et autres joints étaient alignés sur une étagère fixée au mur. L'entreprise fabriquait du matériel de plomberie.

Il y eut un bruit de pas et un jeune homme entra. Il les salua de la tête. Le gris de ses vêtements de travail s'accordait de manière surprenante avec le châtain de ses cheveux teints.

— Je suis Yamada Yūta.

Godai se leva, lui montra son badge de la préfecture de police et lui apprit qu'il appartenait à la première division de la police judiciaire. Il lui présenta ensuite Nakamachi et se rassit. Yamada prit place de l'autre côté de la table, en face d'eux.

— J'aimerais vous poser quelques questions au sujet de Shiraishi* Kensuké. Vous le connaissez, n'est-ce pas ?

— Oui, répondit le jeune homme au menton fin, sans le regarder dans les yeux, peut-être parce qu'il se méfiait des policiers.

— Quelle relation avez-vous avec lui ?

— Relation ?

— Oui. Je voudrais que vous parliez de celle que vous avez avec lui.

Yamada releva enfin la tête pour adresser un regard embarrassé à Godai.

— Pourquoi me demander ça ? Vous êtes ici parce que vous le savez, non ?

Son interlocuteur sourit.

— Oui, mais je voudrais que vous me le disiez avec vos mots à vous.

Yamada parut troublé et un peu irrité. Il baissa à nouveau les yeux, et se mit à parler.

— Il a été mon avocat quand j'ai eu un problème, répondit-il.

— Quel problème ? Quand ?

Le jeune homme fronça légèrement les sourcils. Comme s'il ne comprenait pas que le policier lui pose une question dont il connaissait la réponse.

Ce n'était pas seulement parce que la règle inflexible dans une enquête est d'interroger directement la personne impliquée. Une personne énervée ment moins bien et se montre plus franche.

— Une histoire de coups et blessures volontaires, il y a environ un an. J'ai frappé le patron du bar karaoké où je travaillais. J'ai été accusé de vol avec violences, il a prétendu que j'étais parti avec la caisse. J'ai eu beau dire que je n'avais rien volé, la police n'a pas voulu me croire. Et Me Shiraishi a été mon avocat au procès.

* Ce nom signifie "pierre blanche", et il est peu courant. *(Toutes les notes sont de la traductrice.)*

— Vous le connaissiez ?

Yamada secoua la tête.

— Non.

Godai hocha la sienne. Il savait que Shiraishi Kensuké avait été commis d'office.

— Et quelle a été votre condamnation ?

— Trois ans avec sursis. Grâce à Me Shiraishi qui avait compris que mon patron s'était trompé, enfin, qu'il mentait en disant que j'avais volé la recette. Et il a aussi établi que mon patron me harcelait souvent. Sans ça, j'aurais été condamné à de la prison ferme.

Ce que venait de leur dire Yamada correspondait à ce que les policiers savaient de l'affaire.

— Et vous l'avez rencontré ces derniers temps ?

— Il est venu me voir ici il y a environ deux semaines. Au moment de la pause de midi.

— À quel sujet ?

— Eh bien… commença Yamada, perplexe. Pour rien de précis. Il m'a juste dit qu'il voulait savoir comment j'allais.

— De quoi avez-vous parlé ? Si ça ne vous dérange pas de nous le dire.

— De pas grand-chose, en fait. Il m'a demandé si je m'étais habitué à mon nouveau travail. C'est lui qui m'a présenté ici.

— C'est ce que j'ai entendu. Vous l'avez trouvé comment ? Je veux dire, avez-vous remarqué quelque chose de particulier ? Vous aurait-il parlé de quelque chose qui vous aurait inquiété, par exemple ?

Yamada parut à nouveau hésitant. Il se mit à réfléchir.

— C'est un peu difficile à dire, mais il ne m'a pas paru en forme. D'habitude, il avait toujours des mots d'encouragement pour moi, mais pas ce jour-là. J'ai eu l'impression qu'il avait la tête ailleurs. Mais…

Le jeune homme s'interrompit et fit un geste de dénégation de la main.

— Ce n'était qu'une impression. Je peux me tromper, n'accordez pas trop d'importance à ce que je vous dis. Ou plutôt, n'en tenez pas compte, s'il vous plaît.

Il redoutait sans aucun doute que ses paroles soient étudiées attentivement. Il avait été jugé, et savait d'expérience qu'il ne faut pas parler légèrement.

— Vous êtes bien sûr au courant de ce qui lui est arrivé.

— Oui, répondit Yamada, en baissant la tête avec une expression peinée.

— Et qu'en pensez-vous ?

— Ce que j'en pense… J'ai été stupéfait.

— Pourquoi ?

— Je n'arrive pas à croire que quelqu'un l'ait tué. Je trouve ça complètement incompréhensible.

— Autrement dit, vous ne voyez pas qui a pu faire ça.

— Pas du tout, répondit Yamada avec conviction.

— Vous ne pensez pas que quelqu'un ait pu lui en vouloir ?

— Je n'en sais rien, mais ça me paraît impossible. Et si quelqu'un comme ça existe, ça doit être un imbécile. Un imbécile qui mérite la mort. Non, vraiment, ça me paraît impossible que quelqu'un le haïsse.

Il s'était exprimé avec passion et regardait maintenant Godai droit dans les yeux.

2

Tout avait commencé par un appel à la police.

Le 1er novembre, à 7 h 32 selon l'enregistrement du centre de traitement des appels, le vigile d'une entreprise du quartier Kaigan, arrondissement de Minato, avait signalé qu'une voiture de couleur bleue était stationnée illégalement dans une rue parallèle à la voie du métro Yurikamome, non loin du terminal de Takeshiba.

L'agent de police du commissariat de secteur qui s'était rendu sur les lieux avait découvert un cadavre sur la banquette arrière, et l'affaire avait été immédiatement transférée à la police judiciaire. Le corps était celui d'un homme, vêtu d'un costume sombre, qui avait un couteau planté dans le ventre. La présence de l'arme dans la blessure expliquait qu'il y eût relativement peu de sang.

L'identification de la victime avait été facile : son portefeuille, qui contenait son permis de conduire et environ 70 000 yens, était dans la poche intérieure de son veston.

Il s'agissait de Shiraishi Kensuké, âgé de cinquante-cinq ans, domicilié dans le quartier de Minami-Aoyama, arrondissement de Minato. Grâce à sa carte de visite, la police savait aussi qu'il était avocat et que son cabinet était situé non loin de l'avenue Aoyama-dōri. Il n'avait pas de téléphone sur lui.

Le policier qui appela le numéro de la ligne fixe de son domicile figurant sur la fiche de liaison détenue par le commissariat du secteur de son domicile apprit que l'avocat vivait avec son épouse, Ayako, d'un an plus jeune que lui, et sa fille, Mirei, qui en avait vingt-sept. Elles étaient sur le point de signaler sa disparition car leur époux et père n'était pas revenu à son domicile depuis qu'il l'avait quitté au matin de la veille, et ne répondait pas à leurs appels. Elles vinrent au commissariat et identifièrent en pleurant le corps de Shiraishi Kensuké.

D'après elles, l'avocat disposait d'un portable simple, dont il se servait pour son travail, et d'un smartphone qu'il utilisait pour ses appels privés. Le meurtrier avait dû s'emparer des deux. Le premier était apparemment éteint mais le smartphone ne l'était pas.

Il put être localisé peu de temps après grâce à son GPS, à proximité du pont de Kiyosu, sur une promenade appelée Sumidagawa Terrace, en contrebas du talus de la Sumida, dans le quartier de Saga, arrondissement de Kōtō. L'analyse des traces de sang trouvées sur le sol et sur l'appareil établit qu'il s'agissait de celui de la victime. Son second téléphone n'avait pas été retrouvé.

La cellule spéciale d'enquête créée le matin tint sa première réunion à 13 heures, avec la participation d'hommes de la première division de la police judiciaire de la préfecture de police. Le responsable de la direction de la police judiciaire du commissariat de secteur présenta ce que l'on savait.

L'analyse des données du smartphone permit d'établir assez précisément ce que la victime avait fait le jour de sa mort. L'avocat avait quitté son domicile vers 8 h 20 pour arriver à son cabinet dix minutes après, et ne l'avait quitté que vers 18 heures, en voiture. Environ une demi-heure plus tard, il était dans le quartier de Tomioka, arrondissement de Kōtō. Il avait probablement garé son véhicule dans un parking payant voisin du sanctuaire Tomioka Hachimangū où il n'était resté que dix minutes. Un peu avant 19 heures, il s'était arrêté à proximité de la promenade où son smartphone avait été retrouvé.

Les traces de sang sur l'appareil donnaient à penser qu'il avait probablement été tué à cet endroit fréquenté en temps normal par de nombreux promeneurs et joggeurs. Mais ce jour-là, la promenade était fermée au public en raison de travaux à la station d'épuration voisine. La rue était donc en impasse, ce qui avait dû convenir à l'assassin. On pouvait en déduire que la personne qui avait tué, si c'était elle qui l'avait amené sur les lieux, connaissait bien le quartier.

La victime était mince et ne pesait qu'une soixantaine de kilos. Son corps avait ensuite été transporté jusqu'au siège arrière du véhicule, une tâche à la portée d'un homme assez fort. Déterminer si c'était le criminel qui avait garé la voiture dans cette rue de l'arrondissement de Minato, comme définir l'heure à laquelle il l'avait fait, et son intention, était impossible.

Après ces explications, les membres de la cellule discutèrent de la marche à suivre et de la répartition des tâches. Nakamachi, un agent de police judiciaire du commissariat de secteur âgé de vingt-huit ans, un homme de haute taille, au regard vif, devint l'équipier de Godai qui en avait dix de plus. Celui-ci craignit d'abord que Nakamachi ne fasse preuve de trop d'enthousiasme, et il fut soulagé de comprendre en lui parlant que malgré sa jeunesse, il paraissait calme et posé.

Chargés de l'enquête de personnalité de la victime, ils décidèrent de commencer par entendre sa femme et sa fille.

Les Shiraishi habitaient une maison individuelle de style occidental à Minami-Aoyama, un quartier prestigieux. Godai s'attendait à ce qu'un avocat habite une demeure plus imposante.

Les deux femmes les reçurent dans le salon. Elles semblaient plus calmes qu'au commissariat et expliquèrent qu'elles étaient en train de prévenir parents et amis, et de préparer la veillée mortuaire ainsi que les obsèques. Mme Shiraishi était une femme de petite taille, discrète, mais la beauté de sa fille était moins classique. Elle ressemble plus à son père, pensa Godai qui se souvenait des traits de la victime.

Après leur avoir présenté ses condoléances, il commença par leur demander comment était M. Shiraishi quand il était parti de la maison la veille.

— C'était un matin comme tous les jours, répondit Mme Shiraishi, le visage triste. Il ne m'a pas dit qu'il devait rencontrer quelqu'un en dehors du travail ni qu'il rentrerait tard.

Elle marqua une pause.

— Mais j'ai l'impression qu'il n'était pas en forme ces derniers temps, reprit-elle. Il paraissait souvent préoccupé. Je me disais qu'il devait préparer un procès difficile.

Elle et sa fille ignoraient sur quels dossiers il travaillait. Shiraishi ne leur parlait pas de son travail.

Godai continua à poser les questions habituelles. Avaient-elles une idée sur ce qui avait pu causer le crime ? S'était-il produit quelque chose d'exceptionnel ces derniers temps ?

— Je ne vois rien du tout, répondit l'épouse d'un ton ferme. Il n'était pas homme à susciter de la haine chez les autres et il agissait toujours avec sincérité. D'ailleurs, les personnes qu'il avait défendues lui écrivaient souvent pour exprimer leur gratitude.

— Étant donné qu'il travaillait comme avocat pénal, il aurait pu avoir de nombreux ennemis du côté des victimes, non ?

Mme Shiraishi ne sut quoi répondre, mais sa fille réfuta cet argument.

— Les victimes le percevaient peut-être comme leur adversaire, mais je ne crois pas que mon père prenait aveuglément parti pour les accusés. Il ne discutait pas des détails des affaires sur lesquelles il travaillait, mais il m'a souvent expliqué la vision qu'il avait de son métier. Son but n'était pas simplement de réduire les peines de ses clients, mais de leur faire comprendre la gravité de leurs actes. Pour lui, le fondement de son activité d'avocat était d'enquêter minutieusement sur les affaires dont il s'occupait. Je n'arrive pas à penser que quelqu'un ait pu le haïr au point de le tuer, expliqua-t-elle d'un ton enflammé, au point que sa voix devint rauque et que ses yeux s'embuèrent.

Godai conclut l'entretien en leur demandant si les noms du sanctuaire Tomioka Hachimangū, de la promenade Sumidagawa Terrace ou du quartier Kaigan de l'arrondissement de Minato éveillaient quelque chose en elles.

Toutes deux parurent perplexes et répondirent que Shiraishi Kensuké ne leur en avait jamais parlé.

Les deux enquêteurs n'apprirent d'elles aucune information utile et ils les quittèrent après leur avoir donné leur carte de visite et demandé de ne pas hésiter à les appeler si quelque chose leur revenait à l'esprit.

Ils se rendirent ensuite au cabinet de l'avocat qui se trouvait sur une rue voisine de l'avenue Aoyama-dōri, au troisième étage d'un immeuble à la façade métallique, au rez-de-chaussée duquel il y avait un café.

Nagai Setsuko, l'assistante de l'avocat, les y attendait. Âgée d'une quarantaine d'années, elle travaillait pour lui depuis quinze ans.

Elle leur dit qu'il s'occupait essentiellement de procédure pénale, y compris de délits commis par des mineurs et d'accidents de la circulation, et qu'il était souvent commis d'office.

Godai lui demanda s'il était arrivé qu'un client plus lourdement condamné qu'anticipé estime que l'avocat l'avait mal défendu et en ait conçu du ressentiment. Elle ne le nia pas.

— Vous savez, il y a toutes sortes de gens. Quand il avait affaire à des clients qui se mettaient en colère et clamaient leur innocence, et qu'il ne les croyait pas, il ne renonçait pas à les faire changer d'avis et leur recommandait toujours de lui parler franchement, parce que cela les servirait mieux que le déni. Si ces clients refusaient, il ne pouvait rien pour eux, sinon présenter au procès leur version absurde des faits. Ces clients-là faisaient bien sûr mauvaise impression au juge, et ne pouvaient s'attendre à bénéficier de circonstances atténuantes. En réalité, ils se nuisaient à eux-mêmes, mais cela ne les empêchait pas d'en vouloir à leur avocat.

Godai n'avait aucun mal à le croire. Il avait été confronté à des suspects de ce genre.

— Il continuait pourtant à suivre même ces clients-là après leur condamnation, et je crois que dans presque tous les cas, ils finissaient par comprendre. Certains qui s'étaient fâchés contre lui au moment de leur condamnation revenaient le voir à la fin de leur peine pour le remercier. Ça arrivait assez souvent.

En l'entendant, Godai se souvint de l'expression "homme de cœur".

Il lui demanda ensuite, comme il l'avait fait avec la femme et la fille de l'avocat, si elle croyait possible qu'il ait été détesté par des victimes ou leurs proches. Nagai Setsuko lui répondit que cette possibilité ne pouvait être complètement exclue.

— Plus d'une fois, quelqu'un a fait mine de lever la main sur lui dans des séances de conciliation. Les victimes sont souvent en colère, vous savez. Elles trouvaient peut-être louche l'attitude de M. Shiraishi, qui cherchait toujours à régler les choses à l'amiable.

Elle s'empressa d'ajouter qu'à sa connaissance, personne n'avait conçu de haine mortelle à son égard.

— Je mentirais si je disais qu'à part lui, je connais beaucoup d'avocats, mais c'était un homme très consciencieux, qui accordait beaucoup d'importance non seulement à ceux qu'il défendait, mais aussi à la partie adverse. Je ne peux pas du tout imaginer qu'il ait été tué par quelqu'un qui aurait eu du ressentiment ou de la haine pour lui. Mais je n'irais pas jusqu'à dire que c'est impossible, car il y a des gens bizarres.

— Pouvez-vous envisager un mobile ?

La question de Godai fit pousser un soupir à la femme.

— Certaines procédures traînent, mais qu'aurait eu à gagner quelqu'un en le tuant ? N'aurait-il pas plutôt été victime d'une personne qui avait contre lui un grief personnel, sans lien avec son travail ? Néanmoins, pour autant que je sache, il n'avait pas de problème d'argent, et je n'ai jamais entendu de commérage à son sujet. La seule chose que je puisse envisager est qu'il ait été tué par une personne dérangée, qui a agi sur une impulsion, sans mobile raisonné.

Godai lui posa la même question sur le sanctuaire Tomioka Hachimangū, la promenade Sumidagawa Terrace et le quartier Kaigan de l'arrondissement de Minato. Ces noms n'évoquaient rien pour elle.

Les deux enquêteurs repartirent avec une copie des dossiers sur lesquels travaillait l'avocat, et la liste des appels reçus par le cabinet. L'équipe chargée de rassembler les preuves s'occuperait des dossiers déjà jugés.

Godai et son collègue rendirent ensuite visite à plusieurs clients, anciens et actuels. Ils furent tous surpris d'apprendre la mort de l'avocat, et s'entendirent sur le fait qu'ils ne pouvaient imaginer que quelqu'un l'ait détesté.

3

Après avoir rencontré Yamada Yūta, les deux enquêteurs décidèrent de dîner ensemble, bien qu'il fût encore un peu tôt. Nakamachi suggéra le quartier de Monzen-Nakachō.

— Très bonne idée ! répondit Godai.

Voisin du sanctuaire Tomioka Hachimangū, cet endroit animé, comme tous ceux qui entourent les grands temples et sanctuaires, se trouvait sur le chemin du retour au commissariat qui abritait la cellule d'enquête.

Il était peu après 18 heures lorsqu'ils descendirent à la station Monzen-Nakachō. Comme ils ne connaissaient ni l'un ni l'autre le quartier, Nakamachi chercha un restaurant sur son smartphone. Ils choisirent un établissement qui servait la spécialité locale, le *Fukagawa-meshi*, un plat de riz mélangé à des palourdes, du tofu frit et des légumes.

Situé presque en face du métro, le restaurant avait un comptoir en "u" au milieu duquel se trouvait un gril sur lequel un cuisinier faisait rôtir poissons et légumes. Les clients n'étaient pas encore très nombreux et les deux policiers choisirent une table du fond où ils pourraient bavarder tranquillement.

Ils commandèrent deux bières ainsi que des haricots de soja et du tofu froid. Ils avaient convenu de n'en boire qu'une chacun, afin de ne pas revenir au commissariat en sentant l'alcool.

— Tous les gens à qui nous avons parlé nous ont dit à peu près la même chose, remarqua Nakamachi, qui soupira légèrement en ouvrant son carnet.

— À savoir qu'ils ne peuvent imaginer que quelqu'un l'ait détesté… Ça doit correspondre à la vérité. Il devait vraiment, comme l'a dit son assistante, s'occuper scrupuleusement de tous ses dossiers. Avocat est certes un métier qui expose au ressentiment, et il arrive que des gens qui exercent cette profession soient assassinés, mais il est très rare que leur meurtrier soit guidé par la haine. Peut-être ferions-nous mieux d'exclure ce mobile.

La serveuse leur apporta leur commande et ils trinquèrent. La bière légèrement amère était parfaite pour eux qui étaient fatigués d'avoir beaucoup marché.

— Si ce n'est pas le ressentiment, que pouvons-nous envisager ? Mme Nagai estimait que ça pouvait ne pas être lié au travail.

— Qu'est-ce que ça peut être, alors ? s'interrogea Godai, perplexe.

Il tendit la main vers les haricots de soja et reprit :

— Il n'avait pas d'ennuis d'argent, ni de liaison extraconjugale. Le mobile pourrait être l'envie, non ?

— L'envie ? Vous voulez dire la jalousie ?

Godai sortit son carnet.

— Shiraishi Kensuké. Né à Tokyo, il étudie le droit, réussit l'examen du barreau et entre dans un cabinet du quartier d'Iidabashi. À vingt-huit ans, il se marie avec une camarade d'études qu'il fréquentait déjà à l'université, et ouvre son propre cabinet dix ans plus tard. Dit comme ça, il a eu une vie facile, et il n'y aurait rien d'étrange à ce que quelqu'un l'ait envié.

— Peut-être, mais de là à le tuer ? Une réussite comme la sienne n'a rien d'extraordinaire pour un avocat.

— Oui, mais il y a sans doute des gens chez qui elle peut éveiller de l'envie. Par exemple, un rival quand il était étudiant ou quelque chose de ce genre. L'examen du barreau est difficile, il y a beaucoup d'appelés et peu d'élus.

— Je vois… Ça pourrait être ça.

— Ça peut expliquer un désir de le tuer, mais de là à le mettre en pratique… J'ai du mal à croire que ça puisse pousser quelqu'un à aller le poignarder. Enfin, je reconnais que c'était mon idée et que c'est bizarre de la rejeter ensuite, remarqua Godai qui haussa les épaules et remit son carnet dans sa poche.

Il venait de dire que l'avocat avait eu une vie facile, mais d'après son épouse, elle n'avait pas été sans difficultés. Sa famille n'était pas riche, il avait toujours fréquenté l'école publique et son père était mort dans un accident quand il était collégien. Mme Shiraishi avait aussi raconté que, lycéen, il avait aidé sa mère grâce à des petits jobs. Décédée dix-huit mois plus tôt, celle-ci avait souffert de démence sénile, et Shiraishi avait aidé son épouse à s'occuper d'elle. Sa vie avait en réalité été marquée par les épreuves. C'était sans doute la raison pour laquelle il acceptait volontiers d'être commis d'office, bien que cela ne fût guère lucratif.

Une fois leur bière bue, les deux hommes commandèrent chacun un *Fukagawa-meshi.*

— Mais je ne comprends quand même pas ce qu'il est venu faire ici, lâcha Godai tout en lisant une affiche qui donnait des explications sur le plat.

— D'après ce que nous savons, rien ne le liait à ce quartier.

Godai réfléchit, les bras croisés.

Parti de son bureau en voiture, Shiraishi Kensuké était d'abord venu ici. Il avait laissé son véhicule dans un parking payant voisin du sanctuaire. Il était reconnaissable sur la bande de l'enregistrement vidéo, tant à sa descente de voiture qu'à son retour, dix minutes plus tard. Mais sur la vidéo, personne ne s'était approché de lui.

Le meurtrier lui avait peut-être donné rendez-vous dans le quartier, puis l'avait appelé pour lui donner un nouveau rendez-vous, probablement sur la promenade Sumidagawa Terrace où il avait été tué.

L'assassin était libre de choisir le lieu où commettre son crime. Mais le quartier du sanctuaire intriguait les enquêteurs. D'après les données de géolocalisation de son smartphone, Shiraishi était venu deux fois dans le quartier pendant le mois précédent.

Tout d'abord le 7 octobre, lorsqu'il avait arpenté les rues proches du sanctuaire assez longtemps. Puis le 20, quand il était allé directement dans un café situé sur l'avenue Eitaidōri. Chaque fois, il avait garé sa voiture dans le même parking. Les policiers chargés de l'enquête de voisinage s'étaient rendus dans ce café, et ils l'avaient identifié sur une vidéo de surveillance. Ce jour-là, il était en costume et avait son porte-documents à la main. Malheureusement aucun des employés du café ne se souvenait de lui, ce qui signifiait probablement qu'il n'avait pas attiré leur attention.

Pourquoi Shiraishi Kensuké était-il venu ici ? Les collègues chargés des preuves n'avaient trouvé dans les dossiers de l'avocat aucune personne vivant ici, ni étudiant ou travaillant dans le quartier.

La serveuse leur apporta leur plat qui dégageait un délicieux fumet. Godai sourit.

— Oublions le travail pour l'instant !

— Volontiers, répondit Nakamachi.

Quand ils quittèrent le restaurant, ils décidèrent de passer dans le café en question, distant d'une cinquantaine de mètres seulement.

C'était un self-service d'une chaîne connue : les clients commandaient au rez-de-chaussée, et allaient s'asseoir à l'étage. Toutes les tables étaient proches les unes des autres, et les deux enquêteurs prirent place au comptoir le long de la fenêtre sur la rue.

— D'après les données du smartphone, M. Shiraishi est resté ici deux heures. Je me demande ce qu'il était venu faire, dans ce quartier qui lui était inconnu.

— Le plus vraisemblable est qu'il avait rendez-vous avec quelqu'un.

— Peut-être, mais tu te souviens que pendant la réunion de la cellule d'enquête, il a été dit que l'enregistrement de la caméra de surveillance le montre seul à son arrivée comme à son départ. D'accord, il a pu entrer ici seul, mais il aurait été normal qu'il reparte avec la personne qu'il avait rencontrée, non ?

— Hum… fit Nakamachi. Mais qu'a-t-il alors fait ici pendant deux heures ? Aurait-il lu, ou regardé son téléphone comme le font la plupart des clients en ce moment ?

— Non, je ne crois pas, répondit Godai avec un sourire ironique. Impossible qu'il soit venu dans ce quartier juste pour ça. Il y a un café au rez-de-chaussée de l'immeuble où se trouve son bureau.

— On pourrait imaginer qu'il adorait le café et que celui qu'on sert ici soit célèbre, mais ça non plus, ce n'est pas vraisemblable.

— Une idée intéressante en soi, mais le breuvage qu'on sert ici n'a rien de spécial.

— Vous avez raison.

L'air abattu, Nakamachi but une gorgée du sien. Godai en fit autant en regardant dehors par la fenêtre qui donnait sur l'avenue Eitai-dōri. Soudain, il se mit à rire, comme s'il venait d'avoir une idée.

— Qu'est-ce qui vous arrive ?

— Un homme passe deux heures dans un café, seul, sans rien lire et sans regarder son téléphone. Une conduite inhabituelle. Mais pas pour certaines personnes qui n'ont pas d'autre choix.

Nakamachi tourna les yeux vers son collègue qui pointait l'index vers lui. Son incompréhension était visible.

— Je parle de nous, les policiers. Quand on est en filature, on peut rester des heures à attendre.

— Ah ! s'exclama son jeune collègue, bouche bée.

Godai montra l'avenue du doigt.

— C'est un très bon endroit pour surveiller ce qui se passe dehors, non ? Les principaux commerces donnent sur cette rue. D'ici, on en voit les deux côtés. Et la plupart des gens qui viennent dans le quartier ou en partent empruntent cette rue.

— C'est vrai, murmura Nakamachi.

— Je pense que c'est pour ça qu'il est resté si longtemps ici. Il devait surveiller quelqu'un. Enfin, je ne devrais peut-être pas parler de surveillance, puisqu'un avocat n'est pas un policier. Peut-être guettait-il quelqu'un.

— Un piéton ?

— Je n'en sais rien. Ça aurait aussi pu être une personne venue en voiture ou quelqu'un qui sortirait tôt ou tard dans la rue. Les possibilités sont multiples, mais ce qui est sûr, c'est que ce café offre un excellent poste d'observation. Et en plus, on peut y boire quelque chose.

Les yeux de Nakamachi brillaient.

— Vous allez en parler à la réunion ?

Godai esquissa un demi-sourire et fit non de la main.

— Pas pour l'instant. Ce n'est qu'une supposition, nous n'avons rien pour l'étayer, et ça ne convaincra pas les chefs.

— Ah bon… lâcha Nakamachi, déçu. Ça aurait été bien de revenir avec quelque chose…

— Je comprends ce que tu veux dire, mais tu n'as pas à te sentir coupable pour ça. Si un chien de chasse ne trouve pas de gibier, ce n'est pas sa faute mais celle de son maître qui l'a lâché au mauvais endroit. Retournons la tête haute à la cellule d'enquête ! dit Godai en lui donnant une tape amicale sur l'épaule.

Quatre jours après la découverte du corps, l'enquête n'avait guère progressé. Les autres équipes n'avaient rien de neuf non plus.

Godai et Nakamachi utilisèrent le journal des appels du smartphone pour contacter toutes les personnes qui avaient parlé à l'avocat dans les derniers jours de sa vie. L'autre téléphone portable n'avait pas été retrouvé, mais la police obtint de l'opérateur l'historique des appels. Le numéro de Yamada Yūta y figurait.

Ils avaient contacté plus de trente personnes, et rencontré ses clients, actuels et anciens, mais aussi certains de ses collègues et son comptable. Ils rendirent même visite à son coiffeur. Tous leur dirent qu'ils ne pouvaient imaginer que quelqu'un l'ait tué. Un de ses collègues avocats alla jusqu'à déclarer que si la police retrouvait l'assassin, et qu'il était commis d'office, il refuserait probablement. Il devait penser que rien ne pourrait atténuer la culpabilité de l'assassin.

Godai et Nakamachi revinrent à la cellule d'enquête peu après 20 h 30. Tsutsui, le lieutenant de police qui coordonnait l'enquête de personnalité, n'était pas encore parti. Il les informa du résultat des entretiens menés par leurs collègues.

Cet homme au visage carré, aux cheveux grisonnants, n'eut pas l'air étonné d'apprendre que ses deux subordonnés n'avaient rien trouvé. Cela faisait partie de la routine dans les enquêtes.

— Très bien. Rentrez chez vous et reposez-vous. Demain, tu pars en déplacement, dit-il à Godai en lui tendant une feuille de papier.

— Et je vais où ? demanda Godai en la prenant.

C'était la copie d'un permis de conduire, dont la photo montrait le visage d'un homme maigre qui devait avoir la soixantaine.

Il était domicilié dans la ville d'Anjō, département d'Aichi.

4

Il ne s'attendait pas à ce qu'il y ait autant de monde dans le train Shinkansen Kodama qu'il prit à la gare de Tokyo, mais il trouva une place libre dans un des wagons sans réservation. Le voyage jusqu'à Mikawa-Anjō durait deux heures et demie. En prenant un Nozomi, plus rapide, et en changeant à Nagoya pour un Kodama, il aurait gagné trente minutes, mais le billet coûtait 2 000 yens de plus. L'heure était aux économies, et Nakamachi n'avait pas eu le droit de l'accompagner.

Assis à une place côté fenêtre, Godai relut les informations reçues de Tsutsui la veille.

L'homme qu'il allait rencontrer s'appelait Kuraki* Tatsurō. D'après sa date de naissance, il avait soixante-six ans. C'était pratiquement la seule chose que Godai savait de lui.

Le cabinet de Shiraishi Kensuké notait tous les appels reçus en précisant leur date et heure, ainsi que le motif. Dans les cas où le numéro apparaissait, il était aussi consigné. Cette pratique instaurée par l'avocat à la création de son cabinet lui permettait de faire le point en fin de journée.

Selon cette liste, le dénommé Kuraki avait appelé le 2 octobre. Le numéro de téléphone était celui d'un portable. Nagai Setsuko, à qui il avait été demandé de confirmer si c'était exact, se souvenait de l'appel. Mais elle l'avait immédiatement transféré à Shiraishi. Elle ne savait rien de ce Kuraki, sinon que c'était un homme, et ignorait de la raison de son appel.

* Ce nom, encore plus rare que Shiraishi, évoque l'obscurité par sa sonorité.

Son nom ne figurait pas parmi ceux des clients. Il n'avait téléphoné qu'une fois et n'était jamais venu au cabinet.

Qui était-ce ? S'il avait été considéré comme un suspect, obtenir du procureur une autorisation pour requérir des informations de l'opérateur de téléphonie aurait été possible, mais cette option était exclue pour l'instant.

Les enquêteurs décidèrent de le contacter directement. La mission fut confiée à une enquêtrice, car un homme préférerait probablement parler à une femme.

Elle lui expliqua qu'elle agissait dans le cadre d'une enquête et lui demanda de décliner son identité et de donner son adresse. Il ne refusa pas, ne parut pas troublé, et fournit toutes les informations requises.

Tsutsui le rappela pour l'informer que la police avait des questions à lui poser et souhaitait le rencontrer. Kuraki répondit qu'étant retraité, il était disponible à tout moment.

Ainsi fut décidé le voyage de Godai à Mikawa-Anjō.

Kuraki avait posé de nombreuses questions à Tsutsui. C'était compréhensible. Si un policier venait expressément de Tokyo pour le voir, l'affaire devait être importante.

Mais Tsutsui s'était contenté de lui répondre qu'il l'apprendrait de vive voix. Impossible de dire pour l'instant si Kuraki était mêlé à cette affaire, mais une autre règle inflexible en matière d'enquête est de ne jamais donner d'informations superflues aux personnes qu'on va entendre.

Godai arriva à Mikawa-Anjō peu après 11 heures. La gare donnait sur un petit rond-point. Quelques voitures étaient garées sur le parking. La plupart des bâtiments étaient bas, aucun grand panneau publicitaire n'était visible. L'ensemble donnait une impression bucolique.

Un seul taxi attendait sur la place. Godai y monta et montra au chauffeur le plan qu'il avait imprimé.

— Vous voulez aller à Sasamé, dit celui-ci en mettant le moteur en route.

— C'est comme ça que ça se lit, et non pas Shinomé ?

— Oui. On ne peut pas le deviner quand on n'est pas d'ici. Et ce n'est pas non plus un endroit connu, répondit-il avec l'accent de la région.

Le passager regarda le paysage. La rue et les trottoirs étaient larges. Les maisons et les commerces qui la bordaient étaient de taille modeste, mais ils n'étaient pas serrés les uns contre les autres. Quelqu'un habitué à vivre avec autant d'espace aura sans doute du mal à supporter la densité de Tokyo, pensa-t-il.

La voiture arriva à destination en moins de dix minutes.

— C'est par ici, dit le chauffeur.

— Très bien.

Godai régla la course et descendit. Il se mit à marcher en comparant le paysage avec son plan. Certaines maisons étaient neuves, d'autres plus anciennes, mais toutes avaient un espace où garer au moins une voiture. Devant plusieurs d'entre elles, il y en avait deux.

Une petite auto de couleur grise se trouvait sous l'auvent de celle de Kuraki. Une amulette pendait au rétroviseur. Godai appuya sur la sonnette et entendit presque immédiatement une voix masculine qui lui demanda qui il était.

— Je suis venu de Tokyo pour vous voir.

— Oui.

Il y eut un bruit de clés, et la porte s'ouvrit sur un homme qui avait le même visage mince que sur la photo du permis de conduire. Sous son gilet, ses épaules étaient plus larges que ce que Godai s'était imaginé.

— Désolé de vous déranger, dit-il en lui montrant son badge de la préfecture de police de Tokyo.

Il le remit immédiatement dans sa poche, et lui tendit une carte de visite.

Kuraki la prit et la lut en plissant les yeux avant de l'inviter à entrer. Godai le suivit dans une pièce à tatamis juste à côté du vestibule, où étaient disposées une table et des chaises en rotin. Il y avait aussi un petit autel bouddhique le long d'un mur, surmonté de la photo d'une femme. Les cheveux courts, le visage rond, elle paraissait âgée d'une cinquantaine d'années.

— C'est ma femme, dit Kuraki qui avait remarqué le regard de Godai. Elle avait cinquante et un ans quand elle est partie, il y a seize ans de ça.

— Quelle tristesse de mourir si jeune ! Elle a eu un accident ?

— Non, une leucémie. Peut-être aurait-elle pu s'en sortir si elle avait bénéficié d'une greffe de moelle, mais on n'a pas trouvé de donneur.

— Ah bon… fit l'enquêteur, pris de court.

— Et depuis, je vis seul. Je n'ai pas préparé de thé depuis des années. Mais je peux vous en offrir en bouteille…

— Non, non, ne vous dérangez pas.

— Vraiment ? Très bien. Asseyez-vous, je vous en prie.

Godai s'assit sur la chaise que lui montrait Kuraki.

— La personne qui vous a appelé hier a dû vous le dire, mais votre nom est apparu dans le cadre d'une enquête. Votre numéro de téléphone figurait dans la liste des appels reçus par le cabinet d'un avocat de Tokyo, Me Shiraishi. Vous vous demandez peut-être pourquoi cela nous intéresse. Il se trouve que nous enquêtons sur son meurtre, expliqua-t-il d'une traite, avant de regarder son interlocuteur qui ne changea quasiment pas d'expression mais baissa un peu la tête. Vous saviez qu'il avait été tué ?

— Hier, après avoir reçu l'appel de la police, j'ai cherché sur internet. Cela vous étonnera peut-être, mais j'ai un ordinateur. J'ai été surpris en lisant ce qui était arrivé, et j'ai compris pourquoi la police voulait venir me voir, expliqua Kuraki d'un ton paisible.

— Si vous êtes déjà au courant, ça me facilite la tâche. Je suis venu vous demander la raison de votre appel à M. Shiraishi. Comment le connaissiez-vous ?

Kuraki se passa la main dans ses cheveux coupés court.

— Je ne le connais pas. Je ne l'ai jamais rencontré et je ne lui ai parlé qu'une seule fois, le jour où je l'ai appelé.

— Mais pourquoi avez-vous téléphoné à un homme que vous ne connaissiez pas ? Quel était votre but ?

— J'avais besoin d'un conseil.

— D'un conseil ?

— D'un conseil juridique, à propos d'un problème d'argent qui me préoccupe. Je suis en conflit avec quelqu'un. Et j'ai téléphoné à Me Shiraishi pour avoir les idées plus claires sur le plan juridique.

— Mais pourquoi l'avoir appelé lui ?

— J'aurais pu appeler quelqu'un d'autre. En faisant des recherches sur internet, j'ai lu qu'il acceptait de fournir des conseils par téléphone sur des sujets simples. Gratuitement. Je n'avais aucune intention de faire appel aux services d'un avocat, et peu m'importait qu'il soit à Tokyo ou à Osaka.

Cette explication fournie sans aucune hésitation parut crédible à Godai. Qu'un habitant du département d'Aichi ait appelé un cabinet d'avocat de Tokyo paraissait bizarre, mais la réponse de Kuraki était simple. Et convaincante.

— Cela m'aiderait si vous pouviez me dire de quoi vous lui avez parlé.

Cette demande lui valut un froncement de sourcils.

— J'y suis obligé ?

— Non, mais si vous pouviez…

Le visage de Kuraki se ferma, et il fit non de la tête.

— Je suis désolé, mais c'est une question d'ordre privé et je ne peux pas vous répondre. Il ne s'agit pas seulement de moi, mais aussi d'autres personnes.

— Ah bon… Dans ce cas, je n'insisterai pas.

Godai se gratta l'arrière du crâne avec l'extrémité de son stylo. Il était découragé et ne voyait pas comment continuer. De plus, il avait besoin d'aller aux toilettes.

Au même moment, un téléphone sonna quelque part dans la maison. Sans doute celui de Kuraki.

— Ah… J'ai dû laisser mon téléphone là-bas. Vous permettez que je réponde ?

— Mais je vous en prie ! Et je voulais vous demander… je peux utiliser vos toilettes ?

— Bien sûr. Vous les trouverez de l'autre côté du couloir.

Godai le regarda partir à pas pressés vers le fond de la maison et alla ensuite aux toilettes. Il y réfléchit, non pas aux autres questions à poser, mais à la manière de rédiger son rapport.

Au moment où il en sortit, un *ofuda** accroché à un pilier en bois le fit se figer. "Tomioka Hachimangū", lut-il d'abord, puis les mots "Protection du foyer" et "Réussite au travail".

* Il s'agit d'une bande de papier sur laquelle apparaît le nom d'un dieu ou d'un sanctuaire, ainsi que les protections qu'il procure, en caractères plus petits.

Il sortit son smartphone pour le photographier, mais Kuraki revint avant qu'il ait eu le temps de le faire.

— Vous voulez…

— Non, ce n'est rien, répondit Godai en rangeant son téléphone dans sa poche.

Ils retournèrent tous les deux s'asseoir dans la pièce à tatamis, mais l'état d'esprit du policier avait changé du tout au tout.

— Il vous arrive d'aller à Tokyo ? demanda-t-il, en se rendant compte que son ton était plus cassant que tout à l'heure.

— Oui. Mon fils habite là-bas.

— Votre fils ? Dans quel quartier ?

— Kōenji. Il a fait ses études à Tokyo et y a trouvé du travail.

— Je vois. Vous y allez souvent ?

Kuraki inclina la tête.

— Plusieurs fois par an.

— À quand remonte votre dernière visite ?

— Laissez-moi réfléchir… Ça devait être il y a trois mois.

— Connaître la date exacte m'aiderait beaucoup.

Kuraki lui jeta un regard scrutateur.

— Pourquoi ?

— Désolé, nous avons besoin de le savoir, répondit Godai en s'inclinant légèrement. Nous faisons ces vérifications auprès de toutes les personnes concernées. Je vous prie de le comprendre.

— Vous parlez de personnes concernées, mais moi, je ne l'ai appelé qu'une seule fois…

— Désolé, répéta le policier.

Kuraki soupira et sortit son téléphone, en lui demandant d'attendre une seconde. Ce n'était pas un smartphone. Il commença à faire des recherches, sous l'œil attentif de Godai qui avait l'impression qu'il essayait surtout de gagner du temps.

— C'était le 16 août, annonça-t-il en regardant l'écran. J'ai gardé les messages échangés avec mon fils. Je suis parti ce jour-là, et je suis rentré le lendemain. Mon fils ne revient pas pour la fête des Morts, et je vais le voir chaque année à cette occasion.

— Vous dormez chez lui, dans ces cas-là ?

— Oui. Il est célibataire, je ne gêne personne.

— Vous pouvez me donner le nom et les coordonnées de votre fils ?

Kuraki baissa d'abord les yeux avant de cligner plusieurs fois des cils. Son hésitation était visible, mais il finit par répondre.

— Il s'appelle Kazuma, et travaille pour…

Il mentionna une grande agence de publicité, puis lui donna son numéro de portable. Godai notait.

— Vous faites quoi, quand vous allez à Tokyo ? Avez-vous l'habitude de fréquenter un endroit spécifique ?

— Non, pas du tout. J'aime bien aller voir des choses qui n'existent que là-bas. Il y a quelques années, je suis monté en haut de la tour Tokyo Skytree. Elle est très haute, mais pas particulièrement intéressante.

— Vous n'allez pas dans les temples et les sanctuaires ? Beaucoup de gens aiment le faire.

— Les temples et les sanctuaires… Comment dire ? J'y suis indifférent, en fait.

— J'ai vu un *ofuda* du sanctuaire Tomioka Hachimangū sur le pilier dans le couloir, à côté des toilettes. Il avait l'air récent. C'est vous qui l'avez mis là ?

— Ah, vous parlez de ça… On me l'a donné, et même si je n'y crois pas beaucoup, je l'ai accroché là puisque c'était un cadeau.

— On vous l'a donné ? Ce n'est donc pas vous qui êtes allé là-bas ?

— Non, c'était un cadeau, je viens de vous le dire.

— De la part de qui ?

Kuraki rendit à Godai son regard soupçonneux. Son attitude était devenue méfiante.

— Pourquoi me posez-vous ces questions ? Quelle importance cela a-t-il ? Je ne vois pas en quoi cela pourrait poser problème.

— C'est à moi d'en juger. Vous ne voulez pas me dire qui vous l'a donné ?

Kuraki soupira profondément et ferma les yeux à moitié, comme s'il essayait de s'en souvenir. L'enquêteur eut à nouveau le sentiment qu'il cherchait à gagner du temps.

— Désolé, finit-il par répondre en rouvrant les yeux. J'ai oublié.

— Comment ça ? Un tel cadeau ne peut certainement pas venir de quelqu'un dont vous n'êtes pas proche, enfin !

— Je comprends que vous le pensiez, mais je n'arrive plus à m'en souvenir, je n'y peux rien. Je suis désolé. Vous savez, à mon âge, la mémoire ne fonctionne plus comme avant.

"J'ai oublié" est une des réponses les plus embarrassantes lors d'une enquête pénale ou d'un interrogatoire. Confronté à un "je ne sais pas", on peut présenter des preuves matérielles et répondre que c'est impossible, mais il n'y a rien à faire vis-à-vis d'un interlocuteur qui affirme avoir oublié.

Godai n'était pourtant pas découragé. Son déplacement aurait servi à quelque chose.

— Vous m'avez dit que vous avez téléphoné à M. Shiraishi simplement pour avoir un conseil juridique, mais avez-vous appelé un autre cabinet dans le même but ?

Kuraki secoua la tête.

— Non.

— Parce que la réponse de M. Shiraishi a résolu votre problème ?

— Non, c'est tout le contraire. Celle qu'il m'a donnée était très générale, j'aurais pu la trouver en cherchant un peu plus sur internet. J'y ai réfléchi et je me suis dit que ça allait de soi, puisque c'était gratuit. J'en ai conclu que consulter quelqu'un d'autre aboutirait au même résultat et je me suis abstenu de le faire, répondit-il posément, sans détourner les yeux, peut-être parce qu'il disait honnêtement la vérité, ou parce qu'il était convaincu que son mensonge était parfait.

Godai eut le sentiment qu'il ne parviendrait pas à déterminer s'il s'agissait de la première hypothèse ou de la seconde. Il consulta sa montre.

— Désolé pour la longueur de notre entretien. J'ai une dernière question. Êtes-vous allé à Tokyo le 31 octobre ?

— Le 31 octobre… Vous voulez savoir si j'ai un alibi, n'est-ce pas ?

— Je comprends que cela puisse vous choquer. Mais nous posons la question à toutes les personnes à qui nous parlons. Je vous prie de le comprendre.

Kuraki tourna la tête, l'air oppressé. Puis il leva les yeux vers le calendrier fixé au mur.

— Le 31 octobre… Eh bien, ce jour-là, je n'avais rien de prévu. Autrement, c'était un jour comme les autres, un jour normal.

— Comment ça ?

Il tourna la tête vers l'enquêteur.

— Je ne suis allé nulle part en particulier, et je n'ai rencontré personne. Je suis resté chez moi. Toute la journée.

— Et vous pouvez le prouver ?

— Probablement pas, répliqua-t-il. Je n'ai pas d'alibi pour ce jour-là. Je le regrette.

Il n'y avait pas la moindre trace d'obséquiosité dans sa réponse. Godai pensa qu'il allait sans doute falloir comprendre d'où cet homme tirait son assurance.

Il jeta un nouveau coup d'œil à sa montre : midi était passé de quelques minutes.

— Très bien. Désolé de vous avoir dérangé si longtemps.

Il se leva, et Kuraki en fit autant.

— C'est moi qui suis désolé. J'ai l'impression que cet entretien ne vous a rien apporté.

— Non… commença le policier en regardant son interlocuteur droit dans les yeux. Il est trop tôt pour le dire.

— Ah bon… fit Kuraki sans détourner le regard.

Godai se dirigeait vers le vestibule lorsque son hôte le retint :

— Monsieur… je me suis trompé sur un point.

— Et lequel ?

— La date de ma dernière visite à Tokyo. Je vous ai dit que c'était pour voir mon fils au moment de la fête des Morts, mais j'avais oublié que j'y suis retourné une fois depuis.

Le policier sortit son carnet.

— Et quand ?

— Le 5 octobre. Sans raison particulière, j'avais envie de voir mon fils, et j'ai pris le Shinkansen pour le faire. J'ai passé la nuit chez lui, comme d'habitude, et je suis revenu ici le lendemain. Je n'ai rien fait de spécial cette fois-là, c'est pour ça que je l'avais oublié.

Le 5 octobre… Godai réfléchit rapidement. Shiraishi Kensuké s'était rendu à Monzen-Nakachō pour la première fois le 7.

Pourquoi Kuraki ne lui parlait-il de ce voyage que maintenant ? Parce qu'il l'avait oublié ? Dans ce cas, personne n'y pouvait rien. Était-ce la seule explication ?

Il lui avait demandé les coordonnées de son fils.

Kuraki n'aurait-il pas deviné que la police irait le trouver ? S'était-il dit que si les enquêteurs découvraient cette omission, il serait en position défavorable ? Son fils ne manquerait pas de leur en parler. Mais alors, pourquoi cacher ce voyage ?

Lui poser la question maintenant n'avait aucun intérêt. Il se contenterait de répondre qu'il avait oublié.

— Je vous remercie de votre coopération, dit Godai en prenant congé.

Il se dirigea vers l'entrée et s'arrêta devant l'*ofuda*.

— Si jamais je me souviens de qui me l'a donné, vous voudriez que je vous appelle ?

— Oui, bien sûr, répondit l'enquêteur.

— Très bien, je vais y réfléchir. Mais je ne peux rien garantir.

— Faites au mieux !

Godai remit ses chaussures et releva les yeux vers Kuraki.

— Je reviendrai peut-être vous voir, si nécessaire.

Son hôte eut fugitivement l'air mécontent. Il hocha ensuite la tête.

— Oui, bien sûr, vous serez le bienvenu.

— Au revoir, lança Godai en quittant la maison.

Il entendit immédiatement la clé tourner dans la serrure. Il était presque dans la rue lorsqu'il remarqua quelque chose qui le fit se rapprocher de la voiture garée sous l'auvent. Il se pencha pour regarder l'amulette accrochée au rétroviseur.

Comme il s'y attendait, elle venait du sanctuaire Tomioka Hachimangū.

Kuraki aurait-il aussi affirmé que c'était un cadeau mais qu'il ne se rappelait plus qui lui avait donné ?

En marchant, Godai se demanda pourquoi il ne lui avait pas dit qu'il avait acheté les deux objets. Cela lui aurait évité ces explications bancales.

Ou bien était-ce la vérité ? On les lui avait vraiment donnés, d'où sa réponse. Comme il ne pouvait absolument pas mentionner le nom du donateur, il avait menti maladroitement.

Le policier accéléra le pas. Il avait désormais plus à faire à Tokyo.

5

Le bureau de Kuraki Kazuma se trouvait dans un immeuble de l'avenue Yasukuni-dōri, non loin de Kudanshita. Godai n'y entra pas, mais composa son numéro de portable depuis la rue. Le fils Kuraki parut surpris en comprenant que l'appel venait de la préfecture de police. Lorsque Godai ajouta qu'il souhaitait lui poser quelques questions, il voulut savoir de quoi il retournait. Son père n'avait pas dû lui parler de sa visite.

Par chance, Kazuma était au bureau et pouvait se libérer immédiatement. Ils se donnèrent rendez-vous dans un café connu non loin de son lieu de travail, où les deux policiers – Nakamachi l'accompagnait aussi ce jour-là – s'assirent côte à côte à une table du fond.

— À quoi joue Kuraki ? s'interrogea ce dernier. Pourquoi n'a-t-il pas prévenu son fils qu'il risquait de recevoir notre visite ? Parce qu'il pensait que nous n'irions pas le voir ?

— Non, c'est impossible. Le bonhomme est malin. Il se rend certainement compte que nous le soupçonnons, et il a dû comprendre pourquoi je lui ai demandé les coordonnées de son fils. Il est peut-être parvenu à la conclusion que le prévenir était inutile. Moi, je pense qu'il m'a dit qu'il était venu à Tokyo le 5 octobre parce qu'il préférait que je l'apprenne de sa bouche plutôt que de celle de son fils.

— Certainement. Il aurait pu cacher cette visite s'il s'était entendu avec son fils.

— C'est ce que je veux dire. Même si Kuraki est impliqué dans cette affaire, ce n'est sans doute pas le cas de son fils.

En réalité Godai était non seulement convaincu de l'implication de Kuraki mais presque certain que c'était lui qui avait tué. Les coïncidences étaient trop nombreuses : après son appel à Shiraishi, l'avocat s'était rendu à Monzen-Nakachō, et Kuraki avait chez lui non seulement un *ofuda*, mais aussi une amulette de Tomioka Hachimangū. C'était plus que louche. Godai avait déjà obtenu l'assentiment de ses supérieurs pour que ses collègues s'intéressent au cercle de connaissances de Kuraki. D'autres hommes enquêtaient en ce moment même dans le quartier du sanctuaire, une photo de Kuraki à la main, à la recherche de gens le reconnaissant.

La porte du café s'ouvrit, et un homme entra. Âgé d'une trentaine d'années, il avait un visage viril. En voyant ses yeux, Godai se dit que c'était le fils de Kuraki.

Les autres clients étaient soit des couples, soit des femmes. Le nouveau venu remarqua les deux hommes et vint vers eux, le visage plutôt tendu. Les deux policiers se levèrent.

— C'est vous qui m'avez appelé ?

— Oui. Désolé de vous déranger en plein travail, répondit Godai qui ne sortit pas son badge mais lui tendit une carte de visite.

Kuraki Kazuma la lut et fronça les sourcils, peut-être à cause de la mention "Première division, police judiciaire, préfecture de police de Tokyo". De nos jours, chacun sait que cette division traite de crimes violents.

L'air intimidé, Kazuma s'assit, et les deux policiers l'imitèrent. Le patron à la chevelure poivre et sel vint lui apporter un verre d'eau, et Kazuma commanda un café.

— Et de quoi voulez-vous me parler ? Je dois dire que ça me préoccupe.

Il ne mentait probablement pas.

— Toutes mes excuses pour ne pas vous avoir donné plus d'information tout à l'heure. En fait, je souhaite vous poser quelques questions à propos de votre père.

— Mon père ?

Il paraissait stupéfait.

— Vous parlez bien de Kuraki Tatsurō ?

— Bien sûr.

Kazuma cligna plusieurs fois des yeux, comme s'il ne comprenait toujours pas.

— Mon père a fait quelque chose ? Il habite à Anjō, dans le département d'Aichi !

— Nous sommes au courant. Mais il vient à Tokyo de temps en temps, n'est-ce pas ?

— Certes, mais…

— À quand remonte sa dernière visite ?

— Une seconde, s'il vous plaît.

Kazuma regarda les deux hommes l'un après l'autre.

— Vous enquêtez sur quoi ? Mon père est impliqué ? Je ne peux pas répondre à vos questions si vous ne me l'expliquez pas.

— Vous avez tort sur ce point, répondit Nakamachi sur un ton presque amusé. Vous devez pouvoir nous dire à quand remonte la dernière visite de votre père à Tokyo même sans savoir sur quoi porte notre enquête.

— Oui, mais je préfère le savoir, répondit Kazuma, le regard déterminé. Vous me posez une question d'ordre privé, et tout ce que je dis, c'est que vous pourriez au moins m'expliquer pourquoi vous le faites.

On lui apporta sa consommation au moment où l'ambiance entre eux se tendait. Comme Kazuma ne faisait pas mine de le boire, Godai l'y encouragea en souriant.

— Je vous en prie, buvez votre café. Celui d'ici est réputé, n'est-ce pas ? Ce serait dommage de le laisser refroidir.

Le jeune homme versa du lait dans sa tasse, presque à contrecœur.

— Il s'agit d'un meurtre, ajouta le policier sans lui laisser le temps de porter sa tasse à ses lèvres. Un homme a été assassiné à Tokyo. Nous contactons toutes les personnes qui ont été en contact avec la victime, ou qui auraient pu l'être. "Être en contact", cela signifie non seulement l'avoir rencontré, mais aussi avoir communiqué avec lui par téléphone, par mail, ou par courrier.

— Et c'est le cas de mon père ? demanda Kazuma, la tasse à la main.

— Exactement. Il lui a téléphoné.

Le jeune homme but une gorgée de café et reposa la tasse.

— J'imagine que vous ne pouvez pas m'en dire plus sur la victime.

— Non. Mais si vous voulez le savoir, demandez-le à votre père. Il connaît son identité.

— Vous l'avez rencontré ?

— Oui, l'autre jour. C'est lui qui nous a donné votre numéro de téléphone et votre adresse.

— Il ne m'en a rien dit…

— Il doit avoir ses raisons. J'ai répondu à votre question, non ? Vous voulez bien répondre à la mienne ? À quand remonte sa dernière visite à Tokyo ?

— Une seconde, s'il vous plaît, répondit Kuraki Kazuma en sortant son smartphone.

Il commença à le manipuler, probablement pour consulter son agenda.

— Le 5 octobre.

Godai s'attendait à cette réponse mais pas à ce que Kazuma ajouta.

— Ou plus exactement le 6 octobre.

— Pardon ? lâcha le policier, surpris. Comment ça ?

— J'ignore à quelle heure il est arrivé à Tokyo le 5, mais il a sonné chez moi à 1 heure du matin.

— Vous savez ce qu'il avait fait avant et où il se trouvait ?

— Non, pas vraiment. Je le lui ai demandé, mais il m'a juste dit qu'il s'était promené un peu. C'est toujours ce qu'il me répond quand il vient chez moi, je m'y suis habitué.

— C'est toujours ce qu'il vous répond… Vous voulez dire que vous ne dînez jamais ensemble ?

— Au début, ça nous arrivait, mais pas ces dernières années. D'une part parce que c'est compliqué pour moi d'accorder mon emploi du temps au sien. Et puis nous prenons toujours le petit-déjeuner ensemble. Nous n'avons pas grand-chose à nous dire, ça suffit amplement.

— Votre père ne reste qu'une nuit à Tokyo ?

— Oui, je pense, mais je ne peux pas en être sûr. Il y a dans mon quartier une cantine ouverte le matin, nous y allons ensemble, et nous nous disons au revoir quand nous en sortons.

— Il vient souvent ?

— Une fois tous les deux ou trois mois, je pense.

Cela concordait avec ce que Kuraki avait dit.

— Vous habitez Tokyo depuis combien de temps ?

— J'y suis venu pour mes études, et j'y travaille depuis onze ans, donc quinze ans en tout.

— Et votre père a pris cette habitude d'y venir quand ?

— Il me semble que c'est depuis qu'il a pris sa retraite. Il dit qu'il vient parce qu'il a du temps libre.

— Et depuis, il le fait à cette fréquence ?

— Euh... Oui.

— A-t-il changé pendant ces années ? En bien, en mal, peu importe. Vous a-t-il jamais parlé de choses qui lui étaient arrivées ?

— Permettez-moi d'y réfléchir, répondit Kazuma en portant une main à son front. Je pense que ça a dû arriver. Mais je ne m'en souviens pas plus que ça. Désolé.

— Votre père se promène toujours seul à Tokyo ? Vous n'avez jamais eu le sentiment qu'il rencontrait des gens ici ?

— Hum... fit-il en jetant à Godai un regard légèrement décontenancé. Il ne m'en a rien dit. Il ne connaît personne ici, et il ne m'a jamais parlé de gens qu'il aurait rencontrés. Je crois qu'il est toujours seul.

— Ah bon... J'ai encore deux questions à vous poser. Les noms de Monzen-Nakachō ou de Tomioka Hachimangū évoquent-ils quelque chose pour vous ?

— Monzen-Nakachō ?

Il était visiblement troublé par ces deux noms qu'il ne s'attendait pas à entendre. Sa surprise paraissait authentique. Il secoua la tête.

— Pourquoi me parlez-vous de ces lieux ?

Il n'a vraiment pas l'air de comprendre, pensa Godai.

— Désolé, mais je ne peux pas répondre à votre question. J'en arrive à la dernière. Votre père vous a-t-il demandé conseil ces derniers temps sur un problème d'ordre juridique ?

— D'ordre juridique ? Comment ça ?

— Peu importe. Ça pourrait avoir un lien avec un problème d'argent ou une question de droit sur quelque chose de précis. Il n'a jamais abordé ce sujet avec vous ?

— Non, jamais.

— Très bien. C'est tout ce dont je voulais vous parler. Je vous remercie, conclut Godai en refermant son carnet.

Nakamachi, qui n'avait rien dit, ouvrit soudain la bouche.

— Puis-je vous poser une question ? Que pensez-vous des visites de votre père à Tokyo ?

— Ce que j'en pense ? Que voulez-vous dire ?

— Moi non plus, je ne suis pas de Tokyo, mais j'avoue que si mes parents venaient si souvent me voir, ça me pèserait. Une fois tous les deux ou trois mois, j'appelle ça souvent. Je pense que n'importe qui dans le même cas que vous se poserait des questions. Il y a des choses à voir ici, mais pas tant que ça. Moi, une fréquence pareille me ferait soupçonner une autre raison.

Kazuma ne dissimula pas son irritation. Il fronça les sourcils, fit la moue, souleva sa tasse, finit son café qui devait avoir refroidi et la reposa bruyamment.

— J'ignore les relations que vous avez avec vos parents, mais mon père et moi respectons notre liberté mutuelle. Qu'il vienne souvent à Tokyo ne me regarde pas, et je ne me pose pas de questions sur les raisons qui l'amènent ici.

Il tourna les yeux vers Godai.

— Écoutez, je travaille. Vous n'avez pas d'objections à ce que je retourne à mon bureau ?

— Non, bien entendu. Je vous remercie d'avoir pris le temps de nous rencontrer, répondit-il en s'inclinant.

Quand il releva la tête, Kazuma se dirigeait vers la sortie à grands pas.

— Ta dernière question était bien vue, dit-il à Nakamachi en souriant. Kuraki Kazuma s'interroge probablement sur la vraie raison des visites de son père. Tu as mis le doigt sur un point sensible, et ça l'a naturellement fait réagir.

— Quand vous dites qu'il s'interroge, vous pensez que…

Godai rit franchement.

— Un père qui vient souvent à Tokyo, mais qui ne dit pas à son fils où il va. Et qui rentre chez son fils tard dans la nuit pour repartir le lendemain matin sans aucune explication. Un homme qui agit comme ça ne peut avoir qu'une seule raison.

— Il voit une femme.

Godai approuva du chef.

— Je pense que c'est elle qui lui a donné l'amulette et l'*ofuda* du sanctuaire Tomioka Hachimangū. Tout ira plus vite une fois que nous l'aurons identifiée.

— Nous allons enfin pouvoir rapporter quelque chose à la cellule d'enquête, se réjouit Nakamachi.

6

Trois jours après cette rencontre avec Kuraki Kazuma, la police avait trouvé une personne qui pouvait être cette femme, grâce aux enquêteurs qui avaient arpenté les rues de Monzen-Nakachō, une photo de Kuraki Tatsurō à la main. Ils avaient effectué un travail méticuleux, ne négligeant aucun commerce, quelle que soit sa taille, et c'est l'employé d'un petit magasin de boissons qui leur avait dit l'avoir vu plusieurs fois, non pas sur son lieu de travail, mais dans un restaurant dans lequel il effectuait des livraisons le soir, si nécessaire. Il se rappelait avoir vu Kuraki assis au comptoir.

L'établissement s'appelait Asunaro. Tenu par deux femmes, une mère et sa fille, il existait depuis une vingtaine d'années. La première avait près de soixante-dix ans, et la seconde environ quarante, un âge compatible avec celui de Kuraki.

Tsutsui chargea Godai et Nakamachi d'aller les interroger.

— C'est vous qui avez trouvé cette piste, dit-il en leur remettant un plan qui indiquait l'emplacement d'Asunaro.

Les deux hommes partirent ensemble pour Monzen-Nakachō. Godai tenait à passer d'abord au café où Shiraishi Kensuké était entré. Nakamachi n'avait pas d'objection. Comme la fois précédente, les deux policiers s'assirent au comptoir du premier étage, le long de la fenêtre qui donnait sur l'avenue Eitai-dōri.

— Je crois que vous avez raison, lui dit soudain Nakamachi en montrant le plan que Tsutsui leur avait remis.

Godai y jeta un coup d'œil. Il avait vérifié avant de venir ici que l'immeuble dans lequel se trouvait Asunaro était juste en face du café. Penser que l'avocat avait passé du temps ici parce qu'il voulait observer qui y entrait n'était pas absurde.

— Il est trop tôt pour en avoir la certitude, mais ça paraît vraisemblable, dit-il en prenant son gobelet en carton.

Le café qu'il contenait n'avait rien de spécial, mais son goût lui parut délicieux.

De nos jours, on peut se procurer sur internet des informations sur tous les commerces, même les plus petits. Les deux hommes quittèrent le café à 16 h 30, une heure avant l'ouverture d'Asunaro. L'établissement se trouvait au premier étage d'un immeuble ancien, dont le rez-de-chaussée était occupé par un restaurant de râmen.

Ils montèrent le petit escalier et poussèrent la porte d'entrée, malgré le panonceau qui indiquait que l'établissement n'était pas encore ouvert. Un appétissant fumet de poisson vint leur chatouiller les narines, et ils virent un comptoir en bois clair, derrière lequel se tenait une jeune femme qui portait un tablier sur un sweat-shirt. Soigneusement maquillée, elle avait des sourcils bien dessinés.

— Nous n'ouvrons qu'à 17 h 30, dit-elle.

— Nous ne sommes pas des clients. Mais… dit-il en lui montrant son badge de la préfecture de police de Tokyo.

Elle s'immobilisa, une cuillère à la main, l'air embarrassé, et inspira profondément.

— Très bien. De quoi s'agit-il ?

De loin, elle paraissait jeune, mais de près, les fines rides qu'elle avait autour des yeux la vieillissaient un peu, sans qu'on puisse pour autant lui donner la quarantaine. Elle avait un petit visage aux traits réguliers.

— C'est vous qui tenez cet établissement ?

— Non, ma mère. Elle est sortie faire des courses.

— Elle s'appelle Asaba Yōko, n'est-ce pas ?

— C'est exact.

— Et vous travaillez avec elle, c'est bien ça ? Pouvez-vous me donner votre nom ?

— Asaba Orié. Il y a un problème avec notre restaurant ?

Sans répondre à sa question inquiète, Godai lui demanda avec quels caractères s'écrivait son prénom et Nakamachi nota sa réponse.

Godai lui tendit une photo.

— Vous connaissez cet homme ?

Orié la regarda et écarquilla légèrement les yeux.

— Oui, répondit-elle.

— Vous savez comment il s'appelle ?

— C'est M. Kuraki. Il vient parfois ici.

— Et son prénom ?

— Euh… Je crois que c'est Tatsurō, mais je n'en suis pas sûre, répondit-elle d'une voix qui manquait d'assurance.

Si elle avait une liaison avec lui, elle devait le connaître, mais il n'était pas exclu qu'elle joue la comédie. Godai savait d'expérience que les femmes sont toutes des comédiennes.

— Quand est-il venu ici pour la dernière fois ?

Orié inclina la tête, pensive.

— Il me semble que c'était au début du mois dernier.

— À quelle fréquence vient-il chez vous ?

— Quelques fois par an. Parfois plusieurs fois de suite, parfois moins souvent.

— Et il est client ici depuis combien de temps ?

— Cinq ou six ans. Je ne peux pas être plus précise.

Cela correspondait à ce qu'avait déclaré Kazuma. Kuraki venait sans doute ici chaque fois qu'il était à Tokyo.

— Vous savez ce qui l'a amené chez vous ? Quelqu'un lui a parlé de votre établissement ?

— Euh… Je ne crois pas qu'il nous l'ait jamais dit. J'imagine qu'il est entré par hasard la première fois, que ça lui a plu, et que c'est pour ça qu'il revient.

— Il vient seul ? Ou avec quelqu'un ?

— Non, il est toujours seul.

— Et que fait-il quand il est ici ?

— Ce qu'il fait ? C'est un restaurant, donc il mange et boit.

— Généralement il est ici de quelle heure à quelle heure ?

— Il arrive souvent vers 19 heures et reste jusqu'à la fermeture.

— C'est-à-dire ?

— La cuisine ferme à 23 heures, le restaurant une demiheure plus tard.

— Il se met où ?

— Pardon ? fit Orié, surprise.

— Quand on vient souvent dans un restaurant ou un bar, on a tendance à toujours s'asseoir à la même place. Je me demandais si c'est son cas.

— Ah…

Elle hocha la tête et désigna un siège.

Godai le regarda et s'imagina Kuraki assis là, un peu à l'écart des autres clients, buvant tranquillement pendant plus de quatre heures. Il devait vraiment aimer ce restaurant.

Ou venait-il pour cette femme ?

— Excusez-moi mais… commença Orié comme si elle avait pris une décision. Sur quoi porte votre enquête ? Il est arrivé quelque chose à M. Kuraki ?

Godai ne répondit rien. Mais Nakamachi le fit.

— Tout ce qu'on vous demande, c'est de répondre aux questions qu'on vous pose. Mieux vaut que vous n'en sachiez pas trop.

— Vous me posez tellement de questions sur lui que ça m'inquiète. La prochaine fois qu'il viendra, je ne sais pas ce que je devrai lui dire, moi ! Nous ne le voyons pas souvent, mais il est très aimable. Très gentil avec ma mère et moi. Je peux lui parler de votre visite ?

— Bien sûr, répondit immédiatement Godai. Nous l'avons déjà rencontré.

— Ah bon… lâcha-t-elle en lui lançant un regard étonné.

Si elle avait une liaison avec Kuraki, il n'aurait pas manqué de lui raconter qu'il avait reçu la visite de policiers de Tokyo. Mais il ne croyait bien sûr pas à sa surprise. Les femmes sont toutes des comédiennes, se répéta-t-il.

— Vous dites que je vous pose beaucoup de questions sur lui, mais en réalité, je ne vous ai pas demandé grand-chose, répondit-il en scrutant son beau visage. Je vais commencer. Je vous prie de me dire tout ce que vous savez sur lui. Tout m'intéresse, jusqu'aux choses les plus insignifiantes. Nakamachi, tu es prêt à noter ?

— Bien sûr ! fit son collègue dont le carnet était ouvert. Allez-y !

Il avait son stylo à la main.

— Vous savez, je ne sais pas grand-chose de lui. Il parle peu de lui… Il habite le département d'Aichi, et son fils travaille à Tokyo. Il vient le voir de temps en temps et en profite pour passer ici. Il nous rapporte souvent un cadeau de là-bas. Mais à part ça…

Elle inclina la tête, comme si elle réfléchissait.

— Je crois que c'est un supporter des Chūnichi Dragons, l'équipe de base-ball de Nagoya. Il n'a pas de hobby, et depuis qu'il est à la retraite, il a du mal à meubler son temps libre. Sinon…

Elle s'interrompit, poussa un léger soupir et agita lentement la tête de droite à gauche.

— Je suis sûre qu'il m'a dit plus que ça, mais je n'arrive pas à m'en souvenir. Désolée.

— Eh bien, réfléchissez-y quand vous avez le temps. Nous reviendrons vous voir, c'est à peu près certain.

Elle fronça les sourcils, comme si l'idée de les revoir lui déplaisait. Elle ne jouait sans doute pas la comédie.

Ils entendirent la porte du restaurant s'ouvrir. Ils se retournèrent et virent une femme de petite taille, vêtue d'un manteau beige, qui portait deux sacs de courses pleins et les regardait avec surprise. Le visage ridé, elle avait des lunettes et faisait ses soixante-dix ans. Sa ressemblance avec Orié était évidente.

— Vous êtes Asaba Yōko, n'est-ce pas ?

Sans répondre à Godai, elle tourna les yeux vers le comptoir.

— Ce sont des policiers, lui dit sa fille. Ils sont là pour s'informer sur M. Kuraki.

— Bonsoir, madame, fit Godai en lui montrant son badge.

Yōko n'y jeta pas un regard, comme si cela ne l'intéressait pas du tout, s'approcha du comptoir pour donner les sacs à sa fille. Ce n'est qu'ensuite qu'elle se tourna vers les deux policiers.

— Vous allez me dire que M. Kuraki a fait quelque chose de mal ?

— Non, je ne peux pas vous dire ça pour l'instant. Mais nous enquêtons à son sujet. C'est la raison pour laquelle nous sommes venus vous voir.

— D'accord. Je ne sais pas sur quoi vous enquêtez, mais ce que je peux vous dire, c'est que si vous le soupçonnez, vous êtes à côté de la plaque. Il est parfaitement incapable de faire quelque chose de mal, déclara-t-elle d'un ton ferme.

— Nous nous en souviendrons, répondit Godai en qui ces propos éveillaient un sentiment bizarre.

Quelque chose dans ce qu'elle venait de lui dire l'interpellait, mais il n'aurait su dire quoi.

— C'est M. Kuraki qui vous a parlé de nous ?

Godai eut un sourire gêné, et fit non de la main.

— Je ne peux pas vous le dire.

— Tout ce qu'on nous demande, c'est de répondre aux questions, lui apprit sa fille sur un ton sarcastique.

— Bon, d'accord. Mais dans ce cas, faites vite ! Nous allons bientôt ouvrir. Pardonnez mon impolitesse, mais autant que vous sachiez que je déteste la police depuis longtemps, fit la vieille femme d'une voix glaciale en regardant Godai.

— Très bien. Connaissez-vous M. Shiraishi Kensuké ? C'est un avocat. Je vous pose la question à toutes les deux.

— Moi, je ne le connais pas. Et toi ? répondit la mère en se tournant vers sa fille qui fit non de la tête.

— Bien. Et je voulais aussi vous demander s'il vous arrive d'aller au sanctuaire Tomioka Hachimangū.

— Évidemment ! C'est tout près d'ici.

— Et il vous arrive d'y acheter des *ofuda* ou des amulettes ?

— Oui, répondit Yōko. Vous voyez, nous en avons un là-bas.

Godai tourna la tête dans la direction qu'elle montrait et vit un *ofuda* qui ressemblait à celui qu'il avait vu chez Kuraki.

— Et d'en offrir ?

— Tout le temps. Aux clients fidèles.

— Et à M. Kuraki ?

— À M. Kuraki ? Hum…

Elle tapa des mains.

— Oui, je lui en ai donné un, il y a quelques années, trois peut-être. C'était pour le remercier des cadeaux qu'il nous apporte toujours.

Godai réfléchit. La réponse de Kuraki, qui affirmait avoir oublié qui lui avait donné cet *ofuda*, était étrange. Pourquoi avait-il cherché à dissimuler Asunaro ? Il lui fallait le comprendre.

— J'ai l'impression que vous le connaissez bien toutes les deux, et je voulais savoir s'il y a parmi vos clients fidèles des gens qui le connaissent aussi.

— Sans doute. Ce n'est pas grand ici, et il y en a certainement parmi nos clients.

— Vous pouvez me donner leurs noms ?

— Non, ça, ce n'est pas possible, répondit Yōko en riant. Si vous tenez à le savoir, revenez donc quand nous sommes ouverts et cherchez-les vous-mêmes. Mais venez comme clients. Parce que si vous sortez votre badge comme vous l'avez fait avec moi, je porterai plainte contre vous parce que vous m'empêchez de travailler.

Godai hocha la tête avec un sourire peiné.

— Je vais y réfléchir.

— Monsieur le policier, si vous avez d'autres questions, vous ne voulez pas revenir une autre fois ? Le temps passe, on ne va pas être prêtes à temps pour l'ouverture, nous ! ajouta Yōko en regardant l'horloge accrochée au mur.

Godai comprit ce qui l'avait interpellé en l'écoutant tout à l'heure.

C'était son intonation. Elle parlait avec une légère trace d'un accent qu'il reconnaissait, le même que celui du chauffeur de taxi de Mikawa-Anjō l'autre jour.

— Qu'est-ce qui vous arrive ? demanda-t-elle en lui lançant un regard curieux.

— Rien, rien. Je n'ai plus qu'une seule question à vous poser. Le 31 octobre, Asunaro était ouvert ?

— Le 31 octobre ? Je n'ai pas le souvenir que le restaurant ait été exceptionnellement fermé ce jour-là.

— Et vous étiez ici toutes les deux ?

— Oui. Heureusement pour nous, nous avons trop de monde pour arriver à nous en sortir l'une sans l'autre. Que s'est-il passé ce jour-là ?

— Euh… Eh bien…

— Excusez-moi ! J'ai oublié que c'est vous qui posez les questions, dit la vieille femme en haussant les épaules.

— Je vous remercie. Pourriez-vous me donner vos numéros de téléphone et adresses, s'il vous plaît ?

Yōko fit la grimace.

— Parce que vous comptez aussi venir chez nous ?

— Non, pas spécialement, mais nous aimerions les avoir.

Elle soupira, mais les écrivit sur une feuille de papier. Elles partageaient apparemment un appartement dans le quartier de Tōyōchō.

— Je peux vous demander d'où vous êtes originaire ?

La question de Godai était adressée à Yōko.

— J'ai l'impression que vous n'êtes pas de Tokyo.

Son visage changea d'expression. La méfiance visible que lui inspiraient les policiers disparut. Elle poussa un long soupir, échangea un regard avec sa fille et regarda Godai.

— Vous avez vu juste. Je suis née à Seto, dans le département d'Aichi. Quand je me suis mariée, je me suis installée à Toyokawa, où j'ai vécu jusqu'à mes trente-cinq ans. Ensuite, mon mari est mort, et je suis venue un peu après à Tokyo.

— Je vois. J'imagine que vous parlez souvent d'Aichi avec M. Kuraki.

— Non, jamais. Je ne lui ai pas dit que j'en venais. Je suis sûre qu'il l'a remarqué, mais il ne m'a pas posé la question. Il n'a peut-être pas osé, puisque je ne lui ai pas dit.

— Je n'aurais pas dû vous la poser, alors ?

Le visage inexpressif, elle inspira profondément.

— Je n'ai pas envie que vous enquêtiez à mon sujet en interrogeant des gens partout, et je préfère jouer franc jeu. Tout à l'heure, je vous ai dit que je détestais la police. J'ai une bonne raison pour ça.

— Que voulez-vous dire ?

— Mon mari…

Elle changea d'expression. Ses yeux rougirent, elle serra les lèvres. Son chagrin était visible.

— Mon mari a été tué par la police, dit-elle d'une voix proche du gémissement.

Ses rides paraissaient plus marquées.

— Il avait été placé en détention provisoire parce qu'il était soupçonné de meurtre, et il n'en est jamais sorti. Il s'est pendu dans sa cellule.

7

— Le crime a eu lieu le mardi 15 mai 1984. Un homme a été tué dans son bureau, situé dans un immeuble à proximité de la gare Meitetsu Higashi-Okazaki. Il s'appelait Haitani* Shōzō, avait cinquante et un ans, était célibataire et tenait une agence de services financiers. Un de ses employés l'a découvert et a appelé la police vers 19 h 30. Le couteau de cuisine avec lequel il avait été tué était fiché dans sa poitrine.

Tsutsui n'avait pas parlé fort, mais toutes les personnes présentes dans la petite salle de réunion l'avaient entendu. Autour de la table n'étaient réunis, outre Godai et lui, que des cadres, comme le chef de la section chargée de l'affaire de la première division de la police judiciaire, le commissaire du commissariat qui abritait la cellule d'enquête, le responsable de sa section judiciaire et son adjoint.

— Trois jours après, le 18 mai, Fukuma Junji a été placé en détention provisoire, continua Tsutsui en regardant ses documents. J'ignore pour quel motif, mais d'après ce que j'ai pu comprendre, il est très vraisemblable qu'il ait été interpellé pour une autre affaire. Tout ce que nous savons, c'est qu'il était alors âgé de quarante-quatre ans, et habitait la ville de Toyokawa. Il s'est suicidé quatre jours plus tard dans sa cellule du commissariat. L'enquête sur sa mort a conclu qu'il n'y avait pas matière à poursuites, et l'affaire a été classée. Le délai de prescription s'étant achevé en mai 1999, la plupart des documents d'enquête n'ont pas été conservés.

* Un autre nom très rare, qui signifie "vallée de cendres".

Les informations que venait de lire Tsutsui avaient été rassemblées par Godai à partir des déclarations d'Asaba Yōko. Elle se souvenait de la date à laquelle son mari avait été arrêté, mais ne connaissait apparemment pas les grandes lignes de l'affaire.

"Un jour, notre maison a été envahie par une foule de policiers en civil et en uniforme. Ils ont emmené mon mari qui a eu le temps de me dire que je ne devais pas me faire de souci et qu'il reviendrait vite. Plusieurs jours ont passé, il n'est pas rentré. La police m'a ensuite appris qu'il s'était pendu dans sa cellule", lui avait-elle dit.

Godai n'avait pas oublié l'expression qu'elle avait eue en le lui racontant. Plus de trente ans s'étaient écoulés depuis, mais elle ne s'était visiblement pas remise de ce traumatisme.

Du point de vue de la documentation cependant, il restait très peu de chose. Godai avait pu comprendre les grandes lignes de ce meurtre en prenant contact avec la police d'Aichi, mais il était impossible à l'heure actuelle de vérifier ce qui avait conduit à l'arrestation du suspect, et de savoir comment l'enquête avait été menée. Une partie des informations lues par Tsutsui était tirée d'articles de journaux de l'époque.

— Un témoin vous a parlé de cette affaire, c'est ça ? s'assura Sakurakawa, le chef de la section de la première division de la police judiciaire à laquelle appartenaient Tsutsui et Godai.

— C'est exact, répondit Godai. Nous sommes allés voir la veuve de Fukuma et elle a dû penser que nous ne manquerions pas d'apprendre ce qui s'était passé à l'époque dans le département d'Aichi où elle habitait. Elle m'a dit qu'elle préférait m'en parler elle-même.

Comme il l'avait déjà expliqué à Sakurakawa, il s'adressait aux autres cadres.

— Mais comment procéder maintenant ? demanda ce dernier. Le plus incompréhensible dans ce que la victime a fait dans le mois qui a précédé son décès, ce sont ses trois visites dans le quartier de Monzen-Nakachō, y compris celle du jour où il a été tué. Nous ne savons rien de ce qui l'a conduit là, et le seul lien que nous pouvons envisager, c'est ce Kuraki Tatsurō. Je veux que Godai continue à chercher à comprendre le lien entre Kuraki, le restaurant Asunaro et la victime. Il nous faut maintenant décider jusqu'à quel point nous devons nous intéresser à ce meurtre de 1984 que Tsutsui vient d'évoquer.

— Hum… grommela le commissaire responsable du commissariat, un homme au visage mince. Cette histoire est embêtante, n'est-ce pas ?

— Sans aucun doute.

— J'imagine que la police d'Aichi ne doit pas avoir envie d'en parler. La mort d'une personne en détention provisoire, c'est une sacrée bourde. Le genre de chose qu'on préfère oublier, et même faire comme si ça n'était jamais arrivé.

— Probablement, approuva Sakurakawa. C'est bien pour ça que j'ai besoin de votre avis à tous.

— Il est peu probable que cette patronne de restaurant et sa fille soient coupables, n'est-ce pas ?

— D'après Godai, non. Elles travaillaient dans leur restaurant au moment du crime.

— Mener une enquête plus approfondie sur ces deux femmes en supposant que leur restaurant ait un lien quelconque avec le crime ne paraît donc pas nécessaire. Et encore moins sur ce crime qui a eu lieu il y a plus de trente ans.

Le commissaire n'en avait visiblement aucune envie. Il ne voulait sans doute pas irriter la police d'un autre département.

— Godai ! lança le responsable de la police judiciaire du commissariat. Quel est ton sentiment ? Pour toi, ces deux femmes n'ont aucun lien avec le crime ?

Godai parut hésitant.

— Pour être tout à fait honnête, je n'en sais rien. Mais ce qui me pose question, c'est la raison pour laquelle Kuraki Tatsurō a voulu nous cacher ses visites à ce restaurant. Et je trouve aussi bizarre qu'il m'ait dit avoir oublié le nom de la personne qui lui avait offert l'*ofuda* qu'il a chez lui. Pour moi, ce n'est pas le restaurant qu'il voulait cacher, mais l'existence des Asaba mère et fille.

— C'est bon, j'ai compris, fit son interlocuteur en levant la main comme pour lui intimer de se taire.

Il regarda le commissaire à la tête du commissariat.

— La police d'Aichi n'a certainement pas envie de revenir sur cette mort en détention, les personnes qui ont été impliquées ont probablement pris leur retraite, et à mon avis, nous n'avons pas nous en préoccuper.

Le commissaire avait apparemment décidé d'une ligne de conduite, après avoir entendu son subordonné. Il hocha la tête comme à regret en tournant les yeux vers Sakurakawa.

— Très bien. Je m'en remets à vous.

— Je vais en parler à mes supérieurs, et faire en sorte d'obtenir la coopération de la police d'Aichi, déclara Sakurakawa, avant de regarder Tsutsui et Godai en clignant des yeux, comme pour leur faire comprendre que leur présence n'était plus nécessaire.

Les deux hommes s'inclinèrent et quittèrent la salle de réunion.

— Cette histoire risque de devenir embêtante, dit Tsutsui en agitant les feuilles qu'il avait lues.

— Ça s'est passé en 1984, soupira Godai. Je n'avais même pas commencé l'école primaire.

— Rien d'étrange à ce qu'il ne reste aucun des documents de l'époque. Le seul espoir, c'est qu'on puisse parler aux collègues qui s'en sont chargés.

— En plus, les chefs de l'époque sont sans doute quasiment tous morts.

— Et s'ils avaient en 1984 l'âge qu'on a aujourd'hui, ça leur fait au moins soixante-dix ans. S'ils ne sont pas morts, ils n'ont peut-être plus toute leur tête, lâcha Tsutsui.

Godai essaya de sourire. Il était un peu inquiet. Même en admettant qu'il y ait des policiers qui se souviennent de cette affaire, ils n'auraient certainement pas envie de l'évoquer et ne l'accueilleraient probablement pas à bras ouverts.

8

— Vous avez déjà mangé du porc frit à la sauce au miso, vous ? Moi, jamais, dit Nakamachi.

Il était assis à côté de Godai et consultait son smartphone.

— Moi non plus. J'y ai pensé quand je suis venu tout seul la dernière fois, mais je ne l'ai pas fait. Je n'arrive pas à m'imaginer le goût que ça peut avoir. En fait, je n'ai pas trop envie d'essayer. Je sais que ce n'est pas bien, mais…

— Ah bon ! Je n'aurais jamais deviné que vous étiez comme ça.

— Ma mère me dit souvent que c'est à cause de ça que je n'arrive pas à me marier. Mais si tu y goûtes, j'en ferai autant. Une fois qu'on aura fini notre travail ici, on n'aura qu'à trouver un restaurant dont c'est la spécialité.

— On aura l'embarras du choix à Nagoya, répondit Nakamachi sans cesser de regarder son téléphone.

Une annonce résonna dans le wagon. Le train arriverait en gare de Nagoya dans trois minutes. Godai vérifia qu'il avait son billet.

Trois jours après la réunion des cadres, il avait reçu l'ordre de retourner dans le département d'Aichi. Sa destination cette fois-ci était l'arrondissement de Tenpaku de Nagoya. Il avait eu droit au Nozomi, le Shinkansen le plus rapide, et Nakamachi, qui l'accompagnait, se réjouissait de ce déplacement car il n'en avait pas fait depuis longtemps.

La majeure partie des documents de l'enquête sur le meurtre en 1984 du gérant de l'agence de services financiers de Higashi-Okazaki n'avait pas été conservée. Cela n'avait rien d'étonnant, étant donné qu'il y avait prescription, et que les faits remontaient à plus de trente ans. Il était difficile d'imaginer que la police départementale cache quelque chose. Au contraire, elle se montrait coopérative et avait entrepris de chercher d'anciens policiers qui avaient participé à l'enquête. La tâche avait dû être ardue. Godai lui était reconnaissant d'avoir trouvé le policier retraité que Nakamachi et lui allaient rencontrer. Âgé aujourd'hui de soixante-douze ans, il n'en avait pas quarante à l'époque des faits et avait été en première ligne dans cette affaire. Godai attendait beaucoup de lui.

Quant à l'enquête sur le meurtre de l'avocat, il aurait été difficile de dire qu'elle progressait. L'arme du crime était un couteau ordinaire, vendu en grande surface. Aucun objet qui aurait pu avoir appartenu au meurtrier n'avait été retrouvé sur les lieux. Les caméras de surveillance des alentours n'avaient rien révélé d'intéressant. L'équipe chargée de l'enquête de voisinage, qui avait établi que Kuraki était un client régulier du restaurant Asunaro, n'avait pas produit d'autre résultat intéressant.

Les attentes reposaient principalement sur les données de géolocalisation du smartphone de l'avocat. Comme il était difficile de concevoir qu'il ait été tué par une personne qu'il rencontrait pour la première fois, les deux hommes avaient dû se croiser avant le jour du meurtre. Les enquêteurs avaient retracé les mouvements de l'avocat et vérifiaient les enregistrements des caméras de surveillance de tous les endroits où il était allé. Un travail fastidieux, mais qui avait le mérite d'apporter des informations sur les personnes avec qui l'avocat avait été en contact avant sa mort.

Rien ne garantissait cependant que cela permettrait de trouver le criminel. Si les personnes identifiées sur ces enregistrements étaient tous des clients ou des relations de travail de la victime, l'enquête ne progresserait pas.

Lorsque Godai et son collègue franchirent le portillon de la gare de Nagoya, un homme à lunettes dans la trentaine s'approcha d'eux en souriant et se présenta. Son nom était Katasé, il était sous-brigadier de police à la division de la police communautaire du département d'Aichi et leur servirait de guide.

— Nous sommes désolés de venir vous voir pour une histoire aussi ancienne, lui dit Godai en lui offrant la boîte de gâteaux qu'il avait apportée de Tokyo.

— Entre collègues, on doit s'aider, répondit Katasé après l'avoir remercié.

Il les conduirait chez le policier retraité et leur demanda d'attendre pendant qu'il allait chercher sa voiture. Lorsqu'il revint, Godai monta devant à côté de lui, afin de pouvoir lui parler plus facilement.

— Je suis sûr que notre demande d'informations à propos d'un meurtre qui date de 1984 a dû vous ennuyer, fit Godai une fois qu'ils eurent démarré.

— Pas du tout. Personnellement, j'ai trouvé ça très intéressant. C'est la première fois que j'ai à m'occuper de quelque chose qui s'est passé avant ma naissance, répondit aimablement Katasé.

Il paraissait sincère.

— On vous en a chargé ?

— Il s'agissait de retrouver d'anciens policiers, qui sont aujourd'hui des retraités ordinaires. La police communautaire est idéale pour ce genre de mission.

L'ancien policier chez qui il les conduisait s'appelait Muramatsu Shigenori. Brigadier de police judiciaire en 1984, il avait participé de près à l'enquête.

— Il a très bonne mémoire, et se souvient bien de l'affaire. Et d'après ce qu'il nous a dit, il a gardé toutes ses notes d'enquête, ce qui sera probablement très utile.

— Vraiment !

— Il s'agit de ses notes personnelles. Il a conservé les carnets et les dossiers du temps où il travaillait, dont ceux se rapportant à ce meurtre.

— Je vois, dit Godai avec conviction.

Lui aussi gardait chez lui ses propres notes sur ses enquêtes, parce qu'il pensait que même si elles ne lui serviraient sans doute jamais plus, il était le seul à savoir les efforts qu'elles lui avaient demandés.

Le trajet dura une trentaine de minutes. La voiture s'arrêta dans un quartier résidentiel typique des classes moyennes, avec à proximité une école maternelle et de nombreux immeubles peu élevés.

Ils suivirent Katasé jusqu'à une maison particulière assez ancienne, de style mi-japonais mi-occidental. Une seule voiture, petite, était garée sous son auvent assez grand pour en abriter une autre.

Un homme aux cheveux blancs vint ouvrir lorsque Katasé sonna. Godai s'attendait à quelqu'un de plus grand et de moins souriant. Rien ne donnait à penser qu'il avait été policier.

Il les emmena dans une pièce à l'occidentale où ils s'assirent tous autour d'une table en marbre. Une fois les présentations faites, l'épouse du policier retraité, une femme aux cheveux teints, soigneusement maquillée, vint leur apporter du thé. Peut-être s'était-elle apprêtée pour l'occasion.

— Nous vous remercions de prendre le temps de nous rencontrer, monsieur Muramatsu, dit Godai.

— Mais je vous en prie. Vous savez, un retraité comme moi n'a pas grand-chose à faire de ses journées. Jusqu'à il y a peu, je travaillais comme gardien de parking, mais on m'a dit qu'on n'avait plus besoin de moi, expliqua-t-il avec l'accent de Nagoya. Maintenant, je ne sais pas comment passer mon temps, et si je peux vous être utile…

Comme l'avait dit Katasé, il paraissait vif d'esprit.

— Vous savez sans doute qu'un témoin que nous avons entendu dans le cadre de notre enquête sur un meurtre qui a eu lieu récemment à Tokyo est originaire d'Aichi. Ce témoin était l'épouse du suspect d'un autre meurtre qui s'est produit ici en 1984, celui du gérant d'une agence de services financiers située près de la gare de Higashi-Okazaki.

Muramatsu hocha docilement la tête.

— C'est ce qu'on m'a dit. Elle habite à Tokyo maintenant ? Je crois l'avoir rencontrée une ou deux fois, mais je ne me souviens pas de son visage.

— Nous ignorons si cette affaire a un lien avec notre enquête, mais nous sommes venus vous voir parce que nous aimerions comprendre de quoi il retournait.

— D'accord, murmura le vieil homme qui parut satisfait. En toute modestie, je pense que vous êtes chez la bonne personne. J'étais en première ligne dans cette affaire, du début à la fin. Je suis arrivé le premier sur les lieux. L'homme qui avait découvert la victime était encore là.

— Ah bon… souffla Godai en écarquillant les yeux.

Dans ce cas, ce retraité avait assurément raison.

Muramatsu sortit un vieux cahier d'un sac en papier posé à côté de lui et chaussa ses lunettes qui étaient sur la table.

— Je me souviens très bien de ce jour-là. À l'époque, j'habitais près de Yahagigawa. J'étais en train de dîner quand on m'a appelé. Je suis immédiatement allé sur les lieux, au premier étage d'un immeuble non loin de la gare Meitetsu Higashi-Okazaki, où se trouvait le bureau d'une société au nom douteux, Green Company. Un homme en costume gisait sur le sol. Il avait été poignardé et il était déjà mort. L'arme, un couteau taché de sang, était à côté de lui. Elle venait de la petite cuisine attenante au bureau, et il n'y avait sans doute pas eu préméditation. Ça ressemblait à une dispute qui avait mal tourné. Une cellule d'enquête a été immédiatement créée, et nous avons compris que ce Haitani, comme il s'appelait, n'était pas quelqu'un d'honnête. Et que, même si je ne devrais pas dire ça, il n'y avait rien d'étonnant à ce qu'il ait fini comme ça.

— Qu'avait-il fait de mal ?

— Vous êtes tous les trois si jeunes que si je vous parle du scandale Tōzai Trading, ça ne vous dit rien, j'imagine.

— Le scandale Tōzai Trading… Ah, je me rappelle l'avoir étudié à l'école de police. C'était une escroquerie de grande ampleur, non ?

Muramatsu hocha lentement la tête.

— Tōzai Trading vendait à ses clients de l'or pur, en prétendant que c'était un excellent investissement, car l'or prend toujours de la valeur. En soi, ça ne posait pas de problème, mais les clients n'en voyaient jamais la couleur. Ils devaient se contenter de certificats de propriété, soi-disant parce que la société conservait l'or dans ses coffres. Si ça avait été vrai, ça non plus, ça n'aurait pas été un problème, mais Tōzai Trading gardait l'argent de ses clients sans acheter d'or. J'imagine que ça vous paraît étrange qu'une escroquerie pareille ait marché, mais ils ont roulé beaucoup de monde, et pas seulement les personnes âgées, qui étaient leur première cible. Enfin, ça ne pouvait pas continuer toujours. Il y a eu de plus en plus de plaintes, et on a fini par comprendre qu'il s'agissait d'une escroquerie. Tōzai Trading a fait faillite, et ce qui restait des fonds a été distribué aux victimes. Malheureusement, presque tout leur argent avait été dépensé.

Muramatsu avait parlé d'une seule traite. Il s'interrompit pour boire du thé.

— Et le meurtre était lié à ce scandale ? demanda Godai.

— Indirectement. Tōzai Trading a fait faillite, mais certains de ses employés ont utilisé ce qu'ils y avaient appris pour se lancer dans de nouvelles entreprises scabreuses qui permettaient d'investir dans des cartes de membres de club de golf, dans le palladium sur les marchés à terme, ou d'acheter très cher des pierres qui n'avaient de précieuses que le nom. Ces voyous récoltaient de l'argent en escroquant leurs clients de toutes les manières possibles. Ça finissait toujours de la même façon. Soit ils disparaissaient sans laisser de traces, soit ils déclaraient faillite. Les victimes étaient toujours des gens âgés, qui vivaient généralement seuls. C'étaient eux qu'ils visaient en priorité. Les aigrefins les contactaient par téléphone, et sitôt qu'ils comprenaient qu'ils avaient affaire à une personne seule, ils ne lâchaient plus prise, revenant à l'attaque avec toutes sortes d'arguments, autant de fois qu'il le fallait. En racontant n'importe quoi, par exemple que si un retraité laissait trop d'argent sur son compte en banque, sa pension diminuerait, et que c'était mieux de diversifier ses investissements, ou autres arguments de la même eau. C'étaient de vraies ordures, ces gens-là ! Et ce Haitani se mêlait à eux pour avoir sa part du butin, comme une hyène.

Le nom de la victime revenait enfin. Godai se pencha légèrement vers Muramatsu.

— Tous ces escrocs que je viens de décrire cherchaient en permanence de nouvelles proies, et Haitani leur servait de rabatteur. Il avait travaillé autrefois pour une compagnie d'assurances, qu'il avait quittée en emportant les listes de clients, une source d'information précieuse qui lui permettait de connaître non seulement leur âge, leurs revenus, le montant de leurs économies, mais parfois aussi la composition de leur famille. Ça faisait de lui quelqu'un de très utile pour tous ces aigrefins. Il les accompagnait chez d'anciens clients, des gens âgés, à qui il disait qu'il était chargé de leur suivi par l'assurance, avant de leur présenter l'escroc qui était venu avec lui. Les vieilles personnes se laissaient facilement duper parce qu'elles imaginaient que la présence de Haitani signifiait que ces autres sociétés avaient un lien avec la compagnie d'assurances. Il faut dire que c'était vraiment un beau parleur, et qu'il leur apportait parfois des cadeaux, si bien que ces gens isolés le considéraient presque comme un membre de leur famille.

En écoutant Muramatsu, Godai lui donna raison. Ce meurtre n'avait rien de surprenant.

— Je crois que je devine le mobile du tueur.

— Ça ne m'étonne pas. Nous nous sommes d'abord intéressés aux personnes qui avaient été trompées par Haitani. Mais quand nous avons commencé à les contacter, nous nous sommes rendu compte d'une chose surprenante. Au moment de sa mort, rares étaient celles qui avaient compris qu'il les avait dupées. La plupart croyaient encore en lui. J'ai entendu dire qu'une vieille dame s'est mise à pleurer en apprenant qu'il était mort. Elle ne comprenait pas comment quelqu'un d'aussi bon pouvait avoir été tué !

Assis à côté de Godai, Nakamachi murmura que c'était fort. Sans doute était-ce un commentaire sur les capacités de Haitani en tant qu'escroc.

— C'est comme ça que nous nous sommes intéressés à un certain Fukuma Junji, qui tenait un magasin d'électricité à Toyokawa. Il avait investi sur la recommandation de Haitani dans le marché à terme du palladium. Il n'avait que quarante-quatre ans, ce qui était jeune pour faire partie des victimes de cet escroc, mais il s'y connaissait en électricité, s'était renseigné sur le palladium, et en avait déduit que c'était un métal à fort potentiel. Il ne comprenait malheureusement rien aux marchés à terme et avait vendu plusieurs fois au moment où le cours du palladium était à son plus bas et acheté quand il était à son plus haut, si bien qu'il avait fini par dépenser toutes ses économies. Le vendeur, lui, achetait bon marché le palladium lorsque Fukuma vendait, pour le lui revendre cher ensuite, si bien qu'il avait gagné sur toute la ligne. L'argent de Fukuma lui avait été intégralement transféré.

— C'était vraiment un méchant, celui-là, dit Godai. Mais pourquoi Fukuma a-t-il continué à spéculer ?

— Parce que le vendeur disait qu'il garantissait le capital. Fukuma devait penser que même s'il ne gagnait rien, il le récupérerait. Mais lorsque le vendeur a disparu sans laisser d'adresse, Fukuma s'est rendu compte qu'il avait été escroqué, et il est allé se plaindre à Haitani. Il lui a demandé de lui rendre son argent, puisqu'ils étaient de mèche. Haitani a bien sûr refusé, parce qu'il n'était soi-disant qu'un simple intermédiaire, qu'il ne savait rien, etc. Son neveu, qui était chargé d'assurer la permanence téléphonique au bureau, nous a dit que Fukuma y était venu plusieurs fois, expliqua le vieux policier en rehaussant ses lunettes sur son nez avant de reposer les yeux sur son cahier. Un témoin l'a vu dans l'immeuble le jour du meurtre, environ une demi-heure avant que le neveu nous appelle. C'était le livreur d'un restaurant, qui a croisé Fukuma dans l'escalier. C'est pour ça que nous l'avons convoqué.

— Et il a reconnu les faits ?

Muramatsu fit la moue.

— Il a reconnu être allé au bureau et avoir rencontré Haitani. Il a avoué l'avoir frappé, mais il a nié l'avoir poignardé.

— Vraiment ? s'exclama Godai. Il l'avait frappé ?

— Oui, ça, il le reconnaissait. On l'a immédiatement mis en examen pour coups et blessures. Parce que la victime avait des ecchymoses au visage, et que nous supposions que c'était l'assassin qui les lui avait causées.

Godai comprenait mieux la situation, mais on ne pouvait pas vraiment dire que Fukuma avait été interpellé pour une autre affaire.

— Il a été immédiatement mis en garde à vue, j'imagine.

— Oui, il a été déféré au parquet pour coups et blessures, et il a ensuite été interrogé.

— Par vous ?

— Non, par un lieutenant et un brigadier de la police départementale. Ils s'appelaient respectivement…

Muramatsu consulta à nouveau son cahier.

— Yamashita et Yoshioka, deux collègues connus pour mener des interrogatoires sévères. La meilleure façon de faire avouer un suspect difficile, qui reconnaissait avoir frappé la victime mais pas l'avoir poignardée, était, s'il le fallait, de le menacer. Donc quand nous avons su que Yamashita et Yoshioka mèneraient les interrogatoires, ça nous a semblé une bonne chose. On s'attendait à ce qu'ils arrivent rapidement à un résultat. Ça peut vous paraître brutal, mais à l'époque, on faisait comme ça.

Depuis qu'il avait abordé le sujet des interrogatoires, Muramatsu semblait mal à l'aise.

— Vous n'avez pas du tout assisté aux interrogatoires ?

— Non. Mais mon collègue qui s'est occupé du procès-verbal m'a raconté comment ça se passait. C'était surtout Yoshioka qui posait les questions, il était très menaçant, et Fukuma avait l'air terrifié. Yamashita disait à Yoshioka de se calmer, parlait gentiment à Fukuma en lui expliquant que s'il n'avouait pas, ça serait encore pire pour lui. Mon collègue pensait que ça irait vite, et qu'il avouerait, parce que personne n'était capable de résister à une pression pareille. Mais…

Muramatsu s'interrompit et soupira profondément.

— Je n'ai pas imaginé une seconde que les choses se passeraient comme ça…

— J'ai appris que le suspect s'était suicidé.

— Exactement. Il a utilisé ses vêtements pour se pendre aux barreaux de la fenêtre de la cellule.

Il prit son gobelet de thé, vit qu'il était vide, et le reposa sur la table.

— Telles sont les grandes lignes de cette affaire. Le lieu de détention était mal géré, ça ne fait aucun doute, mais de mon point de vue, aucune faute n'a été commise pendant l'enquête.

Godai hocha la tête. Il était d'accord et comprenait pourquoi l'affaire avait été classée sans suite après la mort du suspect.

Muramatsu appela sa femme et lui demanda de leur rapporter du thé, avant de le regarder.

— Vous avez d'autres questions à ce sujet ?

Godai se redressa.

— Le nom de Kuraki est-il apparu dans le cadre de l'enquête ? Kuraki Tatsurō.

— Kuraki… répéta son interlocuteur, pensif. Eh bien… je ne saurais vous dire, plus de trente ans après les faits. J'ai eu affaire à beaucoup de monde depuis, et je ne peux pas me souvenir de tous les noms. Mais il ne me semble pas qu'il y avait quelqu'un de ce nom parmi les personnes importantes dans cette affaire.

Il prit un dossier dans le sac en papier. Quelque chose tomba par terre. C'était un petit carnet en cuir noir. Muramatsu le ramassa et le remit dans le sac, puis il tendit le dossier à Godai.

— Voici la liste des gens que Haitani avait recommandés à tous ces escrocs. Parmi eux figurent des gens qui ont acheté des poteries qui ne valaient rien, ou qui ont été victimes de ventes pyramidales. Un vrai catalogue des pratiques commerciales douteuses de l'époque !

Godai prit le dossier, et le passa à Nakamachi.

— Regarde si tu vois le nom de Kuraki.

— Très bien.

Godai reposa les yeux sur le sac en papier.

— Vous vous serviez de ce petit carnet noir dans votre travail ?

— De celui-ci ? demanda Muramatsu en le prenant. Oui, je le prenais avec moi partout.

— Je peux y jeter un coup d'œil ?

— Je vous en prie. À l'époque, j'en avais toujours en réserve chez moi, et j'en ouvrais un nouveau pour chaque affaire.

— Je vois… C'est pratique.

Il l'ouvrit. La première page indiquait : "le 15/5 à 19 h 55, bureau de Green Company, 1er étage du Yakawa Building. Victime : Haitani Shōzō." L'écriture était rapide et difficilement lisible. On devinait que ces mots avaient été écrits dans la précipitation, au milieu du dîner.

Sur la deuxième apparaissaient des annotations, comme : "Sakano Masahiko, fils de la sœur, chargé de répondre aux appels." Les caractères étaient presque indéchiffrables.

— Vous avez écrit quoi ici ?

— Où ça ? Désolé, c'est vraiment difficile à lire. Montrez-moi ce que vous n'arrivez pas à lire, s'il vous plaît !

Godai lui donna le carnet, et Nakamachi lui tendit le dossier.

— Le nom de Kuraki n'y figure pas.

— Bien.

Il n'était pas surpris. Muramatsu avait dit que la plupart des victimes de Haitani étaient des gens âgés. Kuraki, qui devait avoir une trentaine d'années à l'époque, ne faisait pas partie des cibles.

— Ça, c'est quelque chose que m'a dit le neveu de Haitani, Sakano Masahiko, expliqua le vieux policier. Je vous en ai parlé, il assurait la permanence au bureau. Il était sur les lieux quand je suis arrivé, et j'ai noté ce qu'il m'a dit. Il avait appelé d'un téléphone public devant le bâtiment, et je l'ai trouvé dehors. Voilà ce que j'ai écrit.

— Comment ça ? demanda Godai en le regardant. Tout à l'heure, vous avez dit que l'homme qui avait appelé était à côté du corps. Et qu'il ne l'avait pas quitté, non ?

— Oui. C'est ce dont je me souviens. C'est bizarre.

Il commença à tourner les pages de son vieux carnet.

— Ah oui… s'exclama-t-il soudain. Ça me revient. Désolé. Je me suis trompé. Ils étaient deux.

— Deux ?

— Quand ils ont découvert le corps. Le neveu qui nous a prévenus, et un autre homme qui était à l'intérieur. D'après le neveu, c'était le chauffeur.

— Le chauffeur ? Vous voulez dire, un chauffeur de taxi ?

— Non. Ah, c'est écrit ici.

Il éloigna un peu le carnet de ses yeux. Même avec ses lunettes de presbyte, il avait du mal à se relire.

— "Un homme qui avait heurté Haitani en voiture l'emmenait au bureau le matin et venait le chercher le soir." C'est ce que j'ai écrit. Ah, ça me revient maintenant.

— De quoi s'agit-il ?

— J'ai oublié les détails, mais ça n'a pas d'importance. Haitani avait été légèrement blessé dans un accident de la circulation, et l'homme à l'origine de l'accident devait lui servir de chauffeur jusqu'à ce qu'il soit complètement remis. Il a accompagné le neveu dans le bureau, ils étaient ensemble quand ils ont trouvé le corps. Comme il n'a plus été question de lui par la suite, il a dû être écarté de la liste des suspects très tôt, expliqua-t-il en tournant les pages du carnet.

Il s'interrompit et poussa un cri de surprise.

— Que se passe-t-il ?

Muramatsu écarquillait les yeux derrière ses lunettes. Il tendit le carnet ouvert à Godai d'une main, en lui montrant de l'autre un endroit sur la feuille.

Ce dernier se pencha pour regarder.

Il vit plusieurs mots et notes griffonnés. Tout était difficile à lire, mais le doigt de Muramatsu était posé sous un nom relativement lisible, écrit en caractères du syllabaire katakana.

"Kuraki", lut-il.

9

Il était convenu que Katasé ramène les deux enquêteurs de Tokyo à la gare de Nagoya à l'issue de leur entrevue avec le vieux policier. Cette fois-ci, Nakamachi était assis à l'avant, et Godai, à l'arrière, afin de pouvoir téléphoner à la cellule d'enquête.

— Je pensais justement t'appeler, lui dit Sakurakawa. Mais raconte-moi d'abord comment ça s'est passé. J'entends à ta voix que tu es satisfait. Vous avez appris quelque chose ?

— Un fait stupéfiant !

Il lui rapporta les informations qu'il avait obtenues de Muramatsu.

— Tu as raison, c'est stupéfiant. Kuraki était mêlé à cette affaire ! Incroyable.

— Son nom n'était pas seulement mentionné dans le carnet de M. Muramatsu. J'ai aussi trouvé une copie de son accord pour que ses empreintes digitales soient prélevées, en cherchant dans le matériel qu'il avait gardé. C'est bien du même Kuraki qu'il s'agit.

— Nous avons le lien avec ce restaurant. J'ai le même sentiment que quand un puzzle est terminé. En retournant une pièce après l'autre.

— Vous avez aussi du neuf ?

— Et comment ! L'équipe chargée de regarder les enregistrements des caméras a établi que le 6 octobre, M. Shiraishi est entré dans un café près de la gare de Tokyo. Il y a une caméra de surveillance à l'entrée. Deux minutes après, une autre personne y entre. Je n'ai pas besoin de te dire de qui il s'agit.

— Kuraki, n'est-ce pas ?

— Exactement. Allez immédiatement l'interroger. J'ai envoyé Tsutsui et des collègues en renfort. Nous assurons la liaison avec la police locale, et si besoin est, vous pouvez lui demander de venir avec vous.

— Pas besoin de l'appeler avant pour savoir s'il est chez lui ?

— Non. Il comprendra que la situation est grave quand il aura une nouvelle visite de policiers venus de Tokyo. S'il est impliqué, il y a un risque qu'il prenne la fuite. Vous n'êtes pas loin de chez lui. Si jamais il n'est pas là, ce ne sera pas bien grave.

— Vous avez raison. Nous allons y aller sans le prévenir.

Godai raccrocha et expliqua à Nakamachi les instructions de Sakurakawa.

— Les choses commencent à bouger, fit son jeune collègue, les yeux brillants.

— Les renforts venus de Tokyo vont sans doute surveiller son domicile. J'ai l'impression que mon chef le croit coupable.

— C'est excitant, dit Katasé. Bonne chance !

— Merci, répondit Godai.

Après avoir fait leurs adieux à Katasé, Nakamachi et lui montèrent dans un Shinkansen Kodama qui s'arrêtait à Mikawa-Anjō.

— Quand même, je ne comprends pas. Comment un meurtre de 1984 peut être lié à celui sur lequel nous travaillons ? s'interrogea Godai, assis les bras croisés dans le train.

— Et ça ne vous paraît pas bizarre, à vous, que Kuraki ait un lien avec ce meurtre d'autrefois sans jamais avoir été considéré comme une personne d'intérêt ? Comme s'il n'était qu'un extra dans un film. Malgré ça, il s'en préoccuperait encore ?

— Je n'en sais rien. Je n'y comprends rien, répondit Godai avec un haussement d'épaules.

Les deux hommes prirent un taxi à la gare de Mikawa-Anjō. Ils demandèrent au chauffeur d'aller dans le quartier de Sasamé et en descendirent devant la maison de Kuraki. Après avoir inspiré profondément, Godai appuya sur la sonnette. Mais personne ne répondit. Kuraki serait absent ? Il échangeait un regard avec son collègue quand il entendit une voix derrière eux.

— Vous avez encore à me parler ?

Ils se retournèrent et virent Kuraki, qui portait un sac en papier plein.

— Oui, nous avons absolument besoin de vérifier quelque chose, répondit Godai.

— Ah bon ! Eh bien, entrez donc !

Kuraki sortit sa clé de sa poche et ouvrit la porte.

Il les conduisit dans la même pièce que l'autre jour et leur demanda d'attendre quelques instants. Il prit le bouquet de fleurs qui se trouvait dans le sac et le plaça dans le vase de l'autel bouddhique, devant lequel il joignit ensuite les mains. De dos, il paraissait chétif.

— Toutes mes excuses, leur dit-il avant de s'asseoir en face d'eux.

— Vous mettez régulièrement des fleurs sur l'autel ?

— Quand j'en ai envie, répondit-il à Godai. Comme aujourd'hui.

Il sourit. Il paraissait plus faible que l'autre jour, et plus indifférent.

— Et que vouliez-vous vérifier ?

— Ce que vous avez fait lors de votre dernier voyage à Tokyo. Vous nous avez dit que vous y êtes arrivé le 5 octobre et que vous en êtes reparti le lendemain. Quel était le but de votre visite ?

— J'en ai parlé la dernière fois, non ? J'avais envie de voir mon fils.

— C'était votre seule raison ?

— Que voulez-vous dire ?

— Le 6 en fin de journée, vous êtes entré dans un café près de la gare de Tokyo, n'est-ce pas ?

Le visage de Kuraki se tendit. Il cherchait visiblement une réponse.

— Vous avez l'air de vous demander comment nous le savons. Je peux le comprendre, continua Godai en le regardant. Je ne veux pas entrer dans les détails, mais sachez qu'aujourd'hui à Tokyo, il y a partout des caméras de surveillance. Il est naturel que les restaurants et les supérettes en installent pour se protéger de vols, mais il y en a aussi en ville, à l'extérieur.

Les cabines de téléphone étaient autrefois appréciées des gens qui avaient de mauvaises intentions. Mais aujourd'hui, elles sont très utiles à la police. Parce qu'elles sont quasiment toutes équipées de caméras de surveillance, si bien que lorsque nous savons qu'un malfaiteur a utilisé une cabine téléphonique, nous pouvons le voir sur les enregistrements. Ce qui revient à dire que vous avez été pris dans les mailles du filet de la société de surveillance qu'est devenue la nôtre aujourd'hui. Et l'enregistrement montre aussi la personne que vous avez rencontrée dans ce café. Vous savez de qui il s'agit, n'est-ce pas ? M. Shiraishi, l'avocat.

Kuraki se taisait. Ses yeux fixaient un point dans le vide. Leur couleur montrait qu'il n'était pas absent. Godai pensa qu'il était en proie à un conflit intérieur.

— La dernière fois, vous nous avez indiqué que vous lui aviez parlé au téléphone, mais que vous ne l'aviez jamais rencontré. Et que vous l'aviez appelé parce qu'il offrait une consultation gratuite. Mais quelques jours après cette conversation, vous êtes allé à Tokyo, et vous l'avez rencontré. Que devons-nous comprendre ? Pourriez-vous nous l'expliquer ?

Kuraki continuait à se taire. Il paraissait pétrifié.

Godai chercha son regard.

— Nous avons rencontré Mme Asaba et sa fille Orié.

Kuraki cligna légèrement des yeux.

— Mme Asaba nous a dit qu'elle vous avait offert un *ofuda* du sanctuaire Tomioka Hachimangū. Pourquoi avez-vous affirmé que vous l'aviez oublié ? Comment auriez-vous pu l'oublier ?

Kuraki ferma les yeux. Le policier ne l'imita pas.

— Pourquoi fréquentez-vous Asunaro ? Pourquoi le cachez-vous à votre fils ? Ce n'est pas tout. Vous cachez aussi quelque chose à Mme Asaba et à sa fille. Vous ne leur avez pas dit que c'est vous qui avez découvert il y a plus de trente ans le corps sans vie du gérant de Green Company. Pourquoi ?

Kuraki rouvrit les yeux et se leva lentement. Il alla jusqu'à l'autel bouddhique, devant lequel il joignit les mains comme tout à l'heure.

— Monsieur Kuraki…

— Ça suffit.

— Pardon ?

Il se tourna vers Nakamachi et Godai qui sursauta en voyant l'expression apaisée de son visage, qui n'avait rien à voir avec celle qu'il avait un instant plus tôt.

— C'est moi qui ai tout fait. Je suis coupable de ces meurtres.

— De ces meurtres ? Vous voulez dire que…

— Exactement, dit Kuraki en hochant la tête. J'ai tué M. Shiraishi. Et j'ai aussi poignardé Haitani Shōzō.

10

C'était il y a trente-trois ans. J'étais employé par une société du département d'Aichi, un fabricant de pièces mécaniques. Je n'avais pas encore acheté ma maison, je vivais dans un appartement près de la gare Kokutetsu-Okazaki – à l'époque, on disait "Kokutetsu" et non pas "JR" – et j'allais au travail en voiture.

Un jour que j'y partais, j'ai heurté un cycliste qui est tombé et s'est blessé. C'était Haitani Shōzō.

Sa blessure n'était pas grave. Mais Haitani était un homme roublard, tordu. Il a profité du fait que j'étais vraiment contrit pour me faire des demandes exagérées. Je trouvais normal de payer ses frais médicaux, mais la somme qu'il a exigée était disproportionnée. Il m'a aussi ordonné de le conduire à son bureau chaque matin et de venir le chercher en fin de journée.

Ce soir-là, j'ai fini par craquer. Il venait de me demander de rembourser les réparations de son vélo, pour un montant incroyable. Quand j'ai vu la somme – à ce prix-là, il aurait pu s'en acheter un neuf –, le sang m'est monté à la tête. Je lui ai dit que je ne pouvais pas la lui donner. Il m'a répondu que dans ce cas, il irait informer mon employeur, un sous-traitant d'un groupe automobile, de l'accident que j'avais causé.

Je n'en avais pas parlé au travail. J'avais entendu dire que si un employé causait un accident au volant, cela aurait des conséquences néfastes pour sa carrière, voire son licenciement.

Je suis allé chercher le couteau qui se trouvait dans la cuisine du bureau, parce que je ne supportais pas l'idée que cet homme continue à me faire du chantage. Je voulais simplement lui faire peur. Mais au lieu d'avoir peur, Haitani m'a dit que je n'avais qu'à le poignarder si j'en étais capable, en riant. Ça m'a fait perdre la tête. Quand j'ai repris le contrôle de moi-même, il gisait sur le sol, et je tenais le couteau à la lame ensanglantée. Il paraissait mort.

J'ai compris que j'avais fait quelque chose de terrible. Je n'avais qu'une idée, m'enfuir. J'ai essuyé le manche du couteau pour effacer mes empreintes digitales, et je suis parti. Je venais de m'asseoir dans ma voiture quand j'ai vu le jeune qui répondait au téléphone. J'en suis redescendu, comme si je venais juste d'arriver, je l'ai rejoint et nous sommes allés dans le bureau. C'est comme ça que je suis devenu avec lui la première personne à trouver le corps.

J'ai bien sûr été interrogé par la police. Mais il n'y avait aucune preuve faisant de moi un suspect. Je n'ai pas été convoqué plusieurs fois et encore moins placé en garde à vue.

Bientôt la situation a évolué d'une manière inattendue. J'ai appris que le meurtrier, un certain Fukuma Junji, qui s'était disputé avec Haitani à propos d'argent, avait été arrêté.

Pour être tout à fait franc, j'ai cru que j'étais sauvé. Je n'avais qu'un seul espoir, que tout s'arrête là. Je pensais qu'il nierait, mais je me disais que la police ne le croirait peut-être pas.

Finalement, tout s'est passé comme je l'espérais. Comme vous le savez, M. Fukuma s'est suicidé, et la police n'a pas cherché plus loin.

À compter de ce jour, j'ai vécu en portant ma croix. Quelque part, j'étais toujours conscient d'avoir pris la vie d'un innocent. Ou plutôt, j'y pensais sans arrêt. J'étais rempli de remords. Mais je n'ai jamais eu le courage de me rendre à la police. D'une part parce que j'avais peur de la prison, mais aussi parce que je n'y arrivais pas quand je pensais à ma femme et à mon fils né quelques mois plus tôt. Je ne voulais pas leur imposer le sort des familles de criminels.

Quelques années plus tard, j'ai compris à quel point j'avais erré. C'était à l'époque où la bulle de l'économie japonaise ne cessait de gonfler, où beaucoup de gens s'enrichissaient à la Bourse ou dans l'immobilier.

Un jour, je suis allé à Toyokawa pour mon travail. Je déjeunais avec un collègue dans un petit restaurant et nous parlions d'investissements lorsque la patronne a dit une chose stupéfiante. C'était à propos d'un magasin d'électricité qui existait dans la ville autrefois, dont le patron avait été la victime d'un escroc qui lui avait fait perdre toutes ses économies dans de mauvais investissements. Ce n'était pas tout. Lorsque cet homme était allé protester auprès de l'intermédiaire qui lui avait présenté la société qui l'avait escroqué, il s'était emporté et l'avait poignardé. Et après son arrestation, il s'était suicidé dans sa cellule.

J'ai demandé à la patronne le nom de son magasin. Elle m'a répondu que c'était "Électricité Fukuma". J'ai tremblé parce que j'avais compris qu'il s'agissait du même homme.

Mais ce qu'elle a ajouté m'a encore plus choqué. L'épouse de ce malheureux avait discrètement quitté la ville avec sa petite fille. Il va sans dire qu'elle n'était pas électricienne, et aurait eu du mal à faire marcher l'affaire seule, a ajouté la patronne, mais si elle était partie comme ça, c'était surtout parce que les gens de la ville les avaient très mal traitées, elle et sa fille, parce que leur mari et père était un assassin.

J'ai eu un vertige. En voulant protéger ma famille, j'avais causé le malheur d'une autre. Ma conduite était impardonnable.

Mais je n'ai quand même pas réussi à me décider. J'ai accordé la priorité à la protection de ma famille. Je me suis persuadé que même si j'avouais la vérité maintenant, le mal était fait.

Le temps a continué à passer, et en mai 1999, il y a eu prescription. Je n'en ai tiré aucune joie. Au contraire, mon sentiment de culpabilité était plus fort que jamais. À la même époque, ma femme a eu une leucémie. Quelques années après, lorsqu'elle est morte, j'ai considéré cette épreuve comme un châtiment divin. Au lieu de me punir, Dieu avait pris la vie de ma femme.

J'ai décidé d'avoir recours à un détective privé pour savoir ce qu'était devenue la famille de M. Fukuma. J'en ai cherché un dans l'annuaire. Je ne me souviens plus de son nom, mais il a fait du très bon travail. Il les a retrouvées en une semaine, et la somme qu'il m'a demandée n'était pas astronomique.

D'après son rapport, l'épouse de M. Fukuma et sa fille vivaient maintenant sous le nom de jeune fille de la mère, Asaba.

La mère tenait un petit restaurant dans le quartier de Monzen-Nakachō à Tokyo, où sa fille travaillait depuis qu'elle avait fini le lycée. Les photos prises à la dérobée les montraient sortant de chez elles. Elles se ressemblaient comme deux sœurs.

J'en ai éprouvé du soulagement. J'avais eu très peur d'apprendre qu'elles vivaient dans le dénuement toutes les deux. Même si je suis certain qu'avant d'arriver à la vie qu'elles mènent aujourd'hui, elles ont dû surmonter d'énormes difficultés.

J'avais envie d'aller les voir. Mais je me suis dit que ça n'aurait pas de sens. Même si je leur racontais la vérité et que je leur présentais mes excuses, cela ne pourrait que leur être insupportable, maintenant qu'il y avait prescription. Elles me couvriraient d'insultes et m'accuseraient d'être venu les narguer.

J'ai continué à hésiter, sans rien faire.

Dix ans ont passé, je suis arrivé à l'âge de la retraite. J'ai décidé de marquer le coup en faisant quelque chose, et ces deux femmes me sont venues à l'esprit. Je voulais voir de mes propres yeux comment elles allaient.

Mon fils a fait ses études à Tokyo et il y est resté quand il est entré dans la vie active. J'y suis parti, sous le prétexte d'aller le voir, et une fois là-bas, je me suis rendu dans le quartier de Monzen-Nakachō, soi-disant pour faire du tourisme.

Je n'étais pas sûr que le restaurant existe encore, mais c'était le cas. J'y suis allé en m'exhortant à ne pas montrer d'émotion, à ne rien dire de bizarre.

Les deux femmes qui le tenaient avaient vieilli depuis la photo que j'avais d'elles, mais je les ai reconnues. J'ai eu du mal à contenir l'émotion qui m'a envahi. J'étais heureux de rencontrer ces personnes que je souhaitais voir depuis si longtemps, mais j'avais aussi profondément honte, tout en étant reconnaissant à la Providence qui avait fait qu'elles aient plus que survécu.

Ni la mère ni la fille ne se sont rendu compte de mon identité, et elles m'ont très bien accueilli. Tout ce que j'ai mangé là-bas était délicieux, et j'ai compris pourquoi leur restaurant durait depuis plus de dix ans. Ce jour-là, elles ont eu beaucoup de clients. Elles avaient fort à faire.

Quand je suis parti, la fille m'a dit qu'elle espérait que je reviendrais, et je lui ai répondu que je n'y manquerais pas. J'ai honte d'avouer que j'avais passé un très agréable moment.

J'y suis retourné moins de deux mois après. Elles se souvenaient de moi, et elles m'ont accueilli avec le sourire. J'en ai été heureux, malgré mes remords.

J'y suis ensuite allé plusieurs fois, et je suis devenu un habitué. Enfin, si l'on peut dire ça de quelqu'un qui ne vient que tous les deux ou trois mois. Elles savent que j'habite loin, et j'ai l'impression qu'elles me traitent avec une attention particulière pour cette raison.

Si seulement j'avais pu en rester là…

J'ai le sentiment qu'elles ont trouvé une sorte de bonheur. J'aurais dû me contenter de les voir de loin, et ne rien faire de plus.

Mais plus je les fréquentais, plus je me disais que je voulais faire quelque chose pour elles. Je me suis demandé si je ne pouvais pas trouver une manière de leur exprimer mon repentir.

C'est à cette époque que j'ai rencontré M. Shiraishi Kensuké.

Il me semble que c'était fin mars. Je suis allé au stade Tokyo Dome. Mon fils m'avait offert un billet pour un match de baseball entre les Chūnichi Dragons de Nagoya et les Tokyo Giants, une bonne place, dans les tribunes intérieures.

Le match venait juste de commencer quand s'est produit un petit incident. Mon voisin a voulu donner un billet de 1 000 yens à la vendeuse ambulante pour payer sa bière, mais son billet est tombé dans le gobelet de celle que je tenais à la main. L'homme s'est abondamment excusé, et il m'en a offert une autre.

C'est ainsi que nous avons commencé à parler. Lui aussi était venu seul.

Discuter baseball en regardant un match est un plaisir. De plus, mon voisin aussi était fan des Chūnichi Dragons ! J'ai tout de suite pensé qu'il devait être originaire d'Aichi, mais il a affirmé être né à Tokyo et y avoir toujours habité. Il avait toujours été contre les Giants, et avait commencé à soutenir les Dragons parce qu'à un moment, ils avaient été la seule équipe capable de les empêcher d'aligner dix victoires consécutives.

Le match s'est terminé avant 21 heures. Heureusement, parce que je devais prendre le Shinkansen à 22 heures.

Mais quand je me suis levé, je me suis rendu compte que mon portefeuille n'était pas dans la poche de mon pantalon où je l'avais mis. J'étais très embarrassé. Je me suis souvenu que j'étais allé aux toilettes une fois pendant le match. J'avais dû le perdre à ce moment-là.

J'y suis vite retourné pour voir s'il y était encore. M. Shiraishi m'a accompagné. Mais je ne l'ai pas retrouvé. Je suis ensuite allé à l'accueil du stade, mais personne ne le leur avait rapporté. J'étais très ennuyé. L'heure du dernier train était proche, mais je ne pouvais pas acheter de billet. Et je jouais de malchance, car mon fils était en déplacement ce jour-là.

M. Shiraishi a alors sorti deux billets de 10 000 yens de son portefeuille, et me les a tendus. J'étais stupéfait. Parce que nous n'avions parlé que de baseball et que nous ne nous étions même pas présentés.

Il m'a donné sa carte de visite, et m'a dit que je n'aurais qu'à lui renvoyer l'argent par la poste. Ce n'est qu'en la lisant que j'ai compris qu'il était avocat.

Je ne pouvais pas refuser son offre. Je l'ai acceptée, je l'ai remercié, et je suis parti. Dans le taxi qui m'emmenait à la gare de Tokyo, je me suis dit qu'il existe des gens bons dans ce monde.

Le lendemain, je lui ai renvoyé l'argent avec un mot de remerciement. Trois jours plus tard, j'ai reçu une lettre de M. Shiraishi. Il m'écrivait qu'il avait bien tout reçu, et que je ne devais pas hésiter à le joindre si jamais j'avais besoin de conseils juridiques.

Pendant quelque temps, il m'est sorti de l'esprit. Je me suis souvenu de lui cet automne. J'avais vu à la télévision une émission spéciale pour le Jour du respect pour les personnes âgées*, qui parlait des droits de succession et des testaments. J'ai eu une illumination en la regardant. La meilleure façon de demander pardon à Mme Asaba et à sa fille ne serait-elle pas de leur léguer l'ensemble de mes biens ?

* Ce jour férié est célébré le troisième lundi de septembre.

Toute la question était de savoir si c'était possible. Et si ça l'était, quelles étaient les démarches à faire.

C'est à ce moment-là que je me suis rappelé M. Shiraishi. Je n'avais qu'à lui demander conseil.

Je l'ai appelé le 2 octobre. Lorsque je lui ai expliqué que je souhaitais le consulter, il a tout de suite accepté.

Comme vous l'avez découvert, je l'ai rencontré le 6. C'est lui qui a choisi ce café proche de la gare de Tokyo. J'ai commencé par le remercier de ce qu'il avait fait pour moi, puis je lui ai expliqué mon problème.

Pouvait-on léguer ses biens à quelqu'un avec qui on n'avait pas de liens de sang ? Il m'a répondu par l'affirmative. C'était possible, à condition de laisser un testament juridiquement valable. Quant à savoir s'il était possible de faire de ce tiers son unique héritier, cela dépendait de la volonté des héritiers réservataires tels que les définit la loi. Mon héritier réservataire est mon fils Kazuma. Même si je rédigeais un testament, il avait droit à la moitié de la succession. Mais si j'arrivais à le convaincre d'accepter, je pourrais léguer tous mes biens ou presque à Mme Asaba et sa fille.

Une fois qu'il m'a expliqué cela, M. Shiraishi m'a demandé si la ou les personnes dont je souhaitais faire mes héritiers connaissaient ma volonté. Je lui ai répondu que ce n'était pas le cas, il m'a dit que mieux vaudrait alors indiquer dans mon testament la raison pour laquelle j'agissais ainsi. En effet, si cette raison était convaincante, il était plus vraisemblable que mon fils accepte de renoncer à sa part réservataire.

Je n'avais rencontré M. Shiraishi qu'une seule fois, mais il me montrait une grande gentillesse. Il ne m'a posé aucune question sur ma volonté de faire mes héritiers de personnes avec qui je n'avais aucun lien de sang, alors que cela devait l'intéresser. Qu'il ne le fasse pas m'a étrangement donné envie de tout lui dire. J'ai aussi pensé que s'il le savait, il pourrait m'indiquer la meilleure manière de formuler mon testament. Il se peut que ma principale motivation ait été le désir d'être compris par quelqu'un. La manière dont il avait agi au moment du match de baseball faisait que je n'avais aucun doute sur la fiabilité de M. Shiraishi.

J'ai commencé par dire que j'avais une confidence à lui faire, et je lui ai ensuite tout raconté depuis le début. Naturellement, il a eu l'air étonné. J'ai remarqué que son expression était devenue grave.

Il a déclaré qu'il comprenait la situation, mon désir de léguer ainsi mes biens, et a dit qu'il serait heureux de m'aider en ce sens.

Mais il a ajouté qu'il n'était pas d'accord avec la manière dont je comptais procéder. Si je voulais vraiment demander pardon, ne devrais-je pas plutôt le faire de mon vivant ?

Je n'avais pas du tout prévu qu'il réagirait ainsi, et j'ai été pris de court. Ce qu'il disait était juste, mais moi, j'étais arrivé à cette solution précisément parce que j'en étais incapable. M. Shiraishi ne s'est pas laissé convaincre. Il a insisté : agir ainsi ne serait pas demander pardon, mais continuer à fuir. Peut-être avait-il été touché par ce que je venais de lui raconter, car il me parlait à présent d'un ton plus sévère.

J'ai regretté d'avoir cherché conseil auprès de lui, et de lui avoir révélé mon secret. Je me suis levé en lui demandant d'oublier tout ce que je lui avais dit.

Je suis rentré chez moi, mais je n'ai pas retrouvé ma tranquillité d'esprit. J'avais peur que M. Shiraishi ne fasse quelque chose. Parce que je lui avais aussi parlé d'Asunaro.

Peu de temps après, j'ai reçu une lettre de lui. Il m'expliquait longuement pourquoi il estimait que je devais demander pardon à Mme Asaba et sa fille. En ajoutant qu'il était prêt à m'aider, et à m'accompagner si je le souhaitais.

C'était une lettre passionnée dans laquelle j'ai perçu son désir de justice, et son sens du devoir. Mais elle m'a terrifié. J'ai commencé à penser que si je n'agissais pas, il irait voir les Asaba et leur dirait tout. Ma terreur grandissait chaque jour.

Je ne lui ai pas répondu, et quelques jours plus tard, j'ai reçu une deuxième lettre. Sa teneur était la même que la première, mais elle était plus critique à mon égard. Il y écrivait même que mon crime n'avait pas disparu avec la prescription, comme le montrait le fait qu'il n'y avait actuellement plus de prescription pour les crimes de sang, et que si le travail d'un avocat est de protéger les droits de l'accusé, il ne pouvait aider un coupable à dissimuler son crime. S'il avait à le faire, il choisirait plutôt de le dénoncer, ajoutait-il.

Je me suis affolé. J'ai pris cette lettre pour un ultimatum. Si je n'y donnais pas suite, M. Shiraishi avait l'intention de dire la vérité à Mme Asaba et sa fille.

Il me fallait agir. Les moments que je passais en leur compagnie étaient devenus ma raison de vivre. Je comprenais qu'attendre que je sois mort pour qu'elles apprennent la vérité était fuir, comme le disait M. Shiraishi. Mais je ne voulais malgré tout pas perdre mon unique trésor.

Le 31 octobre, je suis monté dans le Shinkansen pour Tokyo après avoir pris une grande décision. J'ai passé plusieurs fois en revue mentalement mon plan d'action, pour m'assurer qu'il ne comportait pas d'angle mort. Oui, j'avais à cet instant la conviction que M. Shiraishi devait mourir. Et je m'étais muni d'un couteau.

Je suis arrivé à la gare de Tokyo vers 17 heures. J'ai appelé M. Shiraishi sur son portable. Quand il a décroché, je lui ai dit que j'étais à Tokyo et je lui ai demandé si nous pouvions nous rencontrer. Il m'a répondu qu'il ne pourrait me voir qu'après 18 h 30, car il avait du travail à finir, et nous nous sommes donné rendez-vous à 18 h 45 à Monzen-Nakachō, un quartier où il s'était déjà rendu plusieurs fois. Nous avons convenu de nous retrouver à l'entrée du parking payant qui se trouve sur le côté du sanctuaire Tomioka Hachimangū.

Je me suis promené dans ce quartier en l'attendant, afin de chercher un endroit désert. Je me suis dirigé vers la Sumida. À partir de l'endroit où l'autoroute urbaine passe au-dessus, il n'y avait presque plus personne.

C'est ainsi que j'ai trouvé le chantier le long du fleuve. Le parking pour les engins était vide. Chose qui m'arrangeait encore plus, la promenade Sumidagawa Terrace à laquelle on arrive par un escalier qui descend du pont de Kiyosu un peu plus loin était fermée à cause des travaux. Sans doute était-ce la raison pour laquelle elle était déserte.

Ça sera ici, ai-je pensé.

J'ai rappelé M. Shiraishi vers 18 h 40. Il m'a dit qu'il était au parking. Je lui ai expliqué que je m'étais perdu en me promenant et je lui ai demandé de venir à proximité du pont de Kiyosu.

Il est arrivé en voiture peu après. Il m'a vu et s'est garé non loin.

J'ai annoncé que j'avais à lui parler, et j'ai descendu l'escalier. Il m'a suivi, mais j'ai senti qu'il trouvait cela suspect. Il m'a demandé avec insistance ce que nous faisions là, et pourquoi nous n'allions pas chez les Asaba. Son ton irrité a renforcé ma détermination.

J'ai jeté un coup d'œil sur les alentours sans voir personne. Une telle occasion ne se représenterait pas, ai-je pensé, et j'ai sorti mon couteau pour le lui planter dans le ventre.

Il m'a opposé un peu de résistance, mais ça n'a pas duré longtemps. Je n'avais pas décidé ce que je ferais du corps et je l'ai transporté dans sa voiture. Parce que je me disais que mieux valait qu'il soit retrouvé loin de Monzen-Nakachō.

Après l'avoir déposé sur la banquette arrière, je me suis assis à la place du chauffeur, et j'ai démarré. Je ne savais pas où aller, j'étais en terrain inconnu. Finalement, j'ai roulé une vingtaine de minutes, et j'ai garé la voiture. J'ai pris la précaution d'emporter son téléphone. J'ai appris plus tard que c'était une rue du quartier Kaigan, dans l'arrondissement de Minato.

J'étais à la fois satisfait – tout s'était bien passé, je pourrais continuer à voir Mme Asaba et sa fille – et d'une humeur inconsolable.

J'avais à nouveau tué. Qui plus est, j'avais tué un homme innocent.

Je regrette tout ce que j'ai fait. Plus de trente ans se sont écoulés, mais je n'ai pas du tout changé depuis 1984. Je me déteste.

J'ai vraiment mal agi vis-à-vis de Mme Asaba et de sa fille, et de M. Shiraishi. Non, ce n'est pas tout. Une fois que je serai dans l'autre monde, je devrai aussi demander pardon à M. Fukuma et à M. Haitani.

Je mérite la peine de mort.

11

De la mousse coula sur la table quand on leur apporta leurs verres qu'ils soulevèrent immédiatement. La bière était particulièrement délicieuse.

— Il n'y a rien de mieux que le verre qu'on boit après avoir résolu une énigme, commenta Nakamachi.

— Oui, et ça n'a pas été simple.

— Monsieur Godai, ça va compter pour vous, n'est-ce pas ? Et vous apporter des points à l'évaluation, non ?

— Arrête, s'il te plaît. Ça ne fait pas partie de mes préoccupations. Et je n'étais pas seul. Les autres équipes ont fait du bon travail aussi.

La tête posée sur ses mains croisées, il regardait ce qui se passait derrière le comptoir. Un homme qui portait un tablier blanc faisait griller des légumes, du poisson et du poulet. Les deux policiers se trouvaient dans le restaurant de grillades où ils étaient déjà venus. La dernière fois, ils avaient choisi une table, mais aujourd'hui, ils avaient préféré le comptoir.

Deux jours plus tôt, Kuraki Tatsurō avait fait des aveux complets que la cellule d'enquête s'efforçait de corroborer. Pour l'instant, elle n'avait pas trouvé d'éléments contradictoires.

Godai aussi avait été abasourdi par les révélations de Kuraki.

La vérité sur le meurtre du gérant de l'agence de services financiers de la gare de Higashi-Okazaki était surprenante. Fukuma Junji qui s'était suicidé était innocent, sa femme et sa fille avaient été victimes de discriminations injustifiées qui les avaient meurtries en leur âme, et le cours de leur vie avait changé.

Mais il pouvait aussi comprendre pourquoi Kuraki avait agi ainsi. En écoutant Muramatsu, Godai avait conçu une vive antipathie pour Haitani. Il avait très mal traité Kuraki. Qu'il ait agi sur une impulsion en le poignardant était crédible. Le problème était ce qu'il avait fait ensuite, mais il n'y avait rien d'étrange à ce que même un homme bon hésite à se dénoncer immédiatement. Peut-être se serait-il décidé à le faire s'il avait eu un peu plus de temps. Mais apprendre qu'une autre personne avait été arrêtée pour ce crime avait tout changé. L'homme est un animal faible. Il n'y avait rien d'anormal à ce qu'il ait eu envie de tricher si cela était possible.

Au contraire, c'était probablement parce que c'était un homme sincère qu'il n'avait jamais oublié sa faute, et qu'il avait éprouvé encore plus de remords une fois qu'il avait découvert l'existence de Mme Asaba et de sa fille.

Ce qui s'était passé entre Shiraishi Kensuké et lui était d'abord dû à un terrible caprice du sort. Godai pensait que Kuraki avait agi égoïstement, et avec impudence, comme il le reconnaissait lui-même, mais il trouvait aussi que la réaction de Shiraishi posait problème.

— Je me demande ce qu'elles en pensent, elles, dit Nakamachi d'un ton attendri. Mme Asaba et sa fille, je veux dire. Elles n'ont pas été informées de la vérité, n'est-ce pas ?

— Les chefs ne veulent pas qu'on leur parle pour l'instant.

— Il faudra bien le faire un jour, non ?

— Oui, un jour… soupira Godai.

Il avait le cœur lourd car il devinait que cette tâche déplaisante lui reviendrait probablement.

— Que ressentiront-elles quand elles apprendront que ce client fidèle était en réalité l'homme qui avait causé la mort de leur mari et père ? Moi, je n'arrive pas à l'imaginer.

Godai n'avait pas de réponse. Il but une autre gorgée de bière.

— Enfin, tout est bien qui finit bien, ajouta Nakamachi d'un ton plus léger. Pendant un temps, nous n'avions rien du tout, et l'enquête ne progressait pas. C'est aussi ce que disait mon chef. Pour lui, cette affaire finirait dans le dossier des crimes non éclaircis. Au lieu de ça, elle a été résolue, ainsi qu'une autre, très ancienne. Parce que celle-là, quelque part, ne l'était pas non plus.

La main de Godai qui s'apprêtait à saisir une noix de ginkgo grillée s'immobilisa.

Une affaire non résolue…

La confession de Kuraki levait de nombreux doutes. Mais il en restait un, qui constituait une formidable énigme.

Pourquoi Kuraki n'avait-il pas été arrêté trente et quelques années auparavant ? Pourquoi n'avait-il pas fait partie des suspects ? Normalement, la personne qui découvrait un crime le devenait immédiatement. Kuraki était incapable de répondre à cette question. Il affirmait ne pas le comprendre.

Godai essaya de se débarrasser de l'idée que loin de résoudre une énigme du passé, lui et ses collègues avaient été entraînés dans un nouveau mystère.

12

Le spectacle qui s'offrait à ses yeux du cinquième étage n'avait rien à voir avec celui de sa ville natale. Ici, des rues passaient entre des bâtiments très hauts et d'autres moins élevés. Là-bas, les bâtiments étaient tous bas, et jamais collés les uns aux autres. Kazuma n'y était pas retourné depuis longtemps, mais le paysage était probablement resté le même. C'était très bien comme ça, il n'avait pas besoin de changer.

Il inspira profondément plusieurs fois. L'air n'était pas aussi poussiéreux qu'on aurait pu le croire. Sa fraîcheur adaptée à la saison faisait du bien à ses poumons et à son esprit.

Il ferma la porte-fenêtre, tira le rideau en voilage et se retourna. L'homme d'âge mûr au visage carré qui portait des lunettes cerclées de métal n'avait pas bougé de sa chaise à la table de la salle à manger.

— Toutes mes excuses, glissa Kazuma en se rasseyant en face de lui.

— Vous vous sentez un peu plus calme ?

— Je ne sais pas, répondit-il. Je suis toujours incapable de réfléchir.

Son interlocuteur hocha plusieurs fois la tête.

— C'est tout à fait compréhensible.

Kazuma dirigea son regard sur la carte de visite qu'il lui avait donnée. “Horibé Takahiro, avocat.”

Il avait reçu un appel sur son smartphone au bureau, un peu avant midi. Lorsque son correspondant lui avait annoncé qu'il était avocat, il avait eu du mal à comprendre. Mais ce qu'il avait appris ensuite l'avait laissé sans voix. Son père avait été arrêté. Il était accusé de meurtre.

Les policiers de la première division de la police judiciaire de la préfecture de police, qui étaient venus le voir deux semaines plus tôt, lui étaient immédiatement revenus à l'esprit. Ils lui avaient posé des questions sur la date de la dernière visite de son père à Tokyo, et sur ce qu'il y avait fait à ce moment-là. Ils lui avaient indiqué qu'ils l'entendaient dans le cadre d'une enquête sur un meurtre, sans fournir d'autres informations.

Ce soir-là, il avait appelé son père. Sa réponse avait été laconique.

— Ce n'est rien. Tu n'as pas à te faire de souci pour ça.

Le ton détaché de Tatsurō avait fait naître un mauvais pressentiment chez lui. Mais Kazuma n'avait pas insisté. Les policiers s'étaient contentés de lui dire que la police cherchait à comprendre pourquoi le téléphone de la victime avait gardé la trace d'un appel de son père. Kazuma avait décidé de considérer qu'elle se donnait du mal pour rien. Il lui paraissait inconcevable que son père soit mêlé à un meurtre.

Cet avocat du nom de Horibé voulait le rencontrer, de préférence dans un endroit où ils pourraient se parler à l'abri des regards. Kazuma lui avait proposé de venir chez lui, car il avait hâte d'en savoir plus. Il avait annulé son rendez-vous de l'après-midi et était parti tôt de son bureau en invoquant un problème familial. Son supérieur, qui savait que son père était sa seule famille, lui avait demandé de quoi il s'agissait. Kazuma lui avait répondu qu'il le lui dirait le lendemain.

Dans le métro qui le ramenait à son appartement de Kōenji, il avait fait une recherche sur son smartphone en indiquant : "Kuraki Tatsurō" et avait immédiatement trouvé quelque chose. Son père avait été arrêté trois jours plus tôt. Il était soupçonné d'avoir tué un avocat du nom de Shiraishi, et on devrait en savoir plus sur le meurtre dans les jours à venir.

Bouleversé par ce qu'il venait de lire, il avait failli lâcher son téléphone. C'était un vrai cauchemar. Un avocat du nom de Shiraishi ? Qui était-ce ? Il n'en avait jamais entendu parler.

Il avait été très pris par son travail ces derniers temps et n'avait lu que des articles en lien avec celui-ci. Il avait la télévision mais ne la regardait que rarement. Comment se faisait-il que la police ne prévienne pas la famille des gens qu'elle arrêtait ?

Arrivé chez lui quelques minutes plus tôt, Horibé lui avait annoncé qu'il avait été commis d'office pour défendre son père. Une personne soupçonnée d'un crime pouvait, si elle le souhaitait, avoir recours aux services d'un avocat commis d'office.

Il lui avait dit qu'il avait rencontré son père pour la première fois ce matin. Tatsurō était très calme et paraissait en bonne santé. Il avait immédiatement commencé à parler du crime. Ce qu'il avait déclaré était sensé et cohérent, au point que l'avocat pensait pouvoir rédiger sa confession en recopiant ses notes.

L'avocat le lui avait raconté en détail. Kazuma ne s'attendait pas à ce que l'histoire commence plus de trente ans auparavant. Il avait été encore plus surpris en entendant ce qui s'était alors passé. Son père affirmait avoir poignardé un homme en 1984.

Le temps avait passé, ce crime avait été prescrit. Tourmenté par sa conscience, son père s'était mis à la recherche de Mme Asaba et de sa fille, parce qu'il tenait à tout prix à leur demander pardon. L'idée d'en faire ses héritières lui était venue, et il avait demandé conseil sur la manière de procéder à un avocat du nom de Shiraishi. Celui-ci, qui avait un fort sens de la justice et du devoir, avait essayé de le persuader de présenter ses excuses de son vivant. Tatsurō s'était mis à craindre qu'il n'aille trouver les Asaba et ne leur révèle toute la vérité, et c'est ce qui l'avait amené à tuer ce Shiraishi.

En l'écoutant, Kazuma avait senti la confusion s'installer en lui. Il ne comprenait plus de qui il était question. Il avait interrompu Horibé à plusieurs reprises pour s'assurer que son père était bien l'auteur de ces déclarations. La réponse de l'avocat avait toujours été la même : "Je me contente de vous rapporter ce que M. Kuraki m'a dit."

Le récit de l'avocat terminé, Kazuma était sans voix. Sa tête était vague, comme s'il avait de la fièvre, son cerveau paralysé. Quand il avait repris ses esprits, la porte-fenêtre était ouverte, et il respirait l'air frais de l'extérieur.

Il reposa les yeux sur la carte de visite de l'avocat.

— Et quelle est la situation de mon père actuellement ?

Horibé avait porté la main à ses lunettes et hoché la tête.

— Il a été déféré au parquet, et le procureur a commencé son travail. Pour l'instant, la police continue à œuvrer pour corroborer ses déclarations, et elle a encore beaucoup à faire. Votre père reste donc en garde à vue au commissariat. C'est là que je l'ai rencontré. Étant donné qu'il a avoué et ne nie rien, elle ne sera sans doute pas prolongée. Une fois les poursuites engagées, il sera transféré au centre de détention de Tokyo.

Kazuma entendait tout ce que disait l'avocat sans qu'aucun mot n'ait de sens pour lui.

Il soupira.

— Et que dois-je faire ?

— En tant qu'avocat, la seule chose que je puisse recommander à la famille est de coopérer afin que la peine soit la moins lourde possible. Pour demander au jury des circonstances atténuantes.

— En pratique, cela veut dire quoi ?

— Avant de vous en parler, j'ai quelque chose à vous remettre, dit l'avocat en sortant de son porte-documents une enveloppe qu'il posa sur la table. Votre père me l'a remise. Il m'a dit qu'il avait demandé un avocat commis d'office parce qu'il voulait vous la transmettre.

Kazuma lut son nom sur l'enveloppe.

— Vous permettez que je la lise ?

— Bien sûr, répondit Horibé.

Kazuma prit la lettre. Elle n'était pas fermée. C'était normal, la police l'avait probablement lue.

Il déplia la feuille couverte d'une écriture régulière.

Je vois ta mine dégoûtée en ouvrant cette lettre. Peut-être es-tu tellement en colère que tu as envie de la déchirer sans même la lire. Tu peux le faire, ça ne me dérange pas. Je sais bien que je n'ai pas le droit de m'en plaindre. La seule chose que j'ose te demander, c'est de ne la déchirer qu'après l'avoir lue.

Je te présente mes plus profondes excuses. Je suis tout à fait conscient que la gravité de mes actes est telle que cela ne change rien, mais je ne peux que te demander pardon. Ce que j'ai fait va sans doute, ou plutôt certainement, te causer beaucoup d'ennuis. Y penser me rend très triste.

J'imagine que l'avocat t'a donné tous les détails de mes crimes. Tout remonte à cette faute que j'ai commise il y a très longtemps. Il est tard pour la regretter, mais je m'en repens profondément. J'ai été stupide.

Je passerai le reste de ma vie à racheter mes péchés. Il se peut que je n'en aie plus pour très longtemps, mais j'ai l'intention de me servir du temps qui me reste à les expier.

J'ai trois choses à te dire. La première, c'est que cela ne me dérangera pas si tu décides de ne plus avoir de contact avec moi. Non, ce n'est pas vrai. Je préférerais que tu le fasses. Je veux que tu oublies que j'ai été ton père, et que tu prennes un nouveau départ dans la vie. Je n'ai aucune intention de te contacter, et tu n'as pas besoin de m'écrire. Ni de venir me voir. Et même si tu devais le faire, je n'ai pas l'intention d'accepter. Tu n'as bien sûr pas non plus besoin d'assister au procès. Peut-être te demandera-t-on de témoigner, mais je voudrais que tu refuses.

La deuxième concerne ta mère, Chisato. Elle ignorait que j'avais tué M. Haitani. Elle est morte sans le savoir. Sa sincérité et son amour pour toi, son fils unique, étaient entiers. Je n'ai aucune objection à ce que tu me fasses disparaître de ton passé, mais je ne veux pas que tu oublies que Chisato était ta mère.

La dernière chose que je veux te demander concerne la maison de Sasamé. Fais-en ce que tu voudras. Le titre de propriété se trouve dans un des tiroirs du buffet. Tu peux la vendre. Fais-la vider par une entreprise. Elle ne contient rien à conserver.

Je suis vraiment navré. La seule chose que j'espère est que ta vie ne va pas être assombrie par ma bêtise.

Prends bien soin de toi. Mon seul souhait est que tu réussisses à avoir une bonne vie.

Il replia les quatre feuillets et les remit dans l'enveloppe qu'il posa sur la table en soupirant. Il ne ressentait rien sinon un immense sentiment de vide.

— Qu'en pensez-vous ? demanda Horibé.

— Ce que j'en pense… répondit-il en se grattant la tête. Rien, sinon que s'il l'écrit, il ne doit pas se tromper ni s'accuser à tort. Et je ne comprends pas. Pourquoi mon père a-t-il fait ça ?

— J'imagine que c'est très difficile pour vous. J'ai fait connaissance avec votre père aujourd'hui, et il m'a fait l'impression d'un homme honnête, pas du tout celle d'un meurtrier. À mon avis, la police et le procureur font leur travail sérieusement. Il est aisé d'imaginer que votre père s'est vraiment senti acculé pour agir ainsi.

— Peut-être mais…

Kazuma se tut. Il ne comprenait pas lui-même ce qu'il ressentait. Il y avait de la colère – pourquoi son père avait-il agi aussi stupidement – et aussi du doute : n'avait-il pas d'autre solution ? Mais en toute honnêteté, ce qui dominait en lui était l'incrédulité.

— Maître… mon père… commença-t-il en se passant la langue sur les lèvres. Va-t-il être condamné à mort ? J'ai entendu dire que quelqu'un qui n'avait tué qu'une fois ne risquait pas cette peine, mais qu'à partir de deux fois, elle était inévitable.

Horibé porta la main droite à ses lunettes. La lumière s'y refléta, et leurs verres brillèrent.

— J'ai l'intention de tout faire pour que ça n'arrive pas. Il a privé deux personnes de la vie, mais le premier meurtre est prescrit. De plus, comme il voulait demander pardon à la famille de l'homme qui a été arrêté à sa place et qui s'est suicidé, on peut considérer que ses remords le tourmentaient et qu'il comprenait la gravité de son acte. Convaincre les jurés qu'il avait réfléchi sur son passé sera crucial.

— Mais il me semble aussi qu'on lui demandera pourquoi il ne voulait pas faire ce que lui recommandait cet avocat, M. Shiraishi, c'est ça ?

Les lèvres serrées, Horibé secoua la tête.

— Vous avez raison, mais ne peut-on pas comprendre qu'il ne voulait pas leur dire la vérité étant donné qu'il s'était attaché à la famille de l'homme qui a été accusé à tort et s'est suicidé ? C'est humain. M. Shiraishi avait raison, mais j'ai l'intention de souligner qu'il a trop fait pression sur votre père. Je ne crois pas que la véracité des faits sera contestée pendant le procès.

— C'est ce qui déterminera si la peine de mort sera requise ?

— La possibilité qu'il soit condamné à une peine de prison existe, à mon avis, déclara prudemment Horibé. Je mettrai l'accent sur le fait que votre père regrettait profondément son acte, et que son caractère n'est pas celui d'un meurtrier. J'aurai besoin pour cela de témoignages. À commencer par le vôtre.

— Oui, mais…

Kazuma s'interrompit et montra l'enveloppe posée sur la table.

— Il écrit qu'il ne souhaite pas que je témoigne, et que je ne dois plus le considérer comme mon père.

— Vous ne croyez pas que c'est une preuve du fait qu'il regrette ses actes ? Il ne souhaite pas que sa peine soit allégée. Dans sa lettre, il dit que ses jours sont peut-être comptés, n'est-ce pas ? Cela signifie qu'il s'attend à être condamné à mort. Je compte utiliser cette lettre comme une preuve. Et j'aimerais que son fils demande qu'on lui accorde des circonstances atténuantes. Je vous prie de garder précieusement cette lettre, et de ne surtout pas la détruire.

Kazuma ne comprit pas tout de suite ce qu'il venait d'entendre. Il lui fallut quelques secondes pour comprendre qu'il parlait de lui en disant : "son fils".

— Je voudrais vous demander de confirmer plusieurs points, continua Horibé en sortant un carnet et un stylo. Vous ne saviez rien de ce qui est arrivé en 1984, n'est-ce pas ?

Kazuma secoua la tête.

— Non, rien du tout. Je n'avais même pas un an à l'époque.

— Est-il exact que votre père a commencé à se rendre régulièrement à Tokyo il y a six ans, après avoir pris sa retraite ?

— Oui, je crois.

— Il dormait toujours chez vous ?

— Oui, et il arrivait vers minuit.

— Vous expliquait-il pourquoi c'était si tard ?

— Il me disait qu'il allait dans un bar qui lui plaisait. D'ailleurs, il sentait toujours un peu l'alcool quand il rentrait chez moi.

— Vous lui avez demandé où ce bar se trouvait ?

— Il m'a répondu que c'était à Shinjuku, sans plus de précision. Mais il mentait, n'est-ce pas ? Je n'aurais jamais imaginé qu'il puisse aller dans un endroit aussi typique du vieux Tokyo que Monzen-Nakachō, murmura Kazuma qui ajouta : Maintenant que j'y pense, je n'en ai pas parlé aux enquêteurs.

— Aux enquêteurs ?

— Il y a deux semaines, j'ai reçu la visite de deux policiers qui m'ont posé des questions sur mon père. Ils m'ont demandé pourquoi il rentrait si tard. J'ai esquivé en disant que je l'ignorais.

— Pourquoi ?

— Eh bien, parce que…

Kazuma hésita avant de se décider à répondre. Il soupira.

— Ce n'était pas facile à dire. Je pensais que mon père venait à Tokyo pour ce bar.

— Autrement dit, fit Horibé en le regardant obliquement, vous pensiez qu'il avait rencontré une femme.

— Oui, acquiesça Kazuma. Mais je ne le désapprouvais pas du tout. Ma mère est morte depuis longtemps, mon père est sexagénaire, ça ne me dérangeait pas qu'il agisse ainsi.

— Et quel effet vous faisait-il quand il revenait chez vous ? Vous aviez l'impression qu'il était content ?

— Ça, je ne sais pas, répondit-il, pensif. Il n'était pas de mauvaise humeur, mais ne paraissait pas non plus particulièrement gai. Mon père est âgé, et je ne pense pas qu'il ait jamais été frivole.

Il garda pour lui l'idée qui lui était venue à l'esprit, à savoir que son père n'était peut-être pas l'homme réfléchi qu'il voyait en lui, étant donné les crimes qu'il avait commis.

— Quoi qu'il en soit, vous n'avez jamais parlé avec lui de ce bar ou d'une femme ?

— Non.

Horibé regarda son carnet.

— Votre père a commis son premier crime le 15 mai 1984. La date du 15 mai évoque-t-elle quelque chose pour vous ?

Kazuma ne comprit pas le sens de cette question.

— Pourquoi me demandez-vous cela ?

— Eh bien, fit l'avocat en se penchant vers lui, votre père n'avait pas l'habitude de joindre les mains ce jour-là devant l'autel shintō de votre maison ? Ou de faire quelque chose de particulier ? L'idéal serait qu'il soit allé se recueillir sur une tombe.

Kazuma comprit.

— Autrement dit, vous voulez savoir s'il priait pour le repos de l'âme de l'homme ?

— Exactement, lâcha Horibé en hochant deux fois la tête. Il aurait pu s'abstenir de boire de l'alcool ce jour-là, ou recopier un soutra, par exemple. Il ne faisait rien de ce genre ?

— Le 15 mai, répéta Kazuma.

Il secoua la tête.

— Non, ça ne me dit rien du tout. Je n'ai aucun souvenir que ça ait été un jour particulier pour mon père ou pour nous.

— Ne renoncez pas aussi vite, s'il vous plaît ! lança Horibé en faisant une grimace. Même le plus cruel des hommes n'oubliera pas la date où il a commis un crime. Et encore moins quelqu'un comme votre père, qui est foncièrement un homme bon. Il n'a jamais été arrêté, mais qu'il se soit pardonné à lui-même est impossible. Je suis persuadé qu'il faisait quelque chose de particulier ce jour-là.

Kazuma fronça les sourcils, perplexe. Il comprenait ce que lui disait l'avocat, mais ne voyait rien.

— Vous ne lui avez pas posé la question ?

— Non, pas encore. Ce sera plus convaincant si quelqu'un d'autre que lui en parle. Ça n'aura guère de portée s'il affirme que tous les ans le 15 mai, il priait pour le repos de l'âme de l'homme qu'il avait tué, pour lui demander pardon.

Kazuma ne put que lui donner raison.

— Oui, mais je ne vois rien du tout…

Horibé hocha la tête, l'air déçu. Puis il consulta sa montre et referma son carnet.

— Je comprends. Mais n'oubliez pas ce dont nous venons de parler. Et si quelque chose vous revient, je vous prie de m'en informer immédiatement.

— Bien sûr. Mais je ne peux rien vous promettre.

— Concentrez-vous sur cette question. Je suis sûr que cela donnera un résultat. Parce qu'il ne s'agit pas seulement de votre père, mais de votre vie à vous, vous savez. Pensez-y. Que votre père soit en prison est une chose, mais s'il est condamné à mort, tout le monde le saura. Ça ne sera pas du tout pareil pour vous. Pas du tout !

Kazuma sursauta en entendant son ton passionné. L'avocat avait compris que le fils de son client ne se sentait pas concerné par ce qui se passait.

— Comment dois-je me comporter dorénavant ?

Horibé réfléchit quelques instants avant de lui répondre.

— Vous pouvez tout à fait continuer à vivre normalement, mais mieux vaut sans doute éviter d'attirer l'attention sur vous. Et il faut que vous vous méfiiez des journalistes.

— Des journalistes ?

Il n'y avait pas du tout pensé.

— Qu'un homme qui avait déjà commis un meurtre aujourd'hui prescrit ait tué à nouveau ne pourra qu'avoir un grand retentissement médiatique. Des journalistes chercheront sans aucun doute à prendre contact avec vous. Ce sont des gens obstinés et insensibles, et ils utiliseront tous les moyens possibles pour obtenir des réactions, des déclarations de votre part.

Kazuma se sentit accablé.

— Je ne peux pas me contenter de les ignorer ?

— Vous ne devez pas vous montrer indifférent. Parce qu'ils écriront alors que le fils du meurtrier fait comme si cela ne le concernait pas.

Ces mots lui donnèrent le vertige et il se prit la tête entre les mains.

— Kazuma, lui dit Horibé. Si l'on vous demande ce que vous pensez, vous n'avez qu'à répondre franchement. Dire que vous n'arrivez pas à y croire, que vous êtes choqué. Mais vous ne devez jamais parler des crimes eux-mêmes, ni du mobile. Si un journaliste insiste, dites que l'avocat vous a ordonné de ne pas faire de commentaire, parce que la procédure est en cours. Et si on vous pose des questions sur les victimes, ou leur famille, répondez que vous leur demandez pardon à la place de votre père. Il serait bon que vous réagissiez ainsi.

Kazuma tourna les yeux vers son téléviseur en pensant aux talk-shows. Il s'imagina en train de se courber profondément pour présenter ses excuses, entouré d'une meute de journalistes.

— S'il se produit des événements qui vous paraissent une atteinte à votre vie privée, contactez-moi. Je protesterai.

Le ton de l'avocat le rassurait, mais il lui semblait aussi qu'il lui ordonnait d'être prêt à tout, puisque personne ne pouvait prévoir comment les choses se passeraient dorénavant.

— Vous avez d'autres questions ?

Il y réfléchit, mais ne trouva rien. Il n'arrivait pas à suivre ce qui se passait. Mais en voyant la lettre sur la table, quelque chose lui vint à l'esprit.

— Je peux aller le voir ? Même s'il écrit que je n'ai pas à le faire.

— Les visites ne lui sont pas interdites. Vous avez envie de lui parler, n'est-ce pas ?

— J'aimerais l'entendre me raconter tout.

— Très bien. Je le lui dirai. Y a-t-il autre chose que vous voulez que je lui transmette ?

Kazuma réfléchit et secoua négativement la tête.

— Non, pas pour l'instant…

— Eh bien, si vous êtes d'accord, je lui dirai que vous voulez qu'il prenne soin de lui. Cela donne toujours du courage à un détenu.

— Ah… Oui, faites-le, s'il vous plaît.

— Très bien. Je vous contacterai bientôt, dit Horibé en se levant.

Kazuma le raccompagna et revint dans la pièce à vivre. Il s'écroula sur son canapé, incapable de penser à ce qu'il allait faire.

Dans un premier temps, je vais vérifier mon planning pour demain, se dit-il en prenant son téléphone. Il se souvint qu'il avait quitté son bureau tôt, en mentionnant un problème familial et en disant à son supérieur qu'il lui expliquerait le lendemain.

Comment procéder ? s'interrogea-t-il. Il avait l'impression d'être devant un mur infranchissable.

Son téléphone lui fit savoir que quelqu'un cherchait à le joindre. L'écran affichait un numéro- inconnu. Il répondit et entendit une voix lui demander s'il était Kuraki Kazuma.

— Oui.

— Je vous appelle de la préfecture de police de Tokyo.

13

La résidence à laquelle Godai et Nakamachi parvinrent après avoir marché huit minutes depuis la station de métro de Tōyōchō était entourée d'autres bâtiments qui lui ressemblaient. Il y avait une école primaire juste à côté, mais aucun cri d'enfant ne se faisait entendre.

Ils montèrent dans un ascenseur défraîchi, et Godai appuya sur le bouton du quatrième. Il vérifia l'heure à sa montre : 14 h 50.

Arrivés à l'étage, ils décidèrent d'attendre un peu car ils étaient en avance. Mieux valait rester sur place, afin de ne pas attirer inutilement l'attention des autres résidents.

Tout en regardant le voisinage par la fenêtre, Godai réfléchit à ce qu'il allait dire. Il ne l'avait pas encore décidé, car il était incapable de prévoir la réaction des personnes qu'il allait rencontrer. La mission qui lui avait été confiée aujourd'hui lui pesait.

Son collègue et lui allaient rendre visite à Asaba Yōko, la gérante du restaurant Asunaro, et à sa fille Orié. La police savait que leur fidèle client Kuraki Tatsurō était le véritable auteur du meurtre dont Fukuma Junji, leur mari et père, avait été accusé et qui avait conduit à son suicide. Sakurakawa, le chef de Godai, lui avait cependant donné l'ordre de ne pas leur dire. Les médias avaient parlé de l'arrestation de Kuraki, mais la préfecture de police n'avait pas encore fait de communiqué à ce sujet. Par égard pour la police départementale d'Aichi, sa hiérarchie avait décidé de passer sous silence, dans la mesure du possible, le mobile avoué par Kuraki. Si Godai avait le cœur aussi lourd, c'était pour une autre raison.

— J'aimerais bien connaître leur état d'esprit, dit Nakamachi. Elles doivent se demander pourquoi nous voulons encore leur parler.

— Comment pourrait-il en être autrement puisque, nous qui sommes chargés de l'enquête sur ce meurtre, voulons à nouveau les interroger ? Même quelqu'un qui n'aurait rien contre la police serait inquiet. Et elles savent peut-être que Kuraki a été arrêté.

— Mais vous ne leur en avez rien dit.

— Non, mais elles l'ont peut-être vu aux informations. Et si elles l'ignoraient, elles ont peut-être cherché son nom sur internet après mon appel.

Il avait contacté Orié, la fille, car il se disait que ce serait plus facile de lui parler qu'à la mère, qui avait annoncé qu'elle n'aimait pas la police.

Orié avait réagi calmement, sans lui demander la raison de leur visite. Elle avait dû penser que c'était lié à Kuraki.

Nakamachi consulta sa montre.

— C'est presque l'heure.

— On y va ?

Ils avancèrent dans le long couloir. Les Asaba habitaient l'appartement 506. Ils s'arrêtèrent devant la porte et appuyèrent sur l'interphone.

— Oui ? fit une voix, sans doute celle de la fille.

— C'est moi qui vous ai appelé tout à l'heure, Godai.

Ils entendirent qu'on déverrouillait la porte et elle s'ouvrit. Discrètement maquillée, Orié avait les cheveux retenus par un bandeau et portait un pull gris sur un jean.

— Désolé de vous déranger, dit Godai en s'inclinant devant elle.

Elle le salua de la tête, et invita les deux hommes à entrer. Ils le firent et se déchaussèrent.

Ils la suivirent jusqu'à une petite pièce à vivre, meublée d'un canapé, d'une table, et de fauteuils. Asaba Yōko, qui en occupait un, se leva quand ils entrèrent. Elle avait un cardigan violet, et était aussi maquillée, alors qu'elle n'était pas au travail. Peut-être était-ce naturel pour elles, étant donné leur profession.

— Nous vous remercions de votre coopération l'autre jour, commença Godai.

— Pourtant, nous ne vous avons pas dit grand-chose, il me semble, répondit Yōko.

Son visage était inexpressif, mais il était visible que la visite des deux policiers ne la réjouissait pas.

— Asseyez-vous, je vous en prie, suggéra Orié en leur montrant le canapé.

Ils s'y installèrent et jetèrent un coup d'œil discret sur la pièce. Leur regard s'arrêta sur une photo qui montrait Orié avec un petit garçon âgé de neuf ou dix ans.

— C'est un enfant de votre famille ? demanda Godai.

— C'est mon fils, répondit Orié, visiblement gênée.

— Ah bon…

Les policiers ignoraient qu'elle était mariée.

— Je suis divorcée, et mon fils vit avec son père.

Godai comprit mieux. Il se demandait s'il devait chercher à en savoir plus lorsqu'elle se leva pour aller dans la cuisine. D'après le bruit, elle préparait du thé.

— Ce n'est pas la peine de… dit Godai.

— Ne vous en faites pas, ce ne sera que du thé japonais, réagit Yōko. Mais soyez brefs, s'il vous plaît.

— Nous essaierons. Aujourd'hui aussi, nous sommes venus vous poser quelques questions à propos de ce Kuraki.

Elle soupira ostensiblement, comme pour se donner du courage.

— M. Kuraki a été arrêté, n'est-ce pas ?

— Vous êtes au courant ?

— Un client nous l'a appris hier soir. Il l'avait vu à la télévision. Il nous a raconté qu'un homme qui ressemblait beaucoup à M. Kuraki était apparu sur l'écran, et qu'il était monté dans une voiture de police. J'ai eu du mal à y croire, mais le journaliste a annoncé que le suspect s'appelait Kuraki.

Godai devina qu'il s'agissait des images de l'interpellation. La police les communiquait souvent aux médias.

— Il est accusé de meurtre. Nous sommes chargés de l'enquête.

— C'est ce que j'ai compris. Quand nous l'avons appris,

nous nous sommes renseignées. Il est soupçonné d'avoir tué un avocat, n'est-ce pas ?

— Exactement.

Yōko serra les lèvres et secoua la tête.

— C'est impossible.

— Quoi donc ?

— Que M. Kuraki ait tué quelqu'un. Je suis sûre que c'est une erreur. Pourquoi aurait-il fait une chose pareille ?

Elle avait parlé d'un ton définitif et serra encore plus fort les lèvres quand elle se tut.

— Nous sommes en train de faire des vérifications concernant les faits et le mobile.

Godai se demanda comme elle réagirait s'il l'informait du mobile.

Orié revint avec un plateau sur lequel étaient posés une théière et quatre gobelets. Elle les posa sur la table, mit un coussin plat sur le sol et s'y assit.

— Vous devriez travailler plus sérieusement, reprit Yōko sur un ton encore plus ferme. M. Kuraki est incapable de faire une chose pareille. Vous vous trompez, j'en suis certaine.

— Vous croyez ?

— J'en suis convaincue. Vous les policiers, ça ne vous gêne pas d'arrêter des gens sans aucune preuve, murmura-t-elle d'une voix vindicative. Et ça vous est égal quand une personne arrêtée comme ça se pend dans sa cellule.

— Kuraki a avoué, intervint Nakamachi, comme s'il ne supportait plus de se taire.

— Nakamachi ! le réprimanda Godai.

Le plus jeune des deux policiers s'excusa.

— Excusez-moi, mais… commença Orié. Qu'a avoué M. Kuraki ?

— Je ne peux pas vous le dire, répondit Godai. Parce que nous sommes en train de procéder à des vérifications.

— Ah bon, lâcha-t-elle d'un ton découragé.

Elle ne paraissait pas partager la colère de sa mère.

— Moi, je n'y crois pas, déclara celle-ci.

— Vous nous avez dit que le suspect venait dans votre établissement plusieurs fois par an, n'est-ce pas ? Qu'il arrivait vers 19 heures, et qu'il restait jusqu'à la fermeture. C'est bien ça ?

Les deux femmes échangèrent un regard et hochèrent la tête.

— C'est bien ça, répondit Orié.

— L'avez-vous jamais rencontré ailleurs que dans votre restaurant ?

— Ailleurs qu'au restaurant… répéta Orié en regardant à nouveau sa mère. C'est arrivé ?

— Eh bien… glissa Yōko, en penchant la tête. Je ne crois pas.

— Vous a-t-il jamais invitée à le faire ? demanda Godai en regardant Orié.

Elle le dévisagea, surprise.

— À faire quoi ?

— Vous nous avez dit qu'il restait souvent jusqu'à la fermeture. Il ne vous a jamais invitée à aller boire un verre ensuite ? Ou à dîner ou à déjeuner avec lui le jour de fermeture de votre restaurant ?

— Moi ? demanda Orié en pointant son propre index vers sa poitrine, comme si elle ne comprenait pas.

— Vous, ou votre mère, répondit Godai en regardant celle-ci avant de poser à nouveau les yeux sur Orié.

— Non. En tout cas, pas que je me souvienne, dit celle-ci.

— Bien sûr que non, fit Yōko avant que sa fille ait fini de parler. Il venait à Asunaro car il aimait notre cuisine. Pourquoi aurait-il voulu aller dans un autre restaurant ?

Godai se gratta les tempes. Il ne voyait pas comment s'exprimer plus clairement.

— La dernière fois, vous nous avez dit que vous lui aviez donné un *ofuda* du sanctuaire de Tomioka Hachimangū. Mais vous a-t-il fait des cadeaux, lui ? tenta-t-il, en changeant d'approche. À l'une ou à l'autre.

— Oui, bien sûr ! répondit Yōko comme si cela allait de soi. Chaque fois qu'il venait chez nous, il apportait quelque chose. Du *uirō* *, ou d'autres gâteaux, et aussi du salé, par

* Cette pâtisserie japonaise à base de farine de riz et de sucre est une spécialité de Nagoya.

exemple des crackers aux crevettes. Vous savez, on fabrique de très bonnes choses dans notre département d'Aichi.

— Je ne parlais pas de ça, mais de choses plus personnelles, par exemple un bijou fantaisie ou un vêtement ?

Yōko lui adressa un regard stupéfait. Elle fronça les sourcils.

— Je me trompe ou vous vous demandez si M. Kuraki avait un faible pour ma mère ou moi ? C'est ce que vous cherchez à savoir ? lança sa fille.

Godai ne put retenir une grimace. Elle avait vu juste.

— Euh… oui, c'est ça, répondit-il avec embarras.

— C'est ridicule ! cracha Yōko. J'ai l'âge que j'ai. Donc ça voudrait dire qu'il s'intéressait à ma fille. T'en penses quoi ? lui demanda-t-elle.

L'expression d'Orié se fit pensive.

— Moi, je me disais qu'il nous aimait bien, puisqu'il venait souvent. Mais je n'ai pas vraiment pensé qu'il s'intéressait à moi. Il ne m'a d'ailleurs jamais rien dit qui le laisse entendre.

— Donc il ne vous a jamais fait de cadeau de ce genre, s'assura Godai en se trouvant lui-même insistant.

— Non.

La réponse d'Orié ne laissait pas place à l'ambiguïté.

— Et quel rapport ont toutes ces questions avec l'arrestation de M. Kuraki ? fit Yōko, d'un ton irrité.

Godai s'attendait à ce qu'elle réagisse ainsi.

— Nous enquêtons sur les raisons qu'avait le suspect de venir à Tokyo régulièrement. Parce que nous estimons que le simple fait d'aller dans un restaurant qu'il aimait ne pouvait justifier le prix du train pour venir à Tokyo, ajouta-t-il.

— Il vient à Tokyo parce que son fils habite ici. C'est ce qu'il nous a dit, n'est-ce pas ? réagit Yōko en se tournant vers sa fille.

— Oui, mais nous avons le sentiment que ses visites étaient trop fréquentes pour que ce soit la seule justification.

Les deux femmes se turent. Sans doute parce que cette idée des policiers les ennuyait.

— Juste pour que tout soit clair, permettez-moi de vous demander une dernière fois si vous n'avez jamais eu l'impression qu'il éprouvait de l'affection pour vous, s'assura Godai en regardant le visage ovale d'Orié.

Celle-ci tourna encore une fois les yeux vers sa mère.

— Comme je vous l'ai déjà dit, je ne l'ai jamais cru.

— Eh bien, pouvez-vous essayer de le faire à présent ? Vous ne voyez rien dans sa conduite qui l'ait jamais indiqué ?

Orié parut embarrassée, mais elle secoua la tête.

— Écoutez, si on commence comme ça, ça peut durer longtemps. M. Kuraki était un de nos fidèles clients, et comme nous vous l'avons dit, il nous apportait souvent quelque chose d'Aichi. On peut en déduire qu'il avait de l'affection pour nous. Mais je suis incapable de déterminer de quel type d'affection il s'agit. La seule chose dont je suis sûre, c'est qu'il ne m'a jamais fait de déclaration.

Ses explications étaient d'une logique absolue. Godai n'avait aucun argument à lui opposer.

— C'est noté. Permettez-moi une dernière question indiscrète. Y a-t-il un homme dans votre vie en ce moment ? Vous n'avez pas à me répondre si vous ne le souhaitez pas.

— Non, il n'y a personne, répondit-elle du tac au tac.

Godai hocha la tête, et tourna les yeux vers Yōko.

— Vous avez dit que c'est un de vos clients qui vous a appris l'arrestation de Kuraki. Pouvez-vous me donner son nom, s'il vous plaît ? De préférence avec ses coordonnées.

— Je ne voudrais pas qu'il soit importuné…

Sans lui laisser le temps de finir, Godai reprit :

— Ça ne sera pas le cas, soyez-en assurée. Et s'il y a parmi vos clients d'autres personnes qui avaient des contacts avec Kuraki, pourriez-vous aussi me donner leur nom ? La dernière fois, vous n'avez pas accepté, mais notre enquête porte sur un meurtre. Nous ne sommes pas prêts à renoncer, fit-il avec un mouvement du menton vers elle, en plantant ses yeux dans les siens.

Yōko parut dubitative.

— Vous savez, je n'ai pas les coordonnées de tous nos clients !

— Nous nous contenterons de celles que vous avez.

Elle soupira légèrement et se tourna vers sa fille.

— Tu veux bien m'apporter le carnet d'adresses ?

Orié se leva sans cacher son déplaisir.

Après avoir quitté les Asaba mère et fille, Godai n'avait pas envie de rentrer directement à la cellule d'enquête. Il invita

Nakamachi dans un café qui donnait sur l'avenue Eitai-dōri. Il avait l'intention de boire un café, mais il changea d'avis en lisant le menu et commanda une bière. Nakamachi parut surpris.

— Je peux en prendre une aussi ?

— Bien sûr. Je te l'offre.

Ils choisirent une table à l'abri des regards indiscrets pour les boire.

— En tout cas, j'ai posé toutes les questions que je pouvais poser.

— Et j'ai bien vu que ça n'a pas été facile.

— Elles doivent se dire que nous leur avons parlé de drôles de choses. Et aussi se demander quelle importance ça peut avoir de savoir si Kuraki était amoureux de l'une d'elles. En toute honnêteté, je me pose aussi la question.

— Oui, mais au procès, cela comptera, n'est-ce pas ?

— Peut-être pas, mais l'accusation veut apparemment en avoir le cœur net.

Godai s'interrompit pour boire une gorgée de bière.

— Quelle histoire embêtante !

Kuraki ayant avoué, les faits ne seraient pas disputés pendant le procès, dont le véritable enjeu serait les circonstances atténuantes.

Il avait déclaré qu'il avait tué Shiraishi parce que les moments qu'il passait avec les Asaba étaient devenus sa raison de vivre, et qu'il redoutait de la perdre en avouant le crime qu'il avait commis autrefois. La défense mettrait en avant le fait qu'il l'avait commis poussé par l'instinct humain de protéger ce qu'il avait de plus précieux dans sa vie. L'accusation, quant à elle, ne manquerait pas d'insister sur le fait que si ces instants avec la famille d'un homme qui s'était suicidé parce qu'il avait été accusé à tort du crime commis autrefois par Kuraki étaient ce qu'il avait de plus précieux, cela prouvait qu'il ne regrettait pas véritablement son acte. Le procureur comptait l'attaquer en le présentant comme un pur égoïste qui avait sans doute des pensées plus viles.

Godai et Nakamachi avaient ainsi reçu l'ordre de récolter auprès d'elles des témoignages établissant que Kuraki éprouvait pour l'une d'entre elles – sans doute la fille – des sentiments amoureux.

Kuraki avait fait à Godai l'impression d'être un homme droit. Peut-être voyait-il Orié comme une femme séduisante, mais il avait dû s'interdire tout geste à son égard. À titre personnel, le policier n'avait aucune envie d'aborder ce sujet avec elle. C'était la raison pour laquelle sa mission du jour lui avait paru pesante.

De retour à la cellule d'enquête, il rapporta à Tsutsui, son supérieur direct, le contenu de son entretien avec les Asaba mère et fille.

— Ah bon… C'est donc comme ça, alors… lâcha ce dernier comme s'il n'était pas surpris.

— À quoi faites-vous allusion ?

— On a posé la question au fils Kuraki. Il s'était apparemment dit que si son père venait si souvent à Tokyo, ce devait être parce qu'il avait rencontré une femme dans un bar. Mais son père ne lui en a jamais parlé, et rien ne prouve qu'il avait raison. Je ne pense pas qu'il ait menti.

Godai se rappela sa rencontre avec Kuraki Kazuma, et la manière dont il s'était fermé après avoir dit que son père et lui respectaient leur liberté mutuelle.

— Étant donné que Kuraki lui-même affirme qu'il n'avait pas de sentiments amoureux pour les Asaba mère et fille, je pense qu'on en a fait assez, non ? tenta Godai.

C'était en tout cas son opinion.

— Je suis d'accord, mais le procureur aimerait avoir de quoi ébranler les jurés, même si ce n'est pas grand-chose. De manière qu'ils pensent que s'il allait chez Asunaro, ce n'était pas seulement pour expier sa culpabilité vis-à-vis des deux femmes, mais parce qu'il en retirait une satisfaction d'un autre ordre. Le procureur ne veut pas que les jurés le voient comme un homme bon.

Tsutsui soupira.

— En tout cas, merci pour le mal que tu t'es donné. J'attends ton rapport écrit.

— Bien, fit Godai.

Au même moment, ils entendirent la voix de Sakurakawa qui parlait au téléphone un peu plus loin.

— Montrer la photo aux contrôleurs ne suffit pas, il faut aussi que les employés de la gare qui vérifient les billets à la sortie la voient. Rien ne dit qu'il est passé par le contrôle automatique. T'aurais pu y penser tout seul, quand même !

Cette dernière remarque indiquait son irritation.

Godai se pencha en avant pour souffler à l'oreille de Tsutsui.

— On ne sait pas encore quel train il a pris ?

Son supérieur hocha la tête, l'air contrarié.

— Les vidéos des caméras de surveillance n'ont rien donné et tous nos espoirs portent maintenant sur d'éventuels témoins, mais ça ne paraît pas gagné.

— Et on n'a pas eu plus de chance avec le train qu'il a pris pour rentrer chez lui ?

— Non. C'est bien pour ça que le chef de section est d'aussi mauvaise humeur, dit Tsutsui tout bas, en jetant un coup d'œil à Sakurakawa.

Un grand nombre d'enquêteurs cherchaient à corroborer les dires de Kuraki, notamment sa déclaration sur son voyage à Tokyo le 31 octobre. Kuraki affirmait avoir pris le Shinkansen à Nagoya mais ne se souvenait pas de l'heure exacte. Comme il avait aussi dit qu'il était arrivé à la gare de Tokyo vers 17 heures, des enquêteurs avaient visionné toutes les vidéos des gares de Nagoya et Tokyo correspondant à cette plage horaire, sans parvenir à reconnaître quelqu'un qui lui ressemble. Les enquêteurs qui avaient été envoyés à la gare de Nagoya pour montrer sa photo aux contrôleurs n'avaient apparemment pas eu plus de succès dans la gare de départ.

— Et du côté de Monzen-Nakachō, il y a du neuf ? demanda tout bas Godai à Tsutsui, qui fit non de la tête, le visage fermé.

— Ça n'a rien donné là-bas non plus ?

— Il y a peu de caméras de surveillance dans les petites rues du quartier, et Kuraki a dû se faire discret. Pas de quoi s'étonner.

Il avait déclaré avoir marché dans les rues du quartier en attendant Shiraishi Kensuké. Mais personne ne se rappelait l'avoir vu, et il n'apparaissait sur aucun enregistrement des caméras de surveillance.

— Vous ne trouvez pas ça bizarre, chef ?

— Quoi donc ?

— Qu'on n'arrive à rien corroborer. De plus, il n'y avait aucune trace de sa présence dans la voiture, n'est-ce pas ? On peut vraiment continuer comme ça ?

— Pas si fort ! le tança Tsutsui en jetant un coup d'œil à Sakurakawa.

— Ça n'est pas bon du tout, n'est-ce pas ? insista Godai en chuchotant.

La voiture dont il parlait était bien sûr celle de Shiraishi Kensuké. Kuraki affirmait y avoir déposé le corps de l'avocat et l'avoir ensuite conduite, mais aucune empreinte digitale, aucun ADN ou cheveu lui appartenant n'y avait été relevé.

— Les techniciens disent que ça peut arriver, répondit son chef, comme si ses mots le peinaient. On laisse pas nécessairement de cheveux ou d'ADN dans une voiture. Et pour ce qui est des empreintes digitales, le manche du couteau a vraisemblablement été essuyé.

— Pourtant Kuraki n'en a rien dit dans sa première déclaration, non ? Lorsque le collègue qui l'a interrogé a posé une question sur les empreintes, il a d'abord répondu qu'il ne s'en souvenait pas, n'est-ce pas ? Ensuite il a admis qu'il pouvait les avoir essuyées.

— S'il ne s'en souvient pas, on n'y peut rien, non ?

Godai secoua la tête avant de se gratter le cuir chevelu.

— Moi, je trouve ses explications poussives.

— Et tu proposes quoi ? demanda Tsutsui d'un ton irrité.

— Vous ne pensez pas qu'on devrait creuser un peu plus ? Rien ne garantit que Kuraki dise la vérité !

— D'après toi, il ment sur quoi ?

— Je l'ignore. C'est pour ça que je pense qu'il faudrait approfondir. Qu'on n'arrive à rien à ce point, c'est bizarre. Il se peut qu'on soit complètement à côté de la plaque.

— Va donc le dire au chef de section, lança son chef en lui décochant un regard mauvais. Je suis d'accord, rien ne garantit que Kuraki dise toute la vérité. Il pourrait même se mettre à raconter autre chose pendant le procès. Mais ça ne change rien au fait qu'il est coupable. C'est suffisant pour nous. La police a fait son travail.

— Parce qu'il a révélé une chose que seul l'auteur du crime pouvait connaître ?

— Oui, exactement. Tu comprends vite.

Kuraki avait déclaré avoir poignardé Shiraishi sur la promenade Sumidagawa Terrace près du pont de Kiyosu, une information qui n'avait pas été divulguée, et que seul le coupable pouvait connaître. La révélation d'un tel secret comptait beaucoup dans un procès, presque autant qu'une preuve matérielle.

— Et ça suffira pour tout le procès, vous pensez ?

— Kuraki ne me fait pas l'impression d'être capable de tout nier en bloc au moment du procès. Ça ira. Cesse de trop penser et dépêche-toi de rédiger ton rapport, conseilla Tsutsui à son subordonné en lui donnant une tape dans le dos.

— Très bien, acquiesça Godai sans conviction.

Il n'arrivait pas à se débarrasser de l'idée qu'il y avait des choses bien plus importantes à vérifier que les éventuels sentiments amoureux de Kuraki pour Asaba Orié.

— Ah, j'ai oublié de te dire que le fils a confirmé le match de baseball, reprit Tsutsui. Il a bien offert un billet à son père pour le match Chūnichi Dragons-Tokyo Giants de mars.

— Et qu'en est-il du portefeuille perdu ?

— Il n'était pas au courant. Le père n'avait probablement pas envie de parler à son fils de cette mésaventure.

Tsutsui se tourna vers son ordinateur pour signifier à Godai que la conversation était terminée.

Godai s'éloigna sans être convaincu par ce qu'il venait d'entendre.

Un autre point important n'avait pu être corroboré.

La veille au soir, il s'était rendu seul au domicile de Shiraishi pour une autre vérification. Comme la fois précédente, la veuve de l'avocat et sa fille Mirei l'avaient reçu dans le séjour.

Le but de sa visite était lié à la rencontre entre Kuraki et Shiraishi.

Kuraki avait déclaré qu'elle avait eu lieu fortuitement au stade Tokyo Dome à la fin du mois de mars, à l'occasion d'un match entre les équipes de baseball de Tokyo et de Nagoya. Un incident mineur avait conduit les deux hommes à se parler, et lorsque Kuraki s'était aperçu qu'il avait perdu son portefeuille, Shiraishi lui avait avancé la somme nécessaire pour s'acheter un billet de train. Il voulait savoir si les deux femmes le savaient.

Elles avaient toutes les deux affirmé l'ignorer. Et elles n'avaient naturellement jamais entendu le nom de Kuraki.

De plus, elles avaient paru étonnées d'apprendre que Shiraishi était allé seul voir un match de baseball dans ce stade.

— Il était vraiment fan des Chūnichi Dragons, il allait parfois à des matchs avec des amis. Mais j'ai du mal à imaginer qu'il ait été un supporter passionné au point de le faire seul, avait expliqué Shiraishi Ayako, qui paraissait trouver cette histoire étrange.

Godai était reparti sans avoir obtenu de confirmation sur ce point, après que Mirei lui avait demandé des explications sur le déroulement de l'enquête.

— J'ai appris aux informations télévisées qu'un dénommé Kuraki a été arrêté. Mais rien n'a été dit sur le mobile du crime. Pourquoi cet homme a-t-il tué mon père ? Qui est-il, comment le connaissait-il ?

Mirei avait un visage aux traits bien définis, presque occidental. La manière dont elle avait regardé Godai en ouvrant grand les yeux, en levant les sourcils, lui avait paru intimidante, voire oppressante.

Il lui avait donné une réponse standard, l'enquête était en cours et il ne pouvait pas lui en dire plus. Elle ne s'en était pas satisfaite.

— On a dit aux informations que le suspect avait avoué. Qu'a-t-il avoué ? Il a reconnu avoir tué, sans dire pourquoi il l'avait fait ? avait-elle insisté sur un ton presque agressif.

Godai avait répété qu'il ne pouvait rien divulguer de l'enquête, ce à quoi Mirei avait répondu qu'elle ne comprenait pas pourquoi la famille n'avait pas le droit de savoir.

— Expliquez-moi pourquoi nous, qui devrions être les premières informées, ne le sommes pas. Vous ne trouvez pas ça bizarre, vous ?

Il comprenait très bien son irritation. Il aurait aimé tout lui raconter. Mais il n'avait aucune garantie qu'il n'y aurait pas de fuite. Même s'il leur demandait de s'engager à garder le secret, elles pouvaient ne pas tenir parole. La seule façon de procéder était donc de ne rien leur dire. Il leur présenta ses excuses.

Comment néanmoins expliquer que Shiraishi n'ait pas parlé à sa famille de ce qui s'était passé au stade ? Bien sûr, on pouvait lui répliquer que l'avocat n'avait pas jugé utile de le raconter, mais pouvait-on se satisfaire de cet argument ? La conviction de la femme et de la fille de l'avocat sur le fait qu'il n'était pas homme à aller seul à un match le préoccupait.

Quoi qu'il en soit, se disait Godai, il fallait creuser plus profondément, et ce aussi pour la famille de la victime.

14

Le lendemain de sa rencontre avec l'avocat Horibé, Kazuma n'alla pas travailler, en prétextant qu'il était malade. Il se sentait trop préoccupé pour faire son travail correctement. Yamakami, son supérieur hiérarchique à qui il avait demandé la veille l'autorisation de partir plus tôt pour raison familiale, parut inquiet. Il ne pouvait probablement pas imaginer que le père de son subordonné avait été arrêté. Kazuma s'engagea à lui expliquer rapidement la situation, une idée qui suscitait beaucoup d'appréhension chez lui.

Il n'avait aucun appétit et n'avait pas non plus réussi à dormir. Il n'arrivait pas à déterminer ce qu'il devait faire. Horibé l'avait averti de la probable visite de journalistes. Quand cela se produirait-il ?

Il fusilla son smartphone du regard. Il avait l'impression qu'un journaliste pouvait à tout moment l'appeler. À moins qu'un autre ne sonne à sa porte.

Bien qu'il n'en ait pas envie, il vérifia ce qui était publié sur l'affaire en ligne, et alluma aussi la télévision pour voir si on en parlait aux nouvelles. Son idée était qu'il devait se tenir au courant de l'actualité pour essayer de prévoir comment les choses allaient se passer.

Contrairement à ce qu'il attendait, il ne trouva rien de neuf sur l'affaire dont son père était le protagoniste. Tout bien réfléchi, ce n'était pas surprenant. Il se produisait chaque jour quelque chose, et les médias ne suivaient de près un fait divers de ce genre que s'il impliquait des personnalités connues.

Il passa la plus grande partie de la matinée au lit, sans recevoir aucun appel. Hier, après le départ de Horibé, il avait reçu la visite de deux policiers. Ils lui avaient demandé s'il avait offert à son père un billet pour un match de baseball, et des précisions à ce sujet. Ils voulaient aussi savoir s'il avait remarqué quelque chose qui indiquerait que son père entretenait une liaison avec une femme à Tokyo. Il avait répondu qu'il y avait pensé mais ne disposait d'aucune preuve à ce sujet. Ces questions pouvaient-elles vraiment apporter quelque chose à l'enquête ?

Il consulta de nouveau son téléphone et vit qu'il avait reçu plusieurs messages. S'il les lisait, il se sentirait obligé d'y répondre et décida donc de ne pas les ouvrir. Ce ne pouvait pas être important.

Dans l'après-midi, il eut faim. N'ayant pas envie de se faire à manger, il alla dans un café du quartier où il avait ses habitudes et commanda un café et un sandwich qu'il mangea en faisant une recherche sur son téléphone, avec pour mots clés : "famille", "meurtrier" "procès".

Elle lui apporta de nombreuses réponses, la plupart émanant de cabinets d'avocats. Il lut que tout ce que pouvait faire la famille d'un accusé lors d'un procès était d'y assister le cœur pur, et de témoigner pour la défense. Afin de demander des circonstances atténuantes, il fallait apparemment pouvoir expliquer concrètement comment on aiderait l'accusé à s'amender.

La veille, rien ne lui avait semblé réel, mais en lisant ces explications, il prit conscience des circonstances qui étaient les siennes. Il ressentit aussi de nouveaux doutes quant à ce qui avait conduit son père à agir ainsi. Horibé lui avait expliqué, mais il n'avait pas convaincu Kazuma qui aurait aimé entendre son père lui en parler.

Une fois qu'il eut réussi à avaler son sandwich, il s'installa dans un coin du café et appela l'avocat qui décrocha presque immédiatement et s'enquit de la raison de son appel. Kazuma répondit qu'il voulait savoir quand il pourrait rencontrer son père.

— Pour l'instant, fixer un rendez-vous est difficile, car il est souvent interrogé par la police et le procureur. Il aura plus de temps une fois qu'il aura été transféré au centre de détention.

Je dois vous dire que je l'ai vu aujourd'hui, et qu'il m'a répété qu'il ne souhaitait pas vous rencontrer. Sans doute parce qu'il a honte. Que vous le voyiez dans l'immédiat pourrait peser sur son moral. Le mieux est d'attendre un peu.

Kazuma en fut contrarié, parce qu'il trouvait que son père aurait pu penser un peu à lui, mais faire des reproches à Horibé n'aurait servi à rien. Il lui dit qu'il comprenait et raccrocha.

Il rentra ensuite chez lui. Son travail le préoccupait, mais il ne pouvait rien faire pour l'instant, sinon écrire un mail d'excuse à la personne avec qui il avait annulé le rendez-vous de la veille, une tâche d'ordinaire simple, qui lui prit près d'une heure, car il n'arrivait pas à une rédaction satisfaisante.

Il était un peu plus de 17 heures lorsqu'il reçut un appel de Yamakami. Son ventre gargouilla en voyant le nom du correspondant.

— Oui, bonjour, répondit-il.

— Bonjour. Tu as une minute ?

La voix de son supérieur lui parut abattue.

— Oui, bien sûr.

— Tu disais que tu étais souffrant. Tu te sens mieux ? Tu viendras au bureau demain ?

— Oui, je pense.

— Dans ce cas, tu peux venir une heure plus tôt que d'habitude ?

— Une heure plus tôt… Oui, bien sûr.

— Désolé de te demander ça. À demain !

Il devina que Yamakami allait raccrocher.

— Euh… dit-il. Je crois que vous avez quelque chose d'important à me dire.

Son supérieur ne répondit pas tout de suite et Kazuma comprit qu'il avait vu juste. Enfin, n'importe qui aurait pu le deviner.

— Kuraki… fit son supérieur d'un ton différent. Est-ce qu'on peut se voir aujourd'hui ?

Après quelques hésitations, ils avaient convenu que Yamakami viendrait chez lui. Il avait en effet précisé qu'il préférait éviter un endroit proche du bureau, pour ne pas risquer de voir des collègues.

Kazuma subodorait la raison de sa visite. Il ne fut donc pas surpris lorsqu'il lui dit, après s'être assis sur la même chaise que Horibé la veille :

— Je suis venu ici pour te parler de ton père, bien évidemment.

— La police a appelé le bureau ?

— Non, pas la police, les RH. La personne à qui j'ai parlé m'a demandé si je savais que ton père avait été arrêté.

— Les RH ?

Cela paraissait incompréhensible à Kazuma.

— Je vois que tu n'es pas au courant.

— Au courant de quoi ?

— Hum… comment dire…

Yamakami posa les deux coudes sur la table, et se passa la langue sur les lèvres, comme s'il peinait à trouver ses mots.

— Ce qui s'est passé, reprit-il, c'est que l'accueil a reçu un étrange appel aujourd'hui vers midi. Le correspondant a demandé si un certain Kuraki Kazuma travaillait chez nous. La personne de l'accueil a dit qu'elle ne pouvait répondre à ce genre de question. "Et pourquoi ? a répliqué le correspondant. – Parce que c'est une question qui relève de la vie privée, a répondu l'employée. – Et pas parce que c'est le fils d'un meurtrier ?" a-t-elle alors entendu. Puis le correspondant a raccroché. Étonnée, l'employée de l'accueil en a parlé à son superviseur qui a ensuite appelé les RH. Les RH ont fait une recherche. Ils ont vite découvert qu'un homme qui devait être ton père venait d'être arrêté parce qu'il était soupçonné d'avoir commis un meurtre. Et ils ont aussi compris que ton nom circulait sur internet.

— Mon nom ? répéta Kazuma, perplexe devant ce développement inattendu. Comment ça ?

— Tout a commencé sur les réseaux sociaux. Peu de temps après l'arrestation de ton père, quelqu'un a dit qu'il habitait dans son quartier. Et cela a permis à une autre personne de révéler son adresse, et le fait qu'il avait un fils. Il n'a pas fallu longtemps pour qu'une photo de ce fils prise à l'époque où il était au lycée circule en ligne.

— Quoi ? s'exclama Kazuma, stupéfait. C'est vrai ?

— Malheureusement oui.
— Vous permettez que je vérifie ?
— Vas-y, dit Yamakami.
Kazuma prit son smartphone et fit une recherche "images" en indiquant son nom. Il fut choqué de voir immédiatement apparaître une photo qui le montrait. Il se souvint qu'elle figurait dans son album-souvenir du lycée.
— C'est n'importe quoi…
— C'est comme ça, aujourd'hui, répondit Yamakami qui en paraissait chagriné. Les informations se répandent comme une traînée de poudre. Parmi les gens qui les ont lues, quelqu'un a cherché à en savoir plus sur toi. À moins qu'un de tes camarades de lycée ou d'études n'ait publié le nom de ton lieu de travail, ce qui a conduit quelqu'un d'autre à téléphoner à la société. Oui, ça a dû se passer comme ça.
Kazuma soupira.
— Quelle histoire…
— Tu as appris hier que ton père avait été arrêté ?
— J'ai reçu un appel de son avocat. Je vous prie de m'excuser de ne pas vous en avoir parlé. Je ne voyais pas comment expliquer la situation.
— Je comprends très bien que tu aies été bouleversé. Tout le problème est de savoir que faire.
— Euh… L'avocat a dit que pour l'instant, l'objectif est de trouver des circonstances atténuantes…
— Ce n'est pas de ça que je parle, le coupa son supérieur. Mais de la société. De ton travail !
— Ah… Oui, bien sûr. Désolé.
Ni son employeur ni Yamakami ne se souciaient de la tournure que prendrait le procès.
Kazuma se redressa et regarda son supérieur droit dans les yeux.
— Moi, ce que je voudrais vous demander, c'est ce que je dois faire maintenant. Vais-je pouvoir garder mon travail ?
Yamakami se redressa et hocha légèrement la tête.
— Ce n'est pas toi qui as été arrêté, donc tu n'as pas à te demander si nous allons te licencier. Mais peut-être va-t-il falloir envisager quelques changements.

— Et plus précisément ?

— J'ai discuté avec la direction après avoir reçu l'appel des RH. Étant donné que nous ne pouvons pas empêcher cette information de circuler, il est vraisemblable que nous allons recevoir d'autres appels te concernant. La conclusion à laquelle nous sommes arrivés est que pour l'instant, mieux vaut que tu passes à un poste où tu n'auras pas de contact avec l'extérieur.

— Vous voulez dire que je vais être muté ?

— Temporairement, en tout cas. Impossible de prévoir l'impact que tout ça aura sur nous. Cette histoire sera peut-être vite oubliée. À ce moment-là, tu pourras revenir à ton poste actuel.

— Et où vais-je être muté ?

— Il faut que je coordonne ça avec les responsables des autres divisions. Tu accepterais de te mettre en congé en attendant ? Deux semaines, pour commencer.

— Deux semaines…

— En fait, reprit Yamakami visiblement embarrassé, des rumeurs commencent déjà à circuler chez nous. Le PDG est d'avis qu'il faut veiller à les étouffer au plus vite.

— Vous voulez dire que si je viens travailler, j'en serai de toute façon empêché…

— Oui, à peu près, acquiesça Yamakami.

— Et pour demain, que dois-je faire ? Vous m'avez demandé tout à l'heure d'arriver une heure plus tôt que d'habitude.

— Ce n'est plus nécessaire. Je m'occuperai de la demande de congé.

Kazuma avala sa salive et baissa la tête.

— Très bien.

Son supérieur eut l'air de vouloir ajouter quelque chose, mais il se ravisa et se leva.

— Bon, eh bien…

Kazuma se leva aussi et s'inclina devant lui.

— Je vous présente toutes mes excuses pour l'embarras que je cause.

Il entendit son supérieur inspirer profondément.

— Mais quand même… lâcha celui-ci. Pourquoi ton père a-t-il fait ça ? Il a des soucis d'argent ?

— Euh… Non…

Le voyant hésiter, Yamakami agita la main.

— Tu n'as pas à me répondre. Je n'aurais pas dû te poser cette question.

Il donna une tape à l'épaule de Kazuma.

— Bon, on reste en contact, ajouta-t-il avant de s'esquiver comme un voleur.

Après l'avoir raccompagné jusqu'à la porte d'entrée, Kazuma reprit son smartphone. Il était préoccupé par les informations qui circulaient à son sujet. Mais il se rendit aussitôt compte que les connaître ne lui servirait à rien. On ne disait certainement aucun bien de lui, et il serait encore plus déprimé après les avoir lues.

Il allait ranger son téléphone, lorsqu'il remarqua qu'il venait de recevoir un mail, intitulé : "Ici Amemiya". C'était le nom d'un collègue entré dans la société en même temps que lui, avec qui il entretenait des relations amicales et allait parfois boire un verre après le travail. Il se rendit compte qu'Amemiya Masaya lui en avait déjà envoyé un hier. Il avait dû recommencer aujourd'hui car son mail n'avait pas été ouvert.

Son ami écrivait : "Je suis au courant. Si je peux faire quelque chose pour toi, dis-le-moi. Tu n'as pas besoin de me répondre. Prends soin de toi. Amemiya."

Kazuma réfléchit quelques instants avant de répondre "Merci" et de l'envoyer.

15

Dans un magasin de cycles de l'avenue Eitai-Dōri, un petit garçon accompagné par un homme qui devait être son père était sur le point d'enfourcher une bicyclette bleue. Le marchand de vélos qui leur donnait des explications était sans doute le patron, un certain Fujioka. Vêtu d'une tenue de travail grise, il n'était pas grand, mais trapu, et paraissait avoir la cinquantaine. Godai attendit que la conversation se termine en regardant les vélos multicolores du magasin. Fujioka s'était aperçu de sa présence et lui jetait de temps à autre un regard.

Une fois les clients partis, il s'approcha de lui avec un sourire commercial.

— Pardonnez-moi de vous avoir fait attendre. Vous cherchez une bicyclette ?

Godai esquissa un sourire navré et mit la main dans la poche intérieure de son veston.

— Désolé de vous décevoir, mais je viens de la police, répondit-il en lui montrant son badge. Vous êtes bien M. Fujioka ?

— Euh… oui, répondit l'homme qui était littéralement bouche bée.

— J'aimerais vous poser quelques questions. À propos du restaurant Asunaro de Monzen-Nakachō.

Fujioka cligna plusieurs fois des yeux et hocha la tête.

— Euh… d'accord. Suivez-moi, s'il vous plaît.

Il l'emmena au fond du magasin, où se trouvaient deux tabourets. Après s'être assis, Godai lui montra une photo.

— Connaissez-vous cet homme ?

Sitôt qu'il la vit, son interlocuteur hocha la tête.

— C'est M. Kuraki, n'est-ce pas ?
— Oui, confirma le policier en rangeant la photo. Vous savez qu'il a été arrêté ?
— Oui. Ça m'a étonné.
Il soupira et ajouta :
— C'est donc vrai ?
— Quoi donc ?
— Eh bien… que M. Kuraki a tué quelqu'un. Il n'y a pas erreur ?
Godai eut un petit sourire.
— Qu'est-ce qui vous fait penser ça ?
— Je n'arrive pas à y croire. M. Kuraki est quelqu'un de plaisant, de bon. Il ne se tient jamais mal en buvant, ne hausse jamais le ton.
Le policier sortit un carnet et un stylo.
— On m'a dit que vous aviez plutôt l'air de bien vous entendre avec lui quand vous le croisiez dans ce restaurant.
— Je ne sais pas ce que vous entendez par "plutôt", mais nous nous connaissons un peu. Moi aussi, j'y vais généralement seul, et nous nous sommes souvent retrouvés voisins de comptoir.
— Et de quoi parlez-vous avec lui ?
— Eh bien… un peu de tout, je dirais. De ce qui se passe dans le monde, de politique. Ces derniers temps, on a souvent discuté de maladie et de santé. À nos âges, on en parle beaucoup.
Cela n'avait pas l'air de gêner Fujioka d'évoquer Kuraki, autrement dit de reconnaître qu'il avait de bons rapports avec un homme accusé de meurtre. Au contraire, il semblait vouloir le défendre.
— Et vous discutez aussi de baseball ?
— De baseball ? Oui, souvent. Il est fan des Dragons, et moi des Giants. On regardait le résultat des matchs sur nos téléphones, j'étais content quand il était triste, et inversement.
— Il allait voir des matchs de temps en temps. Il vous en a parlé ?
— Euh… Maintenant que vous le dites, je me souviens qu'il m'a raconté qu'il devait aller en voir un au stade Tokyo Dome, et que ce serait une première pour lui.
— C'était quand ?

— Cette année, en début de saison, je crois.

Cela correspondait aux déclarations de Kuraki. Il avait vraiment dû le faire.

— Il ne vous a pas raconté qu'il lui était arrivé quelque chose là-bas ?

— Il lui était arrivé quelque chose ?

— Par exemple qu'il y avait fait la connaissance de quelqu'un, ou perdu quelque chose.

— Euh… ça ne me dit rien, répondit Fujioka, perplexe. On a parlé de ce match la veille du jour où il devait y aller. Le lendemain, il est reparti à Nagoya et on ne s'est revus qu'à son prochain passage à Tokyo quelques mois après, ce qui fait qu'on n'en a plus reparlé.

Godai était déçu. Ce n'était pas non plus de cet homme qu'il obtiendrait la confirmation de la rencontre entre Kuraki et Shiraishi.

— Excusez-moi… fit une voix à l'entrée du magasin, celle d'une femme d'âge moyen.

— Bonjour, madame, répondit Fujioka en se levant pour aller vers elle.

Il lui apporta une bicyclette qu'il venait sans doute de réparer. Elle paya à la caisse, et il vint retrouver Godai.

— Vous avez d'autres questions ?

— J'aurais aimé que vous me parliez de l'attitude de Kuraki au restaurant.

— De son attitude… Elle était normale, c'est tout ce que je peux dire. Il buvait tranquillement, sans importuner personne.

— Asunaro est tenu par une mère et sa fille, n'est-ce pas ? Comment était-il avec elles ?

— Je ne suis pas sûr de comprendre votre question.

— Par exemple, aviez-vous l'impression qu'il était attiré par Asaba Orié ?

— Hum… fit Fujioka, d'une manière qui fit penser à Godai que la question ne le surprenait pas. Orié est belle, ils auraient fait un beau couple. Mais je ne suis pas sûr que M. Kuraki l'ait vu comme ça. Peut-être à cause de leur différence d'âge, j'ai l'impression qu'il ne la regardait pas comme une femme, ou qu'il s'efforçait de ne pas le faire.

Cette façon de s'exprimer intrigua le policier.

— Qu'il ne la regardait pas comme une femme ? Que voulez-vous dire ?

— Euh… Eh bien… souffla Fujioka en portant la main à son front. Je ne suis pas sûr que je devrais continuer…

— Je ne répéterai à personne ce que vous me direz. Vous pouvez me faire confiance.

Fujioka soupira une nouvelle fois, s'essuya la bouche et jeta un coup d'œil circulaire.

— Ce n'est qu'une impression, mais je crois qu'Orié était tombée amoureuse de M. Kuraki.

— Orié ?

— Je ne pense pas avoir été le seul à le penser, continua Fujioka qui parlait maintenant moins fort. D'autres clients le murmuraient aussi.

— Vous lui avez demandé si c'était vrai ?

— Comment aurais-je pu ? Ne parlez de ça à personne, s'il vous plaît.

En l'écoutant, Godai pensa aux Asaba mère et fille. Puisque certains de leurs clients l'avaient remarqué, il était impossible que la mère ne se soit pas rendu compte des sentiments qu'inspirait Kuraki à sa fille. Pourtant, quand il était allé les voir l'autre jour, rien dans leur attitude ne le lui avait laissé penser. Avaient-elles décidé que ce n'était pas la peine de leur dire ?

Les femmes sont toutes des comédiennes, pensa-t-il une fois encore.

16

Six jours après sa précédente visite, Horibé revint pour lui apprendre que son père était poursuivi pour meurtre et qu'il avait été transféré au centre de détention de Tokyo. Il était calme, et il avait déclaré qu'il s'en remettait entièrement à l'avocat pour le procès.

— J'ai déjà reçu l'acte d'accusation. Je l'ai lu, il reprend ce que votre père a déclaré jusqu'à présent. D'ailleurs, votre père en a confirmé le contenu de son côté, expliqua l'avocat sur un ton poli.

— Vous m'avez dit que les faits ne seraient pas contestés pendant le procès, n'est-ce pas ? demanda Kazuma d'une voix sans vigueur, parce qu'il était résigné.

— Oui, c'est la ligne que nous suivrons.

— Autrement dit, le procès ne sera qu'une question de forme…

Horibé fronça les sourcils et secoua la tête.

— Pas du tout. Si cela devait être le cas, la sentence suivrait les réquisitions du procureur. Votre père reconnaît sa culpabilité, mais notre objectif est qu'il soit condamné le moins lourdement possible.

— Oui, mais il a tout reconnu, n'est-ce pas ? Quels points comptez-vous disputer ?

Horibé consulta ses notes.

— Le premier point important, c'est la préméditation. Cela compte beaucoup pour déterminer le verdict.

— Oui, mais… commença Kazuma en se rappelant ce que Horibé lui avait dit. Mon père est venu à Tokyo dans le but de tuer, n'est-ce pas ? Il a cherché un endroit où réaliser son crime et a ensuite demandé à la victime d'y venir, n'est-ce pas ? Comment exclure la préméditation dans ce cas ?

— Vous avez raison, c'est ce qui figure dans l'acte d'accusation.

— Vous ne pourrez donc rien contester.

Horibé porta la main à ses lunettes et hocha plusieurs fois la tête.

— C'est exact, mais quand on écoute bien les déclarations de votre père, quelques ambiguïtés demeurent, comme dans l'échange entre votre père et Me Shiraishi sur la promenade Sumidagawa Terrace. Votre père dit que c'est le ton agressif qu'a eu l'avocat pour lui demander ce qu'ils faisaient là tous les deux au lieu d'aller voir Mme Asaba et sa fille qui l'a décidé à agir. Qu'en pensez-vous ? On ne peut qu'en déduire que jusqu'à ce moment-là, sa décision n'était pas encore prise, non ? Il se disait qu'il n'avait pas d'autre choix, mais en réalité il hésitait encore. Ce n'est pas du tout la même chose que penser que tout était prémédité.

— Ah… souffla Kazuma. Je comprends. N'empêche qu'il s'était muni d'une arme, non ?

— On peut discuter de ce point-là aussi, répondit Horibé en tournant les pages de son carnet. Le couteau utilisé est un canif de camping, en vente dans les magasins de sport et qu'on peut aussi facilement se procurer en ligne. Votre père affirme l'avoir acheté il y a longtemps, et dit ne plus savoir où. La police n'a pas réussi à identifier sa provenance. Ce qui revient à dire qu'il ne l'a pas acheté spécifiquement pour commettre son crime. Il est plus logique de considérer qu'il a agi sur une impulsion en décidant d'aller à Tokyo et qu'il a pris le canif avec lui en partant. Qu'en pensez-vous ? On ne peut pas dire qu'il n'y avait pas préméditation, mais on n'a pas non plus le sentiment qu'il avait tout planifié rigoureusement.

— Maintenant que vous le dites, c'est vrai.

— Il est venu à Tokyo parce qu'il ne voyait pas comment résister à la pression qu'exerçait M. Shiraishi sur lui. Il a emporté le canif en se disant qu'il aurait peut-être à s'en servir. Mais il voulait résoudre le conflit par la discussion. Il espérait que cela serait possible, mais l'attitude de M. Shiraishi lui a fait perdre tout espoir, et il a agi parce qu'il se sentait acculé. C'est ce sur quoi j'ai l'intention de mettre l'accent pendant le procès.

Kazuma regardait la bouche de l'avocat d'où sortait ce discours bien construit, avec l'impression d'observer une étrange créature. La première fois qu'il l'avait entendu faire le récit des faits, il s'était demandé pourquoi son père avait agi aussi stupidement, mais les explications que Horibé venait de fournir lui donnaient l'impression de comprendre un peu mieux.

C'est vraiment un avocat, se dit-il une fois encore.

— Son attitude repentante compte aussi beaucoup, continua Horibé. Je vous ai déjà dit qu'il coopérait pleinement avec la police et le ministère public, mais le fait qu'il a avoué de lui-même dès la seconde visite de la police est également important. Il n'a jamais menti pour essayer de s'en tirer. C'est une autre preuve du fait qu'il reconnaît son crime, et qu'il le regrette. Cela devrait faire bonne impression sur les jurés.

— Mais l'accusation ne manquera pas d'affirmer le contraire ?

— Bien sûr, c'est son rôle. Elle mettra l'accent sur son égoïsme et sa cruauté. Elle l'attaquera probablement aussi sur la manière dont il voit le crime qu'il a commis autrefois, et sur le fait que s'il avait de vrais remords, il aurait obéi à M. Shiraishi. Le procureur a sans aucun doute interrogé votre père là-dessus. Je pense que ce sera un point discuté au procès. Je ne le saurai qu'après avoir lu le procès-verbal de ces interrogatoires. J'ai demandé leur divulgation.

En l'écoutant, Kazuma comprit qu'un procès se préparait stratégiquement. Il ne pouvait que prier l'avocat de faire de son mieux.

— Notre problème principal, c'est votre père, remarqua Horibé d'un ton lourd de sous-entendus.

— Comment ça ?

— Il dit qu'il me fait entièrement confiance pour le procès, mais j'ai plutôt l'impression qu'il n'y attache aucune importance, que son attitude n'est pas positive, que le procès ne l'intéresse pas, et qu'il en est quelque part détaché. Je lui ai demandé s'il pouvait me donner le nom de personnes prêtes à témoigner en sa faveur, mais il ne veut pas, pour ne pas les importuner. Il finit toujours par me dire que je n'ai pas à faire l'impossible pour lui obtenir des circonstances atténuantes.

Ces propos ponctués de soupirs firent naître de curieuses pensées chez Kazuma. Depuis qu'il avait appris l'arrestation de son père, tout ce qu'il avait entendu l'avait étonné. Mais ce que venait de lui dire l'avocat ressemblait au père qu'il connaissait. Il n'avait aucun mal à l'imaginer refusant de changer d'attitude, car pour lui, étant donné qu'il avait commis ces crimes, il devait être puni et accepterait son châtiment, quel qu'il soit.

— Je voulais vous reparler de la question que je vous ai posée l'autre jour, reprit l'avocat en rangeant son carnet dans son porte-documents en cuir. Vous y avez pensé ?

Horibé comprit que Kazuma ne voyait pas de quoi il parlait.

— À propos du 15 mai…

— Ah… lâcha Kazuma en s'en souvenant. Je suis navré, j'y ai réfléchi, mais je ne vois rien du tout.

— Vraiment ? fit l'avocat qui eut l'air déçu. Je dois dire que j'en ai parlé à votre père, en lui demandant s'il lui arrivait d'y repenser. Il m'a répondu qu'il ne l'avait jamais oublié, et qu'il le regrettait en permanence. Mais j'ai l'impression qu'il n'exprimait pas ses remords d'une façon concrète.

— C'est ce que je pense.

— Bon, tant pis. Je voulais vous demander comment vont les choses de votre côté. Vous avez pris un congé, n'est-ce pas ? Et vous avez du neuf ?

— Non, rien du tout. Aucun journaliste ne m'a contacté.

— Sans doute parce que la police n'a pas donné d'autres informations. Je pense que la préfecture de police de Tokyo n'est pas très à l'aise pour communiquer sur le mobile du crime, parce qu'elle ne veut pas indisposer la police d'Aichi. Si l'on apprend que le suspect qui s'est suicidé en détention en 1984 était en réalité innocent, celle-ci sera probablement accusée d'avoir doublement failli. Néanmoins, puisque des poursuites ont été lancées contre votre père, il y aura probablement un communiqué. Et même si tout dépend de son contenu, il suscitera certainement un grand intérêt médiatique. Je vous demande de vous y préparer, car quand on voit la cruauté dont les journalistes peuvent faire preuve à l'égard des familles des victimes…

Quelque chose vint à l'esprit de Kazuma en entendant "familles des victimes".

— Pensez-vous que ce serait une bonne chose que j'aille présenter mes excuses à la famille de M. Shiraishi ?

Horibé parut perplexe. Il fronça les sourcils.

— Pour l'instant, ça ne me paraît pas une bonne idée. Sa veuve et sa fille ne savent encore rien. Et elles ne manqueraient pas de vous assaillir de questions sur la raison qui a poussé votre père à tuer, sur les relations qu'il avait avec M. Shiraishi. Vous devrez alors leur répondre sérieusement. Et si vous ne pouvez pas le faire et que vous vous contentez de leur demander pardon, cela ne pourra que les mettre en colère. Le mieux est d'attendre le communiqué de la police. Et d'éviter non seulement la famille de la victime, mais aussi toutes les autres parties impliquées. Vous m'avez compris, j'espère ?

— Oui… je serai prudent.

— Eh bien, je crois que c'est tout ce que j'avais pour aujourd'hui, ajouta Horibé en se levant.

— Maître… commença Kazuma en l'imitant. Mon père ne veut toujours pas me voir ?

— Comme je vous l'ai dit tout à l'heure, il affirme ne vouloir déranger personne. Pour le moment, il ne souhaite pas non plus vous voir. Cela changera peut-être. Je ne peux que vous conseiller la patience.

— Bon. En fait, je voudrais lui poser une question. Pourriez-vous la lui transmettre ?

— Bien sûr. De quoi s'agit-il ?

— De son crime… De celui de 1984. Je voudrais savoir s'il comptait le cacher à ma mère et moi jusqu'à sa mort, ou s'il avait l'intention de m'en parler un jour, puisque ma mère n'est plus.

Horibé, qui venait d'ouvrir son porte-documents pour prendre de quoi noter, s'immobilisa.

— C'est une question très perspicace.

— J'aimerais vraiment qu'il me réponde.

— Je vous comprends, dit l'avocat.

Il hocha la tête en rangeant son carnet.

Après son départ, Kazuma alla chercher un dossier sur une étagère. Il contenait plusieurs documents, dont des copies de vieux articles de presse qu'il avait trouvés sur internet.

Il les contempla. Tous traitaient du crime de 1984. Il les avait lus et relus, et en connaissait tous les détails.

Dans la presse, l'affaire était désignée sous le nom du "meurtre du gérant de l'agence de services financiers de Higashi-Okazaki". La victime, un certain Haitani Shōzō, était gérante d'une société du nom de Green Company. Un article publié immédiatement après le meurtre écrivait qu'il était sans doute lié à des conflits d'argent que la victime avait, de par son travail, avec plusieurs personnes.

Trois jours plus tard, un autre annonçait qu'un suspect avait été identifié. Enfin, quatre jours après, un journal avait écrit : "Le suspect du meurtre du gérant de l'agence de crédit de Higashi-Okazaki s'est suicidé pendant sa garde à vue." Il mentionnait son nom, Fukuma Junji.

L'ensemble des articles sur ce suicide attaquait le commissariat pour sa mauvaise gestion et ne parlait presque pas du meurtre. La plupart critiquaient la police qui avait mal fait son travail en laissant le suspect se suicider, et notait que la vérité sur ce crime ne serait sans doute jamais connue. Mais personne ne semblait douter de la culpabilité de Fukuma Junji.

Kazuma croisa les bras et ferma les yeux en essayant de se souvenir du passé. Un de ses plus anciens souvenirs était le déchargement d'un camion de déménagement, le jour où sa famille s'était installée dans la maison que ses parents avaient fait construire à Anjō. Il était encore petit à ce moment-là. Ses parents avaient décidé de déménager avant qu'il entre à l'école primaire, pour lui éviter d'en changer, lui avaient-ils expliqué plus tard.

Avant cela, la famille habitait près de la gare d'Okazaki, mais il ne souvenait pas exactement où. Leur logement était un appartement vétuste au premier étage d'un immeuble. Il se rappelait vaguement qu'il y dormait dans la chambre de ses parents.

Son père louait une place de parking juste à côté. Ses souvenirs à ce sujet étaient confus. Son père changeait souvent de voiture, mais celles qu'il achetait étaient toujours blanches. Selon lui, le contrôle technique coûtait moins cher pour les voitures blanches. Kazuma ignorait si c'était vrai.

Le parking n'était pas couvert, et son père lavait rarement sa voiture qui était toujours sale. Il s'en servait pour aller à l'usine. Horibé lui avait dit que c'est ainsi que son père avait eu un accident, un accrochage avec un vélo conduit par Haitani Shōzō. Celui-ci avait non seulement exigé que son père lui rembourse intégralement ses frais médicaux, mais aussi qu'il l'emmène et vienne le chercher à son bureau tant qu'il n'était pas rétabli. D'après son père, si son employeur, qui était le sous-traitant d'un fabricant automobile, apprenait qu'il avait causé un accident corporel, cela nuirait au reste de sa carrière et pourrait même lui faire perdre son travail. Haitani, qui le savait, s'en était servi pour faire pression sur lui.

Son père avait fini par perdre patience. Il l'avait menacé avec un couteau qui se trouvait dans la kitchenette du bureau de Green Company, mais Haitani l'avait mis au défi de s'en servir. Fou de rage, son père s'était jeté sur lui. Quand il avait repris contrôle de lui-même, Haitani gisait sur le sol.

Kazuma rouvrit les yeux. Il se leva et alla remplir un verre d'eau au robinet. Il repensa à la scène qu'il avait imaginée.

Il n'arrivait pas à croire que son père avait agi ainsi. Il le savait opiniâtre, mais ne le pensait pas capable de devenir furieux au point de ne plus savoir ce qu'il faisait.

Se pourrait-il qu'à l'époque, il ait été plus colérique ? Et qu'il ait changé après ce meurtre ?

Kazuma rejeta immédiatement cette hypothèse. Quand il était enfant, Chisato, sa mère, lui avait dit que son père était un homme bon et gentil, parfois trop, selon certains, mais que c'était ce qu'elle aimait chez lui, et la raison pour laquelle elle l'avait épousé. Comment concevoir qu'une telle personne en ait menacé une autre en brandissant un couteau ?

Il en allait de même pour le meurtre de l'avocat. Kazuma n'arrivait pas à y croire. Quand il pensait au caractère de son père, cette histoire ne tenait pas debout, du début à la fin. Son père aurait compris, sans qu'on ait besoin de le lui dire, que s'il regrettait vraiment le crime qu'il avait commis autrefois, il devait avouer la vérité à la femme et à la fille de l'homme qui en avait été accusé à tort et s'était suicidé. Si quelqu'un d'autre lui avait dit que c'était ce qu'il devait faire, il n'aurait pas été troublé. Le père que connaissait Kazuma se serait résigné si Me Shiraishi lui avait dit qu'il allait tout raconter à ces deux femmes.

Quelque chose ne collait pas. Son père disait-il la vérité ?

Certains passages de sa confession lui ressemblaient cependant, notamment son attitude vis-à-vis de Mme Asaba et de sa fille. Inquiet de savoir ce qu'étaient devenues l'épouse et la fille de Fukuma Junji, qui était mort alors qu'il était innocent, il les avait retrouvées et faisait ce qu'il pouvait pour les aider, sans révéler qui il était. Cela, Kazuma n'avait aucun mal à y croire.

Il se disait qu'il avait envie de les voir et de leur demander comment son père s'était conduit avec elles, quand il reçut un message sur son smartphone. Il venait de Horibé.

"La police a fourni des informations aux médias sur le sujet dont nous avons discuté. Les médias en traitent déjà. Je vous demande de suivre ce qu'on en dit à la télévision et en ligne."

Kazuma alluma son téléviseur et regarda aussi les actualités sur son smartphone. Il ne tarda pas à trouver une vidéo intitulée : "Un meurtre commis pour dissimuler un crime prescrit", mise en ligne par une chaîne de télévision privée.

17

L'écran du smartphone montrait une journaliste, le visage grave.

> Nous avons appris de sources proches de l'enquête que Kuraki Tatsurō, l'homme soupçonné du meurtre de l'avocat Shiraishi, dont le corps avait été retrouvé au début du mois dernier dans l'arrondissement de Minato, l'aurait tué pour l'empêcher de faire des révélations sur un autre crime, aujourd'hui prescrit, qu'il aurait commis. Il avait consulté Me Shiraishi pour savoir comment il pouvait expier le crime commis autrefois, et celui-ci lui aurait dit que la meilleure chose était de ne plus le cacher. Le suspect aurait décidé de le tuer car il craignait que l'avocat ne révèle son passé à son entourage…

Godai soupira et remit son smartphone dans la poche du veston accroché au dossier de sa chaise. Il faisait très chaud dans le restaurant en ce début décembre, sans doute parce qu'il était assis non loin du gril au charbon de bois.

— Comme on pouvait s'y attendre, la hiérarchie a fuité des informations incomplètes, commenta-t-il en remplissant de bière le verre de Nakamachi et le sien. C'est aussi efficace qu'un emplâtre sur une jambe de bois.

— Incomplètes dans le sens où rien n'est dit du crime prescrit ?

Il s'interrompit pour prendre un haricot de soja.

— D'après eux, c'est pour protéger la vie privée du suspect, reprit-il.

Les deux policiers étaient assis au comptoir de ce restaurant de Monzen-Nakachō qu'ils avaient découvert au cours de l'enquête, et dont ils étaient déjà devenus des habitués. Godai n'avait pas travaillé avec Nakamachi aujourd'hui, mais il l'avait appelé pour l'inviter à l'y retrouver.

— C'est la raison officielle. En réalité, c'est par égard pour la police d'Aichi. Ça, on peut le comprendre, mais le résultat obtenu est l'inverse de celui recherché. Ils ne comprennent pas que des informations aussi incomplètes ne peuvent que stimuler la curiosité du public ?

— Oui, mais comment annoncer officiellement qu'un suspect qui s'est suicidé en détention était innocent du crime dont il était accusé ?

Godai jeta un coup d'œil alentour et donna un coup de coude à son collègue assis à sa droite.

— N'oublie pas que les murs ont des oreilles !

— Toutes mes excuses !

— Les chefs veulent le cacher, c'est sûr, mais de toute façon, ça se saura une fois que le procès aura commencé. Puisque c'est le point central de cette affaire.

— Vous pensez que Mme Asaba et sa fille seront citées comme témoins ?

— Je doute que l'accusation le souhaite. Leur témoignage n'aura pas grande utilité si on n'a rien qui établisse que Kuraki était amoureux de la fille. Mais la défense pourrait faire appel à elles.

— Ah bon ? s'exclama son jeune collègue. À quelles fins ?

— Pour demander des circonstances atténuantes, bien sûr. Elles témoigneront du fait que Kuraki est un homme sérieux.

Il trempa un champignon shiitaké grillé dans de la sauce de soja aromatisée au gingembre et le porta à sa bouche.

— Vous croyez qu'elles accepteront, alors que leur époux et père s'est suicidé à cause de lui ?

— Toute la question est de savoir s'il s'est suicidé à cause de Kuraki ou à cause des enquêteurs qui voulaient trouver un coupable au plus vite. Et la mère nous a bien dit qu'elle n'aimait pas la police.

— Mais si Kuraki s'était dénoncé, Fukuma n'aurait pas été accusé à tort…

— Ce n'est pas faux, mais même si la mère le pense, ce n'est peut-être pas le cas de sa fille.

Nakamachi remarqua que Godai avait parlé plus bas et rapprocha son visage du sien.

— Vous avez du neuf à propos d'Asaba Orié ?

Godai lui avait déjà appris qu'elle avait des sentiments pour Kuraki.

— Un des habitués d'Asunaro, qui connaît les Asaba depuis plus de vingt ans, un homme qui tient une agence immobilière, m'a raconté un truc intéressant. Il y a environ un an, Kuraki l'a interrogé sur le prix des logements à Tokyo. Il lui a posé des questions sur le niveau des loyers, sur le coût de la vie ici, ou encore sur le montant des impôts locaux. L'agent immobilier lui a demandé s'il envisageait de s'installer ici, et Kuraki aurait répondu que ce n'était pas dans ses projets pour le moment, mais qu'il voulait se faire une idée.

— Donc il y pensait.

— S'il voulait se racheter auprès des Asaba jusqu'à sa mort, c'était plus pratique d'habiter Tokyo. Peut-être y a-t-il vraiment songé. Mais le plus intéressant est à venir. Cet homme en a parlé à Orié en l'absence de Kuraki, et elle a semblé très intéressée. Elle était excitée comme une adolescente et elle s'est même demandé tout haut quand ça se ferait, m'a dit l'agent immobilier qui en a déduit qu'elle avait des sentiments pour lui.

— Donc on peut être sûrs que c'est elle qui était amoureuse de lui. Mais vous croyez vraiment qu'elle serait prête à témoigner pour la défense ?

— Ce n'est pas garanti, mais pas impossible non plus.

Après la bière, Godai commanda du *shōchū* de patate douce avec des glaçons.

— Cet homme les connaît depuis longtemps, et il sait beaucoup de choses sur elles, même s'il ignore que le mari de Mme Asaba s'est suicidé en détention. Il se souvenait de celui d'Orié et il l'avait rencontré au restaurant.

— Ça remontait à quand ?

— D'après lui, c'était il y a quinze ou seize ans.

On leur apporta leurs consommations. Godai prit son verre et fit tinter les glaçons en continuant de penser à sa conversation avec l'agent immobilier.

"L'ex-mari d'Orié travaillait au ministère des Finances, et c'était un très bel homme. Orié est toujours belle, mais à l'époque, elle avait autour de vingt-cinq ans, et beaucoup de clients venaient à Asunaro pour elle. Quand j'ai appris qu'elle allait se marier, j'ai fait partie des déçus – même si moi aussi, je suis marié. En fait, elle était enceinte. Ça arrive souvent, ça", avait-il raconté à Godai.

Les deux premières années après le mariage de sa fille, Asaba Yōko avait embauché quelqu'un pour l'aider au restaurant. Orié avait recommencé à venir aider sa mère plusieurs soirs par semaine lorsque son fils était devenu assez grand pour qu'elle puisse le confier à quelqu'un. D'après l'agent immobilier, elle paraissait très heureuse à cette époque.

"Elle adorait son fils et en parlait sans arrêt, racontait en détail ses progrès, comment il savait maintenant courir, jouer à la balle, parler", avait-il continué. Puis son visage s'était soudain assombri. "Je ne sais pas exactement ce qui s'est passé ensuite, mais à un moment, je me suis rendu compte qu'elle était là tous les jours. Je lui ai demandé si son mari était d'accord pour qu'elle travaille autant. C'est là qu'elle m'a appris leur séparation. J'ai été drôlement surpris ! Parce que je la croyais heureuse en ménage. Finalement, son mariage n'aura duré qu'environ cinq ans."

Il ignorait la cause de son divorce et ne lui avait jamais posé de questions à ce sujet.

Godai se souvint de la photo d'Orié avec son fils, qu'il avait vue dans l'appartement des Asaba. À quand remontait-elle ? Par association d'idées, il se souvint soudain du visage de Kuraki Kazuma. Peut-être savait-il que son père avait été formellement accusé.

Lui qui avait fait ses études à Tokyo avait ensuite été embauché par une grande entreprise. Il paraissait promis à un brillant avenir, mais cette affaire allait sans doute tout changer pour lui. En s'imaginant la dure vie qu'il allait désormais devoir affronter, Godai vida son verre d'un trait. Il était soudain triste pour lui.

18

La sonnerie de l'interphone le réveilla. Il regarda son téléphone et vit qu'il était un peu plus de 9 heures. Il n'avait réussi à trouver le sommeil qu'après 3 heures du matin.

Il se leva, rempli d'un mauvais pressentiment. Qui pouvait venir le voir à cette heure-ci ? Il n'attendait aucune livraison.

L'écran du visiophone montrait un homme moustachu, âgé d'une quarantaine d'années, qui portait un veston sur une chemise, mais pas de cravate.

Malgré ses doutes, Kazuma décrocha.

— Désolé de vous déranger de si bon matin. Je suis venu vous voir car j'aimerais vous parler d'un sujet un peu délicat. Accepteriez-vous de me rencontrer ? Je ne serai pas long, fit l'homme d'une voix grave, en pesant ses mots.

Kazuma sursauta. Le moment qu'il redoutait était arrivé.

— Et vous êtes… s'enquit-il d'une voix qui tremblait légèrement.

— Mon nom est Nanbara. Je préférerais me présenter plus complètement de vive voix. Ce dont je veux vous parler concerne…

Il marqua une petite pause.

— … votre père.

Travaillait-il pour la presse écrite ou la télévision ? En tout cas, c'était un représentant des médias. Kazuma était embarrassé. Poursuivre la conversation dans ces conditions n'était pas souhaitable. Le journaliste se trouvait dans le hall d'entrée. Si Kazuma refusait de lui ouvrir et que l'autre insistait, cela ne manquerait pas d'attirer l'attention du gardien ou d'un autre résident. Mieux valait que personne ne les entende.

Il se résigna à ouvrir en se disant qu'il ne le laisserait pas entrer chez lui. Il lui parlerait sur le pas de sa porte.

Quelles questions allait-il lui poser ? Il attendit en se remémorant les conseils de Horibé. La priorité était ne pas lui donner de quoi écrire un article malveillant.

La sonnerie de l'entrée retentit. Kazuma inspira et se dirigea vers la porte. Il la déverrouilla sans défaire la sécurité, ce qui permettait une ouverture d'une vingtaine de centimètres, suffisante pour voir le visage de son interlocuteur.

Mais le visiteur se plaça un peu à l'écart, hors du champ de vision de Kazuma.

— Je comprends votre attitude, et si vous souhaitez que nous nous parlions dans ces conditions, je l'accepterai, commença l'homme d'un ton neutre. Mais il se peut qu'un de vos voisins passe dans le couloir et entende une partie de notre conversation. Moi, ça ne me dérange pas, mais je ne suis pas sûr qu'il en soit de même pour vous. Je ne tiens pas à entrer chez vous, mais pourriez-vous au moins m'autoriser à franchir votre porte, de manière que nous puissions nous parler dans votre entrée ?

Ces paroles sagaces avaient encore plus de force que des menaces mal formulées. Elles étaient désagréablement persuasives. Kazuma referma la porte pour enlever la sécurité, et la rouvrit.

Le journaliste, qui portait un sac à l'épaule, s'inclina profondément devant lui.

— Désolé de vous déranger !

— Entrez, répondit Kazuma.

Il s'était efforcé de ne pas paraître désagréable, et espéra que l'autre l'avait remarqué.

Debout dans la partie basse du vestibule, le journaliste lui tendit une carte de visite qui donnait les caractères de son nom et indiquait qu'il exerçait cette profession.

— Je travaille en free-lance. J'aimerais vous poser quelques questions à propos de Kuraki Tatsurō, et je comprends que cela vous dérange. C'est bien votre père, n'est-ce pas ?

— Oui, mais comment avez-vous découvert que je suis son fils et où j'habite ?

Nanbara esquissa un sourire sous sa moustache.

— Votre nom a commencé à circuler sur internet presque immédiatement après l'arrestation de votre père. De nos jours, trouver l'adresse de quelqu'un dont parlent les réseaux sociaux n'est pas compliqué, si on se sert un tout petit peu de ses connaissances. Si je comprends bien, je suis le premier à venir vous voir ?

Kazuma soupira.

— Quelles sont les questions que vous voulez me poser ?

Le journaliste prit un carnet et un stylo dans son sac.

— Quand avez-vous appris l'arrestation de votre père ?

— La semaine dernière.

— Qui vous l'a appris ?

— J'ai été prévenu par son avocat.

— Vous l'avez rencontré ?

— Nous nous sommes d'abord parlé au téléphone, puis nous nous sommes vus.

Nanbara ouvrit son carnet et se prépara à prendre des notes.

— Qu'avez-vous pensé lorsque vous avez appris ce qui a mené votre père à commettre ce crime ?

— J'ai été étonné, choqué. Je n'arrivais pas y croire.

— Connaissiez-vous la victime, M. Shiraishi ?

— Non, mais je regrette profondément ce qui est arrivé. J'aimerais présenter mes excuses à sa famille pour ce que mon père a fait.

— Hum… lâcha Nanbara

En le voyant écrire sans le quitter un instant des yeux, Kazuma admira son adresse.

— Vous venez de dire que vous n'arriviez pas à croire ce que vous a dit l'avocat, mais pourriez-vous être plus précis et me dire ce qui vous semblait incroyable ?

— Ce qui me semblait incroyable ? Eh bien, tout. Que mon père ait tué quelqu'un et que…

— Vous ne croyiez pas non plus à son mobile ?

— Non.

— Que vous en a dit l'avocat ?

Kazuma ouvrit la bouche pour lui répondre mais se souvint tout à coup des consignes de l'avocat. Il devait se limiter au strict nécessaire et ne rien dire de plus.

— Je suis désolé mais je ne peux pas vous en parler. Puisque l'affaire va bientôt être jugée.

— Je comprends.

Nanbara s'y attendait sans doute, car il garda la même attitude.

— D'après le communiqué de la police, votre père a tué Me Shiraishi pour cacher un autre crime qu'il avait commis et qui est prescrit. Cela correspond-il à ce que vous savez sur ce point ?

— Oui… je crois.

— Vous étiez au courant de ce crime du passé ?

— Je suis désolé, mais je ne peux pas répondre à ce genre de questions. Je vous prie de le comprendre, ajouta-t-il en s'inclinant légèrement.

— Vous avez dit que vous aimeriez présenter vos excuses à la famille de l'homme que votre père a tué, mais qu'en est-il de la famille de sa victime du passé ? Éprouvez-vous les mêmes sentiments pour eux ?

— Oui, bien sûr, répondit-il par réflexe.

Il crut voir Nanbara sourire et se rendit compte qu'il venait de commettre une erreur. La police avait parlé d'un crime aujourd'hui prescrit, sans utiliser le mot "meurtre". Ce que venait de dire Kazuma revenait à reconnaître que c'était de cela qu'il s'agissait. Il était tombé dans le piège.

— Comme vous ne pouvez pas répondre à des questions sur l'affaire elle-même, je vais l'aborder sous un autre angle. À titre personnel, que pensez-vous du système de prescription ?

— Ce que j'en pense…

— Aujourd'hui, il n'y a plus prescription pour les meurtres. Savez-vous à partir de combien d'années il y avait prescription ?

— Après quinze ans, il me semble ?

— À une époque, c'était vingt-cinq, mais ce n'est pas grave. Que pensez-vous de l'élimination de ce système ? Vous l'approuvez ? Ou vous croyez qu'il aurait fallu la maintenir ?

Quel était le but de cette question ? Il y réfléchit en regardant le visage lisse du journaliste, sans réussir à le comprendre.

— Je l'approuve. Sa suppression me paraît une bonne chose.

Il pensait avoir donné une réponse qui ne posait pas problème.

Nanbara scruta son visage.

— Et pourquoi ?

— Eh bien, parce qu'il faut expier les crimes qu'on commet.

— Ah bon. D'après vous, la prescription l'empêche ?

— Euh… Eh bien…

— Vous pensez que votre père n'a pas expié le crime qu'il a commis autrefois ?

— Ah… Mais…

— Si c'est ce que vous pensez, votre père doit expier deux fois, non ? Pour le crime qu'il a commis autrefois et pour celui pour lequel il est inculpé. Vous comptez témoigner en ce sens au procès ?

Kazuma était troublé. Ne sachant comment répondre, il garda le silence.

— Monsieur Kuraki, dit Nanbara, je comprends que ma question vous perturbe. Oublions-la. Mais maintenant, réfléchissez bien avant de parler. Estimez-vous que votre père a expié le crime qu'il a commis autrefois ?

Il se rappela ce qui lui avait dit Horibé : il faut arriver à dissocier le présent du passé, c'est ce qui fera la différence.

— Eh bien… commença-t-il après s'être gratté la gorge. En tout cas, je veux le croire.

— Pourquoi ? Dois-je comprendre que c'est parce qu'il y avait alors prescription au bout de quinze ans, même si ce système n'existe plus aujourd'hui ?

— Euh… oui, répondit Kazuma qui se sentait de plus en plus inquiet.

Aurait-il dû dire ça ?

— Je vous remercie, dit Nanbara qui paraissait satisfait. Vous ne voulez pas me parler un peu de ce crime d'autrefois ? Quel âge aviez-vous à l'époque ?

— Écoutez, je vous demande de me comprendre. L'avocat ne veut pas que je parle de cet aspect.

— Tôt ou tard, tout se saura. À quoi bon ces cachotteries ? Il me semble que si vous en parlez maintenant, vous paraîtrez plus sincère que si vous ne le faites que plus tard. Donc il le regrette vraiment ?

Nanbara savait s'y prendre avec les mots. Encore un peu et Kazuma se serait laissé prendre.

— Désolé, dit-il avec une nouvelle courbette. Je pense que nous devons clore cet entretien.

— J'ai une dernière question. Quel père a été pour vous l'accusé Kuraki ?

— Quel père… répéta Kazuma. Un père parfois obstiné et sévère, mais surtout gentil, sérieux, sincère.

— Un homme bien ?

— Il m'inspirait du respect.

— Mais aucun d'entre nous n'est parfait, n'est-ce pas ? Ne lui arrivait-il pas de se montrer un peu difficile ? Ou au contraire, déprimé ?

— Déprimé, il l'a été un temps.

— Et c'était quand ? demanda Nanbara, les yeux brillants.

— Juste avant de prendre sa retraite. Il paraissait triste.

Nanbara changea d'expression. Son visage se durcit. Il ne nota rien, remercia et rangea ses affaires dans son sac. En le voyant faire, Kazuma comprit qu'il s'attendait à ce qu'il lui dise que c'était immédiatement après avoir commis le crime du passé.

Une fois le journaliste parti, il appela Horibé pour le mettre au courant de cette visite.

— J'espère que vous n'avez pas trop parlé.

— J'ai essayé de l'éviter, mais je suis tombé dans le piège qu'il m'a tendu.

Il lui raconta l'entretien dans les détails, et perçut l'inquiétude grandissante de l'avocat.

— Vous avez commis une erreur. Le journaliste devait se dire qu'il s'agissait d'un meurtre puisque votre père était prêt à tuer pour que ça ne se sache pas, et il a tout fait pour l'apprendre de votre bouche.

— Et moi, je suis tombé dans le panneau. Je vous présente mes excuses.

— Mais accepter de discuter ensuite avec lui de meurtre était à mon avis une erreur encore plus grave.

— Pardon ? Que voulez-vous dire ?

— Il n'y a pas que les victimes de meurtre qui aient des parents. Il aurait pu s'agir de coups et blessures, ou d'un homicide accidentel. Même quand on prend la fuite après avoir blessé quelqu'un en voiture, il y a prescription au bout de sept ans. Si le crime qu'avait commis votre père avait été de cet ordre, vous n'auriez pas réagi quand il vous a parlé de meurtre.

Kazuma fit la grimace. Il s'en voulait d'avoir été si stupide.

— Étant donné que la police n'a pas révélé le crime commis autrefois par votre père, les journalistes font probablement de grands efforts pour savoir ce que c'est. Vous serez peut-être contacté par d'autres, soyez prudent. Si l'on sonne chez vous, faites comme si vous n'étiez pas là.

— Très bien. Ce sera mon attitude dorénavant.

Il regrettait d'avoir ouvert sa porte à Nanbara tout en sachant que le mal avait été fait.

— J'ai encore une chose à ajouter. Vous n'auriez pas dû faire de commentaires sur la prescription. Si jamais quelqu'un vous en parle à nouveau, contentez-vous de dire que vous ne pouvez pas en parler dans votre situation.

Il n'y avait même pas pensé. Il eut honte de s'être laissé piéger si facilement.

— N'hésitez pas à m'appeler s'il y a autre chose, dit Horibé.

— Je vous remercie.

Il mit fin à la communication et s'apprêtait à poser son téléphone sur la table quand il vit qu'il avait reçu un mail. C'était de nouveau Amemiya.

"J'espère que tu vas bien. Si tu as besoin de quelque chose, dis-le-moi. Tu ferais mieux de ne plus aller sur les réseaux sociaux. Ne lis rien. Tu n'as que des ennemis sur internet. Je te recommande de supprimer tous tes comptes."

Kazuma soupira, son téléphone en main. Il était reconnaissant à son ami. Je vis à une époque terrible, se dit-il.

19

Il était 10 heures passées de deux minutes lorsque la porte vitrée automatique s'ouvrit et qu'un homme mince aux cheveux blancs entra dans le hall d'accueil. Le blouson qu'il portait était sans aucun doute un vêtement coûteux.

Shiraishi Mirei se leva et s'inclina devant lui en souriant.

— Bonjour, monsieur !

— Mon nom est Tanaka.

— Nous vous attendions. Asseyez-vous, je vous prie, dit-elle en montrant la chaise en face de son bureau.

Elle attendit qu'il l'ait fait pour l'imiter, et fit apparaître sur son écran les informations sur le patient. Âgé de soixante-six ans, il était à la tête d'une grande entreprise.

— Vous avez votre carte de membre et votre carte de soin ?

L'homme ouvrit sa sacoche et en sortit les deux cartes ainsi qu'une enveloppe qu'il posa sur le bureau.

— Je dois vous donner ça aussi, hein ?

C'était un échantillon d'urine.

— Je vous remercie.

Après avoir vérifié les deux cartes, elle prit l'enveloppe et lui tendit un formulaire.

— Puis-je vous demander d'inscrire ici votre nom et votre adresse ?

— Ah oui, c'est vrai…

Pendant qu'il le faisait, elle sortit un ruban du tiroir, et en passa le code-barres devant le lecteur.

— Ça va comme ça ?

— C'est parfait, monsieur Tanaka, dit-elle en prenant la feuille qu'il lui tendait. Permettez-moi de passer ce bracelet à votre poignet. Gauche ou droit, comme vous voulez.

— Le droit alors, répondit-il.

Elle le lui mit.

— Une fois que tout sera terminé, je vous prie de bien vouloir revenir ici pour que je vous l'enlève. Je vous remercie de ne pas l'ôter avant.

— Oui, je suis au courant.

— Puis-je maintenant vous demander de prendre place là-bas ? La personne qui s'occupe de vous va arriver dans un instant.

Elle lui montra un canapé en cuir en face d'une table basse en marbre sur laquelle était présentée la presse du jour. Des revues de golf et d'économie étaient rangées sur une petite étagère.

L'homme acquiesça et marcha tranquillement jusqu'au sofa. Mirei se rassit une fois qu'il eut quitté son bureau. Elle se massa discrètement les tempes. Sourire en permanence était plus fatigant qu'elle ne l'avait pensé.

Medinics Japan était un établissement de soins privé, qui avait des accords avec plusieurs hôpitaux et se targuait d'offrir les technologies médicales les plus modernes. Le centre où elle travaillait occupait un étage au sein de l'hôpital de l'université Teikoku. Il disposait d'équipements dernier cri, IRM, tomodensitométrie, échographie, et PET-scan.

Son sac à main posé près d'elle vibra. Elle en sortit son smartphone et le consulta sous son bureau, en prenant garde à ne pas se faire remarquer. Le SMS venait de sa mère, Ayako.

"Me Sakuma viendra nous voir ce soir, vers 19 h."

"C'est noté", répondit-elle avant de ranger discrètement son téléphone.

La porte automatique s'ouvrit à nouveau, et une femme en manteau de fourrure entra. Mirei se leva pour l'accueillir, le sourire aux lèvres.

Elle travaillait ici depuis avril de l'année précédente. Son père, qui était membre de Medinics Japan, lui avait parlé de cette possibilité. Un de ses collègues qui en était l'avocat-conseil lui avait expliqué que la jeune femme qui assurait l'accueil depuis plusieurs années avait démissionné, et qu'il avait pensé à Mirei, car il savait qu'elle n'était plus satisfaite de son travail actuel. Il lui avait remis une documentation sur l'entreprise et une offre d'emploi.

Quand elle les avait lues, elle s'était dit que cela pouvait lui convenir. Le salaire n'était pas élevé, mais le travail serait moins stressant, et elle aurait des horaires fixes. Elle était alors hôtesse de l'air, un métier qu'elle avait choisi, mais dont elle s'était lassée. Les relations avec les collègues étaient compliquées, et elle avait envie de changement.

Au bout de deux jours de réflexion, elle avait annoncé à son père qu'elle acceptait la proposition. Il s'en était réjoui. "Je crois qu'ils étaient embêtés parce qu'ils ne voulaient pas prendre n'importe qui, et ils seront contents", lui avait-il dit.

Elle en avait été flattée. Medinics Japan traitait d'informations confidentielles et préférait embaucher une personne de confiance.

En réalité, c'était à son père que la société faisait confiance, et elle en était consciente. Mirei avait le plus grand respect pour lui et sa carrière.

Mais il avait quitté ce monde.

La dernière fois qu'elle lui avait parlé, c'était au matin du 31 octobre, en prenant le petit-déjeuner que sa mère leur avait préparé. Du saumon grillé, des épinards en salade et de la soupe au miso. Son père n'aimait guère le pain, et les petits-déjeuners chez les Shiraishi étaient généralement japonais.

Il s'était demandé s'il y aurait beaucoup de neige cet hiver. Le ski était une de ses passions. Mirei en faisait depuis qu'elle était enfant mais, ces dernières années, elle avait quasiment arrêté. D'ailleurs les Shiraishi ne partaient plus en vacances en famille, et la quantité de neige qui tomberait cette année lui était indifférente.

Elle se souvenait d'avoir répondu qu'il n'y en aurait probablement pas beaucoup à cause du changement climatique. Sans même le regarder. Elle avait oublié comment son père avait réagi. Sans doute n'y avait-il pas fait attention car il était en train de regarder son smartphone qui était toujours posé à côté de son assiette au petit-déjeuner.

Cela avait été leur dernier moment ensemble. Il va sans dire qu'elle l'ignorait alors.

Ce soir-là, quand elle était rentrée, sa mère était préoccupée. Elle avait essayé de contacter son mari à plusieurs reprises. Son téléphone sonnait, mais il n'avait pas répondu.

— Tu ne crois pas qu'il a oublié son smartphone quelque part ? Tu as essayé l'autre ?

Kensuké en avait un second, qui n'était pas un smartphone, dont il se servait pour son travail.

— Celui-là ne sonne même pas. Je me demande ce qui se passe, avait dit Ayako, perplexe.

Ni l'une ni l'autre n'étaient encore vraiment inquiètes. Kensuké avait beaucoup de travail, et il avait peut-être eu un rendez-vous imprévu. On l'appelait parfois en pleine nuit. Elles s'étaient dit qu'il était trop occupé pour répondre au téléphone.

Mais lorsqu'elles ne réussirent pas à le joindre le lendemain matin, leur inquiétude devint réelle. Mirei avait appelé Medinics Japan pour dire qu'elle ne pourrait pas venir travailler.

Les deux femmes avaient décidé de signaler sa disparition à la police. Le téléphone fixe de la maison avait sonné au moment où elles se préparaient à sortir.

Sa mère avait décroché. En la voyant pâlir et répondre d'une voix étouffée, Mirei avait compris que quelque chose était arrivé.

— Vous êtes sûr qu'il s'agit bien de mon mari ? avait demandé sa mère, des larmes dans la voix.

La police souhaitait qu'elle vienne le confirmer. Elles étaient parties ensemble pour le commissariat où son corps se trouvait. Dans le taxi, sa mère n'avait cessé de se tamponner les yeux de son mouchoir. La gorge serrée, Mirei s'efforçait de ne pas pleurer. Elle ne comprenait pas comment une chose pareille avait pu se produire.

Son espoir qu'il s'agisse d'une erreur s'était évanoui dans la morgue du commissariat. L'homme aux yeux fermés, à l'expression presque paisible, était le père qui durant le petit-déjeuner de la veille avait espéré qu'il y aurait beaucoup de neige cet hiver. Les larmes de Mirei avaient afflué.

Les policiers leur avaient appris que son corps avait été trouvé dans une voiture garée dans une rue du quartier Kaigan, arrondissement de Minato. Ils leur montrèrent une photo : c'était bien la sienne. Comme Kensuké était allongé sur la banquette arrière, quelqu'un d'autre que lui avait dû la conduire jusque-là.

Elles demandèrent au policier qui les avait emmenées à la morgue ce qui s'était passé, mais tout ce qu'il put leur répondre était que l'enquête était en cours.

Épuisées d'avoir tant pleuré, Mirei et sa mère quittèrent le commissariat en sachant qu'une autopsie allait avoir lieu. De retour chez elles, elles n'eurent pas le temps de se reposer : il leur fallait s'occuper de la veillée funéraire, des obsèques, ou encore contacter les amis et les proches.

C'était ce qu'elles faisaient lorsque deux policiers avaient sonné à leur porte. Le plus âgé, un dénommé Godai, appartenait à la première division de la police judiciaire de la préfecture de police de Tokyo. L'enquête a vraiment commencé, se dirent-elles.

Godai voulut d'abord savoir à quand remontait leur dernier contact avec Kensuké. Il leur demanda ensuite si elles l'avaient trouvé différent de l'ordinaire ces derniers jours. Mirei n'avait rien remarqué, sa mère non plus, mais elle ajouta qu'elle avait l'impression que depuis quelque temps, il n'était pas très en forme, et qu'il paraissait souvent préoccupé. Elle ajouta qu'elle avait pensé qu'il devait avoir un procès difficile en perspective.

Mirei l'avait écoutée avec une certaine surprise, en se reprochant de ne pas s'être plus intéressée à lui. Elle lui devait tant ! Jusqu'à son emploi actuel.

Kensuké ne leur parlait jamais de son travail et elles durent admettre qu'elles ignoraient sur quels dossiers il travaillait en ce moment.

Lorsque Godai suggéra que son travail d'avocat pénaliste pouvait avoir éveillé de la haine chez les familles des victimes de ses clients, Mirei exprima cependant son désaccord.

— Mon père ne discutait pas des détails des affaires sur lesquelles il travaillait, mais il m'a souvent expliqué la vision qu'il avait de son métier. Son but n'était pas simplement de réduire les peines de ses clients, mais de leur faire comprendre la gravité de leurs actes. Pour lui, le fondement de son activité d'avocat était d'enquêter minutieusement sur les affaires dont il s'occupait. Je n'arrive pas à penser que quelqu'un ait pu le haïr au point de le tuer.

Godai avait hoché la tête sans rien dire. Peut-être avait-il trouvé inintéressante son opinion naïve.

La dernière question qu'il leur posa était étrange. Il leur demanda si les noms "Tomioka Hachimangū", "Sumidagawa Terrace" et "quartier Kaigan de l'arrondissement de Minato" évoquaient quelque chose pour elles.

Les deux femmes échangèrent un regard et répondirent qu'elles ne les avaient jamais entendus dans la bouche de Kensuké et que ces endroits ne signifiaient rien pour elles.

Les deux policiers étaient repartis. Mirei avait eu l'impression que leur attitude montrait qu'ils n'avaient rien appris d'utile auprès d'elles.

Les semaines qui suivirent apportèrent de nouveaux développements, dont le plus important était l'arrestation du tueur.

Il habitait le département d'Aichi et s'appelait Kuraki Tatsurō. Mirei l'avait appris en regardant la télévision. Godai vint formellement le leur annoncer quelques jours plus tard. Ce n'était d'ailleurs pas le but de sa visite. Peut-être ne serait-il jamais revenu les voir s'il n'avait pas eu des questions à leur poser, pensait Mirei.

Le policier cherchait à corroborer les aveux du suspect.

D'après celui-ci, il avait fait connaissance avec l'avocat à un match de baseball au stade Tokyo Dome fin mars. Assis l'un à côté de l'autre, ils auraient sympathisé car ils soutenaient tous deux les Chūnichi Dragons, l'équipe de Nagoya. Kensuké aurait prêté à Kuraki, qui avait perdu son portefeuille, l'argent nécessaire pour rentrer chez lui en Shinkansen.

Godai leur avait demandé si Kensuké leur en avait parlé.

Mirei et sa mère s'étaient regardées, perplexes. Elles ignoraient cette anecdote. Et elles avaient été surprises d'apprendre que Kensuké était allé seul à un match de baseball. Il était fan des Dragons, mais pas à ce point-là, et ne connaissait probablement pas le nom des joueurs actuels.

Godai n'avait pas caché son embarras. Il devait s'attendre à une autre réaction de leur part.

Il était sur le point de repartir lorsque Mirei l'avait retenu pour lui demander de leur donner plus de détails au sujet de

Kuraki et du crime. Il avait répondu qu'il ne pouvait rien en divulguer car l'enquête était en cours. Mirei s'était alors étonnée de la manière dont elle et sa mère, la famille de la victime, étaient traitées.

— Pourquoi nous, qui devrions être les premières informées, ne le sommes pas ? N'auriez-vous pas dû nous dire qu'un suspect avait été arrêté ? Ça ne vous paraît pas bizarre ?

Godai n'avait pu que leur présenter ses excuses en s'inclinant devant elles.

Le temps avait passé sans qu'elles reçoivent d'autres explications de la police. Plus d'une semaine après l'arrestation du suspect, elles avaient obtenu des informations supplémentaires, non pas par la voie officielle, mais dans un article trouvé sur internet. Kuraki aurait consulté Kensuké pour savoir comment réparer un autre crime, aujourd'hui prescrit, qu'il avait commis par le passé. Kensuké lui aurait répondu que la seule manière d'exprimer son repentir était de tout révéler, et Kuraki l'aurait tué car il craignait que l'avocat ne dévoile la vérité à son entourage.

Mirei était stupéfaite. Quelle raison absurde ! Elle qui ne pensait pas que son père pouvait être détesté n'aurait jamais cru un tel mobile possible.

Ce n'était pas seulement l'absurdité du mobile qui la dérangeait. Elle doutait que son père ait affirmé que la seule manière d'exprimer son repentir était de tout révéler.

Il aurait dit cela ?

Elle pouvait l'imaginer en règle générale. "Un accusé a tout à gagner à raconter la vérité", aimait-il à répéter. Mais ce cas était différent. Le crime était prescrit. Avouer toute la vérité n'aurait rien apporté à personne, non ?

Mirei avait fait part de ses doutes à sa mère, qui les partageait.

— Je trouve que ça ne lui ressemble pas. Aurait-il vraiment fait pression sur cet homme au point qu'il se soit senti acculé ?

Elle avait incliné la tête, dubitative.

— On ne peut pas tirer de conclusions de ce seul article, avait-elle ajouté. Il faudrait connaître le contenu de leur conversation pour se prononcer.

Ayako avait raison. Mirei et elle n'avaient pas assez d'informations. Elles ne savaient même pas ce qu'était ce crime du passé.

— En fait, j'ai pensé à quelque chose, avait repris sa mère. Tu vois qui est Me Mochizuki, n'est-ce pas ?

— Oui, mais quel rapport ?

Il s'agissait d'un collègue de son père, plus âgé que lui, qui travaillait dans un grand cabinet au centre de Tokyo. Il était venu aux obsèques.

— Il a suggéré que nous ayons recours au système de participation des victimes.

— Ah…

Kensuké en avait parlé à Mirei. La loi avait changé. Elle autorisait maintenant la participation des victimes ou de leur famille dans les procès. Mais elle n'en savait pas plus, parce qu'elle avait été certaine que cela ne la concernait pas et qu'elle n'y aurait jamais recours.

D'après Ayako, Mochizuki avait proposé de leur présenter quelqu'un qui pourrait les aider à cet égard, si elles le souhaitaient. Les démarches à accomplir étaient trop complexes pour quelqu'un qui ne connaissait pas le droit, et il y avait des avocats spécialisés dans la participation des victimes aux procès. Mirei et sa mère auraient pu contacter le tribunal régional de Tokyo, qui leur aurait fourni une liste de noms, mais Mochizuki en avait un en tête.

— Faisons ça, maman, s'était exclamée Mirei. Si nous participons au procès, nous aurons accès à beaucoup d'informations. Moi, je voudrais comprendre pourquoi l'accusé a décidé de tuer papa, et en savoir plus sur sa personnalité.

— Tu as raison, avait répondu sa mère avec une expression déterminée.

Depuis que le mobile du crime avait été annoncé, des journalistes les contactaient quotidiennement. L'autre jour, avait dit Ayako, un certain Nanbara, qui travaillait en free-lance, avait sonné à leur porte, et il avait beaucoup insisté pour lui poser "juste quelques questions".

Elle ne l'avait pas laissé entrer, et c'était sur le pas de la porte qu'il l'avait interrogée. Il croyait savoir que M. Shiraishi pensait qu'un crime prescrit était toujours un crime, et il aurait voulu qu'elle lui donne des exemples précis pour l'illustrer.

En l'écoutant, Mirei s'était dit que c'était précisément parce que ni elle ni sa mère n'en connaissaient qu'elles ne pouvaient croire au mobile du meurtrier.

20

La sonnerie de l'interphone retentit à 19 heures précises. Ayako y répondit. Puis elle se dirigea vers la porte d'entrée en disant à sa fille que la personne qu'elles attendaient était arrivée.

Mirei inspecta la table du regard et remit les chaises à leur place.

Sa mère ne tarda pas à revenir, accompagnée d'une femme de petite taille, aux cheveux courts, qui avait des lunettes cerclées de noir. Vêtue d'un tailleur gris foncé, elle paraissait avoir environ trente-cinq ans, ou peut-être un peu plus, et portait un sac à dos d'affaires. Mirei se l'était imaginée différemment.

— Mon nom est Sakuma, dit-elle en leur tendant une carte de visite sur laquelle Mirei lut que son prénom était Azusa, et que son cabinet se trouvait dans le quartier d'Iidabashi.

Après l'avoir invitée à s'asseoir à la table de la salle à manger, elle en fit autant. Voyant Ayako se diriger vers la cuisine, l'avocate lui demanda de ne rien préparer à boire. Elle préférait se concentrer sur leur entretien.

— Euh… très bien, répondit Ayako qui revint, un peu décontenancée, dans la salle à manger pour prendre place à côté de sa fille.

— Je voulais d'abord vous demander ce que vous savez du système de participation des victimes.

— M. Mochizuki nous en a parlé, et ma fille et moi avons essayé de nous renseigner. J'ai un peu honte d'admettre mon ignorance à ce sujet alors que mon mari était avocat, expliqua Ayako d'un air contrit.

— La famille d'un médecin n'est pas non plus spécialiste de médecine, répondit Sakuma Azusa sur un ton aimable. Ce système est relativement récent, et nombreux sont les avocats qui n'y sont pas encore familiarisés. En un mot, il permet aux victimes et à leur famille d'être au cœur du procès.

— D'être au cœur du procès… murmura Ayako.

— Autrefois les procès se faisaient entre trois parties, l'accusé, son avocat et le procureur. Les victimes et leur famille étaient reléguées au même rang que les témoins, avec pour seul rôle de corroborer les conditions dans lesquelles le crime avait été commis. Elles étaient extérieures au procès, et pouvaient même ne pas y assister si elles ne faisaient pas partie des personnes tirées au sort pour être présentes. C'était inadmissible, et la loi a été modifiée à plusieurs reprises. Aujourd'hui, les victimes et leur famille peuvent participer au procès, y faire entendre leur opinion, et poser des questions à l'accusé. C'est cela, le système de participation des victimes.

Elle s'interrompit et sourit.

— Puisque vous m'avez dit que vous vous êtes informées, je ne vous apprends sans doute rien.

— Mais nous n'avons pas du tout compris comment procéder concrètement, répondit Ayako.

L'avocate hocha la tête, comme si cela ne l'étonnait pas.

— Mon travail est de vous aider à cet égard. Mais rien de plus. Je ne suis que votre représentante, et je n'ai absolument pas le droit de m'écarter de votre volonté. Sur ce point, mon rôle est très différent de celui d'un avocat de la défense, qui peut choisir de plaider d'une manière qui ne correspond pas aux souhaits de l'accusé. Autrement dit, ce qui compte, c'est la volonté des victimes, votre volonté. Je vous demande de bien réfléchir à ce que vous voulez accomplir, à ce que vous attendez.

— Pouvez-vous nous donner un exemple concret ? demanda Mirei.

— Je commencerai par la peine requise. Le procureur, l'accusation, en demande une, mais la victime représentée au procès peut aussi le faire.

— Elle peut être différente de celle que requiert le procureur ?

— Bien sûr. Dans le cas d'un meurtre…

Elle parut hésiter un instant.

— Il arrive souvent que la famille demande la peine capitale, indépendamment de l'accusation.

Mirei échangea un regard avec sa mère, comme pour lui demander son avis.

Ayako n'eut pas besoin de dire tout haut que dans ce cas, elles la demanderaient aussi.

— Et qu'y a-t-il d'autre ?

La question venait de Mirei.

— Cela dépend. Certaines personnes demandent à l'accusé quel était son état d'esprit au moment où il a commis le crime, d'autres celui qu'il a au procès. Dans tous les cas, il faut réfléchir à l'impression que l'on souhaite créer chez les membres du jury. Ce n'est pas une bonne chose que de montrer trop d'émotion. La plupart des jurés font des efforts pour ne pas se laisser emporter par la leur. Plus une victime exprime ses sentiments avec passion, plus les jurés se refroidissent, et un excès d'émotion peut produire le résultat opposé à celui recherché.

Ça ne va pas être facile, pensa Mirei.

— Maître Sakuma, dit Ayako, vous nous dites tout cela, mais nous ne savons presque rien sur le crime, et il nous est difficile de vous poser des questions.

— C'est tout à fait compréhensible, répondit Sakuma Azusa en hochant la tête. Nous n'en sommes qu'au début. J'appellerai demain le procureur en charge du dossier pour l'informer de votre volonté de participer en tant que victimes. Et je m'occuperai des démarches à accomplir. J'aurai besoin pour cela d'une procuration. Pourriez-vous venir demain à mon cabinet ?

— Bien sûr, répondit Ayako.

— J'aurai la réponse du tribunal très vite. Il est impossible que votre demande soit rejetée. Ce sera le véritable commencement. Euh… vous savez ce qu'est la procédure d'arrangement préalable au procès ?

— Nous nous sommes un peu renseignées, répondit Ayako. Ce sont les préparatifs du procès, n'est-ce pas ?

— Exactement. C'est là qu'on décide quelles preuves seront admises, qui sera appelé à témoigner, ou encore les points qui seront disputés. Le juge, le greffier, le procureur et les avocats y participent, mais malheureusement pas le représentant des victimes. C'est pour cette raison que je me rendrai chez le procureur pour obtenir toutes les informations auxquelles j'ai accès. Je demanderai aussi officiellement une copie des procès-verbaux pour analyser le plus exhaustivement possible les échanges entre l'accusé et M. Shiraishi, et ce qui l'a amené à tuer. Je suis sûre que si vous les lisez, vous aurez des idées sur les questions que vous voudrez poser à l'accusé, et sur la façon dont vous souhaiteriez qu'il soit puni. Qu'en pensez-vous ?

La mère et la fille hochèrent la tête toutes les deux et regardèrent l'avocate.

— Cela nous convient très bien.

— Eh bien, je vous attends à mon bureau demain.

Sakuma Azusa se leva et prit son sac qu'elle avait posé sur la chaise voisine.

— Excusez-moi… dit Mirei en se levant. Puis-je vous demander depuis combien de temps vous faites ce travail ?

— Quand vous dites ce travail, que voulez-vous dire ? L'assistance aux victimes ?

— Oui. Mon père m'avait parlé de ce système mais je ne crois pas qu'il l'ait jamais fait.

— Probablement pas. Nous sommes à part au sein des avocats. D'autant plus que pendant les procès, nous sommes assis du côté de l'accusation. Mais c'est le côté que je connais mieux.

Mirei pencha la tête pour indiquer son incompréhension. L'avocate esquissa un sourire.

— J'ai travaillé pour le ministère public pendant cinq ans. Je suis procureur de formation.

— Ah ! s'exclama Mirei.

— En tant que procureur, on s'entretient parfois avec les victimes avant un procès. Toutes ont souffert, et continuent à souffrir. Pendant le procès, le rôle du procureur est de parler du crime de l'accusé, mais en dépit de mes efforts, je n'arrivais pas à exprimer suffisamment les pensées des victimes. Je n'arrivais pas à dire leurs sentiments, et j'en suis venue à penser que je ferais mieux de faire entendre les voix des victimes et de leurs familles. C'est pour ça que j'ai changé de métier.

Elle s'arrêta, toucha le bord de ses lunettes, et scruta le visage de Mirei de derrière ses verres.

— Ma réponse vous satisfait-elle ?

— Oui, entièrement. Je vous remercie.

— Nous allons y arriver, répondit Sakuma Azusa, en remettant son sac à dos.

L'espace d'un instant, elle ressembla à un alpiniste sur le point de se lancer dans l'ascension d'une haute montagne.

21

Depuis quelques minutes, Kazuma suivait les mouvements des deux lycéennes assises côte à côte en face de lui. Elles se parlaient à l'oreille en jetant des coups d'œil sur leur smartphone. Il n'arrivait pas à se débarrasser de l'impression qu'elles le regardaient de temps à autre.

Elles le faisaient depuis qu'il s'était assis à une table et qu'il avait enlevé son masque. Le remettre aurait été bizarre, et de toute manière, il n'aurait pas pu boire son *caffè latte* s'il l'avait.

Telles étaient ses pensées lorsque les deux lycéennes se levèrent et s'approchèrent de sa table. Elles n'allaient quand même pas lui adresser la parole… Il se raidit.

Elles s'arrêtèrent juste devant sa table, tournèrent leurs smartphones vers le mur derrière lui, en les orientant vers la droite, et prirent une photo. Elles la regardèrent, eurent un sourire satisfait et se rassirent à leur table.

Kazuma se retourna et vit sur le mur une affiche montrant un jeune chanteur à la mode, un hot-dog à la main. C'est ça qui les intéressait, pensa-t-il avec soulagement.

Ces derniers temps, il était tendu chaque fois qu'il sortait de chez lui. Il avait en permanence l'impression d'être observé et portait toujours un masque pour ne pas montrer son visage.

Pourtant personne ne lui avait jamais adressé la parole. Personne ne lui avait demandé à brûle-pourpoint s'il n'était pas le fils de Kuraki Tatsurō, l'homme inculpé pour meurtre.

Convaincu que cela lui arriverait tôt ou tard, il était sans arrêt inquiet.

C'était la faute des réseaux sociaux. Des images de Kazuma y circulaient, mises en ligne par il ne savait qui. La première venait de son album du lycée, mais il avait remarqué que les plus récentes appartenaient à celles qu'il avait lui-même postées quelque temps auparavant, à l'occasion du mariage d'un ami. Un bandeau noir cachait les yeux des autres personnes qu'on y voyait.

En réalité, peu de gens devaient y prêter attention. Elles ne montraient pas le criminel lui-même, mais son fils. Son choc en les voyant avait cependant été indicible. Il avait eu l'impression d'être enfermé dans un labyrinthe dont il ne pourrait plus sortir.

Il prit son gobelet en carton et but son *caffè latte*. S'il avait pu, il aurait préféré ne pas sortir. Chez lui, il n'avait pas à craindre d'être vu. Mais à trop rester dans son appartement, il sentait son stress s'accumuler. Le manque d'informations sur ce qu'avait fait son père, son ignorance sur ses gestes lui étaient pénibles.

Il comprenait les faits tels que les lui avait décrits Horibé, l'avocat. Mais cela ne le convainquait pas. Cette histoire n'évoquait rien en lui, il n'en avait jamais entendu parler et si le procès s'ouvrait sans qu'il en sache plus et que son père soit condamné, il n'était pas certain qu'elle devienne plus réelle.

La porte du café s'ouvrit, un homme entra. Il portait un manteau beige sur un costume. Lorsque Kazuma lui fit signe de la main, il hocha la tête.

C'était Amemiya Masaya, son collègue et ami. Ils avaient convenu par mail ce matin de se voir ici.

Amemiya s'acheta une boisson au comptoir et se dirigea vers sa table, mais Kazuma ne le regarda pas. Il ne lui dit bonjour qu'une fois qu'il se fut assis en face de lui.

— Merci d'être venu.

— Je t'en prie. Comme je l'ai dit dans mon mail, ça fait longtemps que j'ai envie de voir à quoi ressemble Monzen-Nakachō. C'est plutôt sympa, non ?

Il but une gorgée de son café. Ses cheveux étaient longs et il avait une fine moustache.

— Moi aussi, c'est la première fois que je viens ici. Sans cette histoire, je ne l'aurais sans doute jamais fait. D'ailleurs, ce n'est peut-être pas une bonne idée.

Kazuma baissa les yeux vers son gobelet.

— Tu m'as dit que ton père y allait chaque fois qu'il était à Tokyo, c'est ça ?

Kazuma, qui le lui avait appris par mail, hocha la tête.

— Il fréquentait un petit restaurant du quartier, Asunaro, tenu par une mère et sa fille. Il y allait pour elles.

Amemiya rentra légèrement la tête dans les épaules.

— Tu es sûr que tu peux me raconter ça ?

— Je te fais confiance. Et si je n'en parle à personne, personne ne comprendra ce que je pense.

— Je le garderai pour moi. Dis-moi ce que tu crois que tu peux me dire. Je ne te poserai pas de questions, répondit Amemiya en le regardant droit dans les yeux.

— D'accord, répondit Kazuma sans détourner les siens. Je voudrais qu'on y aille ensemble.

— Volontiers. Que veux-tu que je fasse ?

— Exactement la même chose que quand on se voit d'habitude. Les commentaires en ligne sur ce restaurant sont positifs, j'ai lu qu'on y mangeait bien. Il y a juste deux précautions à prendre, la première, c'est de ne pas parler de l'affaire, et la seconde, de ne pas utiliser mon nom et de m'appeler Shibano. Avec ces caractères-là.

Il les lui montra.

— D'accord. Shibano ?

— C'est le nom de jeune fille de ma mère.

— Je vois. Bon, je ferai attention à ne pas trop boire pour ne pas oublier les consignes.

— Désolé de te demander un truc aussi embêtant.

Amemiya fit non de la main.

— Écoute, arrête ! Tout ce que tu me demandes, c'est de manger des bonnes choses en buvant un coup ? Comme d'habitude, autrement dit.

— Merci.

— Arrête ! lança Amemiya. Dis-moi plutôt comment tu vas.

— Ça va à peu près.

— T'es sûr ? J'espère que tu te nourris bien.

— Ne t'en fais pas pour ça. Je finis toujours par avoir faim, même si j'ai pas vraiment envie de manger. L'instinct prend le dessus !

— C'est très bien comme ça. Si tu as besoin de compagnie, tu peux toujours m'appeler !

Kazuma esquissa un sourire peiné.

— C'est gentil de me dire ça, mais je sais que tu es très occupé. Aujourd'hui, c'est spécial. D'ailleurs, c'est comment au boulot ? On parle beaucoup de ça ?

Amemiya fit non de la tête.

— Non, pas vraiment. Nous avons interdiction d'en discuter au bureau. Pendant quelques jours, il y a eu des journalistes en bas de l'immeuble, mais ils se sont lassés.

Kazuma poussa un soupir.

— Je cause bien des ennuis à la boîte. Je ne retrouverai probablement pas mon poste, mais je ne peux pas me plaindre, puisque je ne risque quand même pas de perdre mon boulot.

À court de réponse, son ami but son café.

— Pour être honnête, je n'arrive toujours pas à y croire, ni à imaginer que mon père ait fait une chose pareille. Il est têtu et il n'aime pas céder. D'après son avocat, il dit que c'est lui qui a mal agi et qu'il est prêt à accepter son châtiment. Un homme au caractère si droit aurait tué pour dissimuler un crime commis autrefois ? Ça paraît impossible.

Amemiya réfléchissait. Kazuma se rappela qu'il avait dit qu'il ne lui poserait pas de questions sur les faits.

— Tu lui as rendu visite ? finit-il par demander.

Kazuma fit non de la tête.

— Il ne veut pas me voir. Alors que moi, j'ai mille questions à lui poser. Son avocat m'a aussi donné une lettre que mon père lui avait confiée, mais elle ne contient que ses excuses, et ne parle pas du tout de ce qui s'est passé. Comment peut-il penser que ça va me convaincre ?

— C'est pour ça que tu veux enquêter toi-même ?

— Je ne dirais pas "enquêter". C'est plutôt que je veux voir de mes propres yeux ce que mon père faisait à Tokyo. Je te donne peut-être l'impression de me débattre parce que je ne veux pas admettre le crime qu'il a commis.

— Ça peut se comprendre. Je suis content d'y aller avec toi !

En l'entendant, Kazuma eut envie de lui exprimer encore une fois sa reconnaissance, mais il se contenta de souffler "merci".

Ils quittèrent le café à 19 heures. Asunaro se trouvait de l'autre côté de la rue qu'ils traversèrent au passage piéton.

En haut d'un petit escalier se trouvait un panneau où apparaissait le nom du restaurant. Il était ouvert.

Kazuma inspira profondément et enleva son masque. Mais il se mit un bonnet sur la tête et des lunettes sans correction sur le nez. Les Asaba mère et fille avaient peut-être vu sa photo sur les réseaux sociaux, d'où cette espèce de déguisement.

Amemiya poussa la porte et entra le premier. Par-dessus l'épaule de son ami, Kazuma vit qu'un couple était assis au comptoir en bois blanc.

Une femme âgée qui portait un tablier traditionnel vint à leur rencontre. Petite, elle devait avoir autour de soixante-dix ans et avait des lunettes. Ce devait être la mère, celle qui s'appelait Yōko.

— Vous êtes deux ? demanda-t-elle en levant deux doigts.

— Oui, répondit Amemiya.

— Vous préférez le comptoir ou une table ?

Elle les regarda l'un après l'autre. Kazuma baissa la tête.

— Tu dis quoi ?

— Plutôt une table, répondit-il sans regarder Amemiya.

— Très bien, fit Yōko qui ne sembla pas trouver son attitude bizarre et les conduisit à une table près d'un mur.

Ils s'y assirent, et elle revint presque immédiatement avec une serviette chaude pour chacun. Kazuma commanda un whisky soda, et son ami une bière.

Tout en se frottant les mains avec la serviette, Kazuma tourna les yeux vers le comptoir derrière lequel se trouvait une autre femme, elle aussi en tablier traditionnel. Grande et mince, ses cheveux teints en brun étaient relevés en chignon, et elle avait un joli nez et de grands yeux. Ce devait être la fille, Orié. Il savait qu'elle avait la quarantaine, mais paraissait plus jeune.

Tatsurō venait ici pour voir ces deux femmes qui avaient perdu leur époux et père, accusé d'un crime que lui-même avait commis plus de trente ans avant.

Ça, ça lui ressemblait, pensait Kazuma. De même que l'idée de leur laisser tout ce qu'il possédait. S'il avait vraiment commis ce crime autrefois.

— Shibano !

Son ami lui tendait le menu.

— On commande quoi ? Je peux décider, si tu me fais confiance.

— Oui, s'il te plaît.

Asaba Yōko leur apporta les boissons.

Amemiya commanda. Il choisit des spécialités d'Aichi.

Une fois qu'elle eut quitté leur table, les deux amis trinquèrent et burent.

Kazuma jeta un coup d'œil vers le comptoir et sursauta.

Son regard venait de croiser celui d'Orié.

Cela ne dura qu'une seconde, car elle détourna immédiatement les yeux et sourit aux deux clients assis au comptoir.

Il se demanda s'il devait y voir quelque chose.

Était-ce un hasard ? Ou bien l'observait-elle ?

Il porta à nouveau son verre à ses lèvres et dirigea son regard vers le comptoir. Elle était en train de préparer quelque chose et ne releva pas la tête.

22

Le cabinet de Sakuma Azusa se trouvait au deuxième étage d'un immeuble. À l'image de son occupante, il était petit et plaisant. Mirei et Ayako étaient assises sur les fauteuils de l'accueil, en face de l'avocate dont une table basse en verre les séparait.

— J'ai rencontré le procureur hier. Les formalités préliminaires progressent. Concernant votre participation au procès, l'avocat de l'accusé lui a dit que son client espère que ce sera pour lui une occasion de vous faire comprendre qu'il regrette profondément son acte.

— Vraiment… répondit Ayako d'une voix indifférente.

Mirei la comprenait. Ces mots n'éveillaient rien en elle.

Lorsque les victimes demandent à participer au procès, l'avocat de l'accusé en est informé, et donne son avis. Les deux femmes avaient appris qu'il arrive que certains s'y opposent, notamment quand les faits sont disputés, mais Sakuma Azusa prévoyait que ce ne serait pas le cas. Le tribunal lui avait d'ailleurs immédiatement donné son assentiment.

— Je voulais aussi vous demander si vous avez lu les procès-verbaux, dit-elle en croisant les bras.

— Oui, répondit Ayako qui sortit le dossier de son sac et le posa sur la table.

Plusieurs post-it en sortaient. L'avocate le leur avait remis trois jours avant. Il contenait aussi les copies des pièces et indiquait le mobile du crime ainsi que sa description détaillée. Après leur avoir expliqué les conditions à respecter – elles ne devaient faire aucune copie, ni rien faire circuler en ligne –, elle leur avait demandé d'en prendre connaissance jusqu'à leur prochain rendez-vous.

La lecture des procès-verbaux avait permis à Mirei d'enfin savoir ce qui était arrivé.

Elle ne s'attendait pas à ce qu'elle avait découvert. Tout avait commencé par un homicide commis des années auparavant. L'homme qui en avait été accusé à tort s'était suicidé en détention. Kuraki Tatsurō, qui avait avoué en être l'auteur, désirait exprimer ses remords à la famille de cet homme.

Elle n'avait pas tout de suite compris le lien avec le meurtre de son père. Puis elle avait lu ce qui se rapportait au stade Tokyo Dome. Kuraki avait demandé à l'avocat Shiraishi s'il pouvait faire de ces deux femmes ses héritières, et lui avait révélé à cette occasion le crime qu'il avait commis jadis. Son père lui avait répondu qu'il n'approuvait pas cette façon d'exprimer son repentir. Il lui avait ensuite écrit deux lettres dans lesquelles il l'appelait à leur révéler directement la vérité. Se sentant menacé, Kuraki avait fini par décider de le tuer. Le 31 octobre, il lui avait donné rendez-vous sur la promenade Sumidagawa Terrace où il l'avait poignardé. Telles étaient les grandes lignes de ce qui s'était passé.

— Qu'en avez-vous pensé ?

Mirei regarda sa mère.

Le dossier leur avait fait la même impression.

— Alors ? insista Sakuma Azusa.

— J'ai eu le sentiment qu'il n'était pas question de mon mari, répondit Ayako.

L'avocate écarquilla les yeux.

— Vous pouvez être plus spécifique ?

— Eh bien… répondit Ayako en ouvrant le dossier à une page marquée par un post-it. Par exemple, quand il dit que mon mari n'approuvait pas cette façon de demander pardon, ou là, quand il affirme que mon mari l'exhortait à révéler la vérité. Je ne sais pas comment vous dire, mais je ne l'imagine pas du tout tenir de tels propos.

— Pourquoi ?

— C'est difficile à expliquer…

— Je pense que mon père ne raisonnait pas comme ça, intervint Mirei.

L'avocate se tourna vers elle.

— Qu'il ne raisonnait pas comme ça ?

— Je ne crois pas qu'il brandissait des mots comme "justice". Ça ne lui ressemble pas. Bien évidemment, moi aussi, je pense que vouloir exprimer son repentir en faisant de ces deux femmes ses héritières, c'est trop facile. Et il est certain que si cet homme se repentait vraiment, il aurait dû aller leur avouer toute la vérité. Mais mon père savait que les hommes sont ainsi faits qu'ils n'en sont pas toujours capables. C'est la raison pour laquelle je n'arrive pas à croire qu'il ait utilisé ces mots-là pour faire pression sur Kuraki.

L'avocate avait remarqué que la mère de Mirei avait hoché la tête plusieurs fois pendant que sa fille parlait. Sans changer d'expression, elle baissa les yeux vers le dossier puis releva la tête.

— Dois-je comprendre que vous ne croyez pas les déclarations de l'accusé ?

— Je n'irais pas jusque-là mais… commença Ayako avant de s'arrêter.

— Moi, je n'y crois pas, lança Mirei. Mon père n'était pas comme ça.

Sakuma Azusa serra les lèvres et prit plusieurs inspirations avant de se remettre à parler.

— Le procureur m'a dit que l'avocat de la défense n'a pas l'intention de contester les faits. Le point litigieux sera sans doute la préméditation. Même si, dans la mesure où l'accusé s'était équipé d'une arme, il aura du mal à faire entendre que son client a tué en raison de la tournure prise par la conversation. Mais il se peut qu'il aborde la question de la raison qui a conduit son client à aller jusque-là. Je suis à peu près certaine que la défense soulignera cet aspect. Que l'avocat affirmera que son client aurait préféré ne pas tuer, mais qu'il l'a fait parce que l'attitude de Me Shiraishi ne lui laissait aucun choix. Le litige portera, en d'autres termes, sur son attitude le jour où il a été tué.

Elle s'interrompit et regarda Mirei.

— Mais, reprit-elle, vous me dites que même avant cela, ce que l'accusé dit de la réaction de votre père au moment où il lui a demandé conseil ne lui ressemble pas.

— Exactement, répondit Mirei.

Sakuma Azusa parut songeuse.

— Pourtant, étant donné que personne n'a entendu leur conversation, nous ne pouvons que croire ce que l'accusé en dit.

— Et puis cette histoire de lettres me paraît aussi bizarre, reprit Mirei. Mon père aurait fait pression sur lui par ces lettres, n'est-ce pas ?

— Il affirme qu'il n'a pas gardé les deux qu'il a reçues. Votre père lui aurait écrit qu'il ne l'aiderait pas à éviter de regarder en face le crime qu'il avait commis, et que si l'accusé le lui demandait, il choisirait de tout révéler.

— Mon père n'aurait jamais écrit une chose pareille, lança Mirei en hochant vigoureusement la tête de gauche à droite.

— Le procureur aussi trouve cela douteux. Selon lui, l'accusé l'a peut-être inventé pour souligner qu'il se sentait acculé. Mais il n'a pas l'intention de soulever ce point, puisque ces deux lettres ne font pas partie des preuves.

— Qu'en est-il du reste ? Le procureur y croit-il ?

— Oui, parce que l'accusé n'a aucune raison de mentir. Le mobile lui paraît convaincant.

Mirei se passa la main dans les cheveux.

— Moi, je ne suis pas convaincue.

— J'en informerai le procureur, dit Sakuma Azusa. Ou souhaiteriez-vous le lui dire vous-même ?

— Moi ? J'en ai la possibilité ?

— Oui, c'est l'intention de la loi, répondit l'avocate en souriant. Je ne suis que votre représentante. Étant donné que je dois encore aller lui parler, vous n'aurez qu'à m'accompagner la prochaine fois.

— Très bien.

— Y a-t-il autre chose dont vous doutiez, ou des questions que vous souhaiteriez poser à l'accusé ?

Elle regarda la mère et la fille.

Ayako se taisait, pensive. Mirei reprit la parole.

— En fait, je ne comprends pas la personnalité de l'accusé.

— Et plus précisément ?

— Qu'il ait voulu exprimer sa contrition à la famille de l'homme qui s'était suicidé alors qu'il était innocent du crime dont on l'accusait me semble un noble sentiment. D'autant plus qu'il s'était donné du mal pour la retrouver, et qu'il venait régulièrement à Tokyo pour voir ces deux femmes. Cela montre que ses sentiments n'étaient pas superficiels. Mais comment un homme capable de faire cela peut-il tuer ? Passe encore s'il avait agi sur une impulsion, mais son second crime aurait été prémédité, n'est-ce pas ? Je n'y comprends rien.

— Le procureur lui-même a eu des doutes là-dessus dès le début. Il s'est donc dit que même si l'accusé avait recherché la famille de cet homme poussé par des remords sincères, il avait peut-être pris l'habitude d'aller régulièrement voir ces deux femmes pour une tout autre raison.

— Pour une tout autre raison ?

— Avec des arrière-pensées, répondit Sakuma Azusa. Asaba Orié, la fille de l'homme qui s'est suicidé, a une quarantaine d'années, elle est célibataire, et il n'y aurait rien eu d'étrange à ce que l'accusé soit tombé amoureux d'elle.

Surprise, Mirei baissa les yeux vers le dossier.

— Je n'ai rien lu de tel…

— Non. Le procureur a aussi envisagé cette possibilité, et il a ordonné à la police de faire tout ce qui était possible pour voir si elle correspondait à la réalité, mais l'enquête n'a rien trouvé pour conforter cette idée. Bien au contraire, il a appris que les Asaba mère et fille appréciaient l'accusé. Le procureur a quand même convoqué la mère. Il lui a annoncé que Kuraki était l'auteur du crime dont son mari avait été accusé il y a trente-trois ans, avant de lui demander ce qu'elle pensait de lui en le sachant. Il espérait bien sûr que cela modifierait ses sentiments à son égard.

— Et que s'est-il passé ?

L'avocate secoua lentement la tête de droite à gauche.

— Elle lui a répondu qu'elle n'arrivait pas à réaliser ce qu'il venait de lui dire, que M. Kuraki était pour elle et sa fille un client fidèle, et que cela ne changeait rien au fait qu'elle lui était reconnaissante de la manière dont il s'était comporté avec elles. Le procureur a donc renoncé à l'idée de les faire comparaître comme témoins. Un témoin qui ne sert pas à l'accusation est inutile.

Le ton détaché sur lequel l'avocate prononça ces mots rappela à Mirei qu'elle avait elle-même été procureur.

— Ce qui signifie donc que l'accusé allait voir les Asaba avec un authentique repentir. Cela peut-il être pour lui une circonstance atténuante ?

— En tout cas, les jurés se diront peut-être qu'il n'est pas entièrement mauvais.

— Oui, mais pourquoi cet homme a-t-il alors…

Mirei n'en dit pas plus car elle ne voulait pas dire tout haut : "tué mon père".

— Votre doute est entièrement justifié, déclara Sakuma Azusa. Je voudrais que vous l'exprimiez pendant le procès.

23

En sortant d'un cinéma de Yurakuchō, Godai regarda son smartphone et vit qu'il avait reçu un appel de Nakamachi. Il le rappela en marchant, et son collègue décrocha à la deuxième sonnerie.

— Bonjour. Tu m'as appelé ?

— Oui, désolé de vous déranger un jour de congé. Ce n'est pas pour quelque chose d'important, mais j'aimerais quand même vous en parler. Vous avez lu le numéro de cette semaine de *Shūkan Seihō* ?

— Non. Pourquoi ?

Cet hebdomadaire traitait de sujets très divers, depuis les questions politiques, économiques, sociétales, jusqu'aux affaires de corruption et aux scandales autour de personnalités du monde du spectacle. Godai le lisait de temps en temps.

— Il y a quelque chose sur notre enquête.

— C'est comment ? demanda Godai en serrant plus fort son téléphone.

— Assez détaillé. Et ça parle même du meurtre de 1984.

— Quoi ? s'écria Godai qui s'immobilisa. Je vais tout de suite aller l'acheter.

— Vous avez déjà dîné ?

— Non, pas encore.

— Dans ce cas, vous seriez d'accord pour qu'on se voie ? J'aimerais qu'on en discute.

— Ça me va. Je sors du cinéma. J'y suis allé parce que maintenant que cette histoire est finie, je voulais profiter de mon temps libre. On se retrouve où ?

Nakamachi suggéra le restaurant de Monzen-Nakachō. Godai, qui n'avait aucune raison de refuser, accepta. Ils se donnèrent rendez-vous à 20 heures.

Il alla lire l'article dans un café. Intitulé "Prescription = Amnistie ? Que deviennent les auteurs de meurtres prescrits ?", il occupait une place prépondérante dans le magazine. Signé d'un certain Nanbara, journaliste indépendant, il s'ouvrait sur ces lignes :

> Le 1er novembre, juste avant 8 heures du matin, on a trouvé le corps sans vie d'un homme qui avait été poignardé dans une voiture en stationnement interdit dans une rue de l'arrondissement de Minato à Tokyo.

Suivait un résumé des informations déjà publiées, comme l'identité de la victime ou le fait que son portefeuille n'avait pas été dérobé. Puis l'auteur ajoutait que l'enquête avait abouti à l'arrestation d'un certain Kuraki Tatsurō, un habitant du département d'Aichi. Le ton de l'article changeait après avoir abordé le mobile avancé par le suspect.

> Selon une source policière, l'accusé aurait déclaré que lorsqu'il avait révélé à l'avocat Shiraishi son rôle dans un crime aujourd'hui prescrit, celui-ci lui aurait intimé de faire des aveux publics. Il aurait fini par le tuer parce qu'il craignait que l'avocat ne dévoile son passé à son entourage. La police n'a pas rendu publique la nature de ce crime prescrit. Notre journaliste est allé enquêter dans le département d'Aichi où il a découvert des faits stupéfiants.

L'article dévoilait qu'il s'agissait du meurtre en mai 1984 du gérant d'une agence de services financiers située devant la gare de Higashi-Okazaki. Après avoir décrit l'affaire en détail, l'article continuait :

> D'après un certain A., qui était à l'époque un collègue de Kuraki, celui-ci avait alors été entendu par la police car c'est lui qui avait découvert la victime, mais il n'avait pas été soupçonné

ni arrêté. En réalité, c'était l'auteur du meurtre. Les années ont passé, il y a eu prescription. Puis s'est produit ce nouveau meurtre. Cet homme a tué à nouveau, mais il ne peut plus être jugé pour son premier crime, aujourd'hui prescrit.

Le journaliste continuait dans un nouveau paragraphe :

> La prescription pour les crimes de sang a été abolie le 27 avril 2010. Mais cela ne concerne que les crimes qui n'étaient pas prescrits à cette date. Les auteurs de crimes commis avant 1995 qui ont bénéficié de la prescription peuvent aujourd'hui vivre comme n'importe lequel d'entre nous. On peut même imaginer que l'auteur d'un crime commis le 28 avril 1995 sera puni s'il est arrêté, alors que celui d'un homicide ayant eu lieu la veille, le 27 avril 1995, ne sera jamais châtié. Peut-on accepter une situation aussi absurde ?

Arrivé là, Godai comprit où voulait en venir l'article. Il avait pensé que le journaliste avait certes enquêté, mais qu'il ne devait pas avoir découvert grand-chose, et que l'article changerait peu de choses, parce qu'il était exclu que la famille de Shiraishi Kensuké ait collaboré avec lui. L'objectif de son auteur paraissait plutôt d'attirer l'attention sur l'injustice inhérente à l'abolition de la prescription, puisqu'elle permettait que des crimes prescrits avant la réforme ne puissent être punis.

L'article évoquait ensuite d'autres affaires prescrites du passé. Le journaliste avait rassemblé les avis de différentes personnes qui semblaient toutes d'accord sur le fait que la prescription elle-même devait disparaître. Il avait aussi parlé à des familles de victimes qu'il citait avant d'ajouter :

> Grâce à la prescription, certains criminels n'auront jamais à répondre de leurs actes, mais la souffrance des familles de leurs victimes, elle, ne sera jamais prescrite, et elle est sans fin.

Godai commençait à trouver l'article ennuyeux. Peut-être avait-il de la valeur, mais il n'avait pas vraiment de lien avec leur affaire. Les dernières lignes lui montrèrent qu'il avait tort.

Revenons à l'affaire que nous avons évoquée au début. Mon enquête m'a appris que le crime commis autrefois par Kuraki avait fait d'autres victimes que l'homme qu'il a tué et la famille de celui-ci. Un autre homme avait été arrêté pour ce crime en 1984. Il clamait son innocence, et s'est suicidé pendant sa garde à vue.

J'ai voulu parler à sa famille, mais elle n'a pas souhaité me rencontrer. On peut aisément imaginer comment elle a été traitée pendant des années et les terribles tourments que cela a dû lui valoir.

Mais qu'en pense la famille de Kuraki ?

J'ai posé directement la question à son fils. Voici sa réponse : "Je veux croire que mon père a fini d'expier son crime, étant donné qu'au moment où il l'a commis, le délai de prescription était de quinze ans, même si ce n'est plus le cas aujourd'hui."

Autrement dit, pour lui, le passé est effacé, et il espère que son père ne sera jugé que pour le meurtre qu'il a commis récemment.

Si vous, le lecteur, étiez juré, comment verriez-vous les choses ? Considéreriez-vous que Kuraki n'a tué qu'une fois ?

Le restaurant était comme toujours animé, mais Nakamachi avait réservé, et ils eurent une table. Ils burent une bière et se mirent à parler de l'article.

— Vous n'avez pas été surpris du fait que le journaliste ait réussi à identifier le meurtre de 1984 ? demanda Nakamachi presque à vois basse.

— Je n'irais pas jusqu'à dire que j'ai été surpris, mais je reconnais que j'ai été plutôt admiratif de l'enquête qu'il a menée, répondit Godai en posant la revue sur la table.

— Il a retrouvé un ancien collègue de Kuraki.

— Oui, apparemment. S'il a découvert que Kuraki avait commis un crime autrefois, il a dû comprendre qu'il l'avait fait avant 1995, comme il le dit dans l'article, et contacter des gens qui le connaissaient à cette époque. Ça a dû lui prendre pas mal de temps. Ce journaliste indépendant est drôlement dynamique.

— Je me demande comment vont réagir les chefs à la

préfecture de police. Après tous les efforts qu'ils ont faits pour protéger la police départementale d'Aichi…

— Ça doit plutôt les arranger. De toute façon, ça aurait été révélé pendant le procès. Ce qu'ils pouvaient craindre, par contre, c'était le retentissement médiatique que ça aurait. Maintenant que ça se sait, les médias en parleront moins plus tard. Et ils n'ont pas à être embarrassés vis-à-vis de la police d'Aichi, puisque c'est un magazine qui l'a révélé. Qui sait, même le ministère public en est peut-être satisfait. Si les médias avaient fait grand cas de l'histoire au moment du procès, les jurés en auraient été affectés d'une manière ou d'une autre. Autrement dit, c'est mieux qu'on en parle maintenant.

— Je vois ce que vous voulez dire, lâcha Nakamachi en mangeant une fève de soja.

— Ce qui m'a vraiment étonné, c'est la fin de l'article, reprit Godai en montrant la fin de l'article. "J'ai posé directement la question à son fils." Il parle de Kuraki Kazuma ? Il est vraiment allé le voir ?

— Sans doute. Sinon, il n'aurait pas écrit ça.

— Hum, fit Godai. Comment le fils a-t-il pu accepter de lui répondre ? En général, les gens dans sa situation refusent.

— Il s'est peut-être dit que ça pourrait aider son père au procès.

— Peut-être, mais ça va avoir l'effet opposé. En théorie, la seule chose que la famille d'un accusé doit faire est de s'excuser pour le trouble causé à la société, non ? dit Godai en pensant au beau visage de Kuraki Kazuma.

Il ne lui avait pas donné l'impression d'être assez idiot pour se laisser aller à une déclaration de ce genre dans le but de protéger son père. Se serait-il laissé manipuler par le journaliste ?

On leur apporta des champignons shiitakés et des piments verts doux grillés, arrosés de sauce au soja. Ils dégageaient une délicieuse odeur. Godai prit une brochette de champignons, Nakamachi le magazine.

— Ce journaliste a aussi rencontré les dames Asaba, n'est-ce pas ?

— C'est ce qu'il écrit, en tout cas. Mais elles ont refusé de lui parler.

— Elles savent maintenant que Kuraki a commis le crime dont leur époux et père était accusé. Je me demande ce qu'elles en pensent.

— Moi aussi. J'ai entendu dire que le procureur avait convoqué la mère. Mais j'ignore de quoi ils ont parlé.

Godai avait été chargé d'assurer la liaison avec les deux femmes, mais il ne leur avait pas révélé le rôle du meurtre de 1984 dans le mobile de Kuraki.

— L'auteur du meurtre de M. Shiraishi a été arrêté, mais l'affaire n'en est pas finie pour autant, constata Nakamachi d'une voix grave.

— Un meurtre, c'est toujours comme ça. Mais ça ne veut pas dire que nous, les enquêteurs, devons nous laisser happer par les remous. Tout ce qu'on a à faire, c'est suivre le procès en silence, répondit Godai, qui remplit ensuite le verre de bière de son collègue.

Ils continuèrent à discuter de choses et d'autres en buvant presque jusqu'à l'heure de la fermeture du restaurant. Quand ils en sortirent, ils marchèrent vers la station de métro, mais n'y descendirent pas, sans même se concerter. Ils ne s'arrêtèrent qu'une fois arrivés devant l'immeuble où se trouvait Asunaro.

— Je me demande comment elles vont, dit Nakamachi en levant les yeux vers le restaurant.

— Je n'en sais rien. Si ça se trouve, ça n'a rien changé pour elles, répondit son collègue.

— Vous croyez ? Vous pensez qu'elles n'ont pas lu l'article ?

— Si, peut-être, mais ça n'a pas dû les ébranler. C'est l'impression que j'ai. Elles sont fortes, ces deux-là.

Au moment où Godai s'apprêtait à tourner les talons avec Nakamachi, un homme sortit du restaurant. Il n'était pas grand, un peu fort, et paraissait avoir un peu moins de cinquante ans. Ses fines lunettes étaient cerclées de métal doré.

Nakamachi laissa échapper un cri de surprise.

— Qu'y a-t-il ?

— C'est l'avocat de Kuraki, chuchota Nakamachi.

— Hein ? souffla Godai qui le suivit des yeux, les sourcils froncés.

— Il est venu plusieurs fois au commissariat avant que Kuraki ne soit inculpé.

Il ajouta qu'il s'appelait Horibé et avait été commis d'office.

— D'accord. Mais qu'est-il venu faire ici ?

Ce ne pouvait être un hasard.

— Si ça se trouve, il voulait leur demander de témoigner au procès, suggéra Nakamachi. Vous avez bien dit que vous les voyiez plus comme témoins de la défense que de l'accusation, non ?

— Oui, mais je n'y croyais pas vraiment, répondit Godai qui observa l'immeuble en silence, comme s'il réfléchissait, avant de se retourner vers son collègue. Merci de m'avoir téléphoné aujourd'hui. On refera ça quand on aura le temps.

Nakamachi sursauta et ouvrit plus grand les yeux.

— Vous avez envie d'aller à Asunaro, n'est-ce pas ? Laissez-moi vous accompagner.

Godai esquissa un sourire.

— Non, j'ai envie d'y aller par curiosité. Si on arrive ensemble, elles ne pourront que penser qu'on agit dans le cadre de l'enquête. Ce soir, j'y vais sans toi, désolé.

— Ah… Vraiment ? lâcha Nakamachi, déçu. Bon, j'y renonce, même si je le regrette. Mais vous me raconterez ce que vous avez appris, n'est-ce pas ?

— Oui, d'accord. À la prochaine !

— Bonne chance !

Godai hocha la tête et se dirigea vers Asunaro.

Bonne chance pour quoi ? se demanda-t-il.

Il regarda sa montre en montant l'escalier et vit qu'il était 22 h 45. Mais le restaurant était encore ouvert. Il poussa la porte et entra.

Asaba Yōko vint l'accueillir.

— Désolée, mais nous prenons la dernière commande à…

Elle s'immobilisa et se tut, sans doute parce qu'elle l'avait reconnu.

— À 23 heures, n'est-ce pas ? Ça ne me dérange pas, répondit Godai en jetant un coup d'œil circulaire.

Deux tables étaient occupées.

— Je préférerais m'asseoir au comptoir.

Yōko inspira profondément.

— Très bien, dit-elle en lui adressant un sourire commercial.

Sa fille le regarda, le visage fermé. Godai la salua avant de s'asseoir.

La mère vint lui apporter une serviette chaude, et lui demanda ce qu'il voulait boire.

— Du saké.

Elle fronça les sourcils.

— Vous pouvez en boire ?

— Oui, parce que je ne suis pas en service, répliqua-t-il en levant les yeux vers Orié. Que me conseillez-vous ?

— Eh bien, que diriez-vous de celui-ci ? répondit-elle en lui montrant les caractères "Banzai" sur la liste des sakés. Il est sec, et facile à boire.

— Parfait. Je le préfère frais.

— Très bien.

Elle passa derrière le bar et prit une grande bouteille de saké pour remplir un cruchon en verre.

Orié plaça devant lui une petite assiette contenant de l'algue wakamé et une crevette. C'était l'amuse-bouche. Sa mère revint avec une coupe en verre taillé et la remplit pour lui. Godai en but une gorgée en la savourant. Le liquide était parfumé et gouleyant.

— Qu'en pensez-vous ?

— Il est excellent, répondit-il à Yōko. Je vais essayer de ne pas en boire trop.

Il prit ses baguettes et goûta la préparation de la petite assiette, qu'il trouva délicieuse, en parfait accord avec le saké.

Il regarda les deux tables à la dérobée. Tout occupés à leur conversation, les autres clients ne prêtaient aucune attention au comptoir.

— J'ai aperçu Me Horibé au moment où il sortait d'ici, glissa-t-il en levant les yeux vers Orié.

Yōko, qui était en train de ranger quelque chose, s'immobilisa.

— Vous nous surveillez ? demanda Orié.

Godai sourit et secoua la tête.

— Et pourquoi ferais-je ça ? Je passais par là, et je l'ai aperçu, c'est tout. Mais ça m'a donné envie de venir ici.

Orié regarda sa mère, comme pour lui demander si elle pouvait faire confiance à ce policier.

— Ah… vraiment ? déclara-t-elle sur un ton indifférent, après un court silence.

Pour l'instant, elles me font confiance, pensa Godai.

Un client d'une des deux tables occupées demanda l'addition.

— Il est venu nous apporter une lettre, dit Orié tout bas, la tête baissée.

— Une lettre ?

— Une lettre que lui avait confiée M. Kuraki.

— Ah… vraiment ?

Les détenus peuvent envoyer des courriers, mais ils préfèrent souvent passer par leur avocat.

Le policier aurait aimé lui demander de quoi parlait cette lettre, mais il n'en fit rien. L'affaire était résolue.

Les autres clients réglèrent aussi leur addition et quittèrent le restaurant. Yōko les raccompagna et revint ensuite. Elle s'assit à côté de Godai. Voyant son verre vide, elle le remplit.

— Il voulait nous demander pardon, dit-elle. Dans sa lettre.

— Ah bon…

— Vous, vous saviez que M. Kuraki était le meurtrier de Higashi-Okazaki, n'est-ce pas ? Vous le saviez quand vous êtes venu nous voir, et vous nous l'avez caché. Je ne me trompe pas ?

— J'avais l'ordre de ne pas vous le dire.

Il se rendait compte qu'il avait l'air de chercher à se disculper, tout en trouvant la formulation commode.

— En fait, ça m'est plutôt égal. Je l'ai appris du procureur.

— Vous avez dû être surprise.

Elle esquissa un sourire et soupira légèrement.

— N'importe qui l'aurait été, non ? Mais ensuite, quand il m'a demandé si j'en concevais de la haine pour M. Kuraki, je n'ai honnêtement pas su quoi lui répondre. C'était un client fidèle, et j'ai toujours pensé du bien de lui. Je continue, d'ailleurs. Je suis sûre qu'il s'est trouvé dans une situation inextricable. S'il était mauvais de nature, il n'aurait pas eu une pensée pour l'homme qui s'était suicidé parce qu'il avait été accusé à sa place, ni pour sa famille, non ? Et puis ça n'a pas dû être simple de nous retrouver. J'ai bien vu que le procureur était déçu que je ne dise pas du mal de lui.

Godai sortit de la poche de son veston un papier plié en quatre qu'il posa devant elle. C'était l'article du magazine, qu'il avait découpé.

— Vous l'avez lu ?

Elle cligna des yeux, et fit une grimace dégoûtée.

— Orié l'a vu ce matin et elle a acheté l'hebdomadaire. D'après elle, ça n'apporte rien.

— Et je n'ai pas aimé qu'il écrive n'importe quoi sur nous, ajouta Orié en faisant la moue.

— Ce journaliste est venu vous voir ? demanda Godai en les regardant l'une après l'autre.

— Chez nous, pas ici, répondit la mère. Il s'est présenté sans prévenir, vous vous rendez compte ! Il voulait tout savoir sur ce qui s'est passé il y a plus de trente ans et il nous a posé des tas de questions. Nous l'avons chassé en lui disant que nous n'avions aucune envie d'y répondre.

Le journaliste avait écrit que la famille n'avait pas souhaité le rencontrer, ce qui n'était pas tout à fait la même chose.

— Vous croyez qu'il savait que Kuraki était un client fidèle d'Asunaro ?

— Il n'en a pas du tout parlé. S'il l'avait su, il aurait peut-être été encore plus insistant.

Cette remarque convainquit Godai qui avait trouvé étrange que le journaliste n'ait pas mentionné le restaurant. Peut-être s'était-il satisfait d'avoir découvert le crime commis autrefois par Kuraki.

Yōko remplit à nouveau son verre. Le cruchon était vide.

— M. Horibé est simplement venu vous apporter cette lettre ? Il n'avait rien d'autre à vous dire ?

À peine avait-il fini de parler qu'il fronça les sourcils et se gratta la tête.

— Désolé de vous avoir posé cette question. Vous n'avez pas à y répondre.

— Nous n'avons rien à cacher. Il voulait savoir comment nous allions.

— Comment vous alliez ?

— M. Kuraki se fait du souci pour nous. Il craignait que sous la violence du choc, nous n'arrivions plus à travailler, ou encore que les rumeurs qui circulent sur internet nous aient fait perdre des clients.

— Je comprends mieux.

— C'est pour ça que je lui ai demandé de dire à M. Kuraki que nous allons bien, et que nous lui demandions de prendre bien soin de lui pour pouvoir racheter ses crimes.

Godai la dévisagea. Son expression le surprit. Elle souriait, mais l'éclat de ses yeux dans son visage ridé avait une force qui montrait que ce n'étaient pas de simples paroles.

Elle est sincère, pensa-t-il. Elle et sa fille ont une véritable affection pour Kuraki.

Il vida sa coupe et se leva.

— Je vais y aller. L'addition, s'il vous plaît.

— Ce soir, je vous invite, dit Yōko.

— Je ne peux pas l'accepter.

— Bien sûr que si ! En contrepartie, j'espère que vous reviendrez nous voir.

Pris au dépourvu, Godai se demandait comment réagir lorsqu'il entendit la porte du restaurant s'ouvrir. Il se retourna et vit un homme qui portait un manteau beige.

Il s'attendait à ce que Yōko lui annonce que le service était terminé. Elle n'en fit rien et Orié adressa la parole au nouvel arrivant.

— Tu n'avais pas dit que tu viendrais vers minuit ?

Il entendit dans sa voix de l'étonnement, ainsi qu'une légère critique, mais aussi de l'intimité. Cet homme n'était pas un inconnu pour elles.

— J'ai fini plus tôt, répondit l'homme en enlevant son manteau.

Le costume qu'il portait était visiblement de qualité. Les cheveux coupés court, il devait avoir autour de quarante-cinq ans et son visage était distingué.

Sans un regard pour Godai, il s'assit à une table et sortit son smartphone de sa poche, parfaitement à l'aise.

— Monsieur Godai, dit Yōko. Merci d'être venu ce soir. J'espère vous revoir bientôt !

Il comprit qu'elle lui demandait de partir sans poser plus de questions.

Il la remercia, salua Orié de la tête et quitta le restaurant en jetant un coup d'œil à l'inconnu qui continuait à regarder son téléphone.

24

Il était en train de faire la vaisselle lorsqu'il entendit la sonnerie de l'interphone. Il s'essuya les mains et prit le combiné après avoir vu le visage de Horibé sur l'écran.

Kazuma se hâta de mettre de l'ordre dans la salle à manger. Il était un peu après 23 heures et il venait de manger une soupe de nouilles instantanée, son seul repas de la journée, car il n'avait pas faim.

La sonnerie de l'entrée retentit, et il s'empressa d'aller ouvrir.

— Bonsoir !

— Bonsoir, maître, répondit Kazuma en l'invitant à entrer.

Ils s'assirent de part et d'autre de la table.

— Permettez-moi de commencer par le sujet qui vous préoccupe, dit Horibé en sortant l'hebdomadaire de sa serviette. J'ai appelé la rédaction en fin d'après-midi.

— Et alors ?

— Hum, lâcha Horibé, le visage sombre. Ils n'ont pas accepté votre protestation et ne publieront pas d'erratum.

— Mais je n'ai pas dit ce qui est écrit.

— Une seconde, fit l'avocat en ouvrant à la page concernée.

— Moi, je n'ai pas dit ça, dit Kazuma en montrant ce passage :

> J'ai posé directement la question à son fils. Voici sa réponse : "Je veux croire que mon père a fini d'expier son crime, étant donné qu'au moment où il l'a commis, le délai de prescription était de quinze ans, même si ce n'est plus le cas aujourd'hui."

Autrement dit, pour lui, le passé est effacé, et il espère que son père ne sera jugé que pour le meurtre qu'il a commis récemment.

Horibé ne changea pas d'expression.

— Ils m'ont dit qu'ils avaient un enregistrement.

— Un enregistrement ?

— Nanbara, le journaliste, a enregistré la conversation. Et ce qui est écrit correspond à vos déclarations. Le rédacteur en chef m'a dit qu'il l'avait écouté, parce qu'il ne voulait pas que son magazine publie des informations inexactes, en ajoutant que se tromper sur les propos de la famille de l'accusé serait terrible.

— Ce qui signifie que j'ai dit ça comme ça ? Vraiment ?

— Pas exactement, a-t-il concédé. Mais que ce qui a été publié correspond au sens de ce que vous avez dit. Le journaliste vous a demandé si vous estimiez que votre père avait expié le crime qu'il avait commis autrefois, et vous avez répondu que c'était ce que vous vouliez croire. Donc il n'y a pas d'erreur. Vous voyez à quoi il fait référence ?

Kazuma s'en souvenait vaguement. C'était après que Nanbara lui avait demandé ce qu'il pensait de la prescription. Incapable de déterminer ce qui servirait son père, il n'avait pas su comment répondre.

— Je vois que ça vous dit quelque chose, dit Horibé en lui jetant un regard embarrassé.

— Mais j'ai fait cette déclaration parce qu'il m'a manipulé, et ça ne reflétait pas ma véritable intention.

— Je le conçois très bien. Ces gens-là utilisent tous les moyens possibles pour obtenir ce qu'ils veulent entendre. Nous, les avocats, leur sommes de loin inférieurs à cet égard. La seule chose à faire, si quelqu'un vous parle des propos que l'article vous prête, est de les expliquer patiemment.

— Et si les questions sont posées en ligne ? Dois-je m'expliquer sur les réseaux sociaux ?

— Surtout pas ! Ça ne pourra que les faire s'enflammer. Et ce ne sera pas bon pour le procès.

— J'ai appris que mon employeur avait reçu des protestations.

— Laissez-le s'en occuper. Ne vous inquiétez pas pour lui, il dispose de pros dans ce domaine.

Kazuma poussa un profond soupir et se protégea les yeux de sa main droite. Il avait un peu mal à la tête. La soupe de nouilles lui pesait sur l'estomac.

Yamakami, son supérieur, lui avait appris l'existence de l'article. Il l'avait appelé pour lui en parler, non pas par égard pour lui, mais pour l'informer qu'après sa publication, la société avait reçu de nouveaux appels de personnes qui lui reprochaient d'employer quelqu'un qui osait dire qu'un crime prescrit était réparé, et exigeaient son licenciement immédiat.

Yamakami, qui ne comprenait pas pourquoi il avait accepté de répondre à ce journaliste, l'avait réprimandé pour son imprudence.

Kazuma n'avait pas saisi de quoi son supérieur parlait. Il lui avait répondu qu'il allait se procurer ce magazine et le rappellerait.

Il l'avait acheté. L'article l'avait laissé sans voix. Que l'on réprouve l'absurdité permettant à des criminels de rester impunis grâce à la prescription ne lui posait aucun problème. Mais la section à la fin de l'article qui présentait ses soi-disant déclarations lui avait paru une invention. Il ne se rappelait pas avoir dit ce qui était écrit.

Il avait appelé Yamakami pour le lui expliquer. Celui-ci lui avait alors suggéré de réagir comme la loi le lui permettait.

— Je vais en parler à l'avocat et protester auprès de la publication.

Il avait téléphoné à Horibé. Celui-ci avait répondu qu'il allait lire l'article et contacter les responsables, mais son ton lui avait paru pessimiste. Peut-être avait-il déjà compris que toute tentative serait vaine.

— Soyez plus prudent dorénavant. N'acceptez plus de parler à des journalistes.

— Je ne le recommencerai pas, répondit Kazuma, tête basse.

— Je reviens du restaurant de Mme Asaba et de sa fille, annonça l'avocat d'un ton plus détendu. Votre père m'avait remis une lettre pour elles.

— Une lettre… À quel sujet ?

— Une lettre d'excuses, bien sûr. Il leur disait qu'il était l'auteur de l'homicide de 1984 et leur demandait pardon parce qu'il n'y aurait pas eu d'erreur judiciaire s'il s'était rendu. Oui, c'est à peu près ça. Et il écrivait aussi qu'il regrettait beaucoup de ne pas avoir pu leur avouer jusque-là et d'avoir commis un autre crime.

— Et elles l'ont acceptée ?

— Oui. Et elles ont même été plutôt agréables.

— Plutôt agréables ? Que voulez-vous dire ?

— Mme Asaba m'a demandé si je pouvais transmettre un message de leur part à votre père, expliqua Horibé en sortant son carnet de son sac. Elles voulaient que je lui dise qu'elles vont bien, et qu'elles espèrent qu'il prendra soin de lui pour pouvoir racheter ses crimes. Qu'en pensez-vous ? Vous trouvez aussi qu'elles n'ont pas de très mauvais sentiments pour votre père ?

— D'après ce que vous dites, c'est peut-être vrai.

L'avocat hocha vigoureusement la tête.

— Je n'ai pas pu leur parler tranquillement car je suis venu les voir pendant qu'elles travaillaient, mais comme elles se sont inquiétées de sa santé, j'ai même eu le sentiment qu'elles pourraient devenir un allié de poids pour votre père.

— Comment ça ?

— D'après ce que je sais, le procureur n'a pas l'intention de les citer comme témoins. Sans doute parce qu'il tient pour peu vraisemblable que leur témoignage lui soit utile. À l'opposé, elles pourraient être des témoins de moralité pour nous.

Stupéfait, Kazuma en doutait.

— Vous pensez qu'elles accepteraient ? C'est à cause de mon père qu'elles ont perdu leur époux et père.

L'avocat se pencha vers lui.

— Votre père n'est pas responsable de l'erreur judiciaire. C'est la faute de la police, de bout en bout. Je pense que c'est aussi la faute de la police si votre père n'a pas pu se rendre. Avez-vous vu le film *Les Évadés* ?

— Non.

— C'est l'histoire d'un banquier condamné à la prison à vie pour un crime qu'il n'a pas commis. Dans la seconde partie apparaît un homme qui connaît l'identité du vrai criminel, et qui raconte que celui-ci se vantait auprès de qui voulait l'entendre du fait qu'un innocent payait pour un crime qu'il avait commis. Cette situation ne lui causait aucun remords. Un homme vraiment mauvais agira ainsi. Votre père est différent. Il n'a jamais perdu le désir de demander pardon à Mme Asaba et à sa fille. Elles le comprennent, et je pense que c'est pour cette raison qu'elles ne lui en veulent pas. Votre père a su créer une véritable relation avec elles.

En l'écoutant parler avec enthousiasme, Kazuma repensa à sa visite au restaurant Asunaro l'autre jour. Il ne leur avait pas révélé son identité, mais il croyait qu'Orié, dont il avait croisé le regard, l'avait probablement devinée.

Si ce que disait Horibé était exact, son père leur avait peut-être montré des photos de sa famille, et elle aurait pu reconnaître son visage.

— Qu'y a-t-il ? demanda l'avocat qui avait remarqué sa distraction.

— Euh… rien. Vous avez raison, ce serait bien si elles acceptaient d'être témoins de moralité.

— Ce soir, j'ai réussi à faire connaissance avec elles, et je leur en parlerai la prochaine fois que j'irai là-bas. Il n'empêche que nous devons procéder avec prudence. Ce serait dommage qu'elles croient que nous voulons profiter de leur sympathie.

Il rangea son carnet dans sa serviette, et le magazine, avant de se raviser.

— Vous voulez que je vous le laisse ?

— Non, ce n'est pas la peine, refusa Kazuma en hochant la tête de gauche à droite.

— Je comprends, répondit Horibé en le prenant. C'est tout ce que j'avais à vous dire ce soir. Vous avez autre chose ?

— Vous avez pu poser la question à mon père ?

— La question ?

— Au sujet du crime de Higashi-Okazaki. Je voulais que vous lui demandiez s'il comptait le cacher à ma mère et moi jusqu'à sa mort, ou nous en parler un jour.

— Ah oui, souffla l'avocat en touchant ses lunettes. Je la lui ai posée. Voici sa réponse : "Comment aurais-je pu en parler ? Je comptais emporter ce secret dans la tombe."

Kazuma hocha lentement la tête.

— C'est bien ce que je pensais…

Il n'était pas surpris. Cela le conduisit à s'interroger lui-même. Comment aurait-il réagi si son père lui en avait parlé ? Lui aurait-il recommandé de tout révéler ? Probablement non, conclut-il. Il aurait lui aussi décidé que mieux valait le dissimuler au reste du monde.

— Mon père ne veut toujours pas me voir ?

— Je n'ai pas renoncé à l'en persuader, mais il continue à affirmer qu'il ne se sent pas le droit de vous rencontrer, que vous pouvez rompre avec lui, et qu'il le préférerait même.

Kazuma leva les yeux vers le plafond. La tête lui tournait légèrement.

— Vous n'avez rien d'autre ?

Il se souvint d'un autre point qui le préoccupait.

— En savez-vous plus sur la famille de M. Shiraishi ? Vous m'aviez dit qu'elle utiliserait le système qui permet aux victimes de participer au procès.

L'avocat le lui avait appris au téléphone quelques jours plus tôt, sans lui donner plus de précisions.

— Sa femme et sa fille préparent le procès. Leur avocat a rencontré le procureur.

— Ce qui signifie qu'elles connaissent les tenants et les aboutissants de l'affaire, n'est-ce pas ?

— Cela dépend de ce que le ministère public accepte de leur montrer, mais étant donné que je ne pense pas qu'il y ait quoi que ce soit à cacher dans le dossier, elles les connaissent probablement.

— Dans ce cas, pourrais-je aller leur présenter mes excuses ? Je vous en avais déjà parlé, et vous m'aviez dit qu'elles risquaient de m'assaillir de questions.

— Hum… C'est que… commença Horibé en fronçant les sourcils. Ça ne me paraît pas une bonne idée. Si elles ont décidé de participer au procès en tant que famille de la victime, c'est qu'elles veulent dire quelque chose à votre père et lui poser des questions. Elles n'attendent donc rien de vous. Elles pourraient très bien vous répondre qu'elles n'ont aucune raison d'accepter vos excuses.

— Mais moi, cela ne me satisfait pas.

— C'est votre affaire !

Le ton sec de l'avocat laissa Kazuma sans voix. Il devait pourtant admettre qu'il avait raison.

— Certains accusés se prosternent parfois devant la famille de leur victime pendant le procès. Mais la plupart des familles trouvent une telle attitude déplacée. Elles n'y voient qu'une tentative de rechercher des circonstances atténuantes. La défense peut y faire objection, et le juge ordonner à l'accusé de cesser. Il en va de même pour les témoins de moralité. Je pense que vous serez convoqué devant la cour, mais vous ne parlerez qu'au juge et aux jurés, et vous ne devez pas oublier que vous ne vous adressez pas à la famille.

Les mots de Horibé sombrèrent dans l'esprit de Kazuma.

— Très bien, dit-il.

— Il se fait tard et… dit l'avocat en se levant.

— Excusez-moi… Maître, n'y a-t-il rien que je puisse faire ?

Horibé réfléchit quelques instants, les lèvres serrées. Puis il s'approcha de Kazuma et lui donna une tape sur l'épaule.

— Pour l'instant, la seule chose que vous puissiez faire, c'est de supporter ce qui vous arrive.

Kazuma était médusé.

— Au revoir, conclut l'avocat en lui tournant le dos.

25

Elles s'étaient donné rendez-vous dans le bar d'un hôtel du quartier d'Akasaka. Mirei y arriva la première, avec dix minutes d'avance.

Elle dit au serveur qu'elle attendait quelqu'un et demanda une table au calme. Celle à laquelle il la conduisit était à l'écart et donnait sur le jardin intérieur. Elles pourraient y parler sans craindre d'être entendues.

Elle s'assit, sortit son smartphone et vit qu'elle avait un message d'une amie, une ancienne collègue hôtesse de l'air qui avait cessé de travailler après son mariage. Elle était venue aux obsèques et lui écrivait souvent.

Mirei lut le message : "Ne perds pas de temps à penser au commentaire de ce crétin d'intello à la mode. Il veut se faire remarquer en disant autre chose que tout le monde. Et il a réussi, puisque les réseaux se sont enflammés."

Ces mots firent naître en elle des sentiments complexes. Elle était reconnaissante à son amie qui voulait lui apporter son soutien, mais elle n'arrivait pas non plus à s'ôter de l'esprit l'idée que celle-ci se méprenait un peu. Se sentant cependant obligée de lui répondre, elle écrivit : "Merci ! Ne t'en fais pas, je ne suis pas abattue !"

Elle regarda ensuite son fil d'actualités et fut soulagée de voir qu'il n'y avait aucune nouvelle dérangeante.

Tôt ce matin, elle avait lu quelque chose qui l'avait choquée, une phrase d'un commentaire consécutif à la tempête causée sur les réseaux par l'article du *Shūkan Seihō*. Son auteur, un essayiste politique souvent invité sur les plateaux de télévision, avait publié sur ses réseaux un post qui avait à son tour suscité une avalanche de réactions négatives. Il avait écrit :

> Même si la prescription a été supprimée pour les crimes de sang, chacun, sauf les auteurs de crimes qui en ont bénéficié, devrait s'abstenir de déclarations à leur sujet, étant donné qu'il est définitivement impossible d'être jugé pour un crime prescrit. L'avocat qui a perdu la vie aurait fait pression sur l'accusé en lui disant qu'il avait le devoir de tout révéler, alors que c'était à l'accusé de décider de sa propre conduite. Nous avons tous dans notre passé des choses que nous voulons taire, et nous nous opposerions bien naturellement à la personne qui voudrait les révéler. Ce qui ne signifie en aucun cas que l'on peut accepter qu'on tue pour cette raison, mais à mon avis, ce pauvre avocat était aussi un peu en faute. Moi, j'aurais demandé à l'accusé comment il a vécu le jour où son crime a été prescrit, et quelles ont été ses pensées à ce moment-là. De telles occasions sont rares. Ou plutôt complètement exclues dans une vie normale.

Mirei avait lu l'article en question. Le nom de son auteur lui disait quelque chose. Ce devait être ce journaliste impudent qui avait sonné à leur porte, dont sa mère lui avait parlé. L'article ne l'avait pas entièrement convaincue, non qu'elle le trouve fautif, mais elle avait eu l'impression qu'il se trompait de cible. En tout cas, ça ne correspondait pas à ce qu'elle aurait aimé lire.

Il se terminait par cette phrase : "Si vous, le lecteur, étiez juré, comment verriez-vous les choses ? Considéreriez-vous que Kuraki n'a tué qu'une fois ?" Mirei n'était pas sûre que cette question soit importante par rapport au meurtre de son père.

Une seule chose l'avait mise mal à l'aise, les propos du fils Kuraki. Il "voulait croire que son père avait expié le crime qu'il avait commis autrefois". Il ne mentait sans doute pas, et c'était naturel qu'il veuille le penser, mais elle avait aussi eu le sentiment que s'exprimer ainsi avant le procès était imprudent de sa part.

Telle avait été son impression immédiatement après l'avoir lu. Comme toujours, les hebdomadaires à sensation font leur miel du malheur des gens, s'était-elle dit.

La tempête qui faisait rage sur les réseaux sociaux ce matin l'avait surprise.

Elle comprenait aussi qu'il n'y avait en réalité rien de surprenant à ce que le commentaire de cet essayiste politique les ait enflammés. Les réactions étaient négatives, il était accusé d'avoir pris parti pour quelqu'un qui avait échappé au châtiment auquel il aurait dû être condamné, ou de ne pas se mettre à la place des victimes. Mais cet essayiste était coutumier des déclarations provocantes qui lui valaient beaucoup d'attention. Cette fois encore, il avait dû prévoir que les esprits s'échaufferaient.

Mirei ne pouvait ignorer ce qu'il avait écrit pour une tout autre raison.

Ce qui ne lui plaisait pas était que l'essayiste présentait comme un fait acquis les pressions exercées par son père sur Kuraki Tatsurō pour qu'il révèle toute la vérité. C'était ce dont elle doutait le plus. Voilà pourquoi les commentaires négatifs ne la satisfaisaient pas, et la raison pour laquelle le message d'encouragement de son amie ne rencontrait en elle aucun écho.

Elle était dans un état de grande nervosité, au point que ses jambes tremblaient, lorsqu'elle remarqua une ombre sur elle. Elle entendit aussitôt une voix la saluer, tourna la tête et vit Sakuma Azusa qui était en train d'enlever son sac à dos.

Mirei voulut se lever pour la saluer, mais Azusa la retint de la main et s'assit en face d'elle.

Elles commandèrent deux cafés au serveur.

— J'ai appelé le procureur, il nous attend à l'heure convenue, dit l'avocate.

— Ah bon… je vous remercie pour tout ce que vous faites.

— Vous paraissez tendue, remarqua-t-elle en scrutant son visage.

— Oui, je le reconnais volontiers. Je ne suis encore jamais allée au Bureau des procureurs publics.

— Vous pouvez être détendue, puisque vous n'y allez pas au titre de la défense, fit l'avocate en la scrutant de derrière ses lunettes cerclées de noir. Mais je vous comprends. Soyez naturelle et tout ira bien.

— Oui.

On leur servit les cafés. Mirei versa un peu de lait dans le sien.

— Je voulais vous demander si vous aviez lu l'article du *Shūkan Seihō*.

— Oui, répondit l'avocate sans changer d'expression, en tendant la main vers sa tasse. Pour moi, il ne pose pas de problème particulier, et n'apporte pas non plus quoi que ce soit d'utile.

— Mais les gens qui le liront vont se faire une idée fausse de mon père. Le commentaire de cet essayiste politique sur les réseaux sociaux et la tempête que cela a créé me mettent aussi mal à l'aise.

Sakuma Azusa prit une expression songeuse et hocha la tête.

— J'en prends note. Je vais demander au magazine s'il compte publier un autre article sur le même sujet. Si c'est le cas, je leur dirai que nous souhaitons le lire avant publication.

Elle prit un carnet et un stylo dans son sac.

Le procureur chargé du procès s'appelait Imahashi. Âgé d'une quarantaine d'années il avait un visage carré et un grand nez. Son costume mettait en valeur ses larges épaules.

Comme Sakuma Azusa lui avait recommandé de dire ce qu'elle pensait, Mirei lui fit part des doutes qu'elle avait ressentis en lisant les procès-verbaux des interrogatoires du suspect, parce qu'elle trouvait que les propos attribués à son père ne lui correspondaient pas.

Imahashi hocha la tête à plusieurs reprises en l'écoutant. Une fois qu'elle se fut tue, il lui dit qu'il comprenait parfaitement son point de vue.

— Je n'ai aucun mal à saisir que cela vous pose problème, et vous préoccupe, puisqu'il s'agit de points relatifs à la personnalité de votre père. Mais, continua-t-il, comme vous l'a sans doute expliqué Me Sakuma, l'accusé est le seul à pouvoir nous dire quels échanges il a eus avec lui. Ses déclarations paraissent cohérentes et ne sont pas contradictoires avec ce qui s'est passé. Il se peut néanmoins que votre père n'ait pas choisi exactement ces mots-là, mais il ne me semble pas que cela pose de difficultés particulières par rapport au procès.

— Pour moi, il ne s'agit pas des mots choisis par l'accusé, mais du fait que mon père n'aurait jamais eu cette attitude. Cela n'a pas de sens de dire que mon père a fait pression sur un homme dont le crime était prescrit, ou qu'il a menacé de le révéler.

— Hum… soupira Imahashi. Mais c'est bien pour cela que l'accusé a poignardé votre père. S'il n'avait rien dit de tel, il ne serait pas mort. Je me trompe ?

— C'est ce que je n'arrive pas à croire. Que l'accusé mente est exclu ?

— Que Kuraki mente… lâcha le procureur en se grattant le front. Dans quel but ?

— Je n'en sais rien…

— Hum… fit à nouveau Imahashi en levant l'index. Il se peut que votre père n'ait pas dit cela, comme vous le soulignez. Peut-être n'a-t-il pas fait pression sur l'accusé. Mais ne croyez-vous pas possible que l'accusé l'ait cru ? Autrement dit, ce que votre père a vraiment déclaré n'a aucune importance. Ce qui compte, c'est le ressenti de Kuraki.

— Vous voulez dire que mon père aurait été assassiné parce qu'il a été mal compris ? demanda Mirei d'une voix rauque.

— Oui peut-être, répondit-il sans presque changer d'expression. Mais personne ne peut le savoir. Pas même l'accusé, parce qu'il pense pour sa part dire la vérité.

— Oui, mais il ment peut-être !

— Certainement. Mais cela ne pose pas de problème en soi.

Mirei n'en parut pas convaincue.

— Vraiment ?

Imahashi croisa les mains sur son bureau.

— Permettez-moi de m'exprimer d'une manière un peu radicale. Comme vous le suggérez, il est tout à fait possible que l'accusé mente. Il n'a pas été arrêté tout de suite, et a dû avoir le temps d'imaginer une histoire qui tienne debout. Il affirme avoir demandé conseil à votre père pour savoir s'il pouvait faire des dames Asaba ses héritières, parce qu'elles ont souffert du fait que leur mari et père a été accusé d'un crime commis par l'accusé. Peut-être n'est-ce qu'un mensonge qu'il a inventé afin de bénéficier de circonstances atténuantes.

Peut-être a-t-il simplement raconté à votre père, sous le coup de l'ivresse, qu'il avait commis un crime aujourd'hui prescrit. Votre père n'a peut-être pas fait de commentaire, et encore moins pression sur lui. Mais l'accusé a peut-être eu ensuite peur que votre père en parle à quelqu'un. Il a alors décidé de le tuer. Peut-être est-ce ça, la vérité.

Mirei cligna des yeux et se redressa.

— Si les choses se sont passées ainsi, ce n'est pas du tout la même chose !

— Et pourtant si. Cela ne change rien au fait qu'il regrettait d'avoir révélé à votre père ce crime prescrit, et qu'il l'a tué pour l'empêcher d'en parler. Dans les deux cas, sa motivation était de se préserver. Voilà son véritable mobile, et la manière par laquelle il est arrivé à ce qu'il a fait ne pose pas problème. Les jurés n'en tiendront pas compte. Donc nous n'avons qu'à le laisser raconter ce qu'il veut à ce sujet. J'espère que vous comprenez ce que je veux dire, conclut le procureur.

— Je n'arrive pas à accepter que mon père soit décrit pendant le procès comme un homme peu compréhensif, qui brandissait les mots "justice, justice" !

— Je comprends votre émotion. Mais il n'y a rien à gagner à approfondir cet aspect. Les faits ne sont pas disputés, ni la méthode. C'est leur gravité qui aura la plus grande influence sur la peine. À savoir que la victime a été tuée, et que son corps a été abandonné. Dans cette affaire, le mobile n'est pas si important, et induire des doutes à ce sujet ne pourra que troubler les jurés. Je voudrais éviter de tomber dans des discussions stériles à propos de l'autre crime prescrit.

— Me Sakuma m'a pourtant dit que connaître l'attitude qu'a eue mon père juste avant le meurtre était important… Et que les débats porteront aussi sur la raison pour laquelle l'accusé est allé jusqu'au bout…

Mirei regarda Sakuma Azusa.

— N'est-ce pas ?

L'avocate hocha légèrement la tête.

— Parce que c'est le point sur lequel la défense pourrait insister, répondit Imahashi. Étant donné que l'accusé s'était muni d'une arme, la préméditation est évidente. Il se peut que la défense cherche à présenter à son avantage sa dispute avec Me Shiraishi, mais je ne crois pas que cela changera grand-chose. Comme je l'ai déjà dit, nous les laisserons en parler à leur guise.

— Vraiment…

— C'est à mon avis la meilleure façon de procéder. Je ne crois pas qu'il bénéficiera de circonstances atténuantes.

— Qu'en est-il de Mme Asaba et de sa fille ? J'ai entendu dire qu'elles n'avaient pas de haine pour l'accusé.

— Je ne compte pas les citer comme témoins. La défense le fera peut-être, mais je ne crois pas que leur présence prouvera que l'accusé regrettait le crime qu'il a commis autrefois. Ça se comprend, non ? Ces deux femmes ne sont pas les victimes directes de ce meurtre ! La victime était un certain…

Il s'interrompit pour ouvrir le dossier à la bonne page.

— Le gérant d'une agence de services financiers, un certain Haitani, en 1984. Si l'accusé avait de vrais remords, n'aurait-il pas dû les exprimer à la famille de cet homme ? Mais la défense n'a rien fourni à ce sujet pour l'instant. Je compte insister là-dessus.

Mirei eut l'impression qu'il voulait la persuader qu'il avait de nombreuses armes à sa disposition. Mais elle ne trouva aucun argument à lui opposer.

— Si je vous ai convaincue, peut-être pourrions-nous préparer maintenant le procès. Je n'ai pas beaucoup de temps… lança-t-il en regardant sa montre.

— Très bien, répondit-elle même si elle ne l'était pas, car elle savait que cette étape était chronophage.

— Ma première question est simple. Quelles questions souhaitez-vous poser à l'accusé en qualité de victime ?

Mirei regarda Sakuma Azusa qui l'encouragea d'un signe de tête.

Elle prit une grande inspiration en pensant aux discussions qu'elle avait eues avec sa mère.

— Ce que j'aimerais lui demander ? Quel genre de personne pensez-vous être ? Quelqu'un qui veut demander pardon du fond du cœur à la famille que vous avez fait souffrir, quelqu'un capable de remords ? Ou bien une personne capable de tuer un homme parce qu'il risquait de révéler un crime que vous avez commis autrefois ? Si vous pensez être les deux à la fois, quel visage voulez-vous montrer à la famille à qui vous avez de nouveau infligé de la souffrance, que voulez-vous faire pour elle ?

Après avoir récité ce qu'elle avait appris par cœur, elle regarda le procureur.

Le visage fermé, il émit un grognement. Elle se demandait s'il désapprouvait ce qu'elle venait de dire lorsqu'il hocha vigoureusement la tête.

— C'est parfait ! dit-il en applaudissant des deux mains.

26

Il prit une rue étroite à sens unique entre deux immeubles, et déboucha sur une autre, plus large. Il n'y avait pas de feux de circulation, mais un stop. Un petit camion arriva, s'arrêta, et repartit en tournant à gauche.

Kazuma, qui marchait sur le côté droit de la rue, tourna dans cette direction. Le trottoir était plus large : une femme qui poussait une poussette et un joggeur en coupe-vent le dépassèrent sans changer d'allure.

Il s'arrêta pour contempler le pont de Kiyosu sur la Sumida, maintenant tout proche. Sa belle structure métallique aux élégantes courbes était peinte en bleu. Le soleil couchant colorait de rouge les fenêtres des immeubles de l'autre rive.

Il repartit après avoir pris une profonde inspiration. Il avait décidé de venir ici, ce n'était pas le moment de faire demi-tour.

Il continua, les yeux tournés vers le sol, et ne releva la tête qu'après avoir traversé le pont, pour regarder à droite.

L'allée aménagée le long de la digue était la promenade Sumidagawa Terrace.

Il descendit l'escalier mentionné par Tatsurō dans ses aveux, sortit son smartphone et fit apparaître une photo que Horibé lui avait envoyée, avec un plan détaillé des lieux.

Lorsqu'il lui avait appris son intention de se rendre sur les lieux, l'avocat le lui avait déconseillé. Selon lui, cela n'avait pas de sens.

— Ce n'est pas vous mais votre père qui doit affronter ce qu'il a fait. Vous, vous devriez plutôt réfléchir à comment retrouver votre vie d'avant son acte.

— Mais j'ai envie de les voir de mes yeux au moins une fois. Je veux pouvoir visualiser l'endroit.

L'avocat avait poussé un soupir audible.

— Si vous insistez… Mais je vous préviens : vous ne devez pas vous y arrêter. Contentez-vous d'y passer et de repartir aussitôt.

— Je ne dois pas m'y arrêter ?

— Quelques secondes, si vous voulez, mais pas plus. Vous n'allez quand même pas me dire que vous comptez y déposer un bouquet de fleurs ?

— Non, ce n'était pas mon idée…

— Tant mieux. Ne le faites surtout pas. Quelqu'un pourrait vous voir. Et s'il devait en parler sur les réseaux, ce serait très ennuyeux. Il y a beaucoup de gens froids et malintentionnés de par le monde, et ils ne manqueraient pas de dire que c'est du théâtre pour obtenir des circonstances atténuantes. C'est exactement pour ça que je pense que vous n'avez aucun intérêt à aller là-bas.

— Très bien. Je serai prudent.

Kazuma repensait à cette conversation en marchant sur la promenade, le téléphone à la main.

Arrivé au lieu dont il avait la photo sur l'écran, il s'arrêta, jeta un regard circulaire et secoua inconsciemment la tête. Difficile d'imaginer qu'un meurtre avait été commis ici. Les travaux en cours qui en interdisaient l'accès ce jour-là étaient terminés, et les barrières avaient disparu. Des gens s'y promenaient.

Sans ces travaux, son père n'aurait pas choisi cet endroit. Qu'aurait-il alors fait ? En aurait-il cherché un autre ? Compte tenu de l'heure où il avait agi, avant 19 heures, en trouver un où il ne risquait pas d'avoir des témoins n'était pas chose facile. Et s'il n'y avait pas réussi, il aurait probablement dû renoncer à commettre le meurtre ce jour-là.

Cette idée fit naître en Kazuma du ressentiment contre les travaux. Les responsables ne s'étaient pas rendu compte qu'en interdisant l'accès à cet endroit, ils le rendaient propice aux mauvais coups ? Il réalisait aussi que ces reproches absurdes n'étaient qu'un dérivatif à son insatisfaction.

Quand même, son père avait trouvé un endroit idéal, se dit-il à nouveau en regardant les alentours.

Selon ses aveux, il l'avait cherché après être arrivé à Tokyo, dans le temps dont il disposait avant son rendez-vous avec Shiraishi, et il avait eu beaucoup de chance, en quelque sorte. L'avait-il vraiment trouvé par hasard ?

Kazuma n'arrivait pas non plus à imaginer que son père l'ait fait plus tôt. Les choses se seraient passées autrement dans ce cas.

Le jour du crime, son père était sorti de la gare de Tokyo et avait pris le métro à la station d'Ōtemachi pour aller à Monzen-Nakachō. S'il avait déjà décidé du lieu du crime, il serait descendu à celle de Suitengūmae, non ? Il fallait marcher 1,5 kilomètre pour arriver ici depuis Monzen-Nakachō, mais seulement 750 mètres depuis Suitengūmae. C'était d'ailleurs par là qu'était venu Kazuma aujourd'hui.

Il ne croyait pas non plus possible que son père ait menti à ce sujet. Pourquoi un homme qui reconnaissait tout et était prêt à être condamné à mort l'aurait-il fait ?

Non, comme il l'avait avoué, il devait être descendu à Monzen-Nakachō et avoir ensuite cherché un endroit approprié. Un hasard malheureux lui avait fait découvrir cet angle mort dans la capitale.

Mais quand même…

Les yeux fixés sur la Sumida qui coulait sereinement, Kazuma continuait à douter. Était-ce vraiment arrivé ici ? Malgré tous ses efforts, il n'arrivait absolument pas à s'imaginer l'homme qu'était son père en train de poignarder la victime.

Un bateau *yakatabune* traversa son champ de vision. Kazuma n'avait jamais dîné à bord d'un de ces bateaux-restaurants, mais il se demanda soudain ce que les passagers voyaient de cet endroit. Juste avant 19 heures, il faisait déjà nuit, et peut-être ne pouvaient-ils même pas discerner une ombre. Mais l'idée que, au passage d'un *yakatabune*, il sera peut-être vu pourrait retenir la main d'un meurtrier, non ? Que son père ait tué signifiait qu'il n'y en avait pas sur le fleuve à ce moment-là. Cela lui parut un autre hasard malheureux.

Au moment où il s'apprêtait à repartir vers l'escalier, il remarqua une ombre qui s'approchait, celle d'une jeune femme qui portait un manteau gris. En voyant qu'elle tenait à la main un bouquet de lys blancs, il déglutit. Il croyait savoir qui elle était.

Elle tourna les yeux brièvement vers lui et les détourna aussitôt. Il eut l'impression qu'elle ne voulait pas savoir qui il était et lui intimait de la laisser tranquille.

Il se remit à marcher, sans réussir à ne pas penser à elle. Une fois en haut de l'escalier, il se retourna, incapable de résister plus longtemps.

Elle avait déposé le bouquet sur la terre et se tenait debout, les mains jointes. Comme si elle priait.

Kazuma ne bougea pas. Tout en pensant qu'il devait partir, il resta sur place.

Elle ne se recueillit probablement qu'une dizaine de secondes qui lui parurent très longues. Mais il n'arrivait pas à la quitter des yeux. Il avait encore le regard fixé sur elle quand elle releva la tête.

Une vingtaine de mètres les séparaient. Elle dut percevoir sa présence, car elle tourna soudain le visage vers lui. Leurs regards se croisèrent, puis se séparèrent. Ils détournèrent les yeux presque au même moment. Cela n'avait duré qu'un instant, mais Kazuma était décontenancé. Il se hâta de quitter les lieux, sans oser se retourner.

Il continua à marcher une fois qu'il fut retourné au bord de la route. Il s'en voulait d'avoir oublié l'avertissement de Horibé, et de s'être attardé. En réalité, il ne l'avait pas oublié, mais l'inconnue l'avait fasciné.

Qui était-elle ? Seul un nombre très réduit de personnes était susceptible de venir déposer un bouquet ici. Les médias n'avaient pas mentionné le lieu du crime.

Kazuma se dit que d'après son âge, ce devait être la fille de Shiraishi Kensuké. Horibé l'avait informé du fait que la famille de la victime allait se servir du système permettant la participation des victimes. La notification était signée de sa fille.

Qu'avait-elle inclus dans sa prière ici ? Ce ne pouvait être le repos de l'âme de son père. N'aurait-elle pas plutôt juré à son père qu'elle le vengerait pendant le procès ? L'accusé ayant reconnu les faits, ceux-ci ne seraient pas remis en question. Que signifierait une victoire pour elle ? Était-elle déterminée à se battre jusqu'à ce que l'accusé soit condamné à la peine capitale ?

Il se sentit soudain oppressé. L'idée que cette femme espérait la mort par pendaison de son père lui était insupportable.

Avait-elle deviné qu'il était le fils de l'accusé ? Si la réponse était oui, que pouvait-elle penser de lui ? Ressentait-elle pour lui la même haine que celle qu'elle avait pour son père ?

Kazuma s'arrêta et regarda les alentours. L'autoroute passait au-dessus de la route sur laquelle il se trouvait. Où était-il ? À force de se laisser aller à ses pensées, il était arrivé à un endroit qui lui était inconnu. Il sortit son téléphone pour se repérer.

En regardant l'écran, il se rendit compte qu'il s'était éloigné de la Sumida et se dirigeait vers Fukagawa. S'il continuait à marcher sous l'autoroute, il arriverait à Monzen-Nakachō. Il se souvint de sa visite au restaurant Asunaro, quelques jours auparavant.

Il n'avait pas osé se présenter à Mme Asaba et à sa fille, parce qu'il ignorait ce qu'elles pensaient de l'affaire. Mais d'après ce que Horibé lui avait dit l'autre jour, elles n'avaient pas de mauvais sentiments pour son père. Elles se seraient mêmes enquises de son état de santé.

Il se demanda s'il n'allait pas leur rendre visite. Il avait envie de leur poser des questions sur les visites de son père.

Cette idée qui lui était passée par la tête lui parut tout à coup brillante. Il se sentait plus léger, tout en comprenant qu'elle l'attirait aussi parce qu'il avait envie d'oublier la femme qu'il avait vue se recueillir sur les lieux du drame.

Arriver jusqu'à Monzen-Nakachō lui prit plus d'une dizaine de minutes, et il se dit à nouveau que si son père savait où il allait commettre son crime, il serait assurément descendu à la station de Suitengūmae.

Il marchait à présent sur le trottoir de l'avenue Eitai-dōri et n'était plus loin de l'immeuble ancien où il était venu avec Amemiya. Aujourd'hui, son ami n'était pas là, et il se sentait seul. Il s'arrêta en face du restaurant de râmen du rez-de-chaussée, qui était fermé pour travaux, et hésita à monter l'escalier.

Au moment où il se décida à le faire, un jeune homme le descendit. Non, c'était plutôt un jeune garçon, âgé d'une quinzaine d'années. Il avait une coupe de cheveux à la mode, mais son visage était encore enfantin. Bien bâti, il portait un blouson sur un sweat-shirt.

Une jeune femme le suivit. Il fut surpris de reconnaître Asaba Orié.

Elle dit quelque chose au garçon qui hocha la tête plusieurs fois sans la regarder, comme s'il la trouvait ennuyeuse, et s'éloigna ensuite d'un pas vif. Orié le suivit des yeux.

Quelques instants plus tard, elle fit demi-tour et allait remonter les marches quand elle aperçut Kazuma, s'immobilisa et baissa la tête, embarrassée.

Après avoir respiré profondément plusieurs fois, il s'approcha d'elle :

— Vous êtes Asaba Orié, n'est-ce pas ?

— Oui, répondit-elle tout bas en relevant la tête.

— Je m'appelle Kuraki Kazuma. Je suis le fils de Kuraki Tatsurō.

— Oui…

— Je m'excuse de vous déranger à un moment où vous avez fort à faire, mais j'aimerais vous poser quelques questions. Auriez-vous un peu de temps à m'accorder ?

Les lèvres d'Orié bougèrent, mais aucun son ne sortit de sa bouche. Il comprit qu'elle hésitait.

— Eh bien… finit-elle par dire. Nous sommes en pleins préparatifs, mais si ça ne vous gêne pas…

— Votre mère est là ?

— Oui.

— Je vous remercie d'accepter, dit-il en s'inclinant devant elle.

Ils montèrent l'escalier et elle lui demanda d'attendre une minute avant d'entrer seule, sans doute pour expliquer la situation à sa mère.

Puis la porte coulissante s'ouvrit, et Orié l'invita à entrer.

— Je vous remercie, dit-il encore une fois en pénétrant à l'intérieur.

Le restaurant paraissait prêt à recevoir les clients. Asaba Yōko était derrière le comptoir. Il s'approcha d'elle et la pria de l'excuser de les déranger en plein travail.

— L'autre jour, vous êtes venu avec un ami, n'est-ce pas ? Je ne vous avais pas remarqué, mais après votre départ, Orié m'a dit qu'elle pensait que vous étiez le fils de M. Kuraki.

Kazuma regarda Orié.

— J'ai eu l'impression que vous vous en étiez rendu compte.

— Moi, j'ai compris qui vous étiez sitôt que vous êtes entré. Vous ressemblez à votre père. Ensuite, je vous ai regardé à la dérobée, et j'en ai eu la certitude.

— Je vous dois des excuses. Je n'ai pas eu le courage de me présenter. Je me disais que si vous saviez ce que mon père avait fait, vous deviez lui en vouloir.

Les deux femmes échangèrent un regard. Puis la mère prit la parole.

— J'ai appris de la bouche du procureur qui m'avait convoquée que votre père était le véritable auteur du crime de 1984. Et qu'il a commis un autre crime pour pouvoir continuer à le cacher. Bien sûr que j'ai été stupéfaite, et choquée. Pour être franche avec vous, je n'ai pas compris pourquoi il n'avait pas avoué autrefois. S'il l'avait fait, nous n'aurions pas eu à souffrir tout ce que nous avons souffert. Nous n'aurions pas perdu mon mari, nous n'aurions pas eu à supporter les regards hostiles des autres, à sentir qu'ils nous montraient du doigt.

— Je suis profondément désolé. Je vous demande pardon à la place de mon père, dit Kazuma en s'inclinant profondément devant elle.

— Relevez-vous ! Nous savons toutes les deux qu'un fils n'est pas responsable de ce qu'a fait son père.

Comme elle semblait prête à sortir de derrière le comptoir, il obéit.

— Asseyez-vous donc ! suggéra Orié.

Kazuma le fit en la remerciant, et Yōko s'assit à une chaise du bar.

— Je dois dire que j'aimerais aussi exprimer mon ressentiment à votre père. Mais cette révélation m'a fait mieux comprendre certaines choses.

Il cligna des yeux et la regarda.

— Lesquelles ?

— Votre père s'est vraiment très bien conduit avec nous. Chaque fois qu'il venait, il s'informait discrètement de comment allaient nos affaires. Si je lui disais que c'était un peu compliqué, il commandait aussitôt plusieurs plats chers. Et il nous a souvent répété que si nous avions des problèmes, nous ne devions pas hésiter à lui en parler. Si bien que je me suis toujours demandé pourquoi il en faisait autant pour nous. La cuisine de Mikawa ou de Nagoya, il n'avait pas besoin de venir ici pour en manger ! Et quand le procureur m'a tout raconté, j'ai enfin compris.

— Mais vous ne pouvez pas ne pas lui en vouloir, n'est-ce pas ?

— C'est bien là le problème. Je n'arrive pas à lui en vouloir et je ne me l'explique pas. Tout ça ne me paraît pas vrai, pas réel. Et pourtant le procureur a insisté ! Selon lui, je ne pouvais que haïr votre père parce que c'est à cause de lui que mon mari a été soupçonné et qu'il s'est suicidé. Mais les sentiments qu'on a pour quelqu'un ne changent pas si facilement. Et puis je suis sûre que vous allez trouver ça bizarre, mais j'ai aussi le sentiment que M. Kuraki a assuré notre salut.

— Votre salut ?

Kazuma était tellement surpris d'entendre ce mot qu'il le répéta pour s'assurer qu'il avait bien compris.

— Depuis plus de trente ans, je n'ai cessé d'en vouloir à la police. Je considère que c'est elle qui a tué mon mari. Parce que c'est la vérité. Ils l'ont arrêté alors qu'il n'était pas coupable, et torturé pour qu'il avoue. La police le nie, mais c'est clair qu'elle ment. Mon mari était un peu coléreux, mais c'était un homme droit, et obstiné. Il n'était certainement pas du genre à tuer quelqu'un. S'il a mis fin à ses jours, c'est pour protester, parce qu'il ne supportait plus la torture. Mais la police ne nous a jamais présenté la moindre excuse. Au contraire, elle a toujours affirmé qu'il s'était suicidé parce qu'il comprenait qu'il était coincé, et qu'il ne leur échapperait pas. Tout le monde le pensait. Bien que la police n'ait jamais trouvé la preuve de la culpabilité de mon mari, tout le monde nous a considérées comme des parias parce que nous étions la famille d'un assassin. Nous n'avons eu d'autre choix que de fuir, toujours plus loin, de raser les murs pour que personne ne nous remarque. Mais des gens méchants, prêts à fouiller dans le passé des autres, à faire circuler des rumeurs malveillantes, il y en a partout, et quand nous avons cru avoir enfin trouvé le bonheur…

— Maman ! s'écria Orié d'un ton pointu, en secouant la tête comme pour lui intimer de ne pas en dire plus.

Yōko poussa un soupir.

— Ce que je veux dire, c'est que nous n'avons jamais pu marcher la tête haute. Parmi les gens qui connaissaient notre passé, personne n'a jamais pris parti pour nous. L'ironie, c'est que seul M. Kuraki savait la vérité, puisque le vrai coupable, c'était lui. Non seulement il la connaissait mais il a aussi compris nos souffrances, et il nous a soutenues dans l'ombre. Et il a fait ce qu'il a fait parce qu'il ne voulait pas perdre ce lien qu'il avait avec nous, n'est-ce pas ? Moi, je n'ai aucun doute que son repentir est sincère.

— Vous ne pensez pas que si c'était le cas, il aurait dû vous révéler la vérité plus vite ?

Yōko grimaça un sourire et fit non de la main.

— Bien sûr que je le pense. Mais ça, c'est la théorie. À mon âge, on sait que l'homme est faible.

Kazuma ne put que baisser la tête en entendant cette opinion tranchée.

— Mais il me semble aussi que M. Kuraki aurait pu le cacher.

Il tourna la tête vers elle.

— Cacher quoi donc ?

— L'affaire de Higashi-Okazaki. Il aurait pu trouver un autre mobile pour expliquer l'autre meurtre, j'en suis sûre. Dire qu'il s'était querellé avec l'avocat, par exemple. Sa peine serait sans doute plus légère. Mais il n'en a rien fait, et il a tout avoué. Grâce à ça, l'innocence de mon mari a été établie. Nous venons de recevoir encore un appel d'un journal qui souhaite écrire un article sur les souffrances que nous avons dû endurer pendant des années. Il y a même des gens qui osent venir frapper à la porte de notre domicile. Nous n'avons jamais accepté de parler à personne, parce que ça nous ennuie. Nous avons recouvré notre honneur, c'est une certitude. Quand je dis que votre père nous a procuré notre salut, c'est de ça que je parle.

— Je le comprends maintenant.

— Mais, reprit Yōko, les mains croisées sous le menton, notre manière de voir les choses serait-elle bizarre ? Le procureur m'a dit qu'il ne me comprenait pas du tout.

— Moi, je ne peux pas me prononcer, fit Kazuma d'un ton hésitant.

— Bien sûr, soupira Yōko. Je n'aurais pas dû vous poser cette question.

Elle lui sourit.

C'est exactement ce que m'a dit Horibé, pensa Kazuma. Ces deux femmes sont peut-être prêtes à devenir les alliées de mon père.

— Euh… commença Orié, vous vouliez nous poser quelques questions, non ? C'était de ça que vous vouliez nous parler ?

— Tout à fait, répondit-il. Je souhaitais en savoir plus sur l'attitude de mon père avec vous. Je le sais à présent. Il voulait se racheter.

— Que serait-il venu faire d'autre ici ? s'interrogea Yōko. Même si le procureur m'a posé de drôles de questions.

— Lesquelles ?

— Il voulait savoir si votre père n'avait pas fait de cadeaux coûteux à ma fille, ou s'il ne l'avait pas invitée au restaurant ou ailleurs. La police m'a posé les mêmes questions. Ils ont l'air de penser qu'il venait pour ma fille, répondit Yōko en regardant Orié. Je leur ai répondu tout de go qu'ils se trompaient.

Le procureur soupçonnait son père de venir dans ce restaurant car il s'était épris d'Orié. Une pensée qui lui paraissait malintentionnée. Mais envisager de telles choses faisait partie du travail de ces autorités, se dit Kazuma.

— Je vous remercie de tout ce que vous m'avez dit. Même si je pense que mon père venait ici non pour se racheter à vos yeux, mais pour se faire plaisir, je me sens mieux…

Il se leva et s'inclina à nouveau devant elles.

— Toutes mes excuses pour vous avoir dérangées à un moment où vous avez beaucoup à faire avant l'ouverture du restaurant.

— Vous êtes allé le voir ? demanda Orié.
— Non. Il ne veut pas. Il ne s'en sent pas le droit.
— Ah bon… souffla-t-elle en fronçant les sourcils, l'air triste.
— Il faut prendre soin de soi ! ajouta Yōko.
— Je vous remercie. Je demanderai à l'avocat de le lui transmettre.
Yōko agita lentement la tête de droite à gauche.
— Je ne parlais pas de lui, mais de vous. Votre vie n'est pas facile, n'est-ce pas ?
— Euh… Oui, mais…
— Je sais ce qu'a à supporter la famille d'un accusé. D'expérience.
Ne sachant que répondre, il baissa la tête.
— Kazuma, si je peux me permettre… lança-t-elle. Quand tout est insupportable, la fuite s'impose. En fermant les yeux et les oreilles. Ménagez-vous.
— Merci. Je ne l'oublierai pas. Je vous remercie de votre accueil, dit-il en se dirigeant vers la porte.
Avant de s'engager dans l'escalier, il se retourna vers Orié.
— Tout à l'heure, je vous ai vue dire au revoir à un jeune garçon…
Après un instant d'hésitation, elle lui répondit que c'était son fils.
— Ah bon, vous êtes mariée…
Il ne s'y attendait pas, car il la croyait célibataire.
— Je l'ai été. Mon fils est resté avec son père, mais il vient me voir de temps en temps.
— Ah bon, je l'ignorais, répondit-il en pensant qu'il aurait mieux fait de se taire. Eh bien, au revoir !
Il descendit l'escalier. Une fois arrivé dans la rue, il se rendit compte qu'il avait peut-être abordé un point sensible. Il se souvint que Yōko s'était interrompue, après avoir dit : “Des gens méchants, prêts à fouiller dans le passé des autres, à faire circuler des rumeurs malveillantes, il y en a partout, et quand nous avons cru avoir enfin trouvé le bonheur…”
Ne serait-ce pas une allusion à ce qu'avait subi Orié ? Le bonheur dont elle parlait, ne serait-ce pas ce mariage, cette famille qu'avait créée Orié ? Son divorce n'aurait-il pas été

causé par des médisances, selon lesquelles elle était la fille d'un meurtrier qui s'était pendu en détention provisoire ? Cela expliquerait que le fils soit resté ensuite avec son père.

Kazuma se retourna et regarda l'immeuble. Les caractères de l'enseigne du restaurant lui parurent un peu délavés.

27

Elle savait que le café se trouvait près de la station de métro de Monzen-Nakachō, sur l'avenue Eitai-dōri. D'après son téléphone, il était à moins de deux kilomètres du pont de Kiyosu. Mirei avait d'abord hésité, mais en voyant un taxi passer, elle le héla et demanda au chauffeur de bien vouloir l'excuser pour une course si brève. Heureusement, il répondit d'un ton aimable.

Presque immédiatement après qu'il eut démarré, elle regretta son geste. Les rues larges qu'empruntait la voiture ne pouvaient correspondre à l'itinéraire de Kuraki Tatsurō qui en avait sans doute pris de plus petites, moins fréquentées. La prochaine fois, je ferai le trajet à pied, se dit-elle.

La voiture ne mit pas dix minutes pour arriver au métro. Son père aurait sans doute réglé la course qui coûtait moins de 700 yens avec un billet de 1 000 yens en disant au chauffeur de garder la monnaie. Mirei n'était pas comme lui. Elle paya avec sa carte de transport.

Elle commença à marcher en regardant les alentours. C'était la première fois qu'elle venait dans ce quartier qui gardait quelque chose de l'ambiance d'Edo, le Tokyo de jadis, mais d'après ce qu'elle avait lu en ligne, cette partie de la ville avait été complètement détruite par les bombardements de la Seconde Guerre mondiale.

Grâce au GPS de son smartphone, elle arriva bientôt à sa destination, un café en self-service.

Avant d'y entrer, elle jeta un coup d'œil sur l'autre côté de l'avenue et aperçut un immeuble vieillot où apparaissait une enseigne où elle lut le nom "Asunaro". C'est bien ici, se dit-elle.

Elle acheta un *caffè latte* au comptoir du rez-de-chaussée et monta à l'étage. La moitié des sièges était occupée, mais heureusement il y en avait encore un libre le long de la baie vitrée qui donnait sur l'avenue.

D'après les documents du ministère public, son père était venu ici deux fois. La seconde, il y avait même passé deux heures, pour une raison inconnue, mais les enquêteurs supposaient que c'était parce qu'il y avait de l'autre côté de l'avenue le restaurant Asunaro, tenu par la femme et la fille de l'homme qui avait mis fin à ses jours en détention, alors qu'il était accusé à tort du meurtre commis par Kuraki Tatsurō en 1984. Son père, à qui Kuraki avait parlé de ces deux femmes, aurait voulu voir de ses propres yeux comment elles se portaient aujourd'hui.

Si son père l'avait appris, peut-être se serait-il intéressé à ces deux femmes. Mais elle ne s'expliquait pas qu'il soit venu ici à deux reprises. Serait-ce parce que sa première visite ne lui avait rien appris ? N'aurait-il pas été plus simple d'aller au restaurant ? Il n'avait pas besoin de leur dire qui il était, et en tant que client, il aurait pu voir les deux femmes de près. D'ici, il n'avait pas pu découvrir grand-chose d'elles.

Telles étaient ses réflexions lorsqu'elle vit un homme s'arrêter devant le restaurant. Il portait une parka bleue. Elle avala sa salive. C'était lui qu'elle avait vu tout à l'heure, quand elle était allée déposer des fleurs pour la troisième fois à l'endroit où son père avait trouvé la mort. Elle veillait à être discrète, à ne pas s'attarder, et elle avait toujours peur qu'on la remarque.

Aujourd'hui, il y avait eu une différence. Quelqu'un l'avait précédée sur les lieux.

À son arrivée sur la promenade Sumidagawa Terrace, elle avait vu un homme debout un peu plus loin. Son immobilité avait attiré son attention. Elle avait eu l'impression qu'il avait une raison particulière d'être là.

Il s'était remis à marcher quand elle s'était approchée. Comme s'il prenait la fuite, ce qui l'avait encore plus intriguée.

Ce n'était pas tout. Une fois qu'elle avait déposé son bouquet et prié pour le repos de l'âme de son père, elle avait tourné la tête. L'inconnu continuait à l'observer. Leurs regards s'étaient même croisés une seconde.

Il s'était éloigné en toute hâte, mais elle avait eu la conviction qu'il avait un lien avec le crime. Ou du moins qu'il savait que c'était ici que Shiraishi Kensuké avait été assassiné. La police ne l'avait pas mentionné, les médias n'en avaient pas parlé, et le ministère public avait demandé à sa mère et elle de ne pas divulguer cette information.

Cet homme se trouvait à présent devant Asunaro. Qu'était-il venu faire ici ?

Un jeune garçon et une femme sortirent du restaurant. Ils échangèrent quelques mots et le garçon s'éloigna.

L'instant suivant se produisit un développement inattendu. L'inconnu en parka bleue adressa la parole à la femme. Ils montèrent tous les deux l'escalier et disparurent à l'intérieur de l'immeuble.

Mirei réfléchit. Cette femme devait être la fille de la propriétaire du restaurant. Mais qui était-il ?

Le fils de Kuraki Tatsurō ? Elle n'avait pas cherché d'informations sur lui, mais une amie qui se mêlait volontiers de ce qui ne la regardait pas lui en avait envoyé. Il travaillerait dans une agence de publicité très connue, et d'après cette amie, des photos extraites de son album du lycée circulaient en ligne. Mirei ne les avait pas vues.

Mais il y en avait une de Kuraki Tatsurō dans le dossier que lui avait remis Sakuma Azusa. Cet homme au visage plaisant, à l'expression paisible, ne s'accordait pas du tout à l'image qu'elle avait d'un meurtrier.

Bien qu'elle ne l'ait aperçu qu'une seconde, elle avait trouvé au visage de l'inconnu à la parka bleue une ressemblance avec Kuraki Tatsurō.

Si c'était lui, pourquoi était-il venu ici ?

Elle se souvint de ce que lui avait dit l'avocate. Mme Asaba et sa fille n'étaient pas mal disposées vis-à-vis de Kuraki, et elles comparaîtraient peut-être comme témoins de la défense au procès.

Était-il venu le leur demander ? Mais une telle requête appartenait à l'avocat, et non à la famille de l'accusé.

La famille de l'accusé – elle serra les dents en formulant ces mots pour elle-même.

La famille d'un accusé n'était bien sûr coupable de rien. Des parents pouvaient sans doute ressentir de la culpabilité vis-à-vis de ce qu'avaient fait leurs enfants. Mais que l'enfant de quelqu'un qui avait commis un crime ait à en souffrir était objectivement absurde.

Elle n'avait cependant aucun mal à imaginer que le fils de Kuraki Tatsurō ait été attaqué pour ceux de son père. Il y a sur internet un nombre infini de gens désireux de s'en prendre à autrui. Même la victime qu'était son père avait été l'objet de critiques sur les réseaux sociaux. La plus typique affirmait qu'il avait cherché ce qu'il lui était arrivé. Pour ces gens-là, Kuraki Tatsurō avait avoué à son père le crime qu'il avait commis autrefois en croyant que l'avocat protégerait son secret, mais son père avait trahi sa confiance en faisant pression sur lui pour qu'il le confesse publiquement. Il aurait dû prévoir que Kuraki, se sentant aux abois, l'attaquerait. Certains messages allaient même jusqu'à médire de Mirei et sa mère. Elle n'en avait pas lu beaucoup, mais se souvenait de celui-ci : "Ça s'appelle vouloir imposer la justice, mais la famille de cet avocat ne voit sans doute pas du tout les choses comme ça. Je parie que les deux femmes se conduiront comme les héroïnes du drame pendant le procès." Stupéfaite, elle s'était demandé ce qui pouvait conduire quelqu'un à écrire cela et évitait maintenant d'aller en ligne pour ne pas se faire mal.

Puisque même la famille de la victime subissait un tel traitement, celle de l'agresseur devait être submergée par un flot d'invectives féroces. Elle l'imaginait, sans en tirer aucune satisfaction. Un meurtre fait souffrir la famille du meurtrier comme celle de la victime, se disait-elle.

Elle finit son *caffè latte*, qui avait refroidi, et se leva. Cette visite ne lui avait rien apporté. Elle ne reviendrait probablement pas.

La porte automatique s'ouvrit, et elle sortit. D'ici, le plus pratique pour rentrer chez elle était de prendre le métro. Depuis Monzen-Nakachō, elle n'avait qu'un changement pour arriver à la station la plus proche de son domicile, Omote-Sandō, et le trajet ne prendrait qu'une vingtaine de minutes. Si son père était venu en métro et non en voiture, peut-être ne serait-il pas mort, pensa-t-elle avant de chasser cette pensée qui lui paraissait vaine.

Au moment où elle se mit à marcher, elle tourna un instant les yeux vers l'autre côté de l'avenue, et sursauta. L'inconnu à la parka bleue venait d'y apparaître. La tête baissée, il semblait lui aussi se diriger vers le métro.

Elle continua à jeter des coups d'œil vers l'autre côté. Il ne l'avait apparemment pas remarquée et avançait d'un pas qui n'avait rien de léger, les yeux tournés vers le sol.

Mirei se demanda que faire. À ce rythme, ils finiraient peut-être par se croiser dans la station. Comment devait-elle réagir si cela se produisait ?

Elle y parvint sans l'avoir décidé et descendit l'escalier. Lui aussi devait être en train de le faire de son côté. Ils allaient tomber l'un sur l'autre.

Elle prit le long couloir souterrain au bout duquel se trouvaient les portillons, auxquels menait un second couloir venu de l'autre côté de l'avenue. C'est de là qu'il arriverait.

Elle sortit sa carte de transport de son sac, s'approcha lentement d'un portillon et jeta un coup d'œil derrière elle avant de l'y poser.

Il était là. Et il tournait la tête vers elle. Leurs regards se croisèrent, comme cela devait arriver. Lui aussi devait l'avoir vue, car il s'immobilisa.

Mirei détourna les yeux et franchit le portillon. Elle suivit le panneau qui indiquait la direction de Nakano et descendit un autre escalier. Une rame était dans la station. En se dépêchant, elle aurait pu y monter. Elle n'en fit rien. Elle avait envie qu'il la suive, sans qu'elle comprenne pourquoi.

Les portes des wagons se fermèrent au moment où elle arriva sur le quai. Elle continua quelques mètres et s'arrêta, les yeux tournés vers les voies. Au même instant, elle aperçut la parka bleue dans son champ de vision et comprit qu'il s'approchait. Il s'arrêta à deux mètres d'elle.

— Excusez-moi, mais… Vous ne seriez pas de la famille de M. Shiraishi ? l'entendit-elle demander d'une voix embarrassée.

Elle tourna légèrement la tête en s'efforçant de respirer calmement.

— Si, répondit-elle sans le regarder.

— C'est bien ce que je pensais… Je suis le fils de Kuraki Tatsurō, souffla-t-il.

Elle leva les yeux vers lui.

— Vraiment, dit-elle tout bas avant de les baisser.

— Permettez-moi de… Je ne sais comment vous demander pardon… Euh…

— Arrêtez ! Ce n'est ni le lieu ni le moment, répondit-elle.

Elle croyait avoir parlé bas et fut surprise par la vigueur de son ton.

— Je vous prie de m'excuser…

Il se tut. Mais il ne s'éloigna pas. Un silence pénible s'installa. Mirei ne bougea pas non plus.

— Vous êtes allé dans ce restaurant, reprit-elle, le regard fixé sur les voies. Asunaro.

— Comment le savez-vous ?

— J'étais dans le café juste en face. Et je vous ai aperçu…

— Vraiment…

— Vous vouliez préparer le procès ?

— Non, pas du tout. Je voulais qu'elles me parlent de mon père. Parce que je n'arrive toujours pas à y croire… Je n'arrive pas à penser, quoi que j'apprenne, qu'il ait agi ainsi. Et comme je ne réussis pas non plus à m'ôter de la tête l'idée qu'il ment peut-être, j'essaie de faire mon enquête, en quelque sorte… dit-il sur un ton suppliant.

Il s'interrompit.

— Je suis désolé, reprit-il. J'aurais mieux fait de me taire. Pardon. Oubliez-le.

Mirei garda le silence, car elle ne voyait pas comment lui répondre. Mais elle n'avait pas été choquée. Elle le croyait sincère. N'importe quelle personne dont le père aurait soudain commis un meurtre aurait naturellement des doutes. Penser qu'il devait y avoir erreur était naturel.

L'arrivée de la prochaine rame fut annoncée. Lorsqu'elle s'arrêta, ils attendirent tous les deux la fin du flot de passagers qui en descendaient, et Mirei monta la première. Il la suivit et ils se retrouvèrent l'un à côté de l'autre. Le wagon était bondé, s'éloigner aurait été étrange, se dit-elle.

— Vous habitez où ? demanda-t-elle.

— Kōenji. Mais je vais descendre à Kayabachō, car je viens de me souvenir que je dois passer quelque part.

— Ah bon.

Elle avait l'intention de changer à Nihonbashi, la station après Kayabachō, et se demandait si elle le lui dirait, au cas où il lui poserait la question. Il n'en fit rien.

La rame était sur le point d'arriver à Kayabachō.

— Eh bien, au revoir, glissa-t-il.

— Euh… commença-t-elle.

Leurs regards se croisèrent à nouveau, mais elle ne détourna pas les yeux.

— Moi aussi, je pense que votre père ment, continua-t-elle. Mon père n'était pas comme il le décrit.

Abasourdi, le fils Kuraki écarquilla les yeux. Il cherchait visiblement quelque chose à lui répondre. Mais les portes du wagon s'ouvrirent avant qu'il ne trouve et il descendit sans avoir rien dit.

Elles se refermèrent, la rame repartit. Debout sur le quai, il lui adressait un regard de chien perdu.

J'ai peut-être la même expression, pensa Mirei. Le meurtrier a avoué, l'affaire semble résolue. Le procès fondé sur cette vérité va bientôt s'ouvrir. Mais elle ne convainc pas tout le monde. Jusqu'à présent, elle croyait qu'il n'y avait que sa mère et elle pour le penser. Elle faisait erreur. Le fils du meurtrier n'en était pas plus convaincu.

Elle pensa à lui. Le reverrait-elle ? Peut-être l'apercevrait-elle au procès. Mais ils ne devraient normalement plus avoir de contact. La seule possibilité, c'était que cela arrive comme aujourd'hui, au moment où elle irait déposer des fleurs. S'il allait souvent là-bas, peut-être se reverraient-ils.

Elle fronça les sourcils, car elle se rendait compte qu'elle se demandait quand elle y retournerait. En ressentait un étrange frémissement dans la poitrine…

28

Kazuma éprouva une inquiétude passagère quand il prit un taxi à la gare de Mikawa-Anjō et annonça qu'il voulait aller à Sasamé. Il avait peur que le chauffeur associe ce nom à l'affaire.

— Sasamé, c'est vague. Vous pouvez être plus précis ? demanda l'homme assez âgé, qui avait l'accent de Mikawa.

— Le carrefour de Sanchōme.

— D'accord, répondit le chauffeur sans changer d'expression.

La maison familiale était un peu éloignée du carrefour, mais Kazuma préférait qu'il ne devine pas sa véritable destination.

Peut-être se faisait-il trop de souci. Mais il n'arrivait pas à évaluer à quel point on savait ici que l'homme arrêté récemment pour meurtre, qui serait aussi l'auteur du meurtre de 1984 à Okazaki, dont avait été accusé un autre homme qui s'était pendu en garde à vue, était un habitant de Sasamé.

Par chance, le chauffeur était taciturne. Kazuma envisagea un instant de lui demander s'il s'était produit quelque chose d'inhabituel par ici ces derniers temps, mais il s'en abstint, de peur de réveiller le proverbial chat qui dort.

Il regarda le paysage qu'il n'avait pas vu depuis deux ans, quand il était venu pour un service commémoratif. À cette occasion, des gens de sa famille l'avaient critiqué pour avoir délaissé la région au profit de Tokyo. Qui s'occuperait de son père plus tard ? Tatsurō leur avait répondu qu'il s'en sortirait seul et leur avait demandé de laisser Kazuma tranquille, ce qui lui avait valu d'autres remontrances. Ne comprenait-il pas qu'ils s'inquiétaient pour lui ?

Aucun d'entre eux n'avait pris contact avec lui récemment. Horibé lui avait dit que son père leur avait écrit. Kazuma ignorait le contenu de ces lettres, mais il imaginait que son père leur présentait ses excuses pour l'embarras terrible qu'il leur causait, en ajoutant qu'il comprendrait s'ils souhaitaient ne plus le considérer comme faisant partie de la famille. À peu près ce que son père lui disait dans la lettre qu'il lui avait adressée.

Dans la région, les liens familiaux étaient généralement forts. Les Kuraki ne faisaient pas exception à la règle, et ils se rencontraient souvent. Avant de s'installer à Tokyo, Kazuma avait toujours participé à ces réunions.

Même si son père leur avait écrit, il aurait été normal que lui, son fils, fasse le tour de la parenté pour leur présenter ses excuses. Pour l'instant, il n'en avait pas l'énergie.

Il n'était pas venu dans ce but, mais pour se renseigner sur son père, et plus précisément sur son passé.

Kazuma n'était pas convaincu par ses aveux. Il ne croyait pas qu'il avait tué l'avocat de Tokyo, et ne croyait pas non plus qu'il avait commis un autre meurtre en 1984, une révélation qui lui avait fait l'effet d'une douche froide.

Pour autant qu'il s'en souvienne, son père était un homme sincère, gentil, tourné vers les autres, un chef de famille sur qui on pouvait compter. Cet extérieur sympathique cachait-il un meurtrier ?

Kazuma n'arrivait pas à se défaire de l'idée que c'était absurde, qu'il y avait erreur.

Mais le lien entre son père et le meurtre du gérant de l'agence de crédit de Higashi-Okazaki paraissait réel. L'article de l'hebdomadaire indiquait qu'il avait été entendu par la police à l'époque, car ce serait lui qui aurait trouvé le corps. Le journaliste l'avait appris de la bouche d'un ancien collègue de son père, ce ne devait pas être un mensonge.

S'il était le meurtrier, pourquoi n'avait-il pas été arrêté à l'époque ? Dans les romans policiers et les séries télévisées, la personne qui découvre un meurtre est toujours la première soupçonnée, non ? Son père aurait déclaré que les enquêteurs n'avaient pas trouvé de preuves décisives pour faire de lui un suspect, mais Kazuma ne croyait pas que la police japonaise aurait cessé de le soupçonner sans raison valable. Sinon, nombreux seraient les crimes non résolus au Japon.

Quelque chose ne collait pas. Plus il y pensait, plus il avait l'impression que son père ne disait pas la vérité.

Tout à coup, il se souvint de ces mots : "Moi aussi, je pense que votre père ment. Mon père n'était pas comme il le décrit." C'était ce que lui avait dit la fille de Shiraishi Kensuké au moment où il descendait du métro.

Qu'entendait-elle par là ? Dans le contexte, cela paraissait signifier qu'elle n'était pas satisfaite de l'image de la personnalité de son père, telle qu'elle se dégageait des propos de Tatsurō.

Pourtant rien de ce qui était écrit dans les procès-verbaux au sujet de Shiraishi Kensuké n'était négatif. Bien au contraire, pour ce qu'il en avait lu, l'avocat était décrit comme un homme aimable, bon, animé par un fort sens de la justice. Était-ce alors qu'elle ne croyait pas aux mots et aux actes qui lui étaient attribués ?

N'aurait-elle pas voulu dire que son père n'aurait pas fait pression sur un homme qui lui aurait avoué être l'auteur d'un crime prescrit pour qu'il le révèle publiquement, s'il souhaitait se racheter ?

Kazuma prit conscience d'une chose évidente, à savoir qu'être la fille d'un homme assassiné devait être très douloureux. Que le père qu'elle aimait ait été assassiné devait lui sembler absurde, et elle désirait probablement qu'il ait au moins été tué pour une raison crédible. Son désir que soit éclairci le moindre point qui lui paraissait douteux dans les aveux du meurtrier était naturel. C'était le but du procès. Mais si l'on prenait pour argent comptant les aveux de son père, ce ne serait pas le cas. Peut-être était-ce ce qu'elle ne pouvait supporter.

Il se souvint de son visage en éprouvant une sensation étrange. Il avait l'impression que lui, le fils de l'accusé, et elle, la fille de la victime, recherchaient la même chose, en dépit de leurs positions opposées. Même s'il avait la certitude qu'elle se fâcherait tout rouge si elle savait qu'il le pensait.

Le taxi arriva à destination. Kazuma mit un masque avant d'en descendre. Il aurait pu croiser quelqu'un qu'il connaissait.

Plusieurs de ses camarades de classe habitaient toujours par ici. Heureusement que nous sommes en hiver, se dit-il. Porter un masque en plein été aurait attiré l'attention. Il se sentit reconnaissant à l'épidémie de grippe qui faisait rage.

Il se mit à marcher vers la maison de son père en observant attentivement les alentours. Loin d'éveiller sa nostalgie, ce retour dans le quartier où il avait grandi lui faisait l'effet de s'infiltrer derrière les lignes ennemies.

Ici, tout était conçu pour des déplacements en voiture, et les piétons étaient bien moins nombreux qu'à Tokyo. Mais il devait être sur ses gardes, car il y en avait quand même quelques-uns. Chaque fois qu'il en croisait un, il dissimulait le haut de son visage en faisant semblant de chasser une mèche rebelle.

Il avait informé Horibé de son voyage, en lui expliquant qu'il se faisait du souci pour la maison désertée par son père. L'avocat s'était montré aussi réticent que lorsqu'il lui avait demandé de lui donner les coordonnées de l'endroit du meurtre.

— Je ne peux pas vous interdire de le faire, puisque c'est votre maison, et je comprends que vous vous en préoccupiez. Mais je préfère que vous sachiez que vous n'allez probablement pas passer un moment agréable. Parce que…

Il lui avait appris qu'elle avait fait l'objet d'une perquisition. La police avait saisi divers documents ainsi que des carnets, dans le but de corroborer les déclarations de son père.

— Étant donné que le ministère public n'a apparemment rien trouvé dont il puisse se servir au procès, ce n'est pas un problème en soi. Mais les voisins se sont certainement rendu compte de cette perquisition, et vous risquez d'être abordé par des gens mécontents de la mauvaise image du quartier que cela crée, ou que sais-je encore.

— Merci de m'en avertir.

— Le mieux serait que personne ne remarque votre présence. Je vous prie de ne pas vous attarder et de revenir à Tokyo le plus rapidement possible…

Kazuma l'avait remercié encore une fois. Il était un peu mal à l'aise. Chaque fois qu'il demandait conseil à l'avocat, celui-ci lui recommandait de s'en tenir au strict nécessaire et surtout d'être discret.

Il était presque arrivé chez lui et sa tension était au maximum lorsqu'il entendit soudain des voix qui parlaient. Il passa devant chez lui sans s'arrêter.

Puis il revint sur ses pas et fit une nouvelle tentative. Après s'être assuré que personne ne le voyait, il courut presque jusqu'à l'entrée et fit tourner la clé dans la serrure qui lui parut très bruyante. La porte s'ouvrit, il se glissa à l'intérieur et la referma. Ce n'est qu'après avoir verrouillé qu'il exhala lentement. Jamais entrer dans la maison familiale ne l'avait rendu aussi nerveux.

Le sang battait dans ses tempes quand il se déchaussa dans l'entrée.

Cette maison où il avait vécu de l'école élémentaire à la fin du lycée lui paraissait plus petite que dans ses souvenirs. L'étroitesse du corridor l'étonna.

Il alla dans le séjour et regarda autour de lui. L'odeur d'encens qui flottait dans l'air lui serra le cœur. La maison où il avait passé une enfance heureuse lui paraissait à présent une ruine sinistre.

Il s'approcha d'une haute commode. Au-dessus de la vitrine centrale se trouvait une étagère avec une porte, au-dessous d'un grand tiroir. La théière et les tasses disposées derrière la vitrine étaient les mêmes que celles qu'il avait toujours vues là. Il se rappela que son père avait dit que ces derniers temps, il ne buvait que du thé en bouteille et ne le préparait plus lui-même.

Derrière la porte du niveau supérieur se trouvaient des boîtes à thé, des sachets de thé noir, et des pots de confiture. Il en prit un en main : sa date de péremption était dépassée d'une dizaine d'années. Ce devait aussi être le cas du reste.

Le tiroir du bas contenait des classeurs et des cahiers. Celui qu'il ouvrit était un livre de comptes. Il reconnut l'écriture de sa mère. Difficile de comprendre à quoi bon les garder. Peut-être avaient-ils été pour elle une sorte de journal intime.

Quant aux classeurs, ils étaient remplis de recettes de cuisine découpées dans des journaux et des magazines.

Autrement dit, ce tiroir renfermait le passé de sa mère, et non celui de son père. Les policiers qui avaient perquisitionné n'avaient pas dû s'en préoccuper.

Mais en remettant le cahier à sa place, il aperçut un volume épais tout au bout du tiroir et comprit qu'il s'était trompé. Il y avait autre chose que le passé de sa mère ici.

C'était un album de photos, avec une belle couverture, qu'il se rappelait avoir regardé enfant. Sa famille avait ensuite perdu l'habitude de prendre des photos.

Celle du mariage de ses parents figurait à la première page. Son père et sa mère étaient en kimono de cérémonie, lui debout, elle assise.

Sa mère s'appelait Chisato. Kazuma savait que ses parents s'étaient rencontrés sur leur lieu de travail.

La photo aux couleurs passées les montrait jeunes tous les deux. La date, deux ans avant sa naissance, était inscrite en dessous.

On les voyait sur la page suivante. Il lut sous les photos qu'elles avaient été prises au sanctuaire Izumo Taisha.

Il se souvenait que c'était là qu'ils avaient fait leur voyage de noces.

Un bébé nu allongé sur une couverture apparaissait sur la page d'après. C'était bien sûr lui. Sa naissance avait été pour eux le plus grand événement après leur voyage de noces.

Les autres pages montraient la famille à la mer, à la montagne, dans des parcs…

Il y avait aussi des photos de Noël. Sur l'une d'elles, assis entre ses parents, il portait un costume de père Noël. La date du 24 décembre 1984 était écrite.

1984… l'année du meurtre du gérant de l'agence de services financiers de Higashi-Okazaki.

Il regarda à nouveau le cliché. Son père portait un chapeau orné de bois de renne et souriait gaiement. Il n'avait rien d'un meurtrier.

Il continua à tourner les pages et s'arrêta sur celle qui montrait un groupe étrange, formé des trois Kuraki et d'une dizaine d'hommes. Datée du 22 mai 1988, sa légende était : "Emménagement dans notre nouvelle maison !"

Cela lui rappela le déménagement, un de ses plus anciens souvenirs. Il se souvenait des hommes qui transportaient des caisses et des cartons déchargés d'un petit camion. À l'époque, il avait cru que c'étaient des déménageurs professionnels, mais en réalité, il s'agissait de collègues de son père. La coutume était de s'entraider entre employés de la même société, et son père avait d'ailleurs consacré plusieurs dimanches à participer à d'autres déménagements. Elle contribuait sans doute à renforcer la solidarité au travail.

Il vit encore quelques photos prises en famille, mais après celles de son entrée à l'école primaire, ses deux parents n'y apparaissaient plus que rarement. Presque toutes montraient Kazuma à l'occasion de sorties scolaires, de rencontres de sport ou de classes vertes. On le voyait parfois avec sa mère, lors d'une sortie au bord de la mer ou d'une visite dans un sanctuaire au moment du Nouvel An, mais presque jamais avec son père, probablement parce que c'était lui qui les prenait.

Kazuma referma l'album qui l'avait rendu nostalgique mais lui avait aussi donné un sentiment de vide. Le but de sa visite n'était pas de se replonger dans le passé familial, mais d'enquêter sur celui de son père.

Où pouvait-il chercher pour en savoir plus sur la personne qu'était son père trente et quelques années auparavant ? L'idéal aurait été de trouver un journal intime, mais à sa connaissance, son père n'en avait jamais tenu. Si cela avait été le cas, la police l'aurait d'ailleurs sans doute saisi.

Il ne lui restait qu'à trouver des objets du passé, des choses qui lui permettraient de se faire une idée de la vie de son père, qui n'avaient pas intéressé la police, mais qui pouvaient cependant avoir un sens pour lui, son fils.

Il décida de quitter le séjour et d'aller dans la pièce voisine. C'était à l'origine le salon, autrefois réservé à l'accueil des visiteurs, mais depuis la mort de sa mère, son père y passait le plus clair de son temps et avait même pris l'habitude d'y dormir, sans remonter dans sa chambre à coucher qui se trouvait à l'étage, comme celle de Kazuma, dans laquelle il n'était pas allé depuis longtemps. Elle était sans doute restée dans l'état où il l'avait laissée en partant faire ses études à Tokyo. Son père devait l'aérer de temps à autre.

Il poussa la porte coulissante du salon, alluma le tube fluorescent, et fit le tour de la pièce des yeux. À première vue, rien n'indiquait qu'elle avait été perquisitionnée. Tout paraissait bien rangé. Elle était meublée d'une table basse entourée de coussins plats. Il n'avait pas l'impression qu'il manquait des livres sur les étagères. Il ouvrit la porte de l'armoire et vit des piles de vêtements pliés.

Il remarqua cependant que l'un des tiroirs de la commode était presque vide. En y réfléchissant, il se rappela que c'était ici que son père conservait ses livrets de banque ainsi que d'autres documents, comme du courrier. La police avait dû les saisir : les lettres permettaient de savoir avec qui son père était en contact, et les livrets de banque s'il n'y avait pas eu de mouvements suspects sur ses comptes.

Les deux autres tiroirs lui parurent aussi moins remplis que d'ordinaire, mais il ignorait ce qu'ils avaient contenu.

Une grosse enveloppe attira son regard. Il la prit et s'assit sur un coussin pour l'ouvrir sur la table basse. En sortirent des papiers officiels, dont l'acte de propriété de la maison. Kazuma se souvint que son père en avait parlé dans sa lettre, en disant qu'il pouvait en faire ce qu'il voulait.

Il y trouva aussi le contrat du prêt que son père avait conclu pour en financer l'achat. Il lui avait expliqué qu'il n'avait pas emprunté auprès d'une banque, mais de l'organisme de crédit de son employeur, à un taux très favorable. En ajoutant que tant qu'il ne l'avait pas entièrement remboursé, il ne pouvait pas quitter son travail.

Kazuma sursauta, car il venait de se souvenir d'un élément concernant le meurtre du gérant de l'agence de services financiers de Higashi-Okazaki. Le mobile de son père aurait été d'empêcher cet homme d'informer son employeur de l'accident qu'il avait causé au volant.

Perdre son emploi signifiait aussi ne pas pouvoir acheter une maison – serait-ce ce que son père avait pensé en brandissant le couteau ?

Accablé par cette idée, il reposa le contrat. Au même moment, il entendit la sonnerie de l'interphone. Si grande était sa surprise qu'il se releva instinctivement.

Il quitta la pièce en se demandant qui avait sonné, et décrocha le combiné du couloir.

— Oui ?

— C'est le livreur, répondit une voix masculine.

— Euh… Ah bon.

Il reposa l'interphone, perplexe. Qui avait pu envoyer quelque chose ici ? Quelqu'un qui ignorait que la maison était inhabitée pour l'instant ?

Il alla dans l'entrée, regarda dehors par le judas, et vit un homme en uniforme de livreur. Il déverrouilla et ouvrit la porte.

— Vous êtes M. Kuraki ?

— Oui.

— Puis-je vous demander votre prénom ?

— Kazuma.

L'homme hocha la tête et toucha son oreille gauche. Kazuma aperçut une oreillette.

Il sortit ensuite quelque chose de sa poche.

— Je suis policier. Nous avons été informés d'une présence suspecte dans la maison, et nous sommes venus voir ce qu'il en était.

Kazuma vit un livret de policier. L'homme le remit dans sa poche et se retourna, une main levée.

Deux personnes sortirent de derrière la fourgonnette garée devant la maison, un policier en uniforme et un homme âgé qui portait une veste fourrée avec un capuchon. Kazuma fut surpris de reconnaître Yoshiyama, le voisin.

— Monsieur Kuraki, dit le policier déguisé en livreur. Vous n'êtes pas obligé de me répondre, mais j'aimerais savoir ce que vous êtes venu faire ici.

— Rien de particulier. Je suis venu voir dans quel état était la maison, puisque mon père est absent en ce moment.

— Je comprends.

Il tourna les yeux vers l'entrée, puis dévisagea à nouveau Kazuma et se redressa.

— Étant donné que j'ai constaté qu'il n'y a rien d'anormal, je vous dis au revoir.

— Euh… Très bien.

Le policier s'éloigna à grands pas et monta dans la fourgonnette qui démarra aussitôt. Le policier en uniforme enfourcha sa bicyclette et partit à son tour. Seul resta Yoshiyama, qui avait l'air embarrassé.

— Bonjour, monsieur Yoshiyama !

— Écoute… tu sais… commença le voisin en se passant la main dans ses cheveux plus clairsemés qu'autrefois. J'étais dans le jardin et j'ai entendu du bruit. Comme une porte qui se referme. Ça venait de chez vous, et ça m'a paru bizarre, puisqu'il n'y a en principe personne. J'ai regardé et j'ai vu de la lumière à l'intérieur. Je me suis dit que c'était peut-être un cambrioleur, et j'ai prévenu la police. Si j'avais su que c'était toi…

— Vous étiez caché derrière la voiture avec le policier en uniforme ?

— Exactement. Ils m'ont demandé de les accompagner, car ça pouvait être quelqu'un que je connaissais. Quand je t'ai vu, j'ai dit à l'agent de police qui tu étais.

C'était sans doute ce que le policier déguisé en livreur avait entendu dans son oreillette.

Kazuma eut l'impression de comprendre comment sa famille était vue ici. Pour la police départementale d'Aichi, les Kuraki étaient à part. Dès qu'une présence lui était signalée dans la maison de son père, elle accourait. En envoyant un policier déguisé en livreur, parce que quelqu'un de malintentionné aurait pris la fuite s'il s'était annoncé comme tel. Peut-être y avait-il d'autres policiers dans la fourgonnette.

— Je te présente mes excuses d'en avoir fait toute une affaire, ajouta Yoshiyama.

— Non, c'est moi qui vous en dois. Je suis désolé du trouble que mon père a causé au voisinage.

— J'ai été moins troublé que stupéfait, moi !

Une voiture passa. Kazuma eut l'impression que le conducteur les avait regardés.

— Tu ne veux pas venir chez moi plutôt que de parler dans la rue ? Je t'offre le thé.

— Je ne voudrais pas vous déranger…

— Ne t'en fais pas pour ça. Je suis tout seul.

Kazuma le suivit. Ils s'assirent dans son salon, de part et d'autre d'une table en verre.

— Tu sais, je n'arrive toujours pas à y croire. Que Tatsurō ait tué… dit Yoshiyama en remplissant de thé leurs gobelets.

— Vous vous voyiez souvent ?

— Tout le temps ! Ma femme travaille et je suis seul toute la journée. On allait souvent ensemble aux réunions de l'association de quartier.

— Je n'en suis que plus désolé que vous ayez eu à subir ce qui s'est passé, dit Kazuma en s'inclinant devant le voisin, les deux mains posées sur la table.

— Non, arrête, grogna le voisin. Tu n'as pas à me faire d'excuses, enfin ! Relève-toi ! Et bois plutôt ton thé.

Comprenant qu'il lui tendait le gobelet, Kazuma se redressa.

— Je te l'ai déjà dit mais je n'arrive pas à croire que Tatsurō ait fait une chose pareille. Et que ce soit lui qui ait tué il y a plus de trente ans… J'ai l'impression qu'on parle de quelqu'un d'autre.

— Autrefois, vous travailliez ensemble, n'est-ce pas ? demanda Kazuma, qui venait de s'en souvenir.

— Exactement. On était tous les deux à l'usine d'Anjō, pas dans la même division, parce que lui, il s'occupait de la technologie de production, et moi, j'étais sur la chaîne. Mais on jouait souvent aux cartes pendant la pause de midi.

— Vous n'avez jamais remarqué de changement chez lui à un moment ou à un autre ? J'ai du mal à imaginer qu'il ait pu tuer quelqu'un sans en être affecté.

— Tu sais… dit Yoshiyama, perplexe. C'était il y a tellement longtemps qu'en toute honnêteté, je ne me rappelle pas.

— Je comprends…

— Mais si je ne me souviens de rien, ça veut aussi dire qu'il n'y a rien de spécial qui m'ait marqué. Tatsurō était toujours le même.

— Il ne vous a jamais parlé du meurtre de Higashi-Okazaki ? Du fait qu'il avait été interrogé par la police parce que c'était lui qui avait découvert le corps ?

— Si, je m'en souviens, vaguement. Mais je n'arrive plus à me rappeler si c'était lui qui m'en avait parlé ou quelqu'un d'autre. En tout cas, ça ne m'a pas marqué.

Ce que Yoshiyama venait de dire était raisonnable. Kazuma pouvait-il en conclure que son père n'avait pas changé d'attitude après le meurtre de Higashi-Okazaki ? Mais il se rendait aussi compte que cela ne constituait pas une preuve de son innocence.

— Bois ton thé, il va refroidir.

— Merci, répondit-il.

Il prit le gobelet chaud, une sensation aussi plaisante que l'attitude du voisin. Il s'attendait à être traité froidement.

— Que va devenir la maison ? J'imagine que tu ne vas pas t'y installer.

— Non, c'est exclu. Donc je pense qu'on va la vendre. Enfin, si on y arrive.

— Ah bon… Ça me rend triste. On était de si bons voisins. Tu sais peut-être que c'est moi qui ai dit à ton père que le terrain à côté de chez moi était à vendre.

— Non, je l'ignorais.

— La plupart des parcelles ici ont été commercialisées par un promoteur du groupe de l'usine. C'est pour ça qu'on a pu acheter pas cher, et qu'il y a beaucoup de collègues par ici.

— Ça, je le savais.

Son père lui avait dit qu'il rencontrait toujours d'anciens collègues aux réunions de l'association de quartier.

— La vendre… C'est dommage. Mais je comprends. Je me souviens de votre déménagement. Parce que moi aussi, je vous ai donné un coup de main.

— Vraiment ? Désolé, je l'avais oublié.

Yoshiyama doit figurer sur la photo que j'ai vu tout à l'heure, pensa-t-il.

— Ça n'a rien d'étonnant, tu étais tout petit. D'ailleurs, ton père m'a régalé de nouilles de sarrasin deux dimanches de suite !

— De nouilles de sarrasin ?

— Oui, tu sais bien, les nouilles du déménagement.

— Mais pourquoi deux dimanches de suite ?

— Parce que le dimanche où vous deviez déménager, il pleuvait, et on a annulé. Le dimanche suivant, c'était malheureusement un jour *butsumetsu**. Ton père a quand même transporté

* Il s'agit du jour le pire du *rokuyō*, un système venu de Chine qui organise les jours de l'année, de faste à néfaste. Les calendriers et agendas japonais

quelques cartons dans la maison le premier dimanche, quand il pleuvait, pour dire que votre emménagement avait commencé. Je l'ai aidé, et il a commandé des nouilles de sarrasin pour le déjeuner qu'on a pris ensemble. Le dimanche suivant, vous avez enfin pu emménager, et tes parents ont de nouveau offert des nouilles de sarrasin aux voisins, suivant la coutume. J'en ai eu aussi, donc moi, j'en ai mangé deux dimanches de suite.

— Ah bon… fit Kazuma en repensant à la photo.

Le déménagement aurait dû avoir lieu une semaine plus tôt, se dit-il. Mais alors… Son cœur battit plus vite. Il venait de se rendre compte d'une chose stupéfiante. Ou bien se trompait-il ?

— Qu'est-ce qui t'arrive ? lui demanda Yoshiyama, avec de l'inquiétude dans les yeux.

— Rien, rien. Mais je vais vous laisser. Merci pour le thé.

— D'accord. Écoute, je ne sais pas comment te le dire, mais sois fort ! Prends soin de toi. Ne te laisse pas abattre !

— Je vous remercie. Ne vous en faites pas pour moi.

Kazuma se leva et se dirigea vers l'entrée. Il était reconnaissant à Yoshiyama, mais il lui fallait vérifier de toute urgence quelque chose.

De retour dans la maison familiale, il alla directement dans la pièce à vivre, ouvrit le tiroir, et en sortit l'album de photos, à la page du déménagement.

La date indiquée était le 22 mai 1988. Donc le déménagement était à l'origine prévu pour le 15.

Le meurtre de Higashi-Okazaki avait eu lieu le 15 mai 1984. Son père aurait choisi cette date pour le déménagement ?

les indiquent, et on ne commencera pas quelque chose d'important un jour *butsumetsu*.

29

Quand elle revint du travail, sa mère n'était ni dans le séjour ni dans la cuisine. Mirei monta à l'étage et entendit du bruit dans le bureau de son père, dont la porte était ouverte.

Elle s'en approcha et jeta un coup d'œil à l'intérieur. Assise à même le plancher, sa mère remplissait un carton de livres.

— Bonsoir, maman !

— Bonsoir, répondit Ayako.

Elle se tourna vers elle sans paraître surprise. Elle avait dû l'entendre.

— Je n'en ai pas pour longtemps, le dîner est presque prêt.

— Je ne me faisais pas de souci pour ça. Tu as décidé de mettre de l'ordre dans ses affaires ?

— Oui, un peu. J'aurais pu tout laisser comme c'est, mais j'avais l'impression que c'était mieux de ranger…

— Tu as raison, approuva Mirei qui entra et s'assit sur le lit.

Elle ne se rappelait plus à partir de quel moment ses parents avaient fait chambre à part.

— Laisser tout comme ça, ce n'est pas possible. Il fallait s'y mettre, et attendre plus longtemps n'avait pas de sens.

— C'est vrai, d'autant plus qu'on ne sait combien de temps on va encore habiter ici, ajouta sa mère en levant les yeux vers le plafond.

— Comment ça ? demanda sa fille, prise au dépourvu. On va devoir déménager ?

— Écoute… commença sa mère en se relevant. Tôt ou tard, tu partiras d'ici, non ? La maison est trop grande pour moi toute seule. Et l'entretenir coûte cher.

— Je comprends, souffla Mirei, troublée.

La conversation avait pris une tournure embarrassante pour elle. Elle ne prévoyait pas pour l'instant de se marier mais ne comptait pas non plus rester célibataire toute sa vie.

— Et puis je dois penser à l'avenir, ajouta sa mère d'une voix oppressée.

— À l'avenir ?

— Pour dire les choses clairement, à l'argent. Puisque je ne peux plus compter sur les revenus de ton père.

— Oui, bien sûr, fit Mirei, abattue à son tour.

Elle y pensait beaucoup ces derniers temps. Le cabinet de son père avait fermé, plusieurs de ses collègues avaient repris les affaires en cours.

— J'ai quelques économies, mais je dois faire attention. Au besoin, je vendrai la maison. Ce serait probablement plus raisonnable d'habiter plus petit.

Mirei était surprise. Elle ne s'attendait pas à entendre sa mère tenir des propos aussi pratiques. Elle la prenait un peu de haut, parce qu'elle n'avait jamais travaillé et ignorait les difficultés de la vie d'une salariée. Mais Ayako avait analysé la situation et pensait au futur.

— Je t'appellerai quand le dîner sera prêt, dit-elle avant de sortir.

Mirei fit le tour de la pièce des yeux. La décoration était quasiment inexistante ici. Seules quelques photos de famille ornaient le bureau de son père, toutes anciennes.

Elle se leva, alla s'y asseoir, et ouvrit un tiroir bien rangé qui contenait des stylos, des sceaux et des médicaments. Ainsi que de nombreuses cartes en plastique, cartes de membre, cartes de crédit dont il ne devait pas se servir au quotidien, et cartes de patient.

Elle tomba sur celle de son dentiste, au revers de laquelle étaient notés les rendez-vous. Elle sursauta en voyant : "31/3, 16 h."

Le 31 mars… Une date particulière, celle du match entre les Tokyo Giants et les Chūnichi Dragons au stade Tokyo Dome. D'après les aveux de Kuraki Tatsurō, il y avait assisté et c'est là qu'il aurait fait connaissance avec Kensuké, car ils étaient assis l'un à côté de l'autre.

Son père serait allé chez le dentiste avant le match ? Mirei était perplexe.

Elle en parla à sa mère au dîner.

— Je crois qu'il s'était fait arracher une dent ce jour-là, dit-elle immédiatement. Tu sais bien qu'il s'était fait faire plusieurs implants. C'était pour l'un d'entre eux. Maintenant que tu m'en parles, je me rappelle que c'était à cette époque.

— Le match débutait à 18 heures. Tu crois qu'il y serait allé deux heures après s'être fait arracher une dent ?

— Ça ne me paraît pas plus bizarre que ça. Selon lui, se faire arracher une dent n'avait rien de dramatique. On a juste un peu mal après, mais ça passe avec un analgésique.

— Peut-être, mais ça ne te paraît pas bizarre qu'il ait choisi ce jour-là pour aller voir un match de baseball ?

— Il s'est peut-être dit que comme ça, il ne penserait pas à sa douleur et que ça lui changerait les idées.

— Tu crois ? répondit Mirei en regardant la carte du cabinet dentaire posée sur la table.

Comme elle n'en était pas convaincue, elle décida de passer chez le dentiste le lendemain après le travail. Elle voulait en savoir plus sur les soins qu'avait reçus son père le 31 mars. Poser la question par téléphone aurait pu paraître suspect.

Elle s'était renseignée. Le cabinet, qui se trouvait au premier étage d'un immeuble de Jingūmae, était ouvert jusqu'à 18 h 30. Elle y arriva dix minutes plus tôt et attendit dehors l'heure de la fermeture pour y entrer. La jeune femme assise à l'accueil, qui était en train d'écrire quelque chose, leva les yeux vers elle.

— Je suis désolée, les consultations sont terminées pour la journée. Et en principe, nous ne recevons les patients que sur rendez-vous, dit-elle en parlant sur un ton contrit.

Mirei hocha la tête.

— Je ne suis pas venue pour me faire soigner, mais parce que j'aimerais poser une question à propos de mon père, répondit-elle en sortant de son sac la carte de patient, qu'elle posa sur le comptoir.

— Ah, il s'agit de M. Shiraishi…

Mirei entendit de la tension dans la voix de la réceptionniste.

— Oui, je suis sa fille.

La jeune femme réfléchit quelques instants avant de lui demander d'attendre. Elle se leva ensuite et disparut.

Quelques instants plus tard, un homme en blouse blanche, plus jeune que son père, s'approcha de Mirei.

— Que voudriez-vous savoir au sujet de M. Shiraishi ?

— Avoir des informations sur les soins qu'il a reçus ici. Plus précisément le 31 mars, répondit Mirei en lui tendant la carte sur laquelle apparaissait le rendez-vous.

— Dans quel but ?

Elle leva les yeux vers lui.

— Il faut que je vous le dise ?

— Hum… grommela le dentiste, pensif. Je ne peux rien vous dire sans l'autorisation du patient. Même si vous faites partie de sa famille.

— Mais mon père est décédé. Vous l'ignoriez ?

Le dentiste n'eut pas l'air surpris. Il était probablement au courant des circonstances de sa mort.

— Bien. Suivez-moi, s'il vous plaît, dit-il comme s'il avait pris une décision.

Il l'emmena dans une petite pièce. Un ordinateur avec un grand écran était posé sur le bureau qui s'y trouvait.

Il se présenta avant de lui montrer sur l'écran des radios des dents de son père.

— Vous comprenez que cette dent est un implant ?

— Oui, parce qu'elle est sur quelque chose qui ressemble à une vis.

— Exactement. Après l'extraction, nous implantons dans l'os un implant en titane, sur lequel nous plaçons un appui afin de poser une dent artificielle. Votre père avait un problème de parodontopathie, et je lui ai conseillé de faire des implants.

— Ça ne peut pas se faire en une fois, n'est-ce pas ?

— Non. Il faut prendre le temps et procéder étape par étape. Le traitement de cette dent-là s'est achevé en août.

— Et que lui avez-vous fait le 31 mars ?

— Je la lui ai arrachée. D'ordinaire, je réalise souvent l'implant en même temps, mais dans le cas de celle-ci, j'ai préféré attendre, car la cavité était trop grande.

— Et l'extraction vous a pris combien de temps ?

— Pas très longtemps. Une vingtaine de minutes, il me semble.

Puisque le rendez-vous était fixé pour 16 heures, il avait dû repartir à 16 h 30.

— Comment se sent le patient après une extraction ? C'est très douloureux ?

— Nous sommes tous différents face à la douleur. Mais dans la plupart des cas, sauf si c'est une dent de sagesse, la douleur passe avec un analgésique.

— On peut sortir après une extraction ? Par exemple, aller à un match de baseball…

— Un match de baseball… Je ne vois pas de contre-indication. Même si la joue peut être légèrement enflée, répondit le dentiste dont l'incompréhension était visible.

— Vous voulez dire qu'il n'y a pas de précautions particulières à prendre ?

— Je recommande en général aux patients d'éviter les exercices violents. Et l'alcool.

— L'alcool ?

— Après une extraction, l'important est que la blessure se referme au plus vite. L'alcool stimule la circulation sanguine et favorise les saignements. Je demande donc aux patients de ne pas boire d'alcool le soir de l'extraction.

En l'entendant, elle se souvint d'une chose importante.

— Donc la bière aussi est déconseillée ?

— Oui. Mieux vaut ne pas en boire ce jour-là.

— Vous l'avez dit à mon père ?

— Oui, je pense. Et je donne toujours ce papier aux patients, continua-t-il en en sortant un du tiroir.

Mirei le lut. C'était la liste des précautions à prendre après une extraction : ne pas faire trop de gargarismes, ne pas se moucher fort et ne pas boire d'alcool ce jour-là.

— Je peux le garder ?

— Oui, bien sûr.

— Je vous remercie. Vos réponses me sont précieuses.

Elle se leva et s'inclina profondément devant lui.

30

Le cabinet de Horibé Takahiro se trouvait au premier étage d'un immeuble défraîchi de Nishi-Shinjuku. La femme d'âge mûr qui assurait l'accueil et s'occupait des tâches administratives dut reconnaître Kazuma, car elle lui sourit.

— Je vous prie de patienter, il est en rendez-vous avec un autre client.

— Très bien.

Il alla s'asseoir sur la banquette couverte de cuir de l'espace d'attente. Le téléviseur à écran plat accroché au mur d'en face montrait un talk-show. Écrivains et journalistes discutaient du sujet du jour, l'arrestation pour possession de drogue d'une personnalité féminine célèbre. Ces derniers temps, Kazuma surfait peu sur internet, mais il en avait entendu parler.

Quelques années plus tôt, il avait travaillé sur un projet de divertissement télévisé avec cette actrice. Contrairement à l'image de femme superficielle qu'elle projetait, elle lui avait fait l'impression d'une personne qui savait exactement ce qu'elle voulait et il la suivait de loin depuis.

Elle avait encore un autre visage que j'ignorais. Décidément, je suis mauvais juge en matière de caractère, pensa-t-il, abattu. Comment aurait-il pu en être autrement, puisqu'il ne comprenait même pas son propre père ?

Il entendit une porte s'ouvrir et tourna la tête dans cette direction. L'homme âgé qui sortait du bureau de l'avocat salua la femme de l'accueil et quitta le cabinet.

Le téléphone sonna, elle y répondit, échangea quelques mots avec son interlocuteur et se tourna vers Kazuma.

— Me Horibé vous attend, monsieur Kuraki.

Kazuma alla jusqu'au bout de l'étroit couloir. La porte du petit bureau où Horibé recevait ses clients était entrouverte.

— Entrez, je vous en prie, dit l'avocat.

Debout en train de ranger des documents dans un meuble à tiroirs, il était en bras de chemise.

— Je suis allé voir votre père, reprit-il, une fois assis derrière son bureau. Et je lui ai posé votre question.

— Qu'a-t-il répondu ?

L'avocat détourna les yeux, comme s'il hésitait, puis il regarda à nouveau Kazuma.

— Qu'il n'en avait rien pensé.

— Comment ça ? Un instant, s'il vous plaît ! De quelle manière la lui avez-vous posée ?

— Exactement comme vous me l'aviez communiquée. Je lui ai fait part de vos doutes. Le premier meurtre a eu lieu le 15 mai 1984. "Quatre ans plus tard, pourquoi avez-vous fixé la date du déménagement à la même date ? Ça ne vous gênait pas ?" Ce sont les mots que j'ai utilisés.

— Et il a répondu qu'il n'en avait rien pensé...

— Oui. Il m'a dit qu'il n'avait pas oublié le crime, mais qu'il n'était pas attaché à la date. Comme il avait beaucoup de travail à cette époque, il avait choisi un jour qui ne risquait pas de poser un problème à cet égard.

Kazuma secoua plusieurs fois la tête.

— Ça n'a pas de sens ! C'est tout simplement impossible ! Vous ne trouvez pas ça bizarre ? Enfin, je sais que vous êtes d'accord avec moi là-dessus puisque vous lui avez posé la question. Je ne me trompe pas, n'est-ce pas ?

L'avocat hocha la tête à contrecœur.

— Cela paraît certainement peu naturel, et je me suis dit que ça valait la peine de le vérifier. D'autant plus qu'il était possible que ce choix ait eu une signification particulière pour lui.

— Comment ça ?

— Ça aurait pu être une manière de consacrer ce jour. Ou au moins lui fournir un prétexte.

Kazuma ne cacha pas son incompréhension.

— Que voulez-vous dire ?

— En déménageant le 15 mai, il faisait de cette date un

jour spécial pour votre famille. Et il n'y aurait ensuite rien eu d'étrange à ce qu'il aille la commémorer chaque année dans un sanctuaire shintō ou un temple bouddhiste. Personne n'aurait pu s'imaginer qu'il le faisait en réalité pour le repos de l'âme de l'homme qu'il avait tué. Autrement dit, cela aurait été une sorte de camouflage, et une preuve de son repentir. Quelque chose qui aurait pu servir au procès.

Kazuma fixa le visage carré de l'avocat.

— C'était à cela que vous pensiez ?

— Je ne suis pas sûr de vous comprendre.

— Je veux dire, à la possibilité de vous en servir au procès.

— Évidemment, répondit Horibé en se redressant. Je suis avocat, mon travail consiste à chercher des éléments utiles pendant le procès. Malheureusement, ça n'a pas marché cette fois-ci. Si votre père affirme qu'il n'en a rien pensé, je ne peux pas m'en servir. Au contraire, mentionner la date du déménagement pourrait nous désavantager, devenir une preuve de son manque total de repentir par rapport à son premier crime.

— Ce n'est pas pour ça que je vous en avais parlé.

L'avocat fronça les sourcils, comme s'il ne comprenait pas.

— Mais alors, pourquoi me l'avoir raconté ?

— S'il a vraiment tué un 15 mai, il n'aurait pas choisi cette date pour notre déménagement. Avoir sa propre maison comptait plus que tout pour lui quand il était jeune. La preuve en est qu'il a gardé chaque relevé des remboursements du prêt, et tous les autres documents qui s'y rapportent. Qu'il ait choisi cette date-là pour notre déménagement est tout simplement impossible.

— Mais il affirme qu'il l'avait oubliée.

— Et ça ne vous paraît pas bizarre ? Il dit qu'il ne s'est pas dénoncé car il espérait que la date de prescription arriverait sans qu'il soit arrêté, n'est-ce pas ? Comment aurait-il pu oublier cette date ? Mon père ment. J'en suis sûr.

— Stop ! lui enjoignit l'avocat en levant la main droite.

Il poussa un soupir.

— Je comprends où vous voulez en venir, mais nous n'avons aucun intérêt à remettre en question la réalité des faits. Votre père a avoué. Le reste ne compte pas.

— Mais…

— Ne parlons plus de cette histoire, l'interrompit Horibé. Oubliez-la !

Kazuma se sentit soudain vidé de ses forces. Ce voyage, cette conversation avec Yoshiyama, cet espoir d'avoir enfin trouvé un rayon de lumière dans l'obscurité, tout cela n'aurait aucune signification ?

— Mais si vous avez la certitude que votre père ment, reprit l'avocat, cherchez la raison pour laquelle il le fait. Si vous la trouvez, et qu'elle est convaincante, je changerai d'approche.

— La raison pour laquelle il ment…

Sans qu'il comprenne pourquoi, le visage de la fille de Shiraishi Kensuké lui revint soudain à l'esprit.

31

— Vous êtes certaine de ne pas vous tromper ? C'est bien Mme Ishii qui a parlé la première de ce voyage à Atami ?

Godai se pencha vers la femme assise en face de lui pour lui poser cette question. Elle hocha la tête, avec un peu de réticence.

— Oui, j'en suis certaine. Et je devais la recontacter une fois que nous nous serions toutes mises d'accord. Parce que c'est elle qui devait se charger de réserver un hôtel.

— Vous vous étiez rencontrées pour en convenir ? Ou bien l'avez-vous fait autrement ?

— Autrement. Nous en avons parlé sur les réseaux sociaux.

— Vous avez conservé vos échanges ?

— Oui, répondit-elle en sortant son smartphone.

Elle le manipula et montra l'écran à Godai.

— Les voici.

Ce qu'il lut confirmait ce qu'elle venait de lui dire.

— N'effacez surtout rien. C'est une preuve de la plus grande importance.

— Oui, acquiesça-t-elle, le visage tendu. Excusez-moi, mais… Vous avez arrêté le meurtrier de Ryōko, n'est-ce pas ? Mais vous continuez quand même à enquêter ? demanda-t-elle en rangeant son téléphone.

— Oui, nous devons tout vérifier. Merci de nous avoir aidés. Nous vous en sommes très reconnaissants, dit Godai qui se leva en prenant la note posée sur la table.

Une fois qu'il eut quitté le café, il appela Tsutsui qui se trouvait à la cellule d'enquête et lui apprit le contenu de la conversation qu'il venait d'avoir.

— Un pas en avant ! s'exclama celui-ci. Nous venons de recevoir la visite du procureur. Ce que tu viens de confirmer sauve la face du chef. Merci. Tu peux revenir, maintenant.

— D'accord, dit Godai avant de raccrocher.

Il ne s'était pas senti aussi léger depuis longtemps.

Un corps démembré avait été trouvé quelques semaines plus tôt dans les monts d'Okutama. La victime avait pu être identifiée en une semaine. Il s'agissait d'une habitante de la ville de Chōfu qui aurait eu soixante-deux ans cette année, Ishii Ryōko, une riche veuve qui vivait avec sa fille âgée aujourd'hui de vingt-six ans.

Godai et ses collègues avaient été chargés de l'enquête qui s'annonçait difficile, car on ignorait la date de la disparition de la victime. Sa fille s'en était rendu compte deux mois plus tôt, à son retour de Grande-Bretagne où elle avait passé un an à étudier. Pendant son séjour à l'étranger, elle avait correspondu par mail avec sa mère et n'avait pas remarqué de changements dans ses messages.

La police était venue au domicile de la victime et avait constaté des vols. Les cartes bancaires de Mme Ishii avaient disparu. Elles avaient commencé à être utilisées à la fin du mois d'août, pour des montants peu cohérents avec ses habitudes.

Le visionnage de vidéos de surveillance avait permis d'identifier un ancien petit ami de sa fille, un certain Numata, âgé de vingt-huit ans, musicien de son état.

Ses empreintes digitales sur un livret de banque de la victime paraissaient une preuve de sa culpabilité.

Interrogé par la police, il avait reconnu s'être débarrassé du corps de Mme Ishii et avait été arrêté. Godai et ses collègues avaient cru l'affaire résolue, mais Numata niait avoir tué.

Il avait admis avoir utilisé les cartes bancaires, mais affirmait qu'il l'avait fait avec l'autorisation de Mme Ishii qui savait qu'il n'avait pas de revenus. Elle lui aurait dit de s'en servir à sa convenance.

Concernant le recel de cadavre, ses explications étaient qu'il aurait découvert Mme Ishii pendue lorsqu'il était allé la remercier de son aide, et il avait décidé de cacher le corps pour permettre à sa fille de mener à bien son année d'étude. C'était dans le même but qu'il s'était servi du smartphone de la victime pour continuer à correspondre avec elle par mail.

Les policiers, qui avaient d'abord pensé que le ministère public n'accepterait pas cette version des faits, en étaient moins certains à présent. Le procureur estimait ne pas avoir assez d'éléments pour inculper d'homicide le suspect.

Le problème était que l'état du corps n'avait pas permis d'établir la cause du décès. De plus, l'arme n'ayant pas été identifiée, aucun élément matériel n'établissait la réalité du meurtre.

Le procureur avait suggéré que la seule manière de le faire était de démontrer que Mme Ishii n'avait pas mis fin à ses jours. Si la police pouvait le prouver, l'homicide le serait aussi.

La tâche n'était pas simple. Le jury ne serait pas convaincu si le procureur se contentait d'affirmer qu'elle n'avait aucune raison de vouloir mourir. Il fallait des éléments concrets.

Les enquêteurs avaient entrepris de retracer les faits et gestes de la victime afin d'en trouver.

Ils avaient fait plusieurs découvertes. L'assurance-vie contractée par Mme Ishii un peu plus d'un an auparavant avec sa fille pour bénéficiaire stipulait que si l'assurée se suicidait dans les deux ans suivant la signature du contrat, la prime ne serait pas versée. Même si elle avait décidé de mourir, n'aurait-elle pas attendu la fin de cette période pour ne pas spolier sa fille ?

Elle parlait aussi souvent des travaux de rénovation qu'elle souhaitait effectuer dans sa maison. Une personne pensant à la mort ne l'envisagerait pas.

Enfin, Godai venait d'établir qu'elle avait proposé à ses amies un voyage à Atami. Comment imaginer qu'elle se soit donné la mort immédiatement avant la date de ce séjour ?

Le policer marchait vers le métro en se réjouissant de l'accueil qu'il allait recevoir de ses collègues lorsque son smartphone sonna. Il vit le nom du correspondant et écarquilla les yeux. L'appel venait de Shiraishi Mirei, la fille de la victime de l'affaire sur laquelle il avait travaillé avant celle-ci.

— Bonjour, monsieur Godai. Mon nom est Shiraishi Mirei et…

— Je sais qui vous êtes ! Je vous remercie de l'aide que vous nous avez apportée. Que puis-je faire pour vous ?

— Eh bien, je voudrais vous parler d'une chose, en lien avec le meurtre de mon père.

— Oui, et de quoi s'agit-il ? S'il s'agit d'une question d'ordre administratif, je vous recommande de vous tourner vers le commissariat de secteur…

— Non, il s'agit de l'enquête, répondit-elle d'un ton ferme. Je pense qu'une erreur a été commise.

Godai serra son téléphone plus fort.

— Ce que vous dites est grave.

— C'est bien pour ça que j'aimerais vous en parler de vive voix. Auriez-vous le temps de me voir ? Je peux me déplacer.

Il soupira et regarda sa montre. Ce n'est pas parce qu'une enquête est terminée que les familles des victimes retrouvaient la sérénité. Si Shiraishi Mirei parlait d'erreur, il devait l'écouter.

— Dans ce cas, dites-moi où nous pouvons nous retrouver, et je m'arrangerai, répondit-il.

Une demi-heure plus tard, il était assis en face d'elle dans un café de Roppongi. Sa beauté était inchangée, mais il lui sembla qu'elle avait un peu maigri.

— Je suis désolée de vous avoir dérangé, dit-elle en s'inclinant devant lui.

— Ne vous en faites pas pour ça. De quoi voulez-vous me parler ?

— De ceci, répondit-elle en posant sur la table la carte d'un cabinet de dentaire.

Quand il entendit ce qu'elle avait à lui dire et qu'elle lui montra une date de rendez-vous, il lui donna presque raison.

Kuraki affirmait avoir fait connaissance avec Shiraishi le 31 mars au stade Tokyo Dome, parce que celui-ci, qui occupait le siège voisin du sien, aurait fait tomber dans son verre de bière un billet de 1 000 yens au moment où il payait la sienne.

Shiraishi s'était fait arracher une dent quelques heures plus tôt, et savait qu'il ne devait pas boire d'alcool, expliqua Mirei.

— Mon père n'était pas homme à ne pas suivre ce genre de consignes. Il ne les aurait certainement pas enfreintes, expliqua-t-elle avec feu en lui montrant la notice du dentiste.

Godai ne sut que dire. L'argument lui paraissait convaincant. Chacun savait qu'il fallait s'abstenir de consommer de l'alcool après une extraction dentaire.

— Kuraki mentirait ?

— Vous voyez une autre explication ?

— Vous savez, il est un peu tard…

— Vous voulez dire qu'il est trop tard pour revenir en arrière et que vous comptez faire comme si de rien n'était ? demanda-t-elle en lui lançant un regard peu amène.

Il soupira.

— Vous en avez parlé à quelqu'un ?

— À mon avocate, qui m'assiste pour la participation au procès.

— Et qu'en pense-t-elle ?

— Elle m'a dit qu'elle en parlerait au procureur, mais je ne crois pas qu'elle va le faire.

Godai n'était pas surpris. Étant donné que la véracité des faits ne serait pas contestée, mieux valait ne pas mentionner d'informations superflues pendant le procès.

— Le meurtrier a été arrêté, et il a avoué. Cela ne vous suffit pas ?

— La vérité n'a pas été révélée. Je veux la connaître. Pas vous ? Vous avez enquêté sérieusement, mais la perspective que le procès se conclue sur ce mensonge vous est indifférente ?

— Rien ne garantit que ça en soit un…

— C'en est un ! s'exclama Mirei en pointant du doigt les documents posés sur la table. Pouvez-vous me fournir une explication convaincante au sujet du 31 mars ?

Godai ne put que garder le silence. Il en était incapable.

— Je vous demande pardon, dit-elle d'une voix tout à fait différente, faible. Je suis consciente de vous importuner. Mais je ne savais pas vers qui me tourner…

— Vous ne m'importunez pas. Je considère que mon travail d'enquêteur est d'arriver à vous convaincre, répondit-il. Pouvez-vous me faire confiance ? Je vais faire des recherches.

— Vraiment ?

— Je ne peux pas vous garantir que je pourrai répondre à vos attentes, mais…

— Je vous remercie, dit-elle en s'inclinant devant lui avec une expression reconnaissante.

Il s'inclina à son tour en sentant ses aisselles ruisseler de sueur. Il n'était pas du tout certain d'être capable de résoudre ce problème.

À son arrivée au gril de Monzen-Nakachō à 20 heures, Nakamachi était déjà là. Godai s'assit en face de lui et commanda un demi.

— Je ne pensais pas revenir de sitôt avec vous ici, dit son jeune collègue en desserrant sa cravate.

— Désolé de t'avoir convoqué pour un truc embêtant.

— Pas du tout ! Je dois dire que votre appel m'a surpris.

Immédiatement après avoir quitté Shiraishi Mirei, Godai avait appelé Nakamachi pour lui expliquer la situation.

Le serveur apporta leurs bières. Ils trinquèrent.

— Et alors ?

— On parle bien de ce que M. Shiraishi a fait le 31 mars, n'est-ce pas ? Je l'ai retrouvé dans le dossier, répondit Nakamachi en sortant son carnet. Vous vous souvenez de son assistante, Mme Nagai ? On le lui avait demandé. D'après son emploi du temps, il a quitté le cabinet à 15 h 30, et n'y est pas revenu. Son agenda mentionnait un rendez-vous médical, et il n'en avait pas d'autres ensuite.

— Il a dû se rendre chez son dentiste. Mais son agenda n'indiquait pas qu'il allait voir un match de baseball, c'est bien ça ?

— Il ne l'avait peut-être pas noté. Et Mme Nagai ne se souvenait pas qu'il lui en ait parlé.

— Elle travaillait avec lui depuis longtemps, non ? S'il n'allait pas souvent voir des matchs, il aurait été naturel qu'il le fasse, non ?

— Il n'en a peut-être pas eu l'occasion. Il se peut aussi qu'il n'ait pas voulu le faire.

— Ou qu'il n'y soit pas allé, conclut Godai.

Nakamachi inspira profondément.

— Cette histoire est ennuyeuse. Elle peut faire tout s'effondrer.

— Tu n'en as parlé à personne, n'est-ce pas ?

— Évidemment !

— Très bien. Pour le moment, gardons-la secrète.

— Oui. Mais… que comptez-vous faire ? dit Nakamachi en baissant la voix.

— Je ne sais pas encore. Je vais y réfléchir.

Comme le serveur passait près d'eux, Godai commanda quelques plats.

— Vous êtes très occupé, non ? Vous travaillez sur quoi ?

Nakamachi cherchait à parler d'autre chose.

— Une histoire compliquée. Même si on a arrêté le coupable.

Il lui expliqua brièvement de quoi il s'agissait.

— L'assassinat d'une riche veuve de Chōfu ? J'en ai entendu parler. À ce qu'il paraît, le suspect a inventé une histoire à dormir debout…

— C'est vrai qu'on a du mal à croire qu'il invente un mensonge aussi absurde. Mais tout bien réfléchi, c'est peut-être normal.

— Que voulez-vous dire ?

— Tous les criminels cherchent à éviter le châtiment. Ils sont prêts à raconter n'importe quoi s'ils croient que ça va les aider. Mais que penser de Kuraki ? Si tant est qu'il mente, quel est son but ? Ce mensonge ne lui vaudra pas une peine plus légère.

— Hum… lâcha Nakamachi, perplexe.

Godai finit son demi et regarda autour de lui. Il se souvenait du premier soir où il était venu ici, juste après l'arrestation de Kuraki. Il se souvenait du mauvais pressentiment qui l'avait alors étreint.

Il avait eu l'impression que, loin de résoudre une énigme du passé, lui et ses collègues avaient été entraînés dans un nouveau mystère. Il se rendit compte qu'elle était encore présente à son esprit, plus forte que jamais.

32

Un jeune couple sortit, le sourire aux lèvres, d'une célèbre bijouterie. La jeune femme paraissait encore plus ravie que son compagnon. Peut-être venait-elle de trouver l'alliance de ses rêves.

Kazuma se demanda si lui aussi connaîtrait cela un jour. Il ne rêvait ni de mariage ni d'alliance, mais regrettait le temps où il pouvait sourire, le cœur léger.

Il se trouvait dans un café sur l'avenue Chūo-dōri de Ginza, au premier étage d'un immeuble dont les fenêtres donnaient sur la rue. La personne qu'il allait rencontrer l'avait choisi et lui avait dit qu'il avait réservé une table. Arrivé cinq minutes avant l'heure de leur rendez-vous, il s'y était assis. Elle se trouvait dans un coin, à l'écart des autres. Bien qu'il n'ait pas expliqué à son interlocuteur de quoi il souhaitait lui parler, celui-ci avait dû deviner que la discrétion était préférable.

Il le vit apparaître à l'heure convenue, 15 heures. L'homme échangea quelques mots avec une serveuse et se dirigea vers lui d'un pas décidé. Le visage bronzé, une barbe de deux jours, il portait un veston brun foncé et avait un sac à l'épaule. Kazuma lui trouva un air plus rusé que la dernière fois qu'il l'avait vu. Était-ce parce qu'il avait maintenant un préjugé contre lui ?

— Bonjour, dit Nanbara en s'asseyant en face de lui, le visage aimable.

— Je vous remercie d'avoir trouvé le temps de me rencontrer, déclara Kazuma en s'inclinant légèrement.

— Je vous en prie. Votre appel m'a surpris.

— Je n'ai aucun mal à l'imaginer.

Kazuma l'avait contacté pour lui dire qu'il aimerait lui poser quelques questions, en s'attendant à ce que le journaliste refuse, mais Nanbara lui avait donné rendez-vous.

La serveuse vint prendre la commande. Le journaliste demanda un café et Kazuma en fit autant.

— Pour commencer, je vous informe que ce stylo est aussi un enregistreur et que je compte l'utiliser. Cela ne vous dérange pas ?

— Non.

— Dans ce cas… fit Nanbara qui le manipula avant de le poser sur la table.

— L'autre jour aussi, vous vous en êtes servi, lorsque vous êtes venu chez moi.

— Enregistrer les conversations est une règle de base dans mon travail, répondit le journaliste sans paraître le moins du monde embarrassé. La rédaction du magazine m'a dit que votre avocat avait protesté.

— Oui, parce que la tonalité que vous aviez donnée à mes réponses me dérangeait.

— Chacun interprète à sa façon ce qu'il entend. Ce que j'ai écrit résumait ce que vous m'aviez dit. Vous n'êtes pas d'accord ?

— Je suis tombé dans le piège que vous m'avez tendu.

— Et vous vouliez me voir pour vous en plaindre ?

— Non, pas du tout. De toute manière, ça ne changerait rien.

La serveuse leur apporta leurs consommations. Kazuma sentit le regard attentif de Nanbara. Il réfléchissait probablement au motif de sa requête.

— Cet article n'a pas produit le résultat escompté, dit le journaliste une fois qu'elle s'était éloignée. J'aurais aimé en faire quelque chose d'un peu plus excitant, mais je n'y ai pas réussi. Il s'agissait d'un meurtre prescrit depuis plus de dix ans, et la victime n'avait pas de famille directe qui aurait pu me parler de sa douleur. Oui, ça n'a vraiment pas marché, expliqua-t-il avec un sourire peiné.

Il versa du lait dans son café et le mélangea.

— Si vous ne vouliez pas me voir pour vous en plaindre, quelle est la raison pour laquelle vous m'avez appelé ? Vous m'avez dit au téléphone que vous souhaitiez me poser des questions, n'est-ce pas ?

Kazuma but une gorgée de son café noir avant de lui répondre.

— Oui, au sujet de l'affaire dans laquelle mon père est impliqué. Celle de 1984.

— Le meurtre du gérant de l'agence de services financiers de Higashi-Okazaki, n'est-ce pas ? demanda Nanbara, qui tenait visiblement à la précision. Et plus spécifiquement ?

— Je voulais savoir comment vous avez enquêté.

— Ah, à propos de ça… fit Nanbara comme si le sujet l'ennuyait. Grâce à ce que vous m'aviez dit, j'ai compris qu'il s'agissait d'un meurtre, et j'ai contacté tous les gens qui connaissaient votre père à l'époque. Autrefois les employés de grandes sociétés ne fréquentaient quasiment que leurs collègues. Je me suis procuré un annuaire d'entreprise, qui m'a permis de trouver des noms. Dans votre région, beaucoup de gens habitent des maisons individuelles, et la plupart ne déménagent plus une fois qu'ils en ont une.

— Dans votre article, vous parlez d'un collègue de mon père qui se souvenait qu'il avait été interrogé par la police.

— Oui, parce qu'il avait découvert le corps de la victime. Quand j'ai entendu ça, je me suis dit que ça devait être de ça qu'il s'agissait. Mais je n'ai pas pu confirmer que Kuraki Tatsurō avait été identifié comme étant le meurtrier. Cela n'a rien d'étonnant, le crime est prescrit. Dans l'article, je n'ai rien écrit de catégorique là-dessus, pour éviter des protestations de votre père ou de la police. J'avais dit au magazine que j'assumerais si cela arrivait. Même si j'étais certain que ce ne serait pas le cas.

Il parlait poliment mais semblait sûr de lui.

— Personne d'autre que lui ne se souvenait de cette histoire ?

— Si, il y en avait d'autres, mais ils n'avaient rien d'intéressant à raconter. J'ai donc décidé de contacter la famille de la victime. Mais Haitani, l'homme qui a été tué, était divorcé au moment du meurtre, et il n'avait pas d'enfant. Or je comptais beaucoup sur la voix des victimes. C'est d'ailleurs pour ça que l'article a été un flop. Mon idée était d'écrire sur ce que ressentait la famille d'un homme tué dans un crime aujourd'hui prescrit en apprenant que le meurtrier avait tué à nouveau, expliqua Nanbara en tenant sa tasse de café des deux mains.

— Vous n'avez pas trouvé de gens de sa famille ?

— Comme je viens de vous le dire, il n'avait ni femme ni enfant. Je ne me suis pas découragé pour autant, et j'ai trouvé une personne qui me paraissait avoir du potentiel, son neveu, le fils de sa sœur, qui travaillait dans son bureau.

— Son neveu ?

— Oui. Je savais que sa sœur était morte, mais que son neveu était toujours vivant. Il s'appelle Sakano, a environ cinquante-cinq ans et vit dans un appartement à Toyohashi. Au moment du premier crime, il était âgé d'une vingtaine d'années.

— Vous l'avez rencontré ?

— Oui. Puisque j'avais fait le déplacement jusqu'à Nagoya, autant le rentabiliser au maximum. Mais là aussi, j'ai été déçu. Je n'en ai rien tiré.

Il reposa sa tasse et ouvrit les deux mains comme pour montrer à quel point l'entretien avait été vain.

— Comment ça ?

— Pour commencer, ce Sakano ignorait tout du second meurtre, celui de l'avocat à Tokyo. Ça n'évoquait rien pour lui. Je lui ai tout expliqué, et il n'a eu l'air intéressé qu'après avoir compris qu'il y avait un lien avec le meurtre de 1984. Il s'en souvenait très bien, même s'il avait oublié le nom de votre père. Je le lui ai rappelé, et il m'a dit qu'il le connaissait. Et surtout qu'ils avaient découvert le corps ensemble, même si c'est lui qui avait appelé la police.

— Il était donc vraiment mêlé à cette affaire. Mais en quoi vous a-t-il déçu ?

— Il n'a montré aucune émotion, répondit Nanbara en baissant les yeux avec une expression contrariée. Comme je viens de vous le dire, j'espérais qu'il serait révolté d'apprendre que l'assassin de son oncle avait échappé à la justice, et que son crime était maintenant prescrit. S'il avait exprimé du ressentiment ou de la haine pour lui, j'aurais pu m'en servir dans mon article. Mais sa seule réaction a été quelque chose comme : "Ah vraiment ?" Rien d'utilisable. Comme si ça ne le concernait pas. Je lui ai demandé si cette nouvelle ne le mettait pas en colère. Vous savez ce qu'il m'a répondu ? “Non, ça m'est complètement égal.” Selon lui, l'identité du criminel lui importait peu.

— Ce qui veut dire qu'il n'avait pas de sentiment fort pour la victime ?

— Pire, il le détestait. À l'époque, il était sans emploi, et il avait dû accepter d'assurer la permanence au bureau de son oncle, mais il ne supportait pas de travailler pour lui. Selon Sakano, c'était un homme abominable qui ne voyait aucun mal à escroquer les vieilles personnes et il n'y avait rien d'étonnant à ce que quelqu'un ait voulu le tuer. Savoir qui l'avait fait lui était égal.

— Il détestait vraiment son oncle…

— Peut-être cela vous sera-t-il une consolation, mais il m'a aussi dit qu'il comprenait très bien que M. Kuraki ait eu envie de le tuer. Il n'y avait rien d'étrange à ce que votre père ait perdu le contrôle de lui-même, étant donné que son oncle le contraignait à lui servir de chauffeur à cause d'un accrochage sans conséquence à vélo, et qu'en plus, il lui extorquait de l'argent. Ce M. Sakano m'a raconté des tas de choses, mais rien dont je puisse me servir dans l'article.

— Je comprends mieux.

Comme l'avait dit Nanbara, peut-être n'était-ce qu'une consolation pour lui, et rien de plus. L'idée que le neveu de l'homme assassiné n'était pas du tout triste de sa mort apportait un peu de réconfort à Kazuma. Mieux valait que les malheurs ne s'enchaînent pas longtemps.

— Vous avez encore d'autres questions ?

— Oui, une, celle dont la réponse m'intéresse le plus. Pourquoi la police n'a-t-elle pas compris que mon père était coupable ? Il me semble que la personne qui découvre un crime est normalement toujours soupçonnée.

— Je comprends très bien vos doutes. Moi aussi, je me suis posé la question, et j'ai demandé à un policier de mes connaissances de s'informer là-dessus. Mais ça n'a rien donné. Le crime remonte à 1984, et les gens qui connaissaient l'affaire ne sont plus là. De plus, le dossier lui-même a apparemment été détruit.

— Vraiment…

— Mais ce Sakano m'a dit une chose bizarre. Il n'a pas eu l'air surpris d'apprendre que votre père en était l'auteur, mais il a ajouté qu'il croyait qu'il avait un alibi.

— Un alibi ? répéta Kazuma en se penchant vers lui. C'est vrai ?

— Je n'en sais rien. D'après Sakano, les policiers qui sont arrivés les premiers sur les lieux ont longuement interrogé votre père et lui sur ce qu'ils avaient fait avant de découvrir le corps, et il se rappelle avoir compris que votre père avait un alibi. Mais il n'a pas pu me dire si la police l'avait vérifié, et il n'est pas impossible que Sakano se trompe.

— Vérifier un alibi, c'est pourtant simple, pour la police. Si mon père n'a pas été soupçonné, elle a dû le confirmer. Vous ne croyez pas que ça s'est passé comme ça ?

— Ne parlez pas si fort !

Kazuma jeta un regard circulaire. Heureusement, personne n'était assis près d'eux.

— Si la police s'était rendu compte qu'il mentait, il aurait été soupçonné. Comment expliquer que la police ait cessé de s'intéresser à lui et qu'un autre homme ait été arrêté ?

— Pas si vite ! lança le journaliste en tendant la main droite vers lui. Je comprends où vous voulez en venir, mais je ne peux rien pour vous. Je me suis contenté de vous rapporter les propos de M. Sakano, rien de plus. Je comprends que vous n'ayez pas envie de croire que votre père a tué. Mais il a fait des aveux. Vous n'en êtes peut-être pas convaincu, mais ça n'y change rien. Aucun doute n'est permis à ce sujet.

Kazuma se tut. Ce que disait Nanbara était pertinent.

— Si vous n'avez pas d'autres questions, je vais vous laisser, ajouta le journaliste en tendant la main vers son stylo.

— Pourriez-vous me donner les coordonnées de ce Sakano ?

Nanbara parut hésitant.

— Vous voulez aller le voir ?

— Peut-être. Je n'en suis pas sûr.

— À mon avis, ça ne servira à rien.

— On ne sait jamais… Si vous vouliez bien me les communiquer… implora Kazuma en s'inclinant.

Le journaliste soupira. Il sortit son smartphone, le manipula avant de le poser sur la table et de noter quelque chose sur une serviette en papier.

— Voici son adresse et son numéro de téléphone, dit-il en la poussant vers Kazuma.

— Je vous remercie.

Il la prit, lut ce qui était écrit, la plia et la mit dans sa poche.

— Sakano ne boit pas, mais il aime le sucré. Si vous voulez lui apporter quelque chose, mieux vaut des gâteaux qu'une bonne bouteille. Nous nous sommes rencontrés dans un café, et il a pris une coupe glacée, ajouta-t-il d'un ton détaché.

— Je ne l'oublierai pas, dit Kazuma, pris au dépourvu par ce conseil inattendu.

— Mais à mon avis, ça ne servira quand même à rien, répéta Nanbara.

— Je voulais aussi vous demander si vous comptez écrire un autre article sur le sujet, l'interrogea Kazuma qui ne voulait pas réagir à ce que le journaliste venait de dire.

Nanbara hocha la tête de droite à gauche avec une expression glaciale.

— Non, pas pour l'instant. Sauf s'il y a de nouveaux développements.

— Ah bon…

Nanbara rangea son stylo dans la poche intérieure de son veston et sortit son portefeuille après avoir consulté la note.

— Laissez-moi… protesta Kazuma.

— Vous n'avez aucune raison de m'inviter, répondit le journaliste. Et vous feriez mieux de dépenser le moins possible, parce que ce qui vous attend ne va pas être facile.

Décontenancé, Kazuma baissa la tête.

Nanbara laissa sur la table de quoi payer sa consommation, lui dit au revoir et se leva. Au lieu de le regarder s'éloigner, Kazuma tourna les yeux vers l'extérieur.

Une petite pluie fine commençait à tomber, des parapluies s'ouvraient çà et là. Kazuma n'en avait pas.

33

Godai était en train de rédiger un rapport lorsqu'il vit sur l'écran de son smartphone que Shiraishi Mirei l'appelait. Le meurtre de la riche veuve dont le corps démembré avait été retrouvé dans les monts d'Okutama était dans sa phase finale. Le suspect, qui s'était entêté à nier le crime et à présenter une version sans rapport avec la réalité, avait fini par avouer. Le lieutenant de police chargé de l'interrogatoire affirmait ne pas l'avoir contraint : "Je lui ai demandé s'il avait pensé à ce que les jurés se diraient en voyant toutes les preuves rassemblées par la police. S'ils le croyaient coupable, la prochaine étape serait de déterminer son châtiment. Et j'ai dit à l'accusé que l'important pour eux à ce moment-là serait de savoir s'il avait réfléchi à ses actes. S'il n'admettait pas sa culpabilité, cela leur ferait mauvaise impression et il risquait de se faire condamner à une peine plus lourde. Je me suis contenté de lui expliquer tout ça de manière compréhensible, sans m'énerver."

C'était parfaitement crédible. De nos jours, les interrogatoires sont souvent filmés, et menacer un accusé jusqu'à ce qu'il reconnaisse les faits n'est plus possible. Le suicide en garde à vue d'un homme accusé à tort d'un crime est aujourd'hui inimaginable.

Telles étaient ses pensées lorsqu'il vit s'afficher le nom de Mirei sur l'écran de son téléphone. L'espace d'une seconde, cela lui parut surnaturel, comme s'il s'agissait de télépathie, mais il se ressaisit aussitôt.

— Oui, bonjour, répondit-il d'un ton posé en jetant un regard circulaire.

Par chance, personne n'était à côté de lui.

— Bonjour, monsieur Godai. Désolée de vous déranger. Vous auriez une minute à m'accorder ?

— Oui, bien sûr.

Il se leva, le téléphone collé à l'oreille, et sortit dans le couloir. Il n'avait aucun intérêt à ce qu'un collègue se rende compte qu'il était en contact avec la famille de la victime d'une affaire résolue.

— Je devine de quoi vous voulez me parler. De ce match de baseball, n'est-ce pas ? Je n'ai malheureusement rien de neuf, car j'ai été trop occupé pour y travailler.

— Je m'y attendais. Mais je vous appelle pour une tout autre raison. Je voulais vous demander une information.

— Et laquelle ?

— Vous connaissez le fils de l'accusé, n'est-ce pas ?

Pris au dépourvu, Godai était bouche bée.

— Vous parlez du fils de Kuraki Tatsurō ?

— Oui.

— Je le connais, bien sûr, mais pourquoi me posez-vous cette question ?

— Pourriez-vous me donner ses coordonnées ?

— Pardon ?

Il regretta le ton ahuri qu'il avait eu, mais sa surprise était réelle.

— J'aimerais que vous me les donniez. C'est très important.

Le ton de Shiraishi Mirei était grave.

— À quelles fins ?

— Dans le but de résoudre un problème dont je ne trouve pas la solution. Je ne pense pas que l'accusé dise la vérité. Et j'aimerais en parler à son fils.

— Écoutez, madame Shiraishi, ça me paraît une très mauvaise idée. Si vous me disiez qu'il était venu vous trouver parce qu'il voulait vous présenter ses excuses, je comprendrais, mais en règle générale, il n'est pas souhaitable que la famille d'une victime cherche à avoir des contacts avec celle d'un accusé. Cela ne pourra qu'être vu comme une tentative d'intimidation.

— Ce n'est absolument pas mon intention.

— Même si ça ne l'est pas, vous ne pouvez pas savoir comment lui le verra.

— Je ne pense pas qu'il se méprendra sur mon intention.

— Comment le savez-vous ? Vous l'avez rencontré ?

— Oui, une seule fois… Par hasard.

— Quand ? Où ?

— Je suis obligée de répondre à cette question ? demanda-t-elle après un court silence.

— Non… Je vous prie de m'excuser. Je suis tellement étonné que j'ai parlé sans réfléchir. Vous n'avez pas à me répondre.

— Ça ne me dérange pas, mais c'est un peu difficile à expliquer. En fait, je l'ai croisé par hasard là-bas… à côté du pont de Kiyosu. J'étais allée y déposer des fleurs, et il était déjà sur les lieux.

— D'accord, fit Godai en pensant que ce qu'elle venait de dire était plausible.

— Ce jour-là, nous nous sommes salués et avons échangé quelques mots. Mais je n'avais pas envie de lui demander son numéro de téléphone, et nous nous sommes séparés sans que je l'aie fait. Je me suis dit que nous ne nous reverrions plus. Mais des choses qui se sont passées depuis font que j'ai envie de lui parler.

— Je comprends mieux, dit le policer qui s'assura que personne ne l'entendait, en réfléchissant à une réponse. Je ne peux pas vous donner ses coordonnées. C'est une information confidentielle, et il y va aussi du secret de l'enquête.

— Je vous promets que je ne dirai à personne que vous me les avez données.

— Je vous crois, mais on ne sait jamais ce qui peut arriver. Imaginez que cela crée un problème. On ne manquera pas de chercher à savoir comment vous les avez obtenues.

— Je serai très prudente. Et je veillerai à ce que cela ne cause aucun problème.

— Vous avez l'air sûre de vous, mais vous conviendrez que dans la vie, on ne peut être sûr de rien.

Il l'entendit soupirer.

— Vous refusez donc ?

— Oui, et je vous demande de le comprendre. Mais vous pouvez compter sur moi vérifier si c'est bien au stade Tokyo Dome que l'accusé et votre père ont fait connaissance.

— Très bien. Je vous remercie. Désolée de vous avoir dérangé.

La déception de Shiraishi Mirei était perceptible.

— Mais pas du tout ! N'hésitez pas à me rappeler si vous avez besoin de moi.

— Je vous remercie, dit-elle encore une fois avant de mettre fin à la conversation.

Godai croisa les bras, le téléphone à la main, et s'appuya au mur du couloir.

Il savait que la jeune femme avait décidé de se servir du système permettant aux victimes de participer au procès. Elle devait donc avoir reçu des informations détaillées du ministère public. En les étudiant, elle avait dû trouver plusieurs éléments qui ne la convainquaient pas, outre cette question du match de baseball. Sinon, elle ne chercherait pas à prendre contact avec le fils de l'accusé.

Pourvu que cela ne crée pas de complications, se dit-il, légèrement inquiet. Elle avait le caractère bien trempé et n'hésiterait probablement pas à n'en faire qu'à sa tête.

Il décroisa les bras et passa un appel. Nakamachi décrocha aussitôt.

— C'est moi. On peut se parler ?

— Un instant, s'il vous plaît, répondit son interlocuteur en parlant très bas.

Il y eut quelques secondes de silence. Godai devina que son jeune collègue s'était levé pour aller parler au calme.

— Je vous écoute, dit Nakamachi d'une voix normale.

— Désolé de te déranger en plein travail.

— Ne vous en faites pas. Le chef de service était en train de nous donner des directives sans aucun intérêt, et grâce à vous, je n'ai pas à les écouter jusqu'au bout. Vous m'appelez au sujet de Tokyo Dome ?

— Exactement. Tu as du neuf ?

— Non, malheureusement, fit Nakamachi d'un ton déçu. J'ai continué à chercher, mais je n'ai rien trouvé de plus sur ce que l'avocat Shiraishi avait fait le 31 mars. Pour être tout à fait franc, je doute que ce soit possible.

— Ah bon… On ne va peut-être arriver à rien de ce côté-là, alors ?

— Mais en contrepartie – le mot est peut-être mal choisi –, j'ai trouvé autre chose de préoccupant dans les documents de l'enquête, continua Nakamachi en baissant à nouveau le ton. Et je comptais vous appeler pour vous en parler.

— De quoi s'agit-il ?

— Je préférerais vous le dire de vive voix. Vous auriez le temps aujourd'hui ?

— Tu m'intrigues. Heureusement qu'on vient de conclure une affaire difficile, et que je suis libre ce soir !

— On se retrouve au même endroit que d'habitude ?

— Parfait.

Ils raccrochèrent après s'être donné rendez-vous à 19 heures.

Lorsque Godai arriva au gril de Monzen-Nakachō, la serveuse le reconnut et le conduisit directement à la table où Nakamachi était en train de regarder sa tablette. Quand il vit Godai, il releva la tête et le salua d'une voix pleine d'énergie.

— Ça y est, on fait partie des habitués ici, commenta son collègue après avoir commandé de la bière et quelques mets, sans même consulter le menu, confirmant ainsi son statut.

— Ce qu'il y a de bizarre, c'est que je n'ai pas envie de venir ici sans vous.

— C'est pareil pour moi. Tu faisais quoi sur ta tablette ? Si tu n'as pas fini, continue, je t'en prie !

— Sur ma tablette ? Je n'étais pas vraiment en train de travailler, juste de vérifier une chose qui me tracasse un peu. Je vais vous montrer.

Il orienta l'écran vers Godai qui vit la page télévision d'un quotidien.

La serveuse leur apporta leurs bières, et ils trinquèrent.

— En quoi ce programme télé est-il intéressant ?

— Regardez la date.

— La date ?

— C'est le programme du Jour du respect pour les personnes âgées. Vous vous souvenez que Kuraki en parle dans ses aveux ? Il dit qu'il a vu ce jour-là une émission spéciale qui traitait de succession et de testaments et c'est ce qui lui a donné l'idée de faire de Mme Asaba et de sa fille ses légataires.

— Oui, ça me revient maintenant que tu en parles. Je l'avais complètement oublié.

— Au cours de l'interrogatoire, on lui demande le nom de l'émission, et il répond qu'il ne s'en souvient pas, mais que c'était un talk-show grand public. Personne n'a vérifié de quoi il s'agissait. Ça a attiré mon attention et j'ai demandé à un journaliste que je connais de m'envoyer un journal daté de cette date, bien sûr dans la version locale de Nagoya et de sa région. Parce que les programmes télé ne sont pas les mêmes dans tout le pays.

— Tu as raison. Bravo !

Comme il l'avait senti dès le début, ce jeune collègue avait du potentiel.

— Et tu as trouvé ce que tu cherchais ?

— Non, justement… lâcha Nakamachi avec une expression contrariée. D'après les descriptions des émissions, aucun sujet de ce genre n'a été abordé. Il y avait plusieurs émissions spéciales ce jour-là. Toutes visaient à encourager les séniors, ou à les faire parler de leurs problèmes, mais je n'ai trouvé aucune mention de succession ou de transmission de patrimoine. Ça se comprend, c'est un jour destiné à célébrer les personnes âgées, et on évite les thèmes qui se rapprochent de près ou de loin de la mort.

— Laisse-moi voir ça, s'il te plaît, dit Godai en orientant la tablette vers lui.

"Comment rester en bonne santé" ou "Comment apprécier cette deuxième vie"… Telles étaient les rubriques des émissions spéciales. Nakamachi avait raison, aucun producteur ne voudrait évoquer quelque chose ayant un lien avec la mort ce jour-là.

Il y réfléchit en goûtant aux mets apportés par la serveuse et en buvant sa bière.

Même si les successions et la transmission du patrimoine n'apparaissaient pas dans les programmes, ces sujets avaient pu être discutés pendant une des émissions.

— C'est de ça que tu voulais me parler ?

— Non, ce n'est qu'un petit bonus, en quelque sorte. Je n'aurais pas osé vous déranger rien que pour ça. J'en viens au principal. Je vous ai dit que j'avais trouvé quelque chose d'un peu préoccupant dans le dossier de l'enquête. Il s'agit d'une carte de visite qui se trouvait chez Kuraki.

Il l'avait photographiée avec son smartphone et la lui montra.

Godai approcha l'appareil de ses yeux et lut d'abord un nom, Amano Ryōzō, sous lequel était écrit : “Avocat”.

— Encore un avocat…

— Regardez son adresse.

Godai vit que le cabinet était à Nagoya.

— Il connaissait un avocat à Nagoya…

— Ça ne vous paraît pas bizarre ?

Godai but une gorgée de bière et regarda Nakamachi. Il comprenait où son collègue voulait en venir.

— Kuraki affirme qu'il a demandé conseil à Shiraishi car il voulait savoir comment réaliser son projet de faire de Mme Asaba et sa fille ses légataires, afin de racheter son crime. Mais s'il avait un avocat parmi ses connaissances, il aurait été plus normal de le consulter, non ? Pourquoi en parler à Shiraishi qu'il venait juste de rencontrer ?

— Et pourquoi aller jusqu'à Tokyo pour le voir ? ajouta Nakamachi, les yeux brillants.

— Tu as raison. C'est difficile à comprendre. Tu peux m'envoyer la photo sur mon téléphone ?

— Oui, tout de suite.

Godai prit une brochette d'oignons.

— Bon, on ne peut pas savoir si Kuraki connaissait vraiment cet Amano. Ils se sont peut-être simplement croisés pour une raison ou une autre. Et peut-être était-ce plus facile pour lui de parler à Shiraishi avec qui il venait d'assister à un match de baseball.

Il versa de la sauce au soja sur les oignons grillés. Une agréable odeur vint lui chatouiller les narines.

— Certes, déclara Nakamachi en rangeant son téléphone. Mais vous croyez que quelqu'un garderait chez lui la carte de visite d'un avocat avec qui il n'a aucun contact ? À part si c'est un politicien ou un chef d'entreprise qui a intérêt à avoir le maximum de relations possible. Mais Kuraki n'est qu'un banal retraité.

— Ce n'est pas faux, répondit son collègue en sortant son téléphone pour voir s'il avait reçu la photo. Le mieux serait de rencontrer cet avocat et de l'interroger sur la nature de ses relations avec Kuraki.

— Je peux m'en occuper. Je suis prêt à aller à Nagoya sur mon temps libre.

— Je te remercie mais… répondit Godai, visiblement réticent.

— Ce n'est pas une bonne idée ?

— Il s'agit d'un avocat. Je doute qu'il accepte de fournir ce genre d'informations sans requête officielle. Il est tenu par le secret professionnel. Au mieux, il te dira si Kuraki l'a consulté, mais rien sur le contenu de la consultation.

— Oui, c'est probable, reconnut Nakamachi, de la déception dans la voix.

— Je ne voudrais pas que tu gâches ton temps et ton argent.

— Ça, ce n'est pas grave. Que proposez-vous ?

— Eh bien…

Godai avait une idée, mais il n'en parla pas. Elle était séduisante, excitante, mais il n'était pas du tout prêt à affronter les conséquences qu'elle pourrait avoir.

Les deux hommes burent et mangèrent en silence pendant quelques minutes. Nakamachi le rompit.

— Le ministère public nous a chargés d'une mission embêtante en vue du procès.

— Laquelle ?

— Il a demandé au commissariat de continuer à corroborer les aveux de Kuraki. Ce qui signifie sans doute qu'il estime qu'il n'y a pas assez de preuves matérielles.

— Pourquoi demander ça maintenant ? Les aveux sont la reine des preuves. L'accusation pense que Kuraki risque de revenir dessus pendant le procès ? C'est impossible !

— Je suis d'accord avec vous, mais le procureur veut sans doute tout envisager. Nous n'avons pu rassembler que des preuves circonstancielles, et la seule qui ressemble à une preuve, c'est que Kuraki connaissait le lieu du crime, alors que les médias n'en ont pas parlé.

— Autrement dit, il savait quelque chose que seul l'auteur du crime pouvait savoir. On avait dit que ça suffisait, non ?

— Mais on a récemment fait une découverte problématique sur internet.

— Comment ça ?

— Ça concerne les réseaux sociaux. Quelqu'un a écrit qu'il avait vu des techniciens s'affairer sur les lieux d'un meurtre du côté du pont de Kiyosu. C'était avant l'arrestation de Kuraki. Il ne s'agit pas d'une communication officielle, mais cela peut remettre en question le fait que seul l'auteur du crime savait où il avait été commis.

Godai but une gorgée de bière et secoua la tête.

— Les réseaux sociaux, quelle plaie ! Ils empoisonnent tout.

— Kuraki n'a pas de smartphone. Son portable ne conserve pas ses données de géolocalisation. Les collègues chargés de corroborer ses aveux râlent. On leur demande de chercher quelque chose qui n'existe pas. Je vais peut-être devoir leur donner un coup de main.

— Au final, on n'a retrouvé ni empreintes digitales ni ADN ?

— Non. Ni rien qui prouve que Kuraki était à Tokyo ce jour-là. Et pourtant tous les enregistrements de toutes les caméras de surveillance autour de la gare de Tokyo ont été visionnés plusieurs fois. Il n'y a pas non plus de trace de ses appels.

— De ses appels ? Quand ça ?

— D'après ses aveux, il aurait appelé M. Shiraishi deux fois ce jour-là, une fois pour lui dire qu'il était à Tokyo et qu'il voulait le voir, et une autre pour lui demander de venir au pont de Kiyosu parce qu'il s'était perdu. Mais son téléphone n'avait aucune trace de ces appels.

— Ça, c'est bizarre. Qu'en dit Kuraki ?

— Qu'il s'est servi d'un téléphone prépayé.

— Prépayé ? répéta Godai en fronçant les sourcils.

— Et anonyme. Il l'a utilisé ce jour-là et s'en est ensuite débarrassé.

— Comment se l'était-il procuré ?

— Vous connaissez le quartier d'Ōsu à Nagoya ?

— Ōsu ?

— C'est l'équivalent local d'Akihabara. Il se promenait là-bas et regardait des téléphones d'occasion quand un inconnu l'a abordé et lui a demandé s'il ne voulait pas acheter un téléphone prépayé. Ça coûtait 30 000 yens, mais il s'est dit que ça pourrait peut-être lui servir.

— Et il l'aurait utilisé le jour du meurtre ? Ça paraît trop beau pour être vrai.

— Mais c'est cohérent. Il savait que s'il se servait du sien, son numéro figurerait dans le journal d'appel de M. Shiraishi.

— Il n'aurait qu'à se débarrasser de ce téléphone ? D'ailleurs, c'est ce qu'il a fait, non ?

— Il a dit qu'il a décidé de se servir de l'autre parce qu'il pensait que son opérateur garderait une trace de ses appels. S'il dit vrai, c'est un élément important pour établir la préméditation.

En réalité, la police n'avait demandé à son opérateur que la liste des appels qu'il avait passés.

— Et comment se serait-il débarrassé de ce téléphone jetable ?

— Il l'aurait rapporté chez lui, détruit à coups de marteau, et il aurait ensuite jeté les morceaux dans la baie de Mikawa.

Godai secoua la tête avec un sourire peiné.

— S'il a vraiment fait ça, impossible de le retrouver.

— Par conséquent, nous n'avons que ses aveux. Si jamais il devait déclarer, juste avant le procès, qu'il a menti de bout en bout, le procureur n'est pas sûr qu'il aurait de quoi convaincre les jurés de sa culpabilité.

L'inquiétude de Nakamachi était visible. Godai et ses collègues de la première division de la police judiciaire de la préfecture de police considéraient l'affaire résolue, mais elle ne l'était pas.

— Ça reste sur l'estomac, ce que tu viens de me raconter. J'ai du mal à y croire, mais il se peut que cette affaire ne soit pas terminée.

Godai finit sa bière et en commanda une autre.

34

Le paysage qui défilait était varié : des collines boisées escarpées, des vallées dans lesquelles étaient construits des lotissements ou des zones industrielles, puis une série de rizières et de forêts entrecoupées de tunnels.

Les nuages qui envahissaient graduellement le ciel bleu au départ de Tokyo étaient encore plus sombres à l'ouest. À l'image de mon avenir, se dit Kazuma avec tristesse.

À quand remontait la dernière fois qu'il avait pris le Kodama, ce Shinkansen qui s'arrêtait plusieurs fois entre Tokyo et Nagoya ? Quelques années auparavant, quand il avait eu à faire à Atami pour son travail ? Après avoir rencontré son client, il avait profité des sources thermales et s'était régalé de poissons et de coquillages accompagnés de saké. Il avait remporté le marché et se sentait parfaitement bien, certain que l'avenir lui souriait.

Peut-être ne retrouverait-il jamais cette insouciance. Il n'avait toujours pas reçu l'ordre de retourner à son travail. Son employeur ne devait pas savoir que faire de lui, et espérait probablement qu'il donne sa démission. Mais il ne pouvait pas l'y contraindre, puisque ce n'était pas lui qui avait commis un crime.

Le train s'arrêta en gare de Hamamatsu. Kazuma descendrait à Toyohashi, le prochain arrêt.

Au terme de longues hésitations, il avait fini par appeler Sakano la veille au soir, en se disant qu'il ne répondrait peut-être pas en voyant s'afficher un numéro inconnu. Il se trompait.

— Le fils de qui ? Vous pouvez répéter ? avait-il demandé d'un ton méfiant lorsque Kazuma s'était présenté. Vous êtes sûr que vous avez le bon numéro ?

— Je suis le fils de Kuraki Tatsurō. M. Nanbara, le journaliste, m'a donné le vôtre. Je crois qu'il vous a parlé dans le cadre d'un reportage.

Sakano n'avait pas répondu tout de suite.

— Ah oui… avait-il fini par dire. Je vois qui c'est. Oui, je l'ai rencontré.

— Et vous avez dû parler de mon père avec lui.

— M. Kuraki, c'est votre père ? Vous êtes son fils, c'est ça ?

— Oui.

— Nanbara m'a tout raconté. Alors c'est votre père qui a tué Haitani ? Je ne m'y attendais pas. Et en plus il a recommencé ?

— Euh… oui…

Il regrettait de plus en plus d'avoir appelé cet homme qui ne s'embarrassait pas de manières.

— Et vous me voulez quoi ?

— Eh bien… en fait, j'aimerais vous parler.

— Me parler ? Mais de quoi ?

— De comment les choses se sont passées autrefois. Quand vous avez découvert la victime avec mon père.

— Ah, de ça ! Je veux bien, mais ça vous servira à quoi ?

— J'aimerais en savoir plus. Comprendre comment mon père s'est retrouvé dans cette situation. Pour être tout à fait franc, je n'arrive pas à y croire.

— N'empêche que votre père l'a reconnu, non ?

— Oui, mais je n'en suis pas convaincu.

— Je ne vois quand même pas comment ça pourrait vous être utile de me parler.

— Vous avez peut-être raison, mais…

— Bon, d'accord, je veux bien vous voir. Je n'ai de toute façon pas grand-chose à faire. Ça serait quand ? Demain ?

Kazuma était décontenancé. Il n'avait pas prévu que Sakano accepterait aussi facilement.

— Demain, je suis libre. Pour moi, le plus vite sera le mieux, bien sûr.

— Alors va pour demain. Comme ça au moins, je ne risque pas d'oublier.

C'était ainsi que le rendez-vous avait été fixé.

Le Kodama arriva à Toyohashi. En sortant de la gare, Kazuma fut surpris par la largeur des avenues bordées de nombreux bâtiments, hauts et moins hauts. Les gens s'étonnaient parfois qu'il y ait une gare de Shinkansen à Mikawa-Anjō, sa ville natale, mais que le TGV japonais s'arrête ici n'avait rien de surprenant.

Il se dirigeait vers le nord, le long de l'avenue Ōhashi-dōri. L'endroit où il devait rencontrer Sakano était un café selon lui, mais il se définissait sur son site internet comme une pâtisserie japonaise, située à 300 mètres de la gare. Comme le lui avait dit Nanbara, Sakano devait être amateur de choses sucrées.

Les bâtiments étaient moins hauts ici qu'à proximité de la gare. Le ciel était gris foncé. Kazuma avait emporté un parapluie mais il espérait ne pas avoir à s'en servir.

Il tourna dans une petite rue bordée de nombreux commerces et de maisons individuelles. Après avoir vérifié où il se trouvait sur son téléphone, il continua à marcher et aperçut bientôt sa destination, une construction un peu ancienne devant laquelle se dressait un grand panneau.

Dans la vitrine s'alignaient toutes sortes de gâteaux japonais. Il entra en les regardant du coin de l'œil.

Deux tables étaient occupées, l'une par deux femmes, et l'autre par un homme d'âge mûr qui portait un blouson. Il releva la tête, tourna les yeux vers Kazuma qui tenait un sac en papier à la main, l'accessoire dont ils étaient convenus pour se reconnaître, et se frotta le nez.

Kazuma s'approcha de lui.

— Vous êtes M. Sakano ?

— Oui, répondit l'homme au léger embonpoint, qui avait une barbe de deux jours.

— Et moi, je suis Kuraki. Je vous remercie d'avoir accepté de me rencontrer, dit-il en lui tendant une carte de visite.

Sakano la prit et y jeta un regard inattentif.

— Asseyez-vous donc !

Kazuma le fit et vit une coupe vide et une cuillère sur la table.

Une femme en kimono vint prendre sa commande.

— Un café, s'il vous plaît.

Il avait vu que le menu accroché au mur en offrait.

— Et moi je vais prendre un *shiratama zenzai** et un autre thé japonais.

Il avait dû venir en avance afin de pouvoir consommer plusieurs douceurs en sachant que son interlocuteur réglerait l'addition. Cela expliquait que Sakano ait accepté si facilement de le rencontrer, d'autant plus qu'il avait dit n'avoir rien à faire.

— Ah… Je vous ai apporté quelque chose de Tokyo, dit Kazuma en posant le sac en papier sur la table.

C'était une boîte de gâteaux fourrés de crème à la banane. Sakano sourit en la voyant.

— Je vous remercie !

— Accepteriez-vous de répondre à quelques questions ?

— Bien sûr ! Lesquelles ? répondit-il, les yeux fixés sur la boîte qui était maintenant sur ses genoux.

— En 1984, vous étiez l'employé de la victime, n'est-ce pas ?

Sakano la remit dans le sac et rentra le menton avec une expression lasse.

— Je n'ai pas eu le choix. La boîte pour laquelle je travaillais venait de faire faillite, j'étais au chômage, et ma mère, qui ne supportait pas que je ne fasse rien à la maison, m'a ordonné d'aller voir mon oncle qui cherchait quelqu'un pour répondre au téléphone. Je ne le connaissais pas bien avant ça, mais une fois que j'ai commencé à travailler pour lui, j'ai été choqué. Je ne m'attendais pas à ce qu'il soit aussi pourri.

— C'est ce que m'a raconté M. Nanbara. Lorsqu'il vous a appris que mon père était le vrai meurtrier, vous lui avez dit que ça vous était égal ?

— Complètement, répondit Sakano en haussant les épaules. C'était il y a plus de trente ans, et je n'ai pas été choqué que quelqu'un le tue. Quand c'est arrivé, j'ai pensé qu'il l'avait bien cherché.

La serveuse vint leur apporter le bol de *shiratama zenzai* et un gobelet de thé. Sakano prit sa cuillère.

— Mais je mentirais si je disais que je n'ai pas été surpris en entendant M. Nanbara, ajouta-t-il avant de commencer à

* Dessert japonais servi chaud constitué de boulettes de farine de riz dans une bouillie de haricots rouges cuits dans un sirop de sucre.

manger. Non pas d'apprendre que votre père était le meurtrier, mais d'entendre que l'électricien qui s'est suicidé ne l'était pas. Parce que moi, j'étais convaincu que c'était lui, le coupable.

— Pourquoi ?

Sakano prit une bouchée de son dessert et s'interrompit, l'air perplexe.

— C'est difficile à dire. Parce que c'était lui qui était le plus louche. C'est bien pour ça qu'il a été arrêté.

— Le plus louche… Vous connaissez les circonstances de son arrestation ?

La cuillère à la main, Sakano fit non de la tête.

— Je ne sais rien des preuves. N'empêche que si j'avais été policier, c'est lui que j'aurais arrêté.

— Vous pouvez me dire pourquoi ?

— Je veux bien, mais c'est pas grand-chose. L'électricien passait sans cesse au bureau pour se plaindre d'avoir été roulé par Haitani. Il est venu ce jour-là aussi. Mais Haitani était sorti et j'étais seul. Quand il l'a compris, il a annoncé qu'il resterait jusqu'à son retour. C'était pénible, mais je ne pouvais pas lui demander de partir. Comme je n'en pouvais plus d'être seul avec lui, je suis parti à la recherche de Haitani. J'ai fait le tour de tous les endroits où je pensais pouvoir le trouver, ça m'a pris une petite heure. J'ai fini par retourner au bureau parce qu'il n'était nulle part. J'allais entrer dans le bâtiment quand j'ai croisé M. Kuraki, votre père, je veux dire. Quand j'y repense, c'est la deuxième fois qu'il venait, ce jour-là.

— La deuxième fois ?

— La première fois, j'étais seul avec l'électricien. Mais il était reparti parce que Haitani n'était pas là. La deuxième fois, on y est retournés ensemble, et c'est comme ça qu'on a découvert le cadavre. L'électricien, lui, avait disparu. N'importe qui aurait pensé qu'il avait fait le coup.

Kazuma se représenta la situation décrite par Sakano. Soupçonner Fukuma Junji était logique.

— Mais mon père a dit qu'il avait tué M. Haitani et qu'il vous a croisé au moment où il venait de monter dans sa voiture pour prendre la fuite. Il en est descendu en faisant comme s'il venait d'arriver.

— Ah bon… S'il le dit, ça doit être vrai, mais à ce moment-là, je ne l'aurais jamais pensé.

— M. Nanbara m'a aussi dit que vous croyiez qu'il avait un alibi.

Sakano posa sa cuillère et prit son gobelet de thé vert.

— Oui, je me souviens vaguement de ça. Les policiers qui sont arrivés nous ont posé des tas de questions. Ils voulaient savoir ce que nous avions fait avant de découvrir le corps. Je leur ai parlé des cafés et des bars dans lesquels j'étais passé à la recherche de Haitani, M. Kuraki a aussi été questionné et je me rappelle avoir pensé que lui aussi avait un alibi.

— Et qu'a répondu mon père ? Il a dû dire qu'il était allé quelque part. Vous ne vous rappelez pas où ?

Son interlocuteur, qui sirotait son thé, fit la grimace.

— Faut quand même pas me demander l'impossible ! C'était il y a plus de trente ans.

— Oui, excusez-moi.

Sakano reprit sa cuillère pour finir le dessert.

— Bon. S'il affirme que c'est lui qui a tué, ça doit être la vérité. C'est tout ce que je peux vous dire. Je vous avais prévenu que je n'avais pas grand-chose !

— C'est vrai.

Kazuma souleva sa tasse de café. Il était tiède.

Dans le train qui le ramenait à Tokyo, son humeur était plus sombre qu'à l'aller. Même s'il n'avait pas attendu beaucoup de cette rencontre, il avait espéré qu'elle lui apporterait un peu de lumière.

Il continuait cependant à être intrigué. Pourquoi la police ne s'était-elle pas intéressée à son père en 1984 ? Une explication possible était que, comme l'avait dit Sakano, elle ait d'emblée soupçonné Fukuma Junji. Il n'y aurait cependant eu rien d'étrange à ce qu'elle s'intéresse en parallèle à son père. Non, la logique aurait voulu qu'elle le fasse.

Son père aurait-il eu un alibi ? Et il avait été écarté de la liste des suspects parce que la police avait pu le confirmer. Dans ce cas, tout était logique.

La nuit était tombée lorsqu'il arriva à la gare de Tokyo. Il vit à sa montre qu'il était un peu avant 19 heures.

Il eut soudain l'idée d'aller au pont de Kiyosu. Le crime avait eu lieu à cette heure-ci. La dernière fois, il s'y était rendu dans l'après-midi.

Il prit un taxi pour gagner du temps. Par chance, il y avait peu de circulation et la course dura à peine plus de dix minutes.

Kazuma s'engagea dans l'escalier qui menait à la promenade Sumidagawa Terrace, et s'arrêta presque aussitôt, les yeux fixés sur le pont illuminé. La lumière était tellement vive que les alentours étaient plongés dans l'obscurité. Elle était particulièrement profonde sous le pont.

Il recommença lentement à descendre. La promenade était dans la pénombre, mais pas au point qu'on ne puisse rien voir, se dit-il. Pourtant ce qui se passait sur la berge devait être invisible depuis un bateau-restaurant. Le jour du crime, son accès était interdit à cause des travaux, et il comprit à nouveau pourquoi cela en avait fait un lieu parfait pour commettre un crime.

Même à cette heure-là, la promenade était fréquentée par des joggeurs.

Une femme regardait le fleuve, immobile. Le vent soulevait le bas de son manteau. Il vit son profil et sursauta, certain que c'était la fille de Shiraishi Kensuké. Il se figea et étouffa un cri de surprise.

Elle dut l'entendre, car elle se retourna et le dévisagea. Quand elle le reconnut, elle écarquilla les yeux.

Il la salua d'un signe de tête et s'approcha d'elle, car elle n'aurait pas manqué de trouver étrange qu'il rebrousse chemin.

— Bonsoir…

Elle répondit de la même façon, au bout d'une ou deux secondes.

— Vous venez ici tous les jours ?

— Pas tous les jours, mais souvent, répondit-elle, la voix tendue.

— Pour déposer des fleurs ?

— Comme l'autre jour ? Non, je ne le fais qu'exceptionnellement.

— Ah… Je comprends.

— Et vous, vous venez ici souvent ?

— Non, c'est la deuxième fois.

— Ah bon…

Il inspira profondément avant de reprendre la parole.

— Si vous trouvez ma présence ici déplacée, je ne reviendrai pas.

Elle baissa les yeux une seconde, puis le regarda en faisant non de la tête.

— Je n'ai absolument pas le droit de vous dire ça.

Elle tourna les yeux vers la surface du fleuve.

— Je viens ici parce que je voudrais comprendre l'état d'esprit de mon père quand il a fait pression sur un homme pour qu'il révèle publiquement le crime prescrit qu'il avait commis plus de trente ans auparavant.

— Tel que vous le connaissiez, votre père n'aurait pas agi ainsi…

— Jamais de la vie, répondit-elle en se retournant vers lui. Au grand jamais. Votre père, l'accusé, ment. Il a inventé cette histoire.

— Moi aussi… commença Kazuma, la voix cassée, moi aussi, je voudrais que ça soit un mensonge. Je suis convaincu qu'il a inventé tout ce qu'il a raconté, y compris le meurtre de votre père.

Elle le regarda droit dans les yeux.

— J'ai découvert une preuve. Une preuve d'un mensonge de votre père.

Kazuma ne pouvait faire comme s'il n'avait pas entendu.

— Et quel est ce mensonge ?

— Celui qui concerne leur rencontre. Il ment quand il dit qu'il a fait connaissance avec mon père au stade Tokyo Dome.

Les explications qu'elle lui donna le surprirent. Ce jour-là, Shiraishi Kensuké s'était fait arracher une dent, et il était impossible qu'il ait bu une bière.

— Mon père est allé voir ce match de baseball ce jour-là. C'est une certitude, dit Kazuma. Je lui avais offert ce billet. Je m'en souviens très bien.

— Mon père n'y était pas. Donc ils n'ont pas fait connaissance là.

— Dans ce cas, où l'ont-ils fait ?

— Je l'ignore. Et je ne sais pas non plus pourquoi l'accusé ment sur ce point. Mais s'il ment à ce sujet, je pense qu'il ment aussi sur le mobile du crime.

Elle avait parlé d'un ton vif, la voix chargée d'émotion. Ce qu'elle disait était cependant rationnel. Elle est intelligente, pensa Kazuma.

— Vous en avez parlé à quelqu'un ?

— J'en ai informé le procureur, mais je ne crois pas qu'il en ait tenu compte. J'en ai aussi parlé à un des enquêteurs, un certain Godai. Vous le connaissez ?

— Euh… Oui, il est venu chez moi peu de temps après le meurtre. Qu'en a-t-il dit ?

— Qu'il allait vérifier de son côté, mais je ne compte pas sur lui. Je suis sûre qu'il a beaucoup d'autres choses à faire. C'est ce qui m'a conduite à le recontacter pour lui demander vos coordonnées. Il a refusé de me les donner.

Kazuma était surpris, et embarrassé.

— Mes coordonnées ?

— L'autre jour, lorsque nous nous sommes croisés, vous avez dit que vous soupçonniez votre père de mentir, et que vous aviez l'intention de chercher à en savoir plus. Je me suis dit que vous aussi, vous aviez peut-être trouvé quelque chose.

— Je ne peux pas dire que je n'ai rien trouvé, mais je n'ai rien de décisif.

— Vous ne voulez pas me raconter ce que vous avez ? Ou bien comptez-vous vous en servir au procès ?

— Non. J'en ai parlé à l'avocat de mon père, mais il n'a pas voulu m'écouter.

— Cela ne devrait donc pas poser de problème que vous me disiez de quoi il s'agit.

— Vous avez sans doute raison. Je vais tout vous dire.

— Mais d'abord… fit-elle en levant la main pour l'arrêter. Puis-je vous demander comment vous vous appelez ?

— Toutes mes excuses… Kuraki Kazuma, répondit-il en lui tendant une carte de visite.

Elle la prit et l'approcha de ses yeux. La lumière était faible, ce ne devait pas être facile à lire.

— Et moi, je m'appelle Mirei.

Elle lui indiqua avec quels caractères cela s'écrivait.

— Votre numéro de portable figure sur votre carte de visite, mais je ne vous donnerai pas le mien aujourd'hui, de peur de regretter ensuite de l'avoir fait. Si cela vous paraît injuste, je vous la rends.

— Non, cela ne me dérange pas. Et sentez-vous libre de la jeter si vous le souhaitez.

— Très bien, dit-elle en la mettant dans une poche de son manteau.

— Le premier doute que j'ai est lié au crime de 1984. Il a été commis le 15 mai… commença-t-il, avant de lui expliquer que son père avait prévu de déménager un 15 mai quatre ans plus tard dans la maison qu'il avait fait construire.

— Il pleuvait ce jour-là, continua-t-il, et le déménagement a été reporté au dimanche suivant, mais comme c'était un jour néfaste, il a quand même transporté quelques cartons dans la maison sous la pluie. Cette histoire ne vous paraît pas incroyable ? Mon père dit qu'il n'avait pas pensé à la date, mais il n'est pas insensible à ce point. Libre à vous de me croire, bien sûr.

Elle hocha la tête, le visage grave.

— Je suis d'accord, cela paraît étrange.

— Mon deuxième doute est venu de quelque chose que m'a dit l'auteur de l'article de l'hebdomadaire *Shūkan Seihō*.

Selon le journaliste, l'homme avec qui son père avait trouvé le cadavre croyait qu'il avait eu un alibi. Kazuma revenait de Toyohashi, où il l'avait rencontré plus tôt dans la journée.

— Je commence à penser que c'est parce que mon père avait vraiment un alibi que la police ne l'a pas soupçonné.

— Autrement dit, vous vous dites que votre père ment peut-être en s'accusant du crime de 1984.

— Oui. Mais si vous rétorquez que ça m'arrange de l'imaginer parce que c'est mon père, je n'ai aucun argument à vous opposer.

— Si vous avez raison, il ment aussi en disant qu'il a avoué à mon père ce crime du passé.

— C'est vrai. Et donc aussi en affirmant que votre père a fait pression sur lui pour qu'il révèle la vérité.

Kazuma avait les yeux rivés sur Shiraishi Mirei. Leurs regards se croisèrent. Quelques instants passèrent sans qu'ils ne parlent. Il avait l'impression qu'ils partageaient quelque chose, mais peut-être n'était-ce qu'une illusion.

— Admettons que ce que vous imaginez correspond à la réalité. Pourquoi votre père chercherait-il à assumer ce crime du passé ?

Le doute exprimé par Mirei était naturel.

— Je l'ignore, mais peut-être que…

Il venait d'avoir une idée.

— Peut-être que… ?

— Peut-être protège-t-il quelqu'un.

— Mais le crime de 1984 est prescrit, non ? Il n'a pas besoin de prétendre que c'est lui.

Ce qu'elle disait était logique.

— Vous avez raison. Ah !

Kazuma venait de se souvenir d'un mot, "salut".

— Qu'est-ce qui vous prend ? Vous avez une idée ? lui demanda Mirei en lui décochant un regard sévère, comme si elle percevait quelque chose d'insolite.

— Oui, mais vous la trouverez peut-être tirée par les cheveux.

— Dites-moi de quoi il s'agit. Sinon, je ne vais pas pouvoir comprendre.

— Le fait que mon père se soit accusé du crime de 1984 a procuré le salut à Mme Asaba et sa fille, du restaurant Asunaro. C'est en tout cas ce qu'elles m'ont dit la dernière fois que je les ai rencontrées. Elles étaient contentes, parce que ses aveux établissaient que leur mari et père avait été injustement accusé. Elles ont beaucoup souffert de l'hostilité qu'elles ont eue à affronter depuis 1984.

— Mais en réalité, cet homme n'était pas innocent. L'homme qui s'est suicidé était bien le tueur. Votre père aurait eu pitié d'elles et, en se dénonçant comme coupable, il voulait proclamer au monde l'innocence de leur mari et père.

— Je me dis que ça pourrait être ça… Désolé, c'est vraiment tiré par les cheveux.

— Non, je ne trouve pas, répondit Mirei en hochant la tête de droite à gauche. Puisque ce crime est prescrit, il ne peut plus en répondre pénalement. Il est tout à fait envisageable qu'il se soit dit que s'il allait être arrêté, autant sauver ces deux femmes auxquelles il s'était attaché.

— Dans ce cas, il a tué votre père pour une autre raison.

— Sans doute, fit-elle après un court silence.

Il eut l'impression que son expression était plus dure. Peut-être venait-elle de prendre à nouveau conscience du fait que Kazuma était le fils de l'homme qui avait tué son père.

— Si rien n'est fait, le procès se fera autour de la version fabriquée par mon père, reprit-il en détournant les yeux. Si c'est vrai que mon père a tué le vôtre, quel que soit son mobile, on peut peut-être le tolérer mais…

— Bien sûr que non ! s'exclama-t-elle avec vivacité. Je veux connaître la vérité. Pour moi, c'est à ça que le procès doit servir. Je ne peux pas accepter qu'il ait lieu sans que l'on connaisse le véritable mobile.

— Je suis d'accord avec vous. Mais comment faire…

— Je vais y réfléchir. À fond. Et je vous contacterai si je trouve quelque chose dont je dois vous parler.

La conviction avec laquelle elle dit cela bouleversa Kazuma. Elle était non seulement intelligente, mais aussi forte.

— Très bien. Moi aussi, je vais continuer à réfléchir.

Après un instant d'hésitation, elle sortit de sa poche son smartphone et la carte de visite de Kazuma. Tenant le téléphone de la main gauche, elle le manipula de la droite.

Il entendit une notification sur le sien et vit le numéro de Mirei s'afficher sur l'écran.

Elle remit la carte de visite et le téléphone dans sa poche.

— Je vous fais confiance.

— Merci. Si je trouve quelque chose, vous me permettez de vous appeler ?

— Oui, s'il vous plaît, répondit-elle en esquissant un sourire. Je vous dis au revoir. Je suis contente que nous ayons pu parler.

— Moi aussi.

Elle fit demi-tour et s'éloigna. Il ne réussit pas à détacher ses yeux de sa silhouette élancée.

35

Godai leva la tête vers l'immeuble résidentiel aux lignes élégantes devant lequel il se trouvait et hocha la tête. Rien d'étonnant à ce qu'un jeune cadre d'une agence de publicité d'élite habite un endroit pareil. Le loyer d'un deux-pièces ici devait coûter au moins 150 000 yens.

Il entra dans le hall et appuya sur l'interphone. La réponse fut presque immédiate. Godai donna son nom, et la porte intérieure s'ouvrit simultanément.

L'ascenseur l'emmena jusqu'au cinquième étage, et il sonna à l'appartement 605.

Kuraki Kazuma, vêtu d'un survêtement qui avait dû coûter cher, lui ouvrit. Il le trouva amaigri mais se dit que c'était sans doute dû à sa conviction que le fils de l'accusé avait la vie moins facile.

— Désolé de cette visite impromptue, dit Godai en inclinant la tête.

— Ne le soyez pas ! Comme je vous l'ai dit au téléphone, je voulais aussi vous poser quelques questions.

Il le fit entrer. C'était bien un deux-pièces, plutôt spacieux. Un canapé d'angle formait la partie salon, mais Kuraki l'invita à s'asseoir à la table de la salle à manger. C'était plus pratique pour parler.

— Commençons donc par vos questions, suggéra Godai une fois assis.

Kuraki hocha la tête.

— La fille de M. Shiraishi vous a demandé mes coordonnées, n'est-ce pas ?

Pris au dépourvu, le policier le regarda.

— Comment le savez-vous ?

— Elle me l'a dit.

— Elle-même ?

— Oui.

— Elle vous a contacté ?

Si c'était le cas, comment s'était-elle procuré ses coordonnées ?

— Non, nous nous sommes croisés par hasard. Près du pont de Kiyosu.

— Elle m'en a parlé. En disant que vous n'aviez pas échangé vos numéros de téléphone.

— Non, nous nous sommes à nouveau croisés là-bas.

— À nouveau ? Au même endroit ?

— Oui.

Deux rencontres fortuites ? Godai pensa que ce n'était peut-être pas un simple hasard.

— Vous allez souvent là-bas ?

— Non, c'était la deuxième fois pour moi. Mais elle m'a dit qu'elle y venait souvent.

— Ah vraiment…

Ne l'aurait-elle pas fait quand elle en avait le temps, dans l'espoir de croiser Kuraki Kazuma à nouveau ? Elle était parfaitement capable de prendre ce genre d'initiative. Mais ce n'était pas la peine de le mentionner ici.

— Et de quoi avez-vous parlé ?

— De diverses choses. Des doutes que nous avons tous les deux. Elle m'a appris que son père s'était fait arracher une dent le jour où le mien a déclaré avoir fait connaissance avec lui au stade Tokyo Dome. En précisant qu'elle vous en avait aussi informé.

— Oui. D'après elle, son père n'aurait pas bu de bière après s'être fait arracher une dent.

— Cela m'a paru un argument de poids, convaincant.

— Je suis d'accord avec vous.

— De mon côté, j'ai cherché à en savoir plus sur le meurtre de 1984, et je lui ai parlé d'incohérences que j'ai remarquées.

— Vous avez cherché à en savoir plus ? Vraiment ?

— Vous savez, je suis confiné à la maison par mon employeur, et j'ai du temps à ne plus savoir qu'en faire.

Ce que Kuraki Kazuma lui raconta avec un sourire plein d'autodérision le surprit. Son père aurait emménagé dans sa nouvelle maison quatre ans jour pour jour après le meurtre de Higashi-Okazaki.

— Si ce que vous dites est vrai, ça pose question.

— C'est vrai. Je suis son fils, et je le sais. Et ce n'est pas tout, ajouta-t-il, le regard encore plus grave. Je commence à me dire que mon père avait un alibi pour ce meurtre.

— Un alibi ? sursauta Godai en entendant ce terme qui appartenait à son vocabulaire professionnel. Comment ça ?

— Je suis allé voir une personne qui a un lien avec le meurtre.

Il s'agissait, expliqua-t-il, de l'homme avec qui Kuraki Tatsurō se trouvait au moment de la découverte du corps de la victime. L'auteur de l'article de l'hebdomadaire lui avait donné son numéro de téléphone. La conversation que le fils Kuraki avait eue avec cette personne l'avait conduit à penser que la raison pour laquelle son père n'avait pas été soupçonné en 1984 était que la police avait pu vérifier l'alibi qu'il avait fourni.

— Un instant, s'il vous plaît. Vous voulez dire que votre père aurait avoué un crime qu'il n'a pas commis ?

— C'est ce que je suspecte.

— Pourquoi aurait-il fait ça ?

— Pour assurer le salut de quelqu'un.

— Assurer le salut de quelqu'un ?

— Vous allez peut-être me dire que mon explication est tirée par les cheveux mais…

Ce qu'il lui raconta ensuite était renversant. À savoir que son père se serait peut-être accusé du meurtre pour prouver l'innocence du mari et père des Asaba mère et fille.

Godai le regarda fixement.

— Vous avez des idées incroyables, vous !

— J'ai conscience du fait que l'hypothèse paraît invraisemblable. Mais depuis que je l'ai envisagée, je n'arrive plus à me l'ôter de la tête…

Godai se porta la main au front en tentant de mettre de l'ordre dans ce qu'il venait d'entendre. Si grande était sa stupéfaction qu'il en était troublé.

— Je vous ai choqué ? demanda Kazuma en lui adressant un regard timide.

Le policier écarta la main de son front, se redressa et tourna les yeux vers Kazuma.

— Quelqu'un qui n'entendrait que ça se demanderait à coup sûr qui a pu imaginer un scénario aussi délirant.

— Oui, c'est vrai.

— Mais, reprit Godai, votre scénario est cohérent. J'ai essayé en vain de lui trouver une faille. Pour soutenir cette version cependant, il faut résoudre un autre doute : pourquoi votre père a-t-il tué M. Shiraishi, et pourquoi ne donne-t-il pas son véritable mobile ?

— Je suis d'accord avec vous. C'est pour ça que mes conjectures aboutissent à une impasse.

— Et vous vouliez m'en parler, pour voir quelle serait ma réaction ?

— Je voulais avoir votre opinion.

— Eh bien, vous la connaissez maintenant. À un certain égard, votre version me semble très juste. Je ne me moque absolument pas de vous.

— Vous me rassurez un peu. Je ne voulais surtout pas vous faire perdre votre temps en vous faisant part de mes conjectures. Je vous ai tout dit. Si c'était possible, je serais très heureux si l'enquête pouvait reprendre en en tenant compte…

— Pour l'instant, ça me paraît exclu, même si je le regrette. Comme vous l'avez dit, il ne s'agit que de suppositions sans fondement. À moins d'avoir des preuves tangibles, mes supérieurs refuseront certainement de rouvrir l'enquête.

— Je m'y attendais… lâcha Kazuma, découragé.

— Mais je vais garder à l'esprit ce que vous m'avez dit. Des faits nouveaux peuvent encore émerger.

Godai lui-même entendit ces mots comme n'étant qu'une vague consolation, mais Kuraki hocha la tête en disant qu'il comptait sur lui.

— De mon côté, j'avais une première question pour vous. Votre père possédait-il un téléphone prépayé ?

— Un téléphone prépayé ? répéta Kazuma en lui adressant un regard soupçonneux. Je n'en sais rien.

— Pouvez-vous me dire s'il va souvent dans le quartier d'Ōsu ?

— Dans le quartier d'Ōsu ? Ça lui arrivait autrefois, quand il avait besoin d'un nouveau produit électroménager. Mais pour ce qui est de ces derniers temps, je n'en sais rien.

— On trouve là-bas comme à Akihabara des téléphones reconditionnés ou à l'anonymat garanti. Votre père s'intéressait-il à ce genre de choses ?

— Mon père ? Non, pas du tout, je pense. Pourquoi me posez-vous cette question ?

— Il aurait déclaré pendant un interrogatoire qu'il avait acheté un téléphone prépayé à un inconnu un jour qu'il était à Ōsu.

— Mon père ? dit à nouveau Kazuma, perplexe. Il ne m'en a jamais parlé, en tout cas. Je ne l'imagine pas prêt à faire quelque chose d'illégal ou presque.

Godai n'eut pas l'impression qu'il jouait la comédie.

— Je vais maintenant vous parler d'autre chose. Vous êtes allé à Toyohashi récemment, mais comptez-vous retourner dans la région dans un avenir proche ? Ou dans votre maison familiale ?

— Non, pas pour l'instant.

— Je voudrais vous montrer quelque chose.

Le policier sortit son smartphone, le manipula et le posa devant Kazuma. Sur l'écran apparaissait la photo de la carte de visite de l'avocat de Nagoya.

— Qu'est-ce que c'est ?

— Une carte de visite qui se trouvait dans un étui de votre père. Ce nom vous dit quelque chose ?

— Non, répondit immédiatement Kazuma avant de lever la tête comme s'il venait de penser à quelque chose. Si mon père l'avait chez lui, vous ne croyez pas que cela signifie qu'il a eu affaire à ce cabinet ?

— Impossible d'en être certain, mais cela paraît logique.

— Vous ne trouvez pas ça bizarre ? D'après ses aveux, il aurait contacté M. Shiraishi parce qu'il ne connaissait aucun avocat à qui il pouvait parler de son plan de faire de Mme Asaba et sa fille ses légataires, n'est-ce pas ? Mais la présence de cette carte de visite dans ses affaires fait penser qu'il avait un lien avec ce cabinet de Nagoya. La logique aurait voulu qu'il les contacte, non ?

Comme il convient à un employé d'une des plus grandes agences de publicité du Japon, il avait l'esprit vif et devina la question de Godai sans que celui-ci ait à la poser.

— Je suis venu vous voir parce que je le pense.

— C'est un point important ! J'espère que vous allez enquêter là-dessus, dit Kazuma en lui jetant un regard implorant.

Godai ne pouvait cependant lui donner la réponse espérée.

— Je suis désolé mais je ne peux que vous répondre que ma hiérarchie ne m'a pas donné d'instruction en ce sens. Pour tout vous dire, cette carte de visite n'est pas considérée comme posant problème. Un jeune collègue l'a trouvée presque par hasard.

— Mais c'est quand même bizarre, reprit Kazuma en regardant de nouveau l'écran puis le policier. Vraiment bizarre ! Pourquoi ne vous y intéressez-vous pas ?

— Ma hiérarchie considère l'enquête terminée. Les aveux de l'accusé sont solides et ne présentent pas d'incohérence majeure. Même si je leur montrais cette carte de visite, mes chefs ne changeraient probablement pas d'avis. Au contraire, ils me reprocheraient d'en faire trop.

— Vraiment… lâcha Kazuma, qui avait visiblement du mal à accepter l'absurdité de la situation. Il n'y a rien à faire ? Je trouve difficile de croire qu'il vous est impossible d'agir sans l'autorisation de votre hiérarchie.

— Il y a des cas où c'est possible, mais pas celui-ci. Si cet avocat recevait la visite d'un policier de Tokyo, qui lui demanderait, sans avoir de commission rogatoire, s'il connaissait votre père, il ne lui répondrait pas. Parce qu'il est couvert par le secret professionnel. Mais…

Il s'interrompit et reprit, les yeux posés sur Kazuma :

— Il ne réagirait pas de la même manière vis-à-vis d'un membre de la famille.

— Quoi ? réagit Kazuma, troublé.
— Il pourrait avoir une autre attitude avec vous, son fils.
— Vous voulez dire que si je lui posais la question, il me dirait pourquoi mon père avait sa carte de visite ?
— En règle générale, non. Parce qu'un père a droit au respect de sa vie privée. Mais suivant la manière dont vous posez la question, vous aurez peut-être une réponse.
— La manière de poser la question…
— Considérez que je pense tout haut. Libre à vous de ne pas tenir compte de ce que je vais dire, ajouta Godai en se passant la langue sur les lèvres.

Après avoir quitté l'appartement de Kuraki Kazuma, Godai était incapable de déterminer s'il avait eu raison d'agir comme il venait de le faire. En tant que policier, il avait probablement commis un manquement au règlement. Il essaya en vain de se persuader que c'était dans l'intérêt de la recherche de la vérité, mais il n'arriva pas à se débarrasser du sentiment qu'il avait troublé ce jeune homme qui voulait croire à l'innocence de son père. Kuraki Kazuma aurait probablement du mal à trouver le sommeil ce soir.

Il n'empêche que ses conjectures l'avaient surpris.

Cette hypothèse selon laquelle son père avait fait des aveux mensongers afin de délivrer les dames Asaba des tourments qu'elles avaient endurés… Le crime étant prescrit, il n'avait rien à perdre en prétendant l'avoir commis. Si ces deux femmes étaient importantes pour lui au point qu'il était prêt à en faire ses héritières, qu'il ait eu ce dessein pouvait se concevoir.

Mais pourquoi lui étaient-elles si chères ? Si c'était lui, et non leur mari et père, qui avait commis le crime de 1984, on pouvait comprendre qu'il le fasse pour se racheter de l'avoir fait porter à un autre. S'il n'était pas coupable, tout changeait.

Godai regarda sa montre. Il était un peu après 17 heures. Il leva la main pour arrêter un taxi qui passait, y monta et demanda au chauffeur de le conduire à Monzen-Nakachō.

Quand il en descendit devant le restaurant Asunaro, il était exactement 17 h 30, l'heure de l'ouverture, mais il ne devait pas encore y avoir de clients. Son intention était de mieux comprendre la relation entre Kuraki et les deux femmes, et plus spécifiquement celle qu'il avait avec Orié. N'y avait-il pas eu de sentiments amoureux entre eux ?

Il était dans l'escalier lorsqu'il croisa un homme qui portait un manteau beige. Arrivé en bas, celui-ci s'engagea dans la rue. Son visage disait quelque chose à Godai qui se souvint très vite qu'il s'agissait de l'homme arrivé au moment de la fermeture lors de sa dernière visite ici.

Il dévala l'escalier, inspecta des yeux les alentours, l'aperçut, et pressa le pas pour le rattraper.

— Excusez-moi, lança-t-il, un fois qu'il fut à sa hauteur.

L'homme s'immobilisa et lui adressa un regard soupçonneux.

— Désolé de vous aborder comme ça, continua Godai en se composant un visage aimable. Je suis de la police de la préfecture de Tokyo.

Surpris, comme n'importe qui l'aurait été en pareilles circonstances, l'homme cligna des yeux.

— Et que puis-je…

— Vous venez de quitter le restaurant Asunaro, n'est-ce pas ?

— Oui, et alors ?

— Je vous prie de m'excuser si je fais erreur, mais ne seriez-vous pas l'ex-mari de Mme Asaba Orié ?

L'homme parut légèrement étonné.

— Si, mais…

— Je ne me trompais pas… Auriez-vous un peu de temps à m'accorder ? demanda Godai le plus humblement possible.

— C'est en lien avec ce meurtre ?

— Exactement.

L'homme secoua la tête de droite à gauche, les yeux baissés.

— Dans ce cas, vous perdez votre temps. Je ne sais rien à ce sujet.

— J'en suis conscient. Nous nous intéressons actuellement aux proches des personnes liées de près ou de loin à cette affaire. Cela me serait d'un grand secours si vous acceptiez de me parler. Je serai bref.

Visiblement embarrassé, l'ex-mari d'Orié consulta sa montre.

— Dans ce cas, d'accord.

— Je vous remercie, dit Godai en inclinant la tête.

Quelques minutes plus tard, ils étaient assis à une table du café qui se trouvait en face d'Asunaro.

Ils commencèrent par se présenter. Godai sortit son livret de police, en faisant attention à ce qu'aucun autre client ne le voie, et accepta la carte de visite qui lui était tendue. Il lut d'abord un nom, Anzai Hiroki, sous lequel était écrit : "Sous-directeur, division du secrétariat, ministère des Finances".

— Je vous ai déjà croisé dans le restaurant. Peut-être vous en souvenez-vous, un soir où vous êtes arrivé juste avant la fermeture.

— Ah… ce client qui n'était pas encore parti, c'était vous, répondit Anzai avec un hochement de tête.

— Comme je savais que la fille de Mme Asaba avait été mariée, je me suis tout de suite demandé si vous n'étiez pas son ex-mari.

— Je comprends mieux. Et que me voulez-vous ? s'enquit Anzai, qui but du café avant de reposer son gobelet en carton.

Il avait l'air pressé d'entrer dans le vif du sujet.

— Vous êtes au courant du meurtre, n'est-ce pas. C'est votre ex-femme qui vous en a parlé ?

— Non, des gens de ma famille.

— Des gens de votre famille ? Comment cela se fait-il ?

— C'est à cause de cet hebdomadaire, *Shūkan Seihō*. Des gens qui avaient lu l'article m'ont appelé. En suggérant que les Asaba étaient la famille de cet homme qui s'était suicidé en détention. J'ai lu l'article, et j'ai appelé Orié pour vérifier que c'était bien de lui qu'il s'agissait.

— Et elle l'a confirmé ?

— Exactement, répondit Anzai, qui n'avait pas l'air satisfait.

— J'en déduis que vous êtes resté en contact avec elle après le divorce.

— Euh… oui. Nous ne nous voyons pas souvent, mais elle a un droit de visite…

— Un droit de visite ?

— Elle a le droit de voir notre fils.

— Ah… Je me souviens d'avoir vu sa photo dans leur appartement. Il avait l'air d'avoir neuf ou dix ans.

— Il est en quatrième cette année. Elle a un droit de visite, mais il n'y a pas de périodicité précise, et nous en convenons d'avance chaque fois.

— C'est pour ça que vous êtes passé au restaurant aujourd'hui ?

— Non…

Anzai s'interrompit, l'air pensif, jeta un coup d'œil sur la salle et se pencha vers Godai.

— Bon. Je n'ai pas envie que vous entendiez des réflexions inopportunes faites par des tierces parties. Sachez que nous n'avons pas divorcé parce que nous ne nous entendions plus, mais à cause du passé de son père, que je connaissais. Orié me l'a révélé quand je l'ai demandée en mariage. Je l'ai crue quand elle m'a dit qu'il avait été accusé d'un crime qu'il n'avait pas commis, et je suis arrivé à la conclusion que cela ne poserait pas de problème à condition que nous n'en parlions pas, étant donné qu'à l'époque, son père était mort depuis presque vingt ans. Mes parents ont été très attentifs au choix qu'a fait mon frère au moment de son mariage, mais leur attitude à mon égard a été très différente, parce que je suis leur cadet. Ils n'ont pas cherché à en savoir plus lorsque je leur ai dit qu'elle avait perdu son père quand elle était enfant. Et pendant quelque temps après notre mariage, cela n'a pas posé de problème. Nous avons eu un fils, et je pensais que nous resterions toujours ensemble.

— Mais il s'est passé quelque chose d'imprévu ?

Anzai sourit amèrement.

— Mon père est conseiller municipal. Mon frère, qui devait lui succéder, a eu un gros ennui de santé, et pendant un temps, j'ai été considéré comme celui à qui cette responsabilité reviendrait. Ça a changé la donne. Les membres de son association de soutien et des gens de ma famille ont pris l'initiative d'enquêter sur mon couple, pour voir si rien ne posait problème. C'était en quelque sorte une enquête de personnalité, et ils ont découvert l'histoire du père d'Orié, qui est bien sûr devenu un problème majeur. J'ai eu beau dire que je n'avais aucune intention de succéder à mon père, ils m'ont répondu que le problème n'était pas là mais qu'il s'agissait de protéger son nom. Il m'a accusé de lui avoir caché la vérité au moment de mon mariage, en disant que s'il avait su, il n'aurait jamais donné son accord.

Godai n'avait aucun mal à le croire. La loi de la jungle prévaut en politique à tous les niveaux. Les opposants au père d'Anzai auraient eu un argument de poids.

— Et vous avez fini par décider de divorcer.

— C'est elle qui a pris la décision. Elle m'a dit qu'il valait mieux que nous le fassions.

— Elle vous a dit ça…

Le regard lointain, Anzai a posé les coudes sur la table.

— Elle a affirmé qu'elle y était prête dès le jour où nous nous sommes mariés, parce qu'elle savait qu'il était possible que l'histoire de son père soit découverte et que nous soyons contraints de divorcer. Parce qu'elle avait vécu ça toute sa vie. J'ai essayé de lui dire qu'ensemble, nous pourrions surmonter la situation, mais elle n'a rien voulu entendre. Elle ne voulait pas continuer à être mon épouse en supportant que les gens nous mettent à l'index, et l'idée que notre fils ou moi souffrions à cause d'elle lui était insupportable. Pour elle, mieux valait divorcer immédiatement, avant que ça n'arrive, pendant qu'il était encore temps. Elle était très calme, pleine de sang-froid. En l'entendant, j'ai compris que j'étais naïf de penser que je pourrais l'emporter contre le reste du monde, et j'ai cessé de m'y opposer.

— Vous aussi étiez dans une situation douloureuse, n'est-ce pas ?

— Ce que j'ai vécu, répondit Anzai en haussant les épaules, n'est rien comparé à ce qu'elle a dû affronter. C'est pour ça que j'ai voulu qu'elle puisse au moins voir notre fils comme elle l'entendait. Il est grand maintenant, et je sais qu'il va parfois la voir tout seul. Voilà où nous en étions lorsque cet article est paru. L'innocence du père d'Orié est aujourd'hui prouvée. Cela change tout.

— Vous voulez dire que votre divorce n'avait pas de sens ?

— Non. Si nous n'avions pas divorcé, nous aurions dû affronter des campagnes de dénigrement. Mais ce qui vient de se passer a des conséquences pour l'avenir. Les gens qui n'étaient pas d'accord jusqu'à présent pour qu'Orié voie notre fils vont sans doute cesser de s'y opposer. Et nous allons pouvoir décider ensemble de son avenir, en parler. C'est la raison pour laquelle je vais très souvent la voir au restaurant ces derniers temps. Comme aujourd'hui.

Anzai prit son gobelet en carton, finit son café et le reposa sur la table.

— J'espère que vous me comprenez.

Godai perçut dans ces propos l'éloquence du fils d'un politicien. Son discours logique ne laissait aucun espace au doute.

— Oui, parfaitement, répondit-il en regardant les traits réguliers du visage d'Anzai. Vous n'avez pas l'intention de vous remarier avec elle ?

Anzai esquissa un sourire et agita la main droite en signe de dénégation.

— Pas du tout. Je me suis remarié il y a sept ans. Et j'ai deux enfants avec ma seconde femme, un garçon et une fille.

— Ah bon.

Anzai avait sans doute une quarantaine d'années. Il n'y avait rien d'étrange à ce qu'il ait refait sa vie.

— Mais mon épouse ne s'occupe pas du tout de l'éducation de mon fils aîné. C'est bien pour ça que j'ai besoin de l'aide d'Orié.

— Dois-je comprendre que vous n'avez plus de sentiments pour elle ?

— Je ne la vois plus comme une femme attractive, mais comme une belle personne. Et je souhaite de tout cœur qu'elle rencontre un autre homme qui puisse la rendre heureuse.

— Vous n'avez jamais eu le sentiment qu'elle avait quelqu'un dans sa vie ? Par exemple un de ses clients ?

Anzai inclina la tête, perplexe.

— Eh bien… En règle générale, je ne viens pas au restaurant pendant les heures d'ouverture. Donc je suis incapable de répondre à votre question.

— Je comprends.

— Mais… reprit Anzai. Je ne me souviens plus quand c'était, mais un jour où j'étais seule avec sa mère, elle m'a dit quelque chose qui m'a intrigué.

— Mme Asaba Yōko ?

— Oui.

— Et que vous a-t-elle dit ?

— Que je n'avais plus à me faire de souci pour Orié, parce qu'elle avait trouvé quelqu'un en qui elle avait confiance.

— Vous pourriez me dire quand c'était ?

— L'année dernière à la même époque, je crois. J'étais venu au restaurant pour lui parler de notre fils.

— Quelqu'un en qui elle a confiance ?

— Je n'ai pas voulu lui poser de questions, parce que je pensais que ça aurait été inconvenant, et je me suis contenté de lui dire que je m'en réjouissais. Je n'en sais pas plus.

Anzai s'interrompit et lui jeta un regard soupçonneux.

— Ça vous sert à quelque chose que je vous raconte tout ça ?

— Oui, énormément. Je vous remercie de votre coopération, dit encore une fois Godai en inclinant profondément la tête.

36

De derrière ses lunettes cerclées de noir, Sakuma Azusa écarquilla les yeux en entendant les mots prononcés par Mirei qui venait d'arriver dans son bureau.

— Je vous ai bien entendue ?

— Oui, répondit Mirei en se passant la langue sur les lèvres. Je souhaite rencontrer l'accusé. Pourriez-vous m'accompagner au centre de détention ?

Sans la quitter des yeux, l'avocate prit une profonde inspiration, comme pour retrouver son calme.

— Mais dans quel but ?

— Je veux comprendre quel genre d'homme c'est. Je veux le rencontrer, lui parler et me faire ma propre opinion. Ensuite, je lui poserai une question : Pourquoi mentez-vous ?

Sakuma Azusa croisa les doigts sur son bureau.

— Vous n'arrivez toujours pas à croire que l'accusé Kuraki a rencontré votre père au stade Tokyo Dome ?

— Il y a ça, bien sûr, mais c'est loin d'être la seule chose dont je doute. Je ne suis pas non plus convaincue par le mobile du crime. Mon père n'aurait jamais adopté une telle attitude.

— Pour ce qui est de cet aspect, comme l'a dit le procureur Imahashi, il est fort possible que l'accusé déforme en partie les faits. Mais de son point de vue, cela n'a aucun sens d'en discuter puisque cela ne change rien à la gravité de son acte.

— Je ne suis pas d'accord ! l'interrompit Mirei. Il ne s'agit pas d'une partie des faits. Permettez-moi de vous poser une question. Comment pouvez-vous affirmer que tout ce qu'il a avoué n'est pas une déformation de la vérité ? Quelles preuves avez-vous qu'il ne ment pas ?

— Calmez-vous ! Qu'est-ce qui vous arrive ? Que s'est-il passé ? Je vous trouve bizarre. Quelqu'un vous a dit quelque chose ?

Mirei tressaillit.

— Non, ce n'est pas ça…

— Si, c'est bien ça ! Quelqu'un vous a soufflé quelque chose, n'est-ce pas ?

— Comme vous y allez ! Soufflé quelque chose…

— Expliquez-moi ce qui vous prend. Soyez honnête avec moi. Je vous représente. Je ne dis que ce que vous voulez que je dise, je ne fais que ce que vous voulez que je fasse. Mais si vous ne me faites pas confiance, je ne pourrai pas vous aider comme je le dois. Si vous avez quelque chose sur le cœur, il faut m'en parler. Le partage des informations est indispensable au système de participation des victimes.

Sakuma Azusa s'était exprimée avec passion. Lui cacher quelque chose n'était pas bien. Mirei en était consciente.

— Il se trouve que… j'ai rencontré son fils, finit-elle par lui révéler après avoir hésité.

— Son fils ? Le fils de qui ?

— De l'accusé.

Elle entendit l'avocate respirer profondément.

— Vous m'étonnez… C'était quand ?

— Par hasard, un jour où j'étais allée déposer des fleurs sur le lieu du meurtre.

— Et alors ?

— Lui non plus n'arrive pas à croire aux aveux de son père, et s'efforce de vérifier diverses choses. Il a découvert plusieurs points douteux, surtout en lien avec le crime de 1984. Il se demande si son père ne ment pas en s'en accusant. Et si l'accusé ment à ce sujet, cela signifie que le mobile qu'il a donné pour expliquer qu'il a tué mon père est aussi une invention.

L'avocate hocha la tête de droite à gauche. Son regard était glacial.

— Il est naturel que lui cherche des preuves qui puissent servir son père.

— Je ne pense pas que ce soit son but. Il m'a dit que s'il est vrai que son père a vraiment tué le mien, quel que soit son mobile, il l'acceptait. Il n'a pas envie de le croire, mais il est prêt à l'accepter. Il agit parce qu'il n'est pas convaincu par les aveux de son père, ni par ce qu'il présente comme son mobile. C'est ce qui me donne envie de rencontrer l'accusé. Je veux le jauger, voir de mes propres yeux s'il est capable de tuer quelqu'un pour un mobile pareil.

Sakuma Azusa porta la main à ses lunettes, cligna des yeux et scruta le visage de Mirei.

— Qu'y a-t-il ? demanda celle-ci. Il se passe quelque chose ?

— Non, mais j'ai l'impression que vous avez beaucoup de sympathie pour le fils de l'accusé.

Mirei ne comprit pas pourquoi elle sentit son cœur battre plus vite.

— Tout ce que je dis, c'est que nous souhaitons tous les deux connaître la vérité. Et ce n'est pas lui qui a tué mon père. Lui aussi est une victime, dans la mesure où il souffre à cause de ce meurtre. Vous n'êtes pas d'accord avec moi ? demanda-t-elle en parlant d'une seule traite.

— Vous avez raison. Je vous demande pardon, glissa l'avocate en baissant la tête. Je comprends mieux où vous en êtes. Mais je ne pense pas que pour le moment ce soit une bonne idée pour vous de rencontrer l'accusé. Le procureur s'y opposerait aussi.

— Pourquoi ? La famille de la victime ne doit pas rencontrer l'accusé ?

— Il n'y a aucune règle à ce sujet. Ce n'est pas une bonne idée parce que vous avez décidé d'avoir recours au système de participation des victimes. Pendant le procès, vous serez du côté du procureur, dont le rôle est d'expliquer le crime de l'accusé. Cela ne peut que se faire sur la base d'informations objectives. Il faut éviter un contact personnel avec l'accusé pour ne pas avoir de préjugé à son égard. Et au risque de vous choquer, je doute qu'une seule rencontre avec lui vous permette de comprendre quelque chose de la personne qu'il est. Imaginons qu'il se conduise devant vous d'une manière très humble. Vous croyez que vous pourrez en conclure que c'est un homme sincère ?

— Vous avez peut-être raison, mais j'aimerais quand même le voir.

— Renoncez-y. Je vous en prie instamment, répondit Sakuma Azusa d'une voix douce, mais inflexible.

Mirei baissa la tête et soupira.

— Je n'ai donc pas le choix.

L'avocate la regarda.

— Ce serait vraiment une mauvaise chose ?

— Vous n'avez quand même pas l'intention de le faire sans m'en parler ?

Elle avait vu juste. Sa cliente y pensait.

— Ne le faites pas, insista-t-elle en croisant les bras. Renoncez-y. Si vous passez outre, je me déchargerai de votre cas.

— Je comprends, répondit Mirei qui ne paraissait pas convaincue.

— Le mobile continue à vous poser problème, n'est-ce pas ?

— Puisque je suis certaine que l'accusé ment quand il affirme avoir fait connaissance avec mon père pendant ce match de baseball, il en découle que la relation qu'il dit avoir eue avec lui ne peut correspondre à la réalité. Je ne peux que penser qu'il y a un autre mobile.

— Je comprends ce que vous dites. Mais je voulais aussi vous demander vos idées sur la sentence.

— Sur la sentence… ?

Mirei ne savait comment continuer. Elle n'y avait guère réfléchi.

— La majorité des familles des victimes de meurtre souhaite en priorité la peine de mort, et si ce n'est pas possible, au moins la perpétuité. En général, elles ne reculent devant aucun effort pour l'obtenir, et insistent beaucoup auprès du procureur. C'est la raison pour laquelle je vous pose la question. Il me semble que votre mère la souhaite.

— Moi… je voudrais y réfléchir une fois que je saurai la vérité. Tant qu'elle n'est pas connue, je ne peux pas savoir quelle peine demander, puisqu'il est impossible de mesurer l'étendue de son crime. Je me trompe ?

— La vérité…

L'avocate baissa les yeux avant de les diriger vers Mirei.

— J'en prends note. Admettons que l'accusé mente sur le mobile du crime. Mais pensez-vous que son vrai mobile soit encore plus cruel que celui qu'il a donné ?

— Eh bien… je ne peux pas le savoir.

— Le mobile de l'accusé était d'empêcher définitivement que le crime qu'il avait commis autrefois soit révélé. M. Shiraishi n'a rien fait de mal, et aux yeux des jurés, le mobile de l'accusé paraîtra refléter une volonté extrême de lui nuire pour son gain personnel. M. Imahashi, le procureur, estime qu'il pourra sans doute requérir la peine de mort s'il arrive à conforter la préméditation, et j'ai appris qu'il a demandé à la police un complément d'enquête en ce sens.

— À quel propos ?

— L'accusé dit avoir contacté la victime le jour du meurtre en utilisant un téléphone prépayé. Il l'aurait acheté il y a plus de deux ans, sans avoir l'intention de s'en servir pour le meurtre qu'il a commis. Ce serait aussi le cas du couteau. M. Imahashi doute de la véracité de ces déclarations, et se demande s'il ne les a pas plutôt achetés après avoir pris la décision de tuer. Si la police parvient à établir l'origine de ces objets, la préméditation sera plus nette.

Mirei se souvint du visage froid d'Imahashi. Elle avait eu l'impression qu'il concevait les procès comme un jeu, et que chaque victoire lui procurait du plaisir.

— Revenons à ce dont nous parlions, continua Sakuma Azusa. Je pense qu'en faisant confiance à M. Imahashi, la peine de mort est envisageable. Imaginons maintenant que l'accusé cache quelque chose, et qu'il ait eu un autre mobile. Si ce mobile caché est encore plus cruel que ce qu'il a avoué, cela ne posera pas de problème particulier. Mais dans le cas contraire, par exemple s'il a commis ce crime parce qu'il s'y sentait contraint pour une raison sérieuse, il se peut que la peine de mort ne soit plus envisageable, ni même la réclusion à perpétuité. Cela vous serait égal ?

— Si c'était le cas, personne n'y pourrait rien. Ce que je recherche, c'est la vérité, et la peine de mort n'est pas du tout ma priorité. Je veux savoir ce qui s'est vraiment passé.

L'expression de l'avocate se fit pensive.

— J'en prends note, finit-elle par dire. Autrement dit, vous ne croyez pas aux déclarations de l'accusé, et vous souhaitez aussi qu'on doute de son mobile. Cette formulation vous convient ?

— Oui. Je vous remercie de bien vouloir la transmettre.

— Il y a une chose que je veux que vous compreniez. Dans l'état actuel des choses, M. Imahashi ne fera rien en ce sens. La situation actuelle est le résultat d'une enquête approfondie de la police. Rien ne changera à moins que des faits nouveaux apparaissent.

— Au risque de vous paraître insistante, c'est bien pour cela que j'aimerais rencontrer l'accusé et lui poser des questions. Lui dire qu'il ment quand il affirme avoir fait connaissance avec mon père au stade Tokyo Dome.

Sakuma Azusa secoua la tête de droite à gauche en même temps qu'elle agitait la main droite pour dire non.

— Si vous dites à l'accusé que comme votre père s'était fait arracher une dent le jour du match, il n'aurait jamais bu de bière, et que celui-ci vous réponde que peu lui importe, puisque votre père en a bu une quand il était assis à côté de lui, vous n'aurez aucun argument à lui opposer.

— Si vous dites vrai, pourquoi ne pas lui en parler au moment du procès ? Il me semble que ça pourrait faire naître le doute sur la véracité des propos de l'accusé.

— Je ne pense pas que ce soit une bonne tactique. Si vous lui posez la question à froid de cette manière pendant le procès, cela ne pourra que créer de la confusion dans l'esprit des jurés. Si vous l'accusez de mentir, il vous faudra en fournir la preuve. Et vous devez d'abord comprendre le plan d'action du procureur. Pour cela, il faut décider soigneusement la manière de procéder pour dévoiler un mensonge de l'accusé. Sinon, cela ne pourra que perturber le plan du ministère public.

Mirei soupira.

— C'est compliqué, un procès !

— Tout dépend de ce que l'on recherche. S'il s'agit de la complète vérité, ce n'est certainement pas simple. Pour ma part, je pense que le mobile est probablement assez proche de la vérité.

— Pourquoi ?

— Parce que l'accusé a avoué un crime déjà prescrit. Quel intérêt aurait-il à mentir là-dessus ? L'inverse, je pourrais le comprendre. Je veux dire, s'il avait voulu dissimuler un crime du passé, et qu'il ait inventé un mobile, pour que son crime ne soit pas révélé.

Mirei tendit le doigt vers l'avocate.

— C'est exactement de ça que je parle.

— Que voulez-vous dire ?

— Mentir présente un intérêt pour l'accusé !

Elle expliqua à Sakuma Azusa l'hypothèse de Kuraki Kazuma, selon laquelle son père aurait peut-être menti et affirmé qu'il était l'auteur du crime de 1984 pour secourir Mme Asaba et sa fille.

— Puisque le crime était prescrit, il ne pouvait en être accusé. Et son idée en l'avouant était d'innocenter leur mari et père qui était considéré jusque-là comme l'assassin.

L'avocate soupira.

— Quelle imagination !

— Mais ça ne vous paraît pas possible ?

— Je n'ai pas dit que ça ne l'était pas. Mais tant qu'il n'y a pas de preuve, cela n'est qu'une conjecture. On peut aussi y voir une chimère du fils de l'accusé qui ne veut pas croire à la culpabilité de son père.

Mirei fronça les sourcils.

— Je n'aime pas votre façon de parler.

— Je suis désolée si je vous ai choquée. Dans la mesure où l'accusé ne modifie pas ses déclarations, nous ne pouvons que considérer qu'il dit la vérité. Prouver aujourd'hui, plus de trente ans après les faits, qu'il n'est pas l'auteur de ce crime me semble impossible.

Ces mots douchèrent l'enthousiasme de Mirei.

— Ce que vous me dites, c'est que les procès ne dévoilent pas nécessairement la vérité, n'est-ce pas ? Je me sens moins sûre de moi.

— Le droit au silence est aussi une réalité. Il arrive souvent que la vérité ne soit pas dévoilée parce que les accusés y ont recours. Mais ne vous découragez pas, le procès n'a pas encore commencé.

— Je vous suis reconnaissante, maître. Je pense savoir assez du monde pour comprendre que tout ne peut être toujours résolu.

Mirei se leva.

— Je crois que le moment est venu pour moi de vous quitter. Je vous remercie.

— Nous avons encore du temps. Je vais essayer de trouver quelque chose qui puisse vous satisfaire.

— Je vous remercie d'avance.

Elle se retourna vers l'avocate au moment où elle allait quitter son bureau.

— Pourquoi ne nous présente-t-il pas ses excuses ?

— Ses excuses ?

— L'accusé a avoué le crime, et paraît s'en repentir profondément. Mais il ne nous a pas encore demandé pardon, à nous, la famille de la victime. Son avocat n'est encore jamais venu nous voir pour nous apporter une lettre de sa part. À votre avis, pourquoi ?

— Je suis bien en peine de vous répondre…

— Ne serait-ce pas parce qu'il n'a pas l'intention de nous en présenter ? Parce qu'il pense que son crime était justifiable ?

— Je ne crois pas que ce soit pour cette raison. Il est fréquent que les accusés ne présentent pas leurs excuses aux familles de leur victime, de peur qu'une telle initiative de leur part ne soit considérée comme une manœuvre destinée à obtenir une condamnation moins lourde.

— Vraiment…

Sakuma Azusa lui adressa un regard méfiant.

— J'espère que vous n'avez pas l'intention d'en parler à son fils !

— Je ne dois pas ? répondit Mirei en scrutant le visage de l'avocate.

— Ce ne serait pas une bonne idée. Si on devait vous voir ensemble, cela pourrait être mal interprété.

— Pour ma part, je pense que tous les moyens sont bons pour faire apparaître la vérité.

— Et moi, je vous demande de les choisir avec précaution. Ne faites pas n'importe quoi. Je le dis dans votre propre intérêt.

— J'y penserai.
— Mirei… lâcha l'avocate, presque timidement.
— Au revoir, répondit celle-ci, qui quitta son bureau.
Elle n'était pas fière de son attitude, mais elle préférait agir ainsi plutôt que faire une promesse qu'elle ne pourrait pas tenir.
La fraîcheur du vent la surprit quand elle arriva dans la rue. Mais ce n'était pas une sensation désagréable, car elle éprouvait un sentiment d'exaltation, consciente d'avoir tenu des propos osés. Les mots étaient sortis de sa bouche avant qu'elle n'y réfléchisse.
Soudain, elle revit le visage de Kuraki Kazuma.
Son beau regard sérieux qui faisait comprendre ses efforts pour affronter une réalité douloureuse… Il excellait sans doute dans son travail. Le cours de sa vie avait brutalement changé, il devait connaître le désespoir.
Mirei s'étonna de ressentir de la compassion pour lui. Elle n'arrivait pas à déterminer si c'était parce qu'elle arrivait à le voir non comme le fils du meurtrier de son père, parce qu'elle portait un regard objectif sur le meurtre, ou parce que quelque chose chez lui la touchait. Aurait-elle une autre raison ? Sa seule certitude était qu'il n'éveillait aucune aversion en elle.
Quand elle rentra chez elle, sa mère avait fait des soles meunières pour le dîner, un plat qu'elle réussissait à merveille.
— Je viens d'avoir un appel de Me Sakuma. Tu es allée la voir aujourd'hui, n'est-ce pas ?
— Oui, et alors ?
Mirei feignit un calme qu'elle ne ressentait pas, car elle devinait que sa mère s'apprêtait à lui faire des reproches.
Ayako reposa sa fourchette et son couteau.
— Je comprends parfaitement que tu aies des doutes et que tu veuilles t'en débarrasser. Moi aussi, s'il existe des faits qui n'ont pas encore été révélés, je veux les connaître. Mais de là à avoir des contacts avec la partie adverse ?
— La partie adverse ?
— La famille du meurtrier. Tu as rencontré son fils, n'est-ce pas ? L'avocate vient de me l'apprendre. Elle voulait savoir si j'étais au courant. Imagine ma surprise ! Pourquoi ne m'en as-tu pas parlé ?

— Je ne pensais pas que c'était nécessaire. Qu'est-ce que ça peut faire ? demanda-t-elle sans regarder sa mère, en continuant à manger sa sole.

— Comment ça, qu'est-ce ça peut faire ? La partie adverse, c'est-à-dire l'ennemi. Tu le comprends, non ?

Mirei mastiqua lentement et releva la tête après avoir dégluti.

— L'ennemi ? Comment ça ? Le meurtrier, c'est peut-être l'accusé, mais son fils n'est en rien responsable, non ?

— Peut-être, mais pendant le procès, c'est notre adversaire. Évidemment qu'il va tout faire pour que le crime de son père paraisse moins grave !

— Il n'est pas comme ça.

— De qui parles-tu ?

— Du fils de l'accusé, répondit-elle en chargeant sa fourchette de salade.

— Je te prie de ne pas parler sur ce ton-là du fils du meurtrier de ton père !

Mirei posa sa fourchette et regarda sa mère droit dans les yeux.

— Moi, je veux connaître la vérité. Et je suis prête pour cela à parler à n'importe qui, et à m'associer avec n'importe qui. Ce n'est pas avec un discours comme le tien qu'on va la trouver.

L'expression de sa mère était grave.

— La vérité, on ne la trouve pas si facilement. Et même si on la découvre, elle n'est pas si importante. Ton père disait souvent que beaucoup de criminels sont incapables d'expliquer leurs actes. Que tout ce qu'ils savent dire, c'est "Je ne sais pas pourquoi, mais j'ai volé", ou "Tout d'un coup, je me suis rendu compte que je l'avais tué, je ne comprends même pas pourquoi". Je suis sûre que c'est pareil pour Kuraki. Il s'est passé des choses, et puis finalement, il a agi dans un accès de rage, sans vraiment réfléchir. J'en suis persuadée. C'est exactement pour ça qu'il ne faut pas trop s'attacher au mobile. Ce dont nous devons nous préoccuper, c'est qu'il soit condamné à une peine appropriée à son crime. J'espère que ce sera la peine capitale. Peu m'importent les détails s'il l'est ! Voilà pourquoi je te prie instamment de ne pas faire de choses superflues, comme rencontrer le fils du meurtrier. C'est absurde !

— Absurde…

— Tu comprends ce que je te dis ? Tu m'as écoutée ?

— Oui, je t'ai écoutée. Je comprends ta manière de voir les choses. Je ne pense pas que tu as tort. Mais j'ai ma propre vie. Pour l'instant, elle est à l'arrêt, et si rien ne change, elle ne repartira pas. Qu'il soit condamné à la peine capitale n'a aucun sens pour moi.

— Mirei…

— Merci pour le dîner. C'était délicieux. Merci pour tout ce que tu fais pour moi.

Elle se leva de table.

37

Kazuma regarda le calendrier des Chūnichi Dragons accroché au mur et pensa que la photo représentait un des joueurs actuels. Il connaissait son nom pour l'avoir lu dans des articles en ligne, mais il ne l'avait encore jamais vu en photo. Il ignorait sa position et son numéro de maillot.

Autrefois, son père l'emmenait souvent voir des matchs, et Kazuma aimait beaucoup l'accompagner. Mais son intérêt pour le baseball avait ensuite diminué. Cela avait commencé quand il était venu à Tokyo pour ses études. Contrairement à Nagoya, il était rarement possible de voir les matchs à la télévision. Il se contentait donc de suivre les résultats en ligne, ce qui le disqualifiait comme fan. Et il ne soutenait aucun club en particulier.

Son père, lui, avait conservé son goût pour ce sport et continuait à aller plusieurs fois par an voir les Chūnichi Dragons à Nagoya. Kazuma, qui le savait, avait pu, grâce à un ami, se procurer un billet pour le premier match de la saison entre l'équipe de Nagoya et celle de Tokyo. Il n'avait pas oublié la joie de son père quand il l'avait appelé pour le lui annoncer. Son père avait répété plusieurs fois une expression de jeune ("T'es sérieux ?") que Kazuma n'avait jamais entendue dans sa bouche.

Il avait dû être ravi d'aller au Tokyo Dome. Peut-être s'était-il aussi étonné d'avoir une si bonne place, dans les tribunes du champ extérieur.

À côté de Shiraishi Kensuké…

Arrivé là dans ses réflexions, Kazuma eut un doute. Comment l'avocat avait-il acheté son billet ? Ceux du premier match de la saison dans ce stade étaient très recherchés. Mais de par sa profession, il avait sans doute des relations. À moins qu'il n'ait participé à des enchères sur un site internet ?

S'il avait choisi cette méthode, on devrait pouvoir en retrouver la trace. La police l'avait-elle cherchée ?

Probablement pas, se dit-il. Godai et ses collègues n'avaient apparemment rien pour réfuter l'argument de Shiraishi Mirei selon lequel son père ne serait pas allé voir un match de baseball après s'être fait arracher une dent. S'ils avaient la preuve que l'avocat avait acquis un billet, ils l'en auraient sans doute informée.

Il sortit son smartphone et nota cette idée. Il lui en parlerait la prochaine fois qu'il la verrait.

Mais y aurait-il une prochaine fois ? Elle avait dit qu'elle le contacterait si elle avait besoin de lui faire part d'un nouvel élément concernant sa recherche de la vérité. Seulement dans ce cas. Autrement dit, elle ne souhaitait probablement pas avoir de contact avec le fils du meurtrier de son père. L'autre jour, il avait eu l'impression surprenante qu'ils se comprenaient, mais à présent, il s'en voulait de l'avoir cru.

Il était plongé dans ces pensées lorsqu'il entendit une voix appeler son nom. Il releva la tête. La femme de l'accueil le regardait.

— Me Amano vous attend dans le bureau no 3, dit-elle en lui montrant l'entrée du couloir.

Il s'en approcha et vit par la porte ouverte un homme aux cheveux blancs assis derrière sa table de travail, qui lui souriait.

— Vous êtes M. Kuraki, n'est-ce pas ? Fermez la porte et asseyez-vous, s'il vous plaît.

Kazuma lui obéit.

— Mon nom est Amano, dit l'homme en lui tendant une carte de visite, sur laquelle était écrit : "Amano Ryōzō, avocat, président du cabinet Amano".

Le design en était un peu différent de celle qu'avait son père, sur laquelle la mention "président" ne figurait pas. L'avocat avait peut-être recruté de jeunes collaborateurs.

— Vous souhaitez discuter de la succession de votre père, mais pourriez-vous m'en dire plus ? demanda Amano en consultant un document sur son bureau, sans doute le questionnaire rempli par Kazuma dans la salle d'attente.

— Il se trouve que mon père a apparemment rédigé son testament, dont j'ai découvert le contenu par hasard. Il veut léguer tous ses biens non pas à moi, son fils unique, mais à des gens qui n'ont aucun lien avec lui. Peut-il vraiment le faire ?

— Je vois... fit Amano avec un hochement de tête. Si votre question est de savoir si on peut écrire un tel testament, je ne peux que vous répondre par l'affirmative. Chacun est libre d'écrire ce qu'il veut. Mais ce n'est pas parce que quelqu'un a écrit une chose qu'elle se réalisera. Cela dépend de la situation. Votre mère est-elle en vie ?

— Non, elle est décédée.

— Vous avez dit que vous êtes fils unique, n'est-ce pas ? Autrement dit, vous êtes son seul enfant.

— Oui.

— Dans ce cas, c'est très simple. Votre père peut léguer l'ensemble de ses biens à une autre personne que vous, à condition que vous lui ayez donné votre accord.

— Et si je ne le lui donne pas ?

— Il ne pourra pas transmettre la totalité de ses biens à un tiers, mais seulement la moitié. Vous êtes de droit l'héritier du reste. C'est ce qu'on appelle la part réservataire. Sans votre accord, il ne peut pas léguer plus que la moitié. Et vous conserverez la totalité de la part réservataire.

Kazuma hocha la tête.

— C'est bien ce que je pensais.

— Que voulez-vous dire ?

— Je me suis renseigné avant de venir vous voir. J'ai découvert ce qu'était la part réservataire. Mais mon père semble penser qu'il peut léguer tous ses biens à des tiers sans égard à ma volonté. Je l'ai entendu dire ça à quelqu'un au téléphone, en précisant qu'il s'en était assuré auprès d'un avocat.

Amano parut perplexe.

— Ça me paraît étrange. Aucun avocat ne dirait une chose pareille. Au risque de vous choquer, ne croyez-vous pas que votre père a simplement indiqué ce qu'il souhaitait faire, sans avoir préalablement consulté un avocat ?

— Non, d'après ce que je sais, il a véritablement consulté un avocat. Parce que j'ai trouvé cette carte de visite chez lui.

Kazuma sortit son smartphone, fit apparaître la photo que Godai lui avait envoyée, et la montra à l'avocat.

Celui-ci changea immédiatement d'expression. Il ne s'était probablement pas attendu à voir apparaître sa propre carte de visite.

— Le plus simple serait que je lui pose la question directement, mais étant donné que je ne suis pas censé savoir qu'il a rédigé son testament…

— Pourriez-vous écrire son nom ici ? demanda Amano en lui tendant un stylo et un papier.

Il le fit, et l'avocat quitta la pièce après lui avoir demandé d'attendre quelques instants.

Resté seul, Kazuma poussa un long soupir. Si grande était sa nervosité qu'il sentait la sueur couler sous ses aisselles.

Tout s'était bien passé jusqu'à présent.

Il avait suivi l'approche suggérée par Godai qui lui avait dit que même si son père avait consulté cet avocat, rien ne garantissait qu'il révélerait à Kazuma le contenu de leur conversation.

"Mais il existe une méthode pour vérifier si votre père est allé le voir à propos de l'idée de transmettre son patrimoine à une tierce personne, avait-il ajouté. Commencez par lui poser la question, sans lui donner le prénom de votre père. Une fois que l'avocat vous aura répondu, vous n'aurez qu'à lui dire que vous croyez savoir que votre père a précisément consulté un avocat, et qu'il affirme que celui-ci lui avait donné une réponse différente. C'est à ce moment-là que vous lui révélerez qu'il est venu dans ce cabinet. L'avocat voudra immédiatement le vérifier, si votre père ne l'a pas consulté, il reviendra en disant qu'il n'a pas trace de sa visite. Et s'il l'a consulté, mais pour lui parler d'autre chose, l'avocat vous le dira aussi. Mais s'il vous répond autre chose, votre visite à Nagoya aura eu un sens."

Kazuma comprenait que Godai se servait de lui parce qu'il n'était pas libre de ses mouvements. Mais il saisissait aussi que ses intentions n'étaient pas mauvaises. Le policier commençait à soupçonner qu'une autre vérité expliquait le meurtre.

Le plan de Godai lui paraissait bon. Un seul aspect l'inquiétait : que se passerait-il si Amano était au courant du fait que ce Kuraki Tatsurō qu'il avait reçu était accusé de meurtre ? Ne trouverait-il pas suspect que son fils vienne le consulter ?

Selon le policier, c'était peu vraisemblable. Il ne se souvenait probablement pas des noms de tous les gens qui avaient recours à lui, sauf ceux qu'il avait défendus. Kazuma était prêt à le croire. Et d'après la réaction d'Amano, Godai avait vu juste.

La porte se rouvrit et Amano revint.

— J'ai vérifié. Votre père est bien venu me consulter. C'était il y a deux ans, en juin. Je m'en suis souvenu en cherchant dans nos archives.

— Et c'était à quel sujet ? demanda Kazuma en sentant son cœur battre plus vite.

Amano se rassit et hocha une fois la tête.

— De ce dont nous avons discuté, ou presque, à savoir de la manière de laisser son patrimoine à des personnes avec qui il n'avait pas de liens de sang. Ce que je trouve bizarre, c'est que je suis sûr de lui avoir expliqué que son fils était héritier réservataire. Je m'en souviens très bien, et c'est ce que j'ai écrit dans le dossier. Votre père a dû l'oublier ou m'avoir mal compris. Mais je suis tout à fait prêt à le lui redire.

— Je vous remercie, dit Kazuma d'une voix qui tremblait d'émotion, malgré ses efforts pour la contenir. Je vais lui en parler, et s'il a besoin de vous revoir, je prendrai contact avec vous. Merci encore de m'avoir accordé ce rendez-vous, conclut-il en se levant.

— Vous êtes satisfait ?

— Oui, amplement.

— J'espère vous avoir été utile.

— Vous l'avez été ! répondit Kazuma, la voix rauque.

Une fois sorti de l'immeuble, il leva le poing droit et il aurait poussé un cri de joie s'il avait été seul. Il ne s'était pas trompé. Son père était venu consulter cet avocat au sujet de sa succession environ un an et demi plus tôt. Il n'avait donc aucune raison d'interroger Shiraishi Kensuké à ce sujet. Il mentait en disant que c'était en regardant un talk-show le

Jour du respect des anciens qu'il avait eu l'idée de faire de Mme Asaba et de sa fille ses légataires.

Après avoir découvert ce fait majeur, il lui fallait agir. Mais comment ?

Il y réfléchit en marchant vers la gare de Nagoya.

Devait-il en parler à Horibé, et lui demander de poser la question à son père ? Mais comment penser que celui-ci admettrait avoir menti ? Il esquiverait, comme il l'avait fait à propos de la date du déménagement. Au mieux, il reconnaîtrait être allé consulter Amano mais dirait n'avoir pas compris ce qu'il lui avait dit, ou l'avoir oublié.

Kazuma doutait d'ailleurs que Horibé l'écouterait. L'avocat n'avait pas de mauvaises intentions et faisait son travail, mais il refusait de remettre en question les aveux de son père. Il avait renoncé très tôt à contester leur véracité, et son seul but semblait la recherche d'éléments permettant de bénéficier de circonstances atténuantes.

Devait-il en informer Godai ? Le policier se demandait certainement si Kazuma avait suivi ses conseils. Ne serait-il pas stupéfait de leur résultat ?

Mais la première personne à qui il pensait était quelqu'un d'autre. Shiraishi Mirei. Elle doutait des circonstances dans lesquelles son père avait fait connaissance avec celui de Kazuma. S'il l'informait de ce qu'il venait d'apprendre, ses doutes seraient encore plus forts.

Pouvait-il l'appeler ?

Lorsqu'il lui avait demandé si elle lui permettait de le faire s'il trouvait quelque chose de neuf, elle avait répondu oui. Il ne croyait pas que c'était par politesse. Mais cette information avait-elle assez de valeur pour que lui, le fils du meurtrier, la communique à la fille de la victime ? La découverte lui semblait importante, mais ne ferait-il pas mieux d'être prudent et d'attendre d'avoir trouvé d'autres éléments ?

Arrivé à la gare de Nagoya, il acheta un billet de Shinkansen Kodama pour Mikawa-Anjō. Le prochain train partait dans quelques minutes.

La dernière fois qu'il était passé dans la maison familiale, il avait relevé le courrier, pour oublier ensuite de donner un ordre de transfert à son adresse. Quand il s'en était souvenu l'autre jour, il l'avait fait en ligne, mais il lui fallait vider la boîte aux lettres une dernière fois. Comme elle se trouvait à côté de l'entrée, il n'aurait pas à pénétrer dans la maison, quelques minutes suffiraient, et il retournerait immédiatement à la gare.

Une fois sur le quai, il consulta sa montre. Son train arriverait dans cinq minutes. Il sortit son téléphone et fit apparaître le numéro de Mirei. Hésitant encore, il expira longuement et effleura la touche "Appel". Puis il porta l'appareil à son oreille, les yeux fermés. Il avait chaud et son cœur battait à grands coups.

Il entendit deux, puis trois sonneries. Pas de réponse. Il raccrocha à la quatrième. À cette heure-ci, Mirei était probablement au travail. Il s'en voulut de ne pas y avoir pensé.

Le train entra en gare et s'arrêta lentement. Il y monta et trouva une place côté couloir. Le trajet jusqu'à Mikawa-Anjō prenait à peine plus de dix minutes.

Son téléphone se mit à vibrer alors que la rame s'ébranlait. L'appel venait de Shiraishi Mirei. Il se leva et décrocha en pressant le pas vers la plateforme.

— Oui, bonjour.

— Bonjour. Je crois que vous m'avez appelée.

— Oui, je voulais vous donner une nouvelle information. Vous avez un peu de temps maintenant ?

— Oui. De quoi s'agit-il ?

— Je suis allé voir à Nagoya un avocat dont mon père avait la carte de visite. Je trouvais bizarre qu'il ait voulu parler à M. Shiraishi de sa succession s'il connaissait quelqu'un ici.

— Et qu'avez-vous appris ?

Il entendit de la tension dans la voix de Mirei.

— Mon père est allé le voir il y a dix-huit mois. Pour s'informer sur…

Il lui raconta ce qu'il avait appris d'Amano. Mirei ne réagit pas tout de suite. Au moment où il se disait que la communication avait été interrompue, il l'entendit dire son nom.

— Que comptez-vous faire à présent ?

— Je n'ai pas encore décidé. Je voulais d'abord vous en parler.

— Je vous remercie. Je suis stupéfaite. C'est une information très précieuse.

— Ça me rassure que vous le pensiez.

Le haut-parleur annonça que l'arrivée en gare de Mikawa-Anjō était imminente.

— Vous êtes dans le Shinkansen ?

— Oui. Je vais aller vider la boîte aux lettres de mon père.

— Et vous avez prévu quelque chose ensuite ?

— Non, rien de spécial, à part rentrer à Tokyo.

— Ah bon… glissa-t-elle avant de retrouver le silence.

Le train ralentit presque brutalement. Kazuma dut faire un effort pour ne pas bouger.

— À quelle heure pensez-vous être de retour à Tokyo ?

Il sursauta en entendant sa question. C'était inespéré.

— Attendez, je vais regarder.

Il fit le calcul dans sa tête. Si tout allait bien, il pourrait reprendre le train à Mikawa-Anjō à 16 h 30. Il avait pensé aller directement de là à Tokyo, mais il gagnerait un peu de temps en repassant par Nagoya pour prendre un Shinkansen Nozomi, plus rapide.

Le train s'arrêta, les portes s'ouvrirent, et il descendit sur le quai.

— Je devrais être de retour vers 18 h 30.

— D'accord. Et qu'allez-vous faire ensuite ?

— Je n'ai rien de prévu.

— Dans ce cas, on pourrait se retrouver quelque part aux alentours de 19 heures. J'aimerais en savoir plus, et je voudrais discuter de la suite avec vous.

C'était exactement ce que Kazuma avait espéré qu'elle suggérerait.

— Ça me va parfaitement. Où pouvons-nous nous retrouver ?

— Le mieux serait un endroit calme. Vous en connaîtriez un près de la gare de Tokyo ?

— Non, pas là, mais à Ginza.

Il pensait au café où il avait rencontré Nanbara. Il lui en donna le nom, et elle accepta.

Après avoir raccroché, Kazuma fut assailli par des émotions complexes. L'idée qu'il allait la voir le réjouissait, mais il éprouvait aussi une certaine culpabilité. Son père allait être jugé pour meurtre, et il se réjouissait de rencontrer la fille de la victime. Quand il se le formula, cela lui parut une abomination, une impureté.

Shiraishi Mirei ne souhaitait le voir que dans le cadre de sa quête de vérité, et elle aurait préféré ne pas avoir à le rencontrer, se dit-il.

Comme l'autre jour, il prit un taxi depuis la gare et mit un masque sitôt qu'il y monta, afin de ne pas être reconnu dans son quartier. Yoshiyama, le voisin le plus proche, s'était montré aimable, mais mieux valait le considérer comme une exception.

Kazuma fit s'arrêter le taxi juste avant un petit carrefour. Il lui suffisait de prendre à gauche pour être devant la maison de ses parents. Tout en réglant la course, il demanda au chauffeur de l'attendre, car il n'en avait pas pour longtemps.

— Vous auriez dû le dire tout de suite ! Je n'aurais pas arrêté le compteur, sourit le chauffeur âgé.

Il ne semblait pas craindre que Kazuma ne revienne pas. Ici, on n'est pas à Tokyo, se dit-il. Un tel endroit ne produisait pas de meurtriers.

Il descendit et partit en marchant vite vers la maison. Avant de s'en approcher, il s'assura qu'il n'y avait personne alentour.

La boîte aux lettres était pleine. Il saisit les enveloppes et les fit tomber dans son sac.

Il retourna au taxi et demanda au chauffeur de le ramener à la gare de Mikawa-Anjō.

— Vous auriez payé moins cher si je n'avais pas arrêté le compteur, répéta l'homme en démarrant.

Kazuma sortit le courrier de son sac. Il aperçut, mêlée à la publicité et aux factures, une enveloppe un peu plus grande que les autres. L'expéditeur était un Dr Tominaga du service de chimiothérapie d'un grand hôpital de la région.

Elle était adressée à Kuraki Tatsurō, mais Kazuma l'ouvrit sans aucune hésitation.

38

Arrivée devant le café où elle avait rendez-vous avec Kuraki Kazuma, Mirei hésita. Elle avait dix minutes d'avance. S'il la trouvait déjà assise, n'aurait-il pas l'impression qu'elle était impatiente de l'entendre ? C'était le cas, mais elle ne voulait pas le montrer. D'un autre côté, elle n'avait pas non plus envie de se promener dans le quartier jusqu'à l'heure convenue.

Elle secoua la tête et entra. Pourquoi se faisait-elle tant de soucis ? Peu lui importait ce qu'il penserait. Qu'elle soit en avance n'avait pas d'importance !

Le rez-de-chaussée était occupé par une pâtisserie, et la partie café se trouvait à l'étage. Elle y monta et vit que seul un tiers des tables était occupé. Elle était en train de se demander laquelle choisir lorsqu'elle aperçut un homme en costume debout près d'une table à côté d'une fenêtre. Elle reconnut Kuraki Kazuma, et ils se saluèrent de la tête. Elle s'était fait du souci pour rien.

— Je vous ai fait attendre ? demanda-t-elle en s'asseyant.

— Non, je suis content d'être un peu en avance. Je n'aurais pas voulu vous faire attendre, répondit-il poliment.

La serveuse vint leur apporter deux verres d'eau. Mirei commanda un *caffè latte*, Kazuma un café.

— Merci d'avoir accepté ce rendez-vous à l'improviste.

— Vous m'avez surprise. Pouvez-vous tout me raconter ?

— Oui, bien sûr.

Il prit son téléphone, fit apparaître la photo de la carte de visite, et la lui montra.

— C'est M. Godai, le policier, qui me l'a envoyée. Elle se trouvait dans un étui chez mon père. Il m'a demandé si ça me disait quelque chose et je lui ai répondu que non.

— La police a enquêté à ce sujet ?

Il hocha la tête de gauche à droite.

— Non, et elle n'en a pas l'intention.

— Mais pourquoi ?

— Pour la hiérarchie de M. Godai, l'enquête est terminée. Il me l'a montrée, car il s'y intéressait à titre personnel. Lui aussi a quelques doutes.

— Et vous êtes allé à Nagoya aujourd'hui ?

— Oui, et j'ai rencontré ce M. Amano. Comme je vous l'ai dit tout à l'heure au téléphone, mon père voulait lui demander s'il était possible de transmettre son patrimoine à une personne qui n'était pas de sa famille. M. Amano lui a bien sûr expliqué que j'étais héritier réservataire.

— Ce qui veut dire qu'il n'avait aucune raison de consulter mon père à ce sujet. Ce point-là est plus clair, non ? L'accusé, votre père, ment. Il ment quand il affirme avoir fait connaissance avec mon père au stade, et il ment quand il dit qu'il lui a posé des questions sur sa succession. Que le mobile qu'il a donné soit aussi un mensonge paraît de plus en plus possible.

— J'ai trouvé un autre élément douteux en rapport avec le match de baseball.

Il le lui expliqua. La police n'avait probablement pas établi comment Kensuké avait réussi à se procurer un billet pour ce match. Si elle l'avait fait, Godai n'aurait pas manqué de le dire à Mirei pour dissiper ses doutes à ce sujet.

La serveuse leur apporta leurs consommations. Mirei ne quitta pas Kazuma des yeux. Il ne détourna pas les siens.

— Toute la question est de savoir comment continuer, dit-il en soulevant sa tasse. Je me suis demandé si je devais demander à mon père de confirmer, par l'intermédiaire de son avocat, son entretien avec M. Amano, mais je pense qu'il se contentera d'esquiver. J'ai l'intention de rapporter ce que j'ai appris à M. Godai, mais je ne suis pas sûr qu'il en fasse quelque chose.

— Moi aussi, je vais réfléchir pour décider si j'en informe l'avocate du système de participation des victimes. Je ne crois pas qu'elle me soutiendra là-dessus. D'après elle, le procureur considère que tant que votre père ne revient pas sur ses aveux, l'accusation a de grandes chances de l'emporter. J'ai de plus en plus l'impression, ces derniers temps, que pour le procureur et les avocats, l'important dans un procès, c'est de gagner, et non d'établir la vérité.

— Je partage votre sentiment. L'avocat de mon père se concentre sur la recherche de circonstances atténuantes, et il me reproche de ne pas accepter la culpabilité de mon père. Si je devais lui dire que je suis allé voir cet avocat à Nagoya, il me dirait probablement que je n'aurais pas dû, et que la seule chose qu'il attend de moi est que je me conduise plus sagement.

— Plus sagement… Moi aussi…

Elle s'interrompit et se tut.

— Oui ?

— Non, ça n'a rien à voir avec vous.

En réalité, le contraire était vrai. La raison pour laquelle elle n'avait pas envie de parler de cet élément nouveau à Sakuma Azusa était qu'elle ne pourrait le faire sans lui dire qu'elle avait rencontré Kazuma. L'avocate serait assurément mécontente de l'apprendre, et elle le rapporterait peut-être à sa mère.

Mirei tendit la main vers sa tasse. Le *caffè latte* était délicieux, peut-être parce qu'il était servi dans une tasse en porcelaine. Les endroits où elle allait d'ordinaire utilisaient des gobelets en carton.

Elle tourna les yeux vers l'extérieur et regarda l'avenue Ginza-dōri. Cela lui fit penser à un autre café d'où elle avait regardé la rue, à Monzen-Nakachō. Elle y était allée parce qu'elle savait que son père l'avait fait avant elle. Le spectacle là-bas n'avait rien à voir avec celui de Ginza. Et le *latte* qu'elle y avait bu était servi dans un gobelet en carton. Elle couvait des yeux le restaurant Asunaro quand elle avait vu Kuraki Kazuma en sortir…

Soudain saisie d'un doute, elle le regarda.

— Que se passe-t-il ?

— Mais pourquoi est-il allé là-bas ?

— Là-bas ?

— Dans le café en face d'Asunaro. Mon père s'y est rendu

deux fois. Et la seconde fois, il y est resté assez longtemps. Il y serait allé parce que l'accusé lui avait parlé des dames Asaba, et qu'il voulait voir de ses propres yeux comment elles allaient. Mais si l'accusé ne lui a pas demandé conseil en matière de succession, pourquoi le mien est-il allé dans ce café ?

Kazuma cligna lentement des yeux.

— Maintenant que vous le dites, c'est vrai que ça pose question.

— De toute façon, s'il voulait vraiment savoir comment elles se portaient, il aurait été plus simple pour lui d'aller au restaurant.

— C'est juste. De mon côté, je vais chercher à me renseigner sur le crime du passé. Je ne sais pas ce qu'un amateur pourra trouver, mais je n'arrive pas à m'ôter de la tête l'idée que c'est le point de départ de tout ce qui est arrivé ensuite.

— C'était en 1984, n'est-ce pas ?

— Oui.

Mirei but une gorgée de son *caffè latte* et baissa légèrement la tête.

— Quelque chose vous gêne ? demanda Kazuma.

— Moi aussi, je me disais que je devais chercher à en savoir plus…

— Sur quoi ?

— Sur le passé. Si les aveux de l'accusé sont mensongers, peut-être existe-t-il un lien entre mon père et les Asaba. Cela expliquerait qu'il ait observé le restaurant depuis ce café.

— Vous croyez ? Comment pourrait-il exister un lien entre eux ?

— Je l'ignore. Mais je vais quand même essayer de me renseigner.

1984, c'était bien avant sa naissance. À l'époque, son père avait vingt-deux ans. Il était probablement encore étudiant. Ce qu'elle savait, c'est qu'à la fin de ses études, il avait commencé à vivre avec Ayako, et ils s'étaient mariés lorsqu'elle était tombée enceinte.

Elle leva les yeux vers Kazuma, qui paraissait fixer un point dans le vide.

— À quoi pensez-vous ?

— Je me demande pourquoi mon père ment… Ce qu'il cherche à protéger… répondit-il.

— Vous croyez qu'il protège quelque chose ?

— Oui. Quelque chose, ou quelqu'un.

— Les Asaba ?

— Sans doute… Et il est prêt à risquer sa vie pour ça, ajouta-t-il.

— Risquer sa vie…

Le jeune homme sursauta et secoua vivement la tête.

— Je vous prie de m'excuser. Je n'aurais pas dû dire ça. D'autant plus que je n'en ai aucune preuve. Oubliez-le, s'il vous plaît.

Sa précipitation n'était pas naturelle. Mirei se rendit compte qu'il devait cacher quelque chose, mais elle n'osa rien dire car elle avait remarqué son abattement.

Lorsqu'elle arriva chez elle, sa mère lui dit qu'elle rentrait bien tard.

— Une amie du temps où je travaillais comme hôtesse de l'air m'a téléphoné, et nous nous sommes retrouvées dans un café, à Ginza.

— Ah bon… c'est inhabituel !

— Tu trouves ? Je vois souvent mes amies, pourtant.

— Oui, mais d'habitude, vous allez plutôt dîner ensemble, non ? Pourquoi avez-vous choisi un café, aujourd'hui ?

Sa mère avait raison. Mirei regretta de ne pas avoir mieux menti.

— Mon amie l'a suggéré par égard pour moi. Elle se disait qu'avant le procès, je n'aurais sans doute pas envie de sortir tard. Moi, ça m'est égal, mais aujourd'hui on s'est vues dans un café.

— Dommage ! Ça t'aurait fait du bien de sortir un peu.

— Je n'en avais pas vraiment envie. Je la reverrai une fois que tout sera terminé, conclut Mirei qui ne voulait pas continuer sur ce terrain glissant, parce qu'elle se méfiait de la vivacité d'esprit de sa mère.

Elles s'étaient habituées à dîner à deux. Le menu de ce soir était une blanquette. La conversation qu'elles venaient d'avoir avait donné envie à Mirei de boire du vin blanc.

— L'autre jour, tu as rangé des affaires de papa, n'est-ce pas ? Il n'y a pas de vieux albums de photos ?

— Des vieux albums de photos ?

— Je veux dire de quand il était enfant, ou lycéen.

— Ah, acquiesça sa mère. Il y en a un seul. Ton père était fils unique, il y a donc beaucoup de photos de lui enfant. C'est difficile de savoir qu'en faire. On ne peut pas tout garder pour toujours, mais de là à les jeter…

— Donc tu as gardé cet album ?

— Il est sur le dernier rayon en bas de l'étagère, répondit sa mère en lui jetant un regard intrigué. Pourquoi me demandes-tu ça ?

— J'ai envie de le regarder. Je me rends compte que je ne sais rien de son enfance. J'ai l'impression qu'il n'aimait pas en parler.

Sa mère sourit.

— Tu ne crois pas plutôt que tu ne t'y intéressais pas ?

— Tu as peut-être raison, concéda Mirei en regardant sa mère. Vous vous êtes rencontrés quand vous étiez étudiants, n'est-ce pas ? Vous aviez quel âge ?

— Je venais d'entrer en quatrième année, j'avais vingt et un ans. Et ton père, vingt-trois, parce qu'il avait raté une fois l'examen d'entrée à l'université et qu'il était né en avril*.

— Vous étiez en quatrième année…

— Nous n'étions pas dans la même faculté, et la probabilité que nous fassions connaissance était réduite. Mais c'est quand même arrivé, grâce à une fête sous les cerisiers en fleur. À la mi-avril, les pétales tombaient déjà. Comme tout le monde était surtout là pour s'amuser, cela ne nous dérangeait pas, expliqua Ayako d'un ton mélancolique.

— Il était comment comme étudiant ?

— Je ne sais pas quoi te dire, répondit sa mère. Ma première impression a été qu'il avait l'air sérieux, dévoué. Et quand nous avons commencé à nous fréquenter, j'ai su que je ne m'étais pas trompée.

* L'année scolaire et universitaire débute le 1er avril au Japon, et, contrairement à la France où la classe d'âge correspond à l'année calendaire, elle est comptée au Japon du 1er avril au 31 mars.

— Comment ça ?

— Il était sérieux, et il travaillait dur. Ça n'a rien d'exceptionnel chez les étudiants qui veulent passer le barreau, mais ton père faisait en même temps plusieurs petits boulots. Il travaillait si dur que j'avais peur qu'il ne s'effondre. J'ai mieux compris pourquoi il le faisait quand il m'a expliqué sa situation familiale. Tu sais bien qu'il n'avait que sa mère.

— Son père était mort quand papa était encore petit, n'est-ce pas ?

— Oui, dans un accident de la circulation quand il était collégien. Il a été écrasé par quelqu'un qui conduisait sans permis un camion volé. Le chauffard a fait de la prison, mais il n'avait bien sûr pas d'argent pour payer ses amendes et dédommager ta grand-mère. Elle s'est retrouvée seule avec ton père, sans ressources.

— Ah bon… Je ne le savais pas.

— Ton père n'aimait pas parler de ce qu'il avait enduré. Mais à moi, il me l'a raconté.

Mirei comprit que sa mère voulait souligner l'importance qu'elle avait pour Kensuké.

— Heureusement pour eux, ils avaient un logement. Tu te souviens de la petite maison de Nerima, non ?

— Oui, elle donnait sur un champ.

Elle y était allée plusieurs fois quand elle était enfant. Sa grand-mère préparait toujours des plats délicieux.

— Après avoir terminé ses études, ton père a encore habité là-bas deux ans. Il s'est installé à son propre compte une fois qu'il avait commencé à travailler dans un cabinet d'avocats. Il devait avoir vingt-cinq ou vingt-six ans.

— Et tu es venue t'installer chez lui, n'est-ce pas ?

Ayako fronça les sourcils.

— Comme tu y vas… Moi aussi, je louais un appartement, et nous avons décidé que c'était plus rationnel de vivre ensemble. C'était l'idée de ton père.

Mirei décida de garder pour elle ses doutes sur cette version.

Rien de ce que lui avait raconté sa mère ne lui paraissait ambigu. Elle se rappela que l'année qui l'intéressait était 1984, ou encore plus tôt. À l'époque, son père avait vingt-deux ans et n'avait pas encore rencontré sa mère.

— Tu connais des amis d'université de papa ?

— Pas vraiment, même si j'en ai rencontré quelques-uns.

— Il y en a avec qui il avait gardé le contact ?

— Eh bien… fit Ayako, perplexe. Il avait peut-être leurs coordonnées dans son smartphone. Mais je n'en sais pas plus. Tout ce que je peux te dire, c'est qu'il ne m'en avait pas parlé depuis longtemps.

— Je vais te montrer la liste de ses contacts, et j'aimerais que tu me dises si tu reconnais leurs noms.

La police avait gardé le smartphone de son père, comme pièce à conviction, mais Mirei avait reçu une copie de ses contacts.

— Je veux bien, mais ça te servira à quoi ?

— Je ne sais pas encore. Mais je voudrais en savoir plus sur papa. J'ai l'impression que si je ne le connais pas bien alors que nous faisons appel au système de participation des victimes, ce que je dis ne pourra pas vraiment être convaincant.

— Hum… D'accord, dit sa mère, qui n'avait pas l'air de complètement la croire.

Une fois le dîner terminé, Mirei alla dans le bureau de son père. Elle trouva l'album tout en bas de l'étagère. Il était moins épais qu'elle ne l'avait pensé.

Elle l'ouvrit et vit la photo en noir et blanc d'un bébé nu, allongé sur un coussin.

Elle tourna les pages. Sur de nombreux clichés apparaissaient ensemble un homme et une femme qui devaient être les parents de son père. Elle reconnut sa grand-mère et la trouva très belle.

Son grand-père avait un visage viril et de larges épaules. Elle se rappela que Kensuké lui avait dit qu'il travaillait pour une société de commerce et voyageait beaucoup.

Quelques photos représentaient un vieux couple, probablement ses arrière-grands-parents. Son père lui avait raconté que son grand-père était originaire de Kyushu, mais qu'il s'était installé à Tokyo où il s'était marié. En ajoutant qu'il ne savait pas grand-chose de ses grands-parents, qui étaient morts quand il était enfant. En regardant leurs photos, Mirei se dit que son père ressemblait à son grand-père et son arrière-grand-père.

Après la première photo de Kensuké au jardin d'enfants, la plupart ne montraient plus que lui, mais ses parents l'accompagnaient pour la cérémonie d'entrée à l'école primaire.

Elle s'arrêta de tourner les pages en voyant un autre cliché, différent de tous ceux qu'elle avait vus avant.

Elle ne reconnut pas la vieille dame avec laquelle son père était photographié. Elle devait avoir plus de soixante-dix ans, portait un épais manteau et une écharpe autour du cou. Le cliché avait sans doute été pris en hiver. Kensuké, qui paraissait avoir huit ou neuf ans, avait un blouson et une casquette de baseball sur la tête.

Les objets à l'arrière-plan de la photo attirèrent son attention. Il s'agissait de *tanuki** en terre cuite vernissée, comme ceux que l'on voit souvent à l'entrée de restaurants.

Où avait été prise cette photo ? Et qui était cette vieille dame ?

Elle se dit qu'il y aurait peut-être d'autres photos d'elle, mais elle se trompait. Après celle-ci, on voyait son père seul, probablement quand il était collégien, et quelquefois en groupe, au lycée ou à l'université. Ensuite, il n'y avait plus que des photos le montrant à son cabinet.

Mirei repensa à ce que sa mère lui avait raconté. Après la mort de son père, Kensuké avait vécu une période difficile avec sa mère. Il avait dû travailler pour financer ses études et n'avait sans doute pas le temps de prendre des photos et de s'amuser.

Elle revint à la photo qui l'intriguait et descendit la montrer à sa mère, qui rangeait la cuisine.

— Tu sais qui c'est, la vieille dame sur cette photo ?

— Moi aussi, je l'ai remarquée. Je ne vois pas du tout qui ça peut être. D'après son âge, ce pourrait être une amie des grands-parents de ton père.

— Et tu sais où c'est ?

* Les *tanuki*, ou chiens viverrins, font partie du folklore japonais. Ils sont considérés comme la manifestation d'esprits de la forêt et sont des symboles de chance et de prospérité.

— Ce doit être dans le département de Shiga.

Mirei regarda sa mère, surprise par la rapidité de sa réponse.

— Et Pourquoi ?

— Parce que ces statues de *tanuki* sont des céramiques *shigaraki*, produites dans ce département.

— Donc tu penses que le grand-père ou la grand-mère de papa l'avait emmené chez une amie qui habitait là-bas ?

— Peut-être. Il ne m'en a jamais parlé.

Mirei emporta l'album dans sa chambre. Elle chercha sur son smartphone des informations sur les poteries *shigaraki*. Sa mère avait dit vrai. Ces poteries étaient produites dans le département de Shiga.

Ça ne doit pas avoir de rapport, pensa-t-elle. Sur la photo, son père n'avait pas dix ans. Elle avait donc été prise près d'un demi-siècle plus tôt. Remonter aussi loin dans le temps n'avait probablement pas de sens.

Quelque chose avait attiré son attention, sans qu'elle pût dire quoi. La photo éveillait en elle un sentiment étrange.

En la regardant attentivement, elle comprit que c'était la casquette que portait Kensuké. Les lettres C et D y apparaissaient. Ne seraient-elles pas les initiales des Chūnichi Dragons, l'équipe de baseball de Nagoya ?

Elle le vérifia sur son téléphone et vit qu'elle ne se trompait pas. Son père avait été fan de cette équipe dès son jeune âge. À nouveau, elle était intriguée.

Mirei ne s'intéressait pas du tout au baseball. Mais elle avait lu très attentivement la partie des aveux de Kuraki consacrée à sa rencontre avec son père au stade Tokyo Dome. Selon lui, Kensuké avait expliqué qu'il était fan des Chūnichi Dragons depuis que cette équipe avait empêché les Tokyo Giants, qu'il n'aimait pas, d'aligner dix victoires successives.

Elle consulta encore une fois son smartphone. C'était en 1974. Kensuké avait alors douze ans.

J'ai trouvé un nouveau mensonge de Kuraki, se dit-elle. Il mentait même sur la raison pour laquelle Kensuké était devenu fan des Dragons.

Elle devait en parler à Kazuma. Ils avaient échangé leurs adresses mail aujourd'hui. Elle photographia le cliché et le lui envoya, avec un message dans lequel elle lui disait que c'était une preuve du fait que son père était fan des Dragons avant 1974.

Peu de temps après, son téléphone sonna. Il a dû être tellement étonné qu'il a préféré m'appeler, supposa-t-elle.

— Bonjour.

— Bonjour. J'ai lu votre mail.

— Qu'en pensez-vous ? Je ne crois pas me tromper.

— Je suis d'accord avec vous. Le petit garçon sur la photo n'a pas l'air d'avoir douze ans.

— N'est-ce pas ? L'accusé ment, c'est une certitude.

— Je suis d'accord, mais je vous appelle pour une autre raison.

— Oui ?

— Il y a beaucoup de *tanuki* à l'arrière-plan, n'est-ce pas ?

— Oui. La photo a dû être prise quand il était allé dans le département de Shiga. Puisque ce sont des poteries *shigaraki*.

— Non, je ne pense pas. Je connais l'endroit où elle a été prise.

— Vraiment ? Où est-ce ?

— Sans doute à Tokonamé.

— À Tokonamé ?

Il lui semblait déjà avoir entendu ce nom, mais elle n'y associait aucun caractère.

— C'est une ville du département d'Aichi, célèbre pour sa poterie, expliqua Kazuma d'une voix oppressée.

Les mots "département d'Aichi" résonnèrent dans l'esprit de Mirei.

39

Lorsque Godai et Nakamachi sortirent de l'immeuble de Kuraki Kazuma, la nuit était déjà tombée. Ils étaient restés chez lui plus d'une heure et avaient appris des choses étonnantes.

Vers midi, Godai avait reçu un appel de Kuraki Kazuma. Il était allé à Nagoya où il avait rencontré l'avocat dont le policier lui avait donné les coordonnées, et il souhaitait lui en parler.

Vivement intéressé, Godai avait convenu de passer chez lui en fin de journée. Immédiatement après avoir raccroché, il avait téléphoné à Nakamachi pour l'inviter à l'accompagner.

Les deux policiers marchaient vers le métro lorsque le plus jeune suggéra un dîner dans le restaurant de Monzen-Nakachō.

— Non, trouvons-en un par ici, répondit Godai. Il faut qu'on discute, et je n'ai pas envie d'attendre d'être arrivé là-bas.

— Vous avez raison.

Les restaurants et bars ne manquaient pas dans le quartier de Kōenji où habitait Kazuma. Celui qu'ils choisirent donnait sur une ruelle et était encore à moitié vide. Ils s'assirent à une table pour quatre personnes, un peu à l'écart des autres.

Le menu offrait une formule "pinte et assortiment de tapas japonais" qu'ils commandèrent.

— Bon, lança Godai en s'essuyant les mains dans la serviette chaude qu'on venait de leur apporter. On commence par où ?

— Vous croyez qu'on peut arriver à quelque chose à nous deux ? répondit Nakamachi, qui eut un sourire hésitant. Tout ce qu'il nous a appris nous pose problème.

— Certes, mais nous n'en sommes pas au stade d'en parler à la hiérarchie. Ça ne nous vaudrait que des remontrances pour nous être occupés de ce qui ne nous regardait pas. Commençons par cette conversation du fils Kuraki avec l'avocat de Nagoya.

— Je n'en reviens pas qu'il soit allé le voir. D'accord, vous le lui avez suggéré, mais il fallait oser !

— Il n'a rien à perdre et tout à gagner ! Le résultat a été à la hauteur de ses efforts.

D'après Kuraki Kazuma, son père avait consulté dix-huit mois auparavant le cabinet Amano, pour savoir si laisser son patrimoine à un tiers était légalement possible.

— C'est un élément nouveau, et de poids, n'est-ce pas ? Il n'avait donc aucune raison de consulter un avocat de Tokyo sur le même sujet.

— Mais pourquoi a-t-il voulu revoir cet homme avec qui il avait fait connaissance au stade Tokyo Dome ?

La serveuse leur apporta leur commande. Les tapas étaient des haricots de soja, des seiches frites et du tofu froid. Les deux hommes trinquèrent.

— Le fils Kuraki doute que son père l'ait vraiment rencontré là-bas, remarqua Nakamachi.

— C'était bien vu de sa part de suggérer que l'enquête n'a pas établi comment M. Shiraishi s'était procuré un billet.

— Moi, j'ai trouvé ça embarrassant. Le fait est que nous n'en savons rien. On en a parlé, mais on s'est contentés de dire qu'il l'avait probablement acheté auprès d'un revendeur à la sauvette, ou qu'une de ses connaissances lui en avait fait cadeau, sans chercher plus loin.

Godai émit une sorte de grognement.

— On n'a pas non plus d'argument à opposer à la fille Shiraishi quand elle nous dit que son père n'aurait jamais bu une bière après s'être fait arracher une dent. On ferait peut-être bien de revoir sérieusement toute cette histoire de match de baseball.

— Oui, parce qu'avec cette photo… Je parle de celle où on voit Shiraishi Kensuké enfant.

Son collègue plus âgé hocha vigoureusement la tête.

— J'étais sidéré qu'elle ait trouvé ça…

Kuraki Kazuma leur avait montré sur son smartphone le cliché, pris presque cinquante ans plus tôt, où l'on voyait un enfant qui portait une casquette des Chūnichi Dragons.

— Ce petit garçon doit avoir six ou sept ans. Quand les Dragons ont empêché les Giants de remporter dix victoires de suite, M. Shiraishi avait douze ans. Ça ne colle pas du tout avec les aveux de Kuraki. C'est fort de leur part d'avoir découvert ça !

— Et ce n'est pas le fils Kuraki qui l'a trouvé, mais Shiraishi Mirei.

— Ça aussi, c'est incroyable, non ? D'ordinaire, un échange d'informations entre la famille de la victime et celle de l'assassin est impensable ! remarqua Nakamachi en secouant la tête.

— Certes, mais leur cas est spécial. Ils ont un point commun.

— Lequel ?

— Ni l'un ni l'autre ne croient à la version officielle. Ils sont persuadés que la vérité est autre, et ils veulent la révéler. Alors que la police considère que l'enquête est terminée, et que l'accusation comme la défense ne pensent qu'au procès, eux, qui sont en réalité ennemis l'un de l'autre, partagent le même objectif. Qu'ils décident d'unir leurs forces n'est pas si bizarre.

— Je comprends ce que vous voulez dire, mais en même temps, je n'arrive pas y croire. Je devrais plutôt dire que je ne les comprends pas.

Nakamachi se tut et prit une bouchée de tofu, visiblement perplexe.

— Pour moi, ils sont la lumière et l'obscurité, le jour et la nuit… ajouta-t-il. C'est comme si on me racontait qu'un cygne vole aux côtés d'une chauve-souris !

— Belle comparaison, dis donc ! Et parfaitement exacte. Même si eux-mêmes ne sont probablement pas d'accord sur tout. D'ailleurs il avait du mal à nous parler de la fille Shiraishi. Il est tout à fait conscient du fait que, vu de l'extérieur, cela paraît étrange. Quoi qu'il en soit, reprit Godai, il y a aussi le lieu où a été prise cette photo de M. Shiraishi enfant avec une vieille dame. Kazuma est persuadé que c'est Tokonamé, dans le département d'Aichi, c'est-à-dire celui dans lequel Kuraki Tatsurō a commis son crime en 1984. Ne peut-on y voir qu'un hasard ? J'ai l'impression que le fils

Kuraki commence à penser que ce crime a quelque chose à voir avec M. Shiraishi. Comme la fille Shiraishi le croit aussi, elle compte, d'après lui, essayer d'en savoir plus sur le passé de son père.

— C'est une hypothèse stupéfiante ! Les amateurs sont audacieux. Mais qu'en pensez-vous ? Si je ne me trompe pas, le département d'Aichi est le quatrième plus peuplé du Japon, et il n'y aurait rien d'étrange à ce que M. Shiraishi ait eu de la famille là-bas.

— C'est vrai, mais je me demande pourquoi Kuraki a inventé cette histoire sur la raison pour laquelle M. Shiraishi était fan des Chūnichi Dragons. Il n'avait pas besoin de le faire ! Ça n'a aucun rapport avec le crime.

Godai posa ses baguettes et mit les coudes sur la table.

— Supposons maintenant que Kuraki ait menti sur sa rencontre avec Shiraishi, reprit-il. En réalité, les circonstances dans lesquelles il a fait connaissance avec lui sont totalement différentes, et il veut les cacher. C'est pour ça qu'il a inventé cette histoire de Tokyo Dome. Parce que lui est vraiment allé à ce match, le premier de la saison, et qu'il savait que M. Shiraishi était un fan des Dragons. Mais quand il a pensé au contenu de ses aveux, il s'est rendu compte que c'était bizarre que M. Shiraishi, qui était né à Tokyo et y avait toujours vécu, soit un fan des Dragons au point de s'acheter une bonne place pour ce match. Et il a inventé cette histoire, selon laquelle M. Shiraishi l'était devenu en 1974, lorsque les Dragons avaient mis fin à la longue série de victoires des Tokyo Giants. Parce que tout paraissait alors plus vraisemblable.

— Un instant, s'il vous plaît ! S'il connaissait la vraie raison pour laquelle M. Shiraishi était fan des Dragons, pourquoi ne pas la dire ? Et s'il l'ignorait, il n'avait qu'à ne pas en parler.

— Tu as raison, répliqua Godai en pointant le doigt vers son collègue. Kuraki connaît la vraie raison pour laquelle M. Shiraishi était fan des Dragons. Mais il a décidé qu'il valait mieux la cacher. Pourquoi ? Parce que M. Shiraishi connaissait très bien les Dragons, ou plutôt le département d'Aichi. Kuraki a menti parce qu'il ne voulait pas que la police le sache. Que penses-tu de mon raisonnement ?

— M. Shiraishi aurait très bien connu le département d'Aichi ? Comment ça ?

— Il y allait souvent quand il était enfant, et c'est un endroit qui a joué un rôle sur sa vie. Et c'est là que Shiraishi et lui se sont rencontrés.

Nakamachi, qui était en train de boire sa bière, s'étrangla et se mit à tousser. Il eut du mal à s'en remettre. Une fois qu'il eut retrouvé son souffle, il regarda son collègue.

— Ils se seraient rencontrés là-bas il y a très longtemps ?

— Si c'est vrai, ça change radicalement toute cette affaire.

— Ça la transformerait ! Vous croyez qu'on peut en parler aux chefs ?

— J'aimerais bien, mais sans un argument décisif, sans une preuve, nous n'arriverons pas à les convaincre de rouvrir l'enquête. Pourvu que ces deux-là trouvent quelque chose qui anéantisse les aveux de Kuraki.

Il s'interrompit pour verser de la sauce au soja sur le tofu.

— D'ailleurs, vous avez avancé dans votre recherche de preuves les corroborant ?

Le visage de Nakamachi s'assombrit, et il secoua la tête de droite à gauche.

— Non, pas vraiment. On n'a toujours aucune preuve matérielle. Même si l'accusé a avoué, le procureur, qui compte requérir la peine de mort, a besoin de plus pour éliminer les doutes dans l'esprit des jurés. Il craint apparemment que l'avocat de la défense ne sème le trouble dans leur esprit en disant qu'il n'est pas impossible que l'accusé cache la vérité.

— Et vous en êtes où dans cette histoire de téléphone prépayé ?

Nakamachi fit la moue et montra la paume de ses deux mains.

— Aucun progrès de ce côté-là, malheureusement. La police d'Aichi nous aide en enquêtant dans le quartier de l'électronique à Nagoya mais ils n'ont rien trouvé.

— Toute cette histoire est bizarre. Lorsque j'en ai parlé au fils Kuraki, il m'a dit que son père y allait souvent autrefois, mais qu'il n'était pas du genre à acheter un produit à la légalité douteuse. Moi, je pense que sur ça aussi, il ment. Mais dans quel but ?

— Vous ne croyez pas qu'il pourrait avoir emprunté un téléphone à quelqu'un pour appeler M. Shiraishi ? Mais il ne veut pas causer d'ennuis à cette personne en révélant son identité, et c'est pour ça qu'il affirme avoir utilisé un téléphone prépayé.

— Oui, ça pourrait être ça. Autrement dit, il aurait eu un complice involontaire ? Ça me paraît quand même très risqué. S'il n'avait pas pu se débarrasser du téléphone de M. Shiraishi, on aurait pu retrouver facilement le numéro de la tierce personne dans son journal d'appels.

— Vous avez raison… Ah mais… euh… une seconde ! s'écria Nakamachi en mettant la main sur le bras de Godai qui s'apprêtait à prendre un morceau de seiche frite.

— Qu'est-ce qui te prend ?

— Quand on y pense, il suffit d'appeler d'une cabine téléphonique si on ne veut pas laisser de trace d'un appel depuis son propre téléphone. Dans ce cas-là, ce n'était même pas la peine de se débarrasser du téléphone de M. Shiraishi.

Godai reposa sa chope de bière, et fixa Nakamachi.

— J'ai fait quelque chose ? J'ai dit quelque chose de bizarre ?

— Pas du tout. Ce que tu viens de dire est logique. Tu as raison. Il suffit d'appeler depuis une cabine téléphonique. Pourquoi ne l'a-t-il pas fait ?

— Parce qu'il a pensé que M. Shiraishi trouverait cela bizarre. Quand on appelle un portable depuis une cabine, l'écran annonce que l'appel vient de là.

— Mais il n'a utilisé le téléphone prépayé que le jour du meurtre, non ? Il ne s'est pas dit que M. Shiraishi trouverait bizarre de recevoir un appel d'un numéro qu'il ne connaissait pas ?

— Un appel d'une cabine ou d'un numéro inconnu… Les deux suscitent la méfiance.

— Pourquoi Kuraki a-t-il utilisé un téléphone prépayé ? Si tant est qu'il l'ait fait…

— Puisqu'il dit qu'il l'a ensuite cassé à coups de marteau et jeté dans la baie de Mikawa, c'est invérifiable. Mais s'il a appelé depuis une cabine, il n'a pas pu faire la même chose. Aujourd'hui, très peu de gens s'en servent, donc on pourrait même retrouver des empreintes digitales, ce qui nous arrangerait.

Ce que venait de dire Nakamachi innocemment déclencha une réaction dans le cerveau de Godai qui se concentra, les poings contre les tempes.

Bientôt une idée émergea comme un rayon de lumière transperçant l'obscurité. Elle devint de plus en plus précise. En quelques secondes, elle se transforma en un raisonnement qui lui parut quasiment une certitude.

Il tapa du poing sur la table.

— J'ai fait une bourde.

Son collègue se pencha vers lui, stupéfait.

— Que se passe-t-il ?

— J'ai peut-être fait une erreur majeure.

— Une erreur majeure ? De quoi parlez-vous ?

— Je veux que tu vérifies quelque chose. Tu ne pourras pas y arriver seul, et je vais tout expliquer à tes chefs. Je vais en parler au mien aussi. Il va m'engueuler pour avoir agi en douce, mais ça n'a pas d'importance parce que si ce que j'imagine correspond à la vérité…

Il s'interrompit pour inspirer profondément.

— Il va falloir tout reprendre à zéro.

40

L'immeuble où elle se rendait se trouvait à quelques minutes de Nihonbashi. Son architecture était rétro, mais elle avait lu sur le site web qu'il était récent.

Mirei se redressa et y entra. Une rangée d'ascenseurs se trouvait au fond du vaste hall. Elle choisit celui qui s'arrêtait au quatorzième étage, appuya sur la touche d'appel et mit ensuite sa main droite sur sa poitrine. Elle était tendue.

L'ascenseur s'arrêta. Elle en descendit en face d'une porte vitrée, la franchit et vit le comptoir de l'accueil sur la droite, derrière lequel lui souriait une jeune femme en uniforme.

— Mon nom est Shiraishi, et j'ai rendez-vous avec M. Hamaguchi.

— Un instant, s'il vous plaît.

L'employée souleva le combiné d'un téléphone et échangea quelques mots avant de le reposer.

— Je vais vous conduire. Suivez-moi, s'il vous plaît.

Elle l'emmena dans une vaste pièce au mobilier luxueux. Des fauteuils étaient disposés de part et d'autre d'une table en marbre assez grande pour accueillir une dizaine de personnes. Ne sachant où s'asseoir, elle choisit le fauteuil le plus proche de la porte.

Lorsqu'elle avait montré à sa mère le carnet d'adresses du smartphone de son père, celle-ci avait reconnu cinq noms dont elle pensait qu'ils correspondaient à des camarades d'études de Kensuké, en ajoutant que Hamaguchi Tōru avait sans doute été son ami le plus proche.

— Je ne l'ai rencontré que deux ou trois fois, mais quand ton père me parlait de ses années d'études, c'est le nom qui revenait le plus. Je crois qu'ils allaient faire du ski ensemble.

Mirei lui avait demandé ce qu'il faisait aujourd'hui, mais sa mère l'ignorait.

— Je ne pense pas qu'il ait continué dans le monde du droit. Il me semble que ton père m'avait dit qu'il était entré dans une grande entreprise, mais pas comme juriste. Ces dernières années, il ne m'en parlait plus. Peut-être étaient-ils moins proches.

Mirei avait quand même décidé de le contacter, parce qu'il était le seul des cinq dont l'adresse mail figurait dans le répertoire de Kensuké. Même si les deux hommes ne se voyaient plus, peut-être continuaient-ils à correspondre par mail.

Elle lui avait envoyé un message dans lequel elle se présentait, lui annonçait la mort de son père et lui expliquait qu'elle était en ce moment en train de rassembler des informations sur lui en vue du procès. C'était la raison pour laquelle elle souhaitait le rencontrer. S'il pouvait lui accorder un peu de temps, elle aimerait lui demander de lui parler de son père quand il était étudiant.

Elle avait été surprise de recevoir une réponse moins d'une heure après. Hamaguchi savait que son père était mort. "Un ami avocat me l'a appris. Je sais aussi que la cérémonie funèbre s'est tenue dans l'intimité, et j'ai préféré ne pas vous contacter puisque l'auteur du crime n'avait pas encore été arrêté", écrivait-il.

Il ajoutait que s'il n'avait pas vu Kensuké depuis près de dix ans, il était en contact avec lui par mail, et il serait heureux de la rencontrer pour lui parler de leurs années d'études. Il avait indiqué son adresse professionnelle, celle d'une grande compagnie d'assurances, dont il était un des administrateurs.

Ils s'étaient fixé rendez-vous par un autre échange de mails dans lequel il l'invitait à venir à son bureau.

En entendant un léger bruit métallique, Mirei se retourna alors que la porte s'ouvrait et qu'un homme au crâne légèrement dégarni entrait en souriant. Elle s'empressa de se lever.

— Mais non, restez assise, je vous en prie, dit l'homme en

lui tendant une carte de visite qu'elle prit des deux mains, avant de lui présenter la sienne.

— Je vous prie de m'excuser de vous déranger.

— Pas du tout, pas du tout. Ah, vous travaillez pour Medinics Japan… J'ai plusieurs amis qui en sont membres. Pour l'instant, je me sers de l'établissement auquel ma société est affiliée, mais j'envisage d'y entrer une fois que j'aurai pris ma retraite.

— Je l'espère de tout cœur, répondit-elle.

Hamaguchi s'assit en face d'elle. Il n'était pas grand, mais il avait belle prestance. Mirei se rassit.

— Je vous ai déjà vue en photo, dit-il, quand vous veniez de naître, sur la carte de vœux que Kensuké m'avait envoyée cette année-là. Son mariage s'était décidé très vite, et j'ai mieux compris en la recevant. Il m'avait invité, mais je n'avais rien remarqué. Il nous a bien eus, dit-il avec un sourire nostalgique.

— Cela faisait longtemps que vous ne vous étiez pas vus, n'est-ce pas ?

— Nous restions en contact par mail et nous promettions toujours de nous voir, sans y arriver. Mais je suis sûr que nous aurions parlé du passé si nous l'avions fait, continua-t-il, de la tristesse dans la voix.

On frappa. La jeune femme qui entra apporta un plateau avec deux gobelets de thé vert qu'elle plaça devant eux.

— Je vous en prie, ne le laissez pas refroidir, dit Hamaguchi.

Mirei souleva son gobelet.

— J'ai été stupéfait d'apprendre les circonstances de sa mort, ajouta-t-il après avoir pris une gorgée de thé. Je ne sais pas jusqu'à quel point ce qu'ont écrit les médias est vrai, mais son meurtrier l'aurait tué par ressentiment ?

— C'est ce qu'il a déclaré. Il voulait préserver le secret des confidences qu'il avait faites à mon père sur son passé.

Hamaguchi fronça les sourcils et secoua la tête.

— C'est terriblement absurde.

— Comme je vous l'ai écrit, j'aurais aimé que vous me parliez de mon père quand il était jeune…

— Avec plaisir… Qu'aimeriez-vous savoir ?

— Ce que vous voudrez bien me raconter. Par exemple, quelle impression avez-vous gardée de lui étudiant ?

— Quelle impression…

Il reposa son gobelet et croisa les jambes.

— En un mot, je dirais qu'il était le dynamisme incarné. Quand il fallait étudier, il s'y mettait à fond. Il pouvait passer la nuit à bachoter, et ensuite aller en cours sans s'assoupir une seconde. Et quand il n'étudiait pas, il était sans cesse en mouvement. Il avait plusieurs boulots d'étudiant et il passait aussi du temps à rassembler des informations liées à l'examen du barreau. C'est en grande partie à cause de lui que je n'ai pas continué dans le droit. J'avais compris que je n'arriverais jamais à avoir son rythme de travail.

Il paraît sincère, se dit Mirei. Ce qu'il disait correspondait à ce que sa mère lui avait raconté.

— Il n'avait pas de hobby ou de passion ?

— Eh bien… Il aimait lire, et allait au cinéma comme tout le monde, mais ce n'était pas une passion chez lui. Il disait souvent qu'il ne voulait pas perdre son temps. À l'époque, les jeux vidéo étaient très populaires, mais ça ne l'intéressait pas du tout.

— Autrement dit, quand il n'avait pas cours, soit il étudiait, soit il travaillait ? Il ne faisait jamais rien pour se détendre ?

— Si, il aimait les voyages. Par exemple pour aller faire du ski en hiver. Comme on n'avait pas beaucoup d'argent, on prenait un bus le soir, on arrivait le matin, on skiait toute la journée, et on repartait. On était jeunes… continua Hamaguchi, le regard tourné vers le passé.

— Il ne vous a jamais parlé de voyages dans le département d'Aichi ?

— Dans le département d'Aichi ? répéta-t-il en écarquillant les yeux.

La question l'avait peut-être pris au dépourvu.

— À Tokonamé, en particulier. Vous savez, cette ville connue pour la poterie.

— Tokonamé… murmura Hamaguchi. Vous pensez qu'il y serait allé ?

— Je ne sais pas. J'ai trouvé une photo qui me fait croire qu'il connaissait des gens là-bas. Il ne m'en avait jamais parlé, ça me paraît un peu bizarre, et je me pose des questions.

— Je comprends, acquiesça-t-il. Je me souviens qu'il allait parfois à Nagoya en bus express mais je ne sais pas si c'est à Tokonamé qu'il allait.

Mirei cligna des yeux.

— Vraiment ?

— Oui, j'en suis sûr. À l'époque, j'habitais dans un petit studio, et chaque fois qu'il partait à Nagoya, il me demandait de dire que j'avais dormi chez lui. Il me semble qu'il passait toujours une nuit là-bas, et qu'il ne voulait pas que sa mère le sache. Il me rapportait toujours quelque chose, souvent des *unagi-pai*, vous savez ces petits gâteaux en forme d'anguille.

— Il cachait ces voyages à sa mère ?

— Oui, je crois. Un jour, je lui ai demandé s'il avait une petite amie à Nagoya, et il m'a répondu que non, mais qu'il devait aller voir quelqu'un là-bas, à la place de son père qui était mort. J'ai imaginé que ce devait être une personne qui avait aidé son père autrefois, mais je ne lui ai pas demandé de détails.

Mirei eut la conviction qu'il s'agissait de la vieille dame de la photo.

— Vous souviendriez-vous de quelque chose d'autre en lien avec ce que vous venez de me dire ?

— De quelque chose d'autre… Laissez-moi réfléchir.

Hamaguchi croisa les bras, l'air songeur.

— Mon père a fait ces allers-retours pendant toutes ses études ?

— Non, je me souviens qu'il a arrêté à un moment. Ah, ça me revient, dit-il en se donnant une tape à un genou. Ce devait être à l'automne de notre troisième année, je l'ai un peu taquiné là-dessus, et il s'est mis en colère.

— Vous l'avez taquiné ?

— Jusque-là, il allait à Nagoya une fois tous les mois ou deux. Puis il a cessé, et je lui ai demandé pourquoi. Il m'a répondu qu'il n'avait plus à le faire, d'un ton désagréable. Quand j'ai suggéré tout haut qu'il avait bien eu une copine là-bas, et qu'il s'était fait larguer, il s'est fâché tout rouge, m'a dit que ce n'était pas ça du tout, et m'a reproché mes plaisanteries stupides. Je ne m'attendais pas du tout à sa réaction.

— Vraiment…

— Nous n'en avons plus jamais reparlé. Et jusqu'à ce que vous me posiez la question, je l'avais complètement oublié.

Mirei repensa à ce que lui avait dit sa mère. Elle avait fait connaissance avec son père en avril, au début de leur dernière année d'études. D'après Hamaguchi, Kensuké n'allait plus à Nagoya à cette époque. Il n'y avait donc rien d'étrange à ce qu'elle l'ignore.

— Vous croyez que ce que je vous ai dit vous est utile ?

— Oui, beaucoup, répondit-elle. Je vous remercie d'avoir pris le temps de me recevoir.

— N'hésitez pas à me recontacter si vous avez d'autres questions. Si je peux vous aider…

— Je vous remercie.

— Je sais bien que demander son âge à une femme est impoli, mais quel est le vôtre ?

— Moi ? J'ai vingt-sept ans.

— Ah bon… Dans ce cas, j'imagine qu'il y a encore beaucoup de choses que vous ignorez.

Il dut voir que Mirei ne comprenait pas où il voulait en venir.

— À propos de votre père. Quand on est jeune, on ne s'intéresse pas du tout au passé de ses parents, et parfois on découvre des choses surprenantes en mettant de l'ordre dans leurs affaires après leur mort. Quand mon père est mort il y a trois ans, je me suis aperçu en lisant un extrait d'état civil de mon grand-père que mon père avait eu une petite sœur, morte avant de devenir adulte. Il ne m'en avait jamais parlé et j'aurais très bien pu ne jamais le savoir.

— Un extrait d'état civil…

— Il y a quelque chose qui ne va pas ?

— Non, pas du tout. Je vous remercie de m'avoir parlé de choses auxquelles je n'aurais jamais pensé.

— Le meurtrier de votre père a été arrêté, n'est-ce pas ? Le procès aura lieu bientôt, ça ne sera pas une période facile, et si je peux vous aider d'une quelconque manière, n'hésitez surtout pas à me contacter.

Mirei le remercia à nouveau.

41

La réaction de Horibé en entendant Kazuma lui raconter ce qu'il avait appris de l'avocat Amano fut mitigée, comme il s'y attendait. Il parut mécontent de cette nouvelle initiative prise sans le consulter.

— Je vois où vous voulez en venir. Cela paraît certainement peu naturel. Mais je ne crois pas que vous devez continuer à vous occuper de tout ça.

— De tout ça ?

— Des circonstances de la rencontre de votre père avec M. Shiraishi, et de leur conversation. Il lui a parlé du crime qu'il a commis autrefois, il a eu peur que celui-ci ne le divulgue, et il l'a tué dans un accès de rage. Tant que ces faits demeurent, le reste n'a pas vraiment d'importance. Nous n'avons rien à gagner à évoquer au procès des éléments sans rapport aux faits. Pardonnez-moi de dire ça, mais ce n'est pas parce qu'un accusé a avoué qu'il n'a dit que la vérité. Dans la plupart des cas, les accusés ne le font pas. Même s'ils avouent, ils modifient les faits pour qu'ils leur soient plus favorables, et ils omettent souvent de parler de ce qui compte vraiment, expliqua-t-il sur le ton qu'un enseignant aurait eu pour s'adresser à un élève qui comprenait lentement, ce qui ne surprit pas Kazuma.

Il décida de ne pas lui apprendre que la police ignorait comment Shiraishi Kensuké s'était procuré un billet pour le match de baseball, et de ne pas non plus révéler qu'il savait à présent que Kensuké était fan des Chūnichi Dragons bien avant 1974, lorsque l'équipe avait empêché les Tokyo Giants de remporter dix victoires de suite. Cela n'aurait servi à rien.

Il y avait cependant un fait dont il devait lui parler.

— J'ai quelque chose à vous montrer, commença-t-il en posant sa serviette sur ses genoux.

— De quoi s'agit-il ?

— De cette lettre, répondit Kazuma en lui tendant une enveloppe.

Horibé la prit en fronçant les sourcils.

— L'expéditeur est un certain Tominaga, du service de chimiothérapie de l'hôpital de l'université Toyoda Chūo.

— Lisez-la, je vous prie.

— Mais cette lettre est destinée à votre père, n'est-ce pas ? Je ne peux la lire sans son autorisation.

— Et moi, son fils, je vous dis que vous pouvez le faire.

— Même si vous êtes son fils, vous n'avez pas non plus le droit de la lire. Toute personne qui ouvre sans raison valable un courrier qui ne lui est pas destiné est passible d'une peine de prison qui peut aller jusqu'à un an, et d'une amende d'un montant maximal de 200 000 yens.

Kazuma secoua la tête, irrité.

— Écoutez-moi plutôt ! Ce praticien hospitalier, un homme qui a beaucoup à faire, devait avoir une bonne raison pour écrire à mon père. Et dans un cas d'urgence, j'imagine que ce que vous venez de me dire ne s'applique pas.

— Je vous répondrai qu'il n'y a pas de règle absolue, mais si vous insistez à ce point… soupira Horibé qui ouvrit l'enveloppe et en sortit la lettre.

Kazuma le regarda la lire et le vit changer d'expression.

— Votre père a eu un cancer du côlon ?

— Oui, il a été opéré d'un cancer de stade 3 il y a huit ans.

— Et il souffre d'une récidive ?

— Apparemment. Je l'ignorais.

Le médecin demandait à son père de bien vouloir l'informer de l'endroit où il avait décidé de se faire soigner. Kazuma lui avait téléphoné pour en savoir plus, et le médecin lui avait appris qu'un an auparavant, il avait découvert une récidive chez son père. Son cancer s'était propagé à plusieurs ganglions, et Tatsurō avait subi une radiothérapie, complétée par des séances de chimiothérapie, que le Dr Tominaga supervisait.

La chimiothérapie avait agi, mais les effets secondaires n'étaient pas négligeables. Son père souffrait de nausées et de fatigue chronique. Le médecin avait modifié le traitement en conséquence, mais à un certain moment, le patient avait demandé que les soins soient interrompus car il allait déménager et envisageait de se faire soigner dans un autre hôpital.

Tominaga lui avait répondu que dans ce cas, il voulait que Tatsurō lui communique le nom de cet hôpital. N'ayant pas de nouvelles depuis, il s'était résolu à lui écrire pour savoir ce qu'il en était.

Il n'était apparemment pas au courant de l'arrestation. Kazuma avait hésité avant de l'informer que son père était actuellement en détention, sans lui donner plus de détails.

— Pour l'instant, il n'est donc pas soigné, avait demandé le médecin, étonné.

— Non, je ne pense pas, puisque même à moi, son fils, il a caché sa situation.

— Dans ce cas, vous devez lui en parler au plus vite, et veiller à ce qu'il se fasse soigner. Il ne risque rien dans l'immédiat, mais il ne peut pas non plus se permettre de ne rien faire, avait expliqué le praticien d'un ton insistant.

Kazuma n'en avait informé ni Mirei ni Godai, de peur d'avoir l'air de rechercher leur sympathie, mais il ne pouvait pas le taire à Horibé.

— Maître, commença-t-il, après lui avoir expliqué ce que lui avait dit Tominaga, pourriez-vous demander à mon père ce qu'il compte faire ? Et la raison pour laquelle il m'avait caché cette récidive et le traitement qu'il a subi.

— Bien sûr, répondit Horibé. J'irai dès demain au centre de détention, et je lui en parlerai.

— Je vous remercie.

— Mais il se peut, reprit l'avocat, que votre père pense que sa situation est désespérée.

— J'ai eu la même idée. Qu'est-ce qui vous conduit à le suggérer ?

— Cela expliquerait tout.

— Comment ça ?

— Votre père, qui avait appris cette récidive et comprenait que ses jours étaient comptés, a voulu parler à M. Shiraishi du crime qu'il avait commis autrefois. Quelqu'un d'autre aurait sans doute pu faire l'affaire. S'il a choisi M. Shiraishi, c'est probablement parce qu'il s'est dit qu'il pouvait faire confiance à un avocat. Oui, ça doit être ça, dit-il en levant l'index comme s'il venait d'avoir une excellente idée. Son désir de transmettre sa succession était d'une grande actualité pour lui. Et même une question urgente. Comme il était allé consulter un avocat à Nagoya, il savait comment procéder. Toute la question était de savoir comment y réussir. M. Shiraishi a dû lui paraître providentiel. Il lui a demandé de s'occuper de faire en sorte que sa succession soit transmise à Mme Asaba et sa fille. Mais M. Shiraishi lui a proposé une chose à laquelle il n'avait pas pensé. Pourquoi ne pas leur révéler la vérité s'il voulait leur demander pardon ? Votre père s'est affolé. Il a eu peur de perdre ce qui était devenu le plus grand plaisir de sa vie, alors qu'il n'en avait plus pour très longtemps. Si grande était sa confusion qu'il a commis un acte impardonnable en le tuant.

Horibé s'arrêta après cette longue tirade.

— Qu'en pensez-vous ? demanda-t-il à Kazuma.

— Vous m'impressionnez, répondit-il. La vitesse avec laquelle vous avez élaboré cette histoire…

Il était sincère et avait parlé sans aucune ironie.

— Vous savez, je suis un professionnel. Si je présente ainsi les choses, cela ne manquera pas d'inspirer de la sympathie chez les jurés. Vous êtes d'accord ?

— Eh bien… Peut-être est-ce une bonne idée qui pourra alléger sa peine.

Cette réponse ne dut pas satisfaire l'avocat, qui le regarda avec une expression soupçonneuse.

— Que voulez-vous dire ?

— Je suis d'accord avec vous sur le fait que mon père sait qu'il va mourir. Mais pas du tout sur le reste. Voici ce que je pense. Mon père cherche à protéger quelque chose ou quelqu'un au prix de sa vie qu'il sait proche de la fin. Il n'a pas le luxe de pouvoir choisir le moyen d'y réussir. Ses aveux sont un mensonge. Il cache quelque chose d'important. Peut-être ment-il quand il dit qu'il a tué M. Shiraishi. Non, je suis convaincu qu'il ment là-dessus aussi.

Horibé eut l'air découragé.

— Vous comptez maintenant contester la véracité des faits ? Mais ce n'est pas possible, enfin !

— Je sais que vous n'êtes pas d'accord. Tant que mon père ne revient pas sur ses aveux, c'est impossible. Je vous prie donc de lui poser la question au sujet de sa maladie. Sa réponse sera déterminante.

— Très bien, répondit Horibé, en laissant voir qu'il trouvait le fils de son client décidément ennuyeux.

Une fois sorti du cabinet, Kazuma se dirigeait vers la gare de Shinjuku lorsque son téléphone sonna. Il sursauta en voyant que l'appel venait de Shiraishi Mirei et s'arrêta pour répondre.

— Bonjour.

— Vous avez une minute ?

— Oui. Que se passe-t-il ?

— J'aimerais vous rencontrer au plus vite. Vous auriez le temps aujourd'hui ?

Il serra plus fort son téléphone.

— Oui, bien sûr. Même tout de suite.

— Dans ce cas… Vous êtes où ?

— À Shinjuku.

— Moi, je suis du côté d'Ueno. Vous voulez que je vienne à Shinjuku ?

— Non, retrouvons-nous plutôt dans ce café de Ginza. Nous pourrons y parler au calme.

Kazuma regarda sa montre. Il était presque 16 h 30.

— Je peux y être pour 17 heures, reprit-il.

— Très bien. À tout à l'heure !

Ils raccrochèrent tous les deux. Le cœur de Kazuma battait plus vite, sans qu'il sache si c'était parce qu'il se demandait ce qu'elle voulait lui dire, ou simplement parce qu'il avait entendu sa voix. La seule chose dont il était certain était que la perspective de rencontrer la fille de la victime ne lui pesait pas le moins du monde.

Il prit le métro et arriva dans le café à 17 heures précises. Mirei, qui l'avait précédé, était assise à une table près de la fenêtre.

— Désolé de vous avoir fait attendre.

— Pas du tout. Je vous remercie d'avoir réagi si vite.

La serveuse leur apporta deux verres d'eau. Comme la fois précédente, Mirei commanda un *caffè latte*, et Kazuma l'imita.

— Et de quoi vouliez-vous me parler ?

— En fait, je voudrais vous demander une faveur, répondit-elle en le regardant droit dans les yeux.

— Et laquelle ? Si je peux faire quoi que ce soit pour vous aider…

— Je vous remercie. Je voudrais vous demander de m'accompagner quelque part.

— Quelque part ? Et où ?

— Eh bien… répondit Mirei en s'efforçant de contrôler sa respiration. À Tokonamé. Plus précisément, de m'emmener à l'endroit qu'on voit sur la photo.

42

En voyant le directeur de la première division de la police judiciaire entrer dans la salle de réunion, après le capitaine et le commandant, Godai se sentit optimiste. Il ne s'attendait pas à sa présence. Comme tous ses collègues, il se leva et s'inclina. Tous se rassirent une fois que le directeur, un petit homme trapu, l'eut fait. Seul Sakurakawa, le chef de la section de Godai, resta debout, le visage tourné vers les trois supérieurs.

— Nous pouvons commencer ? demanda le capitaine, un homme aux traits bien dessinés qui portait des lunettes à monture invisible.

Le directeur hocha légèrement la tête.

— Allez-y, reprit le capitaine en se tournant vers Sakurakawa.

— Très bien. Permettez-moi de vous prévenir que vous trouverez peut-être cet exposé très détaillé, mais c'est indispensable. Si vous en êtes d'accord, je vais demander aux responsables sur le terrain d'expliquer la situation.

Le directeur et le commandant ne dirent rien, mais le capitaine donna son accord.

— Je vous remercie, dit Sakurakawa en regardant Godai qui se leva.

Il se présenta, puis s'approcha de l'écran à cristaux liquides placé sur la table. Toutes les autres personnes présentes avaient au moins le grade de lieutenant et connaissaient la situation jusqu'à un certain degré. Leurs visages étaient tendus.

— Je vous annonce qu'un fait nouveau et important est apparu dans le meurtre de l'avocat Shiraishi en octobre dernier.

Kuraki Tatsurō, un habitant du département d'Aichi, en est actuellement accusé, mais de nombreux éléments dans ses aveux paraissent peu crédibles, et c'est en les vérifiant que nous avons trouvé cet élément nouveau. Kuraki a déclaré avoir convoqué M. Shiraishi à proximité du pont de Kiyosu le 31 octobre, juste avant 19 heures, et l'avoir tué à cet endroit. Il affirme avoir utilisé à cette occasion un téléphone prépayé qu'il aurait acheté deux ans plus tôt à un inconnu dans le quartier d'Ōsu à Nagoya. Il aurait détruit cet appareil après avoir commis son crime, et en aurait jeté les débris dans la mer. Pour le procureur, ce téléphone est une preuve matérielle qui corrobore la préméditation, et il nous a demandé d'en confirmer l'existence, ce que nous n'avons malheureusement pas réussi à faire. Compte tenu du fait que de nombreux éléments des aveux de l'accusé à ce sujet paraissent douteux, à commencer par la manière dont il se l'est procuré, nous avons décidé de vérifier s'il ne se serait pas servi d'un autre moyen pour contacter la victime, par exemple d'une cabine de téléphone. En collaboration avec le commissariat de secteur, nous avons pu confirmer que toutes celles qui se trouvent près du pont de Kiyosu sont équipées de caméras de surveillance.

— J'ai une question, lança le commandant en levant la main. Pourquoi l'accusé aurait-il menti sur ce point alors qu'il a avoué être l'auteur du crime ?

Godai regarda Sakurakawa, car il ne savait pas s'il devait répondre à cette question immédiatement.

— Nous apporterons une réponse à votre question plus tard, répondit son chef.

Le commandant hocha la tête sans faire de commentaire.

Godai se servit ensuite du clavier de l'ordinateur portable posé sur la table pour faire apparaître sur l'écran un plan des environs du pont.

— Il y a quatre cabines téléphoniques dans un rayon de 400 mètres autour du pont de Kiyosu. Toutes sont équipées de caméras de surveillance, qui permettent jusqu'à un certain degré de voir les personnes qui les utilisent. Nous avons vérifié les enregistrements du jour du crime. Une seule personne en a utilisé une à une heure correspondant à celle du crime. Il s'agit de la cabine qui se trouve à Kiyosumi 2-chōme, celle-ci, dit-il en la montrant, avant de se servir à nouveau du clavier.

Une autre image apparut, celle de la caméra de surveillance. On voyait un commerce de boissons, devant lequel se trouvait la cabine. En bas de l'image était écrit "18 h 40, 31 octobre".

Une silhouette surgit en venant de la gauche. Elle jeta un regard alentour comme pour s'assurer qu'il n'y avait personne, s'approcha du téléphone et chercha quelque chose, sans doute une carte de téléphone, dans le portefeuille qu'elle sortit de sa poche.

Elle souleva le combiné et composa un numéro. Quelques instants plus tard, la communication parut établie. La silhouette parla en regardant autour d'elle, reposa le combiné, récupéra sa carte de téléphone et repartit vers la droite. En tout, moins de deux minutes s'étaient écoulées depuis son arrivée.

Godai appuya sur une touche pour stopper la vidéo.

— Tout est dans les images que je viens de vous montrer.

— Vous avez identifié cet individu ? demanda le commandant.

— Oui. C'est un membre de la famille d'une des personnes que nous avons entendues dans le cadre de l'enquête, mais aucun enquêteur ne lui a parlé.

— A-t-il un lien avec l'accusé ?

— Aucun lien direct. Mais il a un lien très profond avec le mobile indiqué par l'accusé.

Le directeur de la première division murmura quelque chose à l'oreille du commandant, qui hocha la tête avant de se mettre à parler à son voisin, le capitaine. Godai était mal à l'aise de les voir discuter sans comprendre de quoi il était question.

Le capitaine le regarda.

— Quand comptez-vous répondre à la question qui vous a été posée par le commandant ?

À nouveau, Godai tourna les yeux vers Sakurakawa. Celui-ci inclina légèrement le menton.

— Je vais tout vous expliquer. Nous pensons que l'accusé a menti à propos du téléphone prépayé afin de cacher l'existence de la personne qui a utilisé la cabine téléphonique.

— Autrement dit, ce n'est pas l'accusé qui a convoqué la victime, mais l'individu sur la vidéo ?

— Oui, répondit Godai au commandant.

— Ce serait un complice de l'accusé ?

Le policier hésita avant de répondre. Il regarda à nouveau son supérieur immédiat qui paraissait peiné.

L'heure n'était pas aux tergiversations. La réalité était ce qu'elle était.

— Non. Si son but était simplement de faire venir la victime, cet individu n'avait pas besoin de le faire depuis cette cabine à proximité du pont de Kiyosu. Il habite très loin de là. Nous pensons que ce n'est pas un complice de l'accusé, mais le meurtrier de Shiraishi Kensuké, et que l'accusé, qui le sait, a avoué pour le protéger.

Aucun des trois chefs ne parut étonné. Ils avaient dû être prévenus qu'il était possible qu'un accusé sur le point d'être jugé n'était vraisemblablement pas le vrai coupable. Cela expliquait la présence du directeur de la première division.

Mais ce qu'ils venaient d'entendre ne pouvait leur plaire, et ils se mirent à discuter entre eux en faisant grise mine. Le directeur parla peu, se contentant de hocher la tête de temps à autre.

— Sakurakawa ! lança le capitaine. Peut-on craindre que cet individu prenne la fuite ?

— Nous ne pensons pas que ce soit possible pour l'instant. Il n'a aucune idée de nos soupçons.

— Avons-nous les moyens de prouver sa culpabilité ? Sa présence dans une cabine téléphonique à proximité du lieu du crime n'est qu'une preuve circonstancielle.

Le capitaine devait avoir appris de Sakurakawa la réponse à cette question, mais il la posait probablement pour que le directeur et le commandant reçoivent des explications.

— Nous allons d'abord l'interroger, après lui avoir garanti que nous respecterons son droit à ce que son nom ne soit pas divulgué, pour lui demander qui il a appelé ce jour-là, répondit Sakurakawa. S'il n'a pas commis le crime, il devrait nous répondre. Nous lui demanderons aussi de nous donner un échantillon de son ADN. Il y avait sur les vêtements de la victime des traces d'ADN qui ne sont pas les siennes, et nous pourrons ainsi les comparer. Nous vérifierons aussi ses données de localisation géographique. Il a utilisé une cabine téléphonique, mais il est certainement propriétaire d'un smartphone et l'avait probablement sur lui le jour du crime.

Le capitaine regarda ses deux collègues qui hochèrent la tête en silence.

— Eh bien, occupez-vous-en au plus vite. Nous nous chargeons des contacts avec le ministère public.

— Très bien, répondit Sakurakawa.

Le directeur se leva, suivi du commandant et du capitaine. Godai les regarda quitter la salle avant de se rasseoir. De la sueur coulait sous ses aisselles.

— Godai, tu as bien travaillé, dit Sakurakawa. Je te charge d'interroger l'individu de la vidéo. Si tu décides qu'il faut le faire venir dans nos locaux, ce sera ici, et non pas au commissariat de secteur. Tu as déjà rencontré ce garçon ?

— Non. Je ne le connais qu'en photo. Une photo ancienne, de plus.

— Mais tu sais où il habite ?

— Oui, dans le quartier de Shōtō de l'arrondissement de Shibuya.

— Les beaux quartiers, autrement dit ! Sois discret. Fais en sorte que les voisins ne remarquent rien.

— C'est noté.

Sakurakawa poussa un soupir et quitta la salle de réunion.

Sentant une tape sur son épaule, Godai se retourna.

— On est dans le pétrin, fit Tsutsui d'un ton abattu.

— J'ai commis une bourde.

— Comment ça ?

— J'ai trop parlé quand j'ai interrogé Kuraki. Je lui ai expliqué qu'il y avait beaucoup de caméras de surveillance à Tokyo, et que si le coupable s'était servi d'une cabine téléphonique, la police pourrait le retrouver en regardant les enregistrements vidéo. En m'entendant, Kuraki a dû se dire qu'il devait faire quelque chose. Parce qu'il savait que le véritable coupable en avait utilisé une. C'est ce qui l'a conduit à se sacrifier pour le protéger. Je me souviens très bien de son attitude quand il a avoué. Il s'est accusé tout de go, et il a tout raconté. Il a parlé d'un téléphone prépayé pour la même raison. Il a dû se rendre compte que c'était le seul moyen de mettre fin à notre enquête.

Il répéta que tout était sa faute en se souvenant de l'instant où Kuraki s'était accusé.

— Je ne suis pas d'accord. Passe encore s'il s'était agi d'un autre crime qu'un meurtre, qui peut être puni par la peine de mort ! Qui imaginerait que quelqu'un s'en accuse pour sauver une autre personne ?

— C'est vrai. Tout le problème est de savoir pourquoi Kuraki était prêt à faire ça.

Godai tourna les yeux vers l'écran où apparaissait un visage vu de profil.

Il l'avait vu pour la première fois dans l'appartement de Mme Asaba et de sa fille, sur une photo qui le montrait écolier. Il ne leur avait pas demandé son nom. Aujourd'hui, il le connaissait : Anzai Tomoki. D'après Anzai Hiroki, son père, il était en quatrième au collège.

43

Sitôt qu'il descendit du Shinkansen en gare de Nagoya, Kazuma trouva plaisante la fraîcheur de l'air. Il avait les joues rouges. Depuis le départ de Tokyo, il avait été tendu. La perspective d'être sur le point de découvrir le fin mot de l'histoire lui procurait un sentiment d'excitation mêlée d'angoisse et d'appréhension, car il ne savait pas ce qui l'attendait, mais la présence à ses côtés de Shiraishi Mirei jouait aussi un rôle non négligeable. Il y a quelques jours encore, il n'aurait jamais imaginé partir en voyage avec elle.

— D'ici, on prend une compagnie de chemin de fer privée, n'est-ce pas ? demanda-t-elle.

— Oui. Nous devons d'abord aller à la gare de Nagoya-Meitetsu. C'est tout près.

Kazuma traversa le vaste hall en se retournant de temps à autre pour s'assurer qu'elle le suivait.

Une fois qu'il eut acheté les billets, elle lui demanda combien elle lui devait. Il le lui dit, sachant qu'elle n'accepterait pas qu'il le lui offre, et il prit l'argent qu'elle lui tendit.

Ils attendirent sur le quai l'express à destination de l'aéroport international de Nagoya, qui s'arrêtait à Tokonamé. Le trajet durait environ une demi-heure.

Deux jours plus tôt, dans le café de Ginza, Mirei lui avait demandé de la conduire jusqu'à l'endroit où la photo avait été prise. Kazuma avait été stupéfait quand elle lui avait expliqué pourquoi : elle savait à présent que la vieille dame était la grand-mère de son père.

— J'ai vérifié l'état civil de mon père et de mon grand-père. Les démarches ont été un peu compliquées, mais j'ai tout fait par correspondance, et j'ai reçu une enveloppe qui contenait toutes les informations. C'est ainsi que j'ai découvert que mon grand-père était le fils d'un premier mariage de mon arrière-grand-père.

— Donnez-moi un peu de temps pour comprendre ! Vous parlez de votre grand-père, le père de votre père. C'est bien ça ?

Il l'écouta attentivement. Ce qu'elle lui raconta remontait à un passé qui lui paraissait lointain.

— Mon arrière-grand-père était divorcé. La personne que je croyais être mon arrière-grand-mère était sa seconde épouse. Mon grand-père était le fils du premier lit.

— Et sa mère était…

— La vieille dame sur la photo, je pense. D'après l'état civil, elle était née à Tokonamé. J'imagine qu'elle est retournée chez ses parents après son divorce.

Mirei ajouta qu'elle s'appelait Niimi Hidé.

— J'ignore si elle s'est remariée, mais comme mon grand-père était son fils, mon père était son petit-fils. On peut tout à fait concevoir que mon grand-père ait voulu présenter son fils à sa mère, sans en parler à son père et à sa belle-mère. La photo a dû être prise lors d'une de ces visites.

En l'écoutant, ce passé lointain paraît soudainement plus réel à Kazuma.

— Un ami de mon père du temps où il était étudiant m'a appris qu'il allait souvent à Nagoya en bus. Il lui avait dit qu'il devait aller voir quelqu'un là-bas à la place de son père qui était mort. C'était probablement Niimi Hidé.

Une supposition qui paraissait raisonnable. Ou plutôt, comme Mirei le dit, c'était la seule explication qu'elle pouvait envisager.

— Mais j'en viens au plus important. À l'automne de sa troisième année d'université, d'après cet ami, mon père a cessé d'aller régulièrement à Nagoya. Il lui aurait expliqué que ce n'était plus nécessaire…

— Que ce n'était plus nécessaire… Qu'est-ce ça peut signifier ? Sa grand-mère serait-elle morte ?

— C'est possible. Je voulais obtenir l'état civil de cette arrière-grand-mère, mais je n'ai pas eu le temps de m'en occuper. Une autre chose m'inquiète.

— Quoi donc ?

— Mon père était en troisième année en 1984. Et le crime que vous savez a eu lieu en mai.

Kazuma frissonna.

— Vous pensez que votre père a un lien avec cette affaire ?

— Je n'en sais rien, et je peux me tromper du tout au tout. Mais j'ai besoin de le vérifier. Voilà pourquoi je vous demande de m'accompagner jusqu'à l'endroit où la photo a été prise, continua-t-elle en lui lançant un regard déterminé.

Il était médusé. Mais il n'avait aucune raison de refuser. Ils convinrent d'une date pour le voyage.

Kazuma était aussi préoccupé par son père que Horibé était allé voir la veille. Lorsque l'avocat l'avait interrogé sur son état de santé, son père avait été surpris que le médecin lui ait envoyé une lettre. "Il l'a qualifiée de superflue", avait dit l'avocat. Kazuma en avait conclu que son père n'avait pas l'intention de lui en parler.

Horibé avait demandé à son client ce qu'il comptait faire. "Rien", aurait répondu Tatsurō. La chimiothérapie était pénible, et elle ne le guérirait pas. Sachant ses jours comptés, il avait décidé de profiter du reste de sa vie, lorsqu'était arrivé ce qui était arrivé. À présent, tout était vain.

Selon l'avocat, il aurait dit avec un léger sourire que la peine de mort lui allait très bien, car elle lui permettrait de cesser de souffrir. Il souhaitait que l'avocat œuvre en ce sens. D'ailleurs Horibé devait être fatigué du client qu'il était, aurait-il ajouté.

En écoutant l'avocat, la conviction de Kazuma que son père mentait était devenue une certitude. Jamais le père qu'il connaissait ne se serait laissé aller ainsi au désespoir.

Pourquoi mentait-il ? Kazuma espérait que ce voyage à Tokonamé lui permettrait de découvrir des indices qui l'aideraient à le comprendre.

L'express arriva, et il y monta avec Shiraishi Mirei. Le train n'était pas bondé.

Il essaya de se souvenir de quand datait sa dernière visite à Tokonamé. Ce devait être avant son installation à Tokyo, lorsqu'il y était allé avec sa petite amie du temps du lycée. L'allée bordée de poteries était-elle demeurée la même ?

— Pourriez-vous de nouveau me montrer l'adresse ?

En réponse, Mirei sortit son smartphone de son sac. Elle le manipula et le lui tendit. L'écran montrait un vieil extrait d'état civil, celui de son grand-père, qui s'appelait Shiraishi Shintarō. Y figurait aussi le domicile natal de sa mère, Niimi Hidé, dans le village d'Onizaki du canton de Chita, département d'Aichi. Mirei avait établi que ce village n'existait plus en tant que tel, parce qu'il avait été absorbé dans la ville de Tokonamé.

— D'après ce que j'ai pu lire en ligne, Onizaki correspond à l'actuel quartier de Kabaiké, mais je n'en sais pas plus.

— Avec toutes ces informations, nous devrions arriver à le trouver. Une fois que nous l'aurons fait, nous n'aurons qu'à aller frapper aux portes.

Rien ne garantissait que la demeure de Niimi Hidé existe encore, mais Tokonamé était une ville ancienne, et Kazuma pensait que dans ces localités où peu de gens de l'extérieur viennent s'installer, il n'était pas impossible de trouver quelqu'un qui se souvenait d'elle.

Le train entra en gare de Tokonamé. Des taxis attendaient sur la place en face du bâtiment. Ici, il n'y en avait aucun de plus de deux étages.

Un homme en costume était debout à côté d'un monospace blanc arrêté un peu à l'écart. Le nom écrit sur le véhicule était celui de la société où Kazuma avait loué une voiture. Il alla trouver l'employé qui les fit monter, démarra et prit une route à quatre voies. Aucun immeuble élevé ne se voyait à l'horizon, seulement les toits de vieilles maisons.

Ils arrivèrent à un grand parking, dont Kazuma comprit que c'était celui de l'hôtel de ville. L'agence de location se trouvait dans un petit bâtiment qui le jouxtait.

Ignorant où cette expédition les mènerait, il avait réservé un petit SUV. Une fois les formalités accomplies, il demanda à l'employé comment aller dans le quartier de Kabaiké.

— Suivez cette rue vers l'est, tournez à gauche sur la départementale 252, et vous y serez. C'est tellement simple que vous n'aurez pas besoin du GPS, répondit celui-ci en souriant.

Kazuma, qui n'avait pas conduit depuis longtemps, roulait prudemment.

— J'ignorais que Tokonamé avait une si longue histoire, dit Mirei en regardant le paysage.

— On y fait de la poterie depuis toujours, ou presque. Au moins depuis l'époque Heian*, et peut-être même avant. Et on a retrouvé des fragments de céramique d'ici dans tout le Japon.

— Ah bon... souffla Mirei, avant d'ajouter : La photo où l'on voit mon père enfant devant tous les *tanuki* en poterie n'était peut-être pas seulement une photo souvenir, mais aussi une façon de montrer ce qui fait la fierté locale. Pour que mon père n'oublie pas que sa grand-mère venait d'un endroit remarquable.

— Oui, c'est vrai. Je pense que vous avez raison.

Il eut soudain une idée et arrêta la voiture sur le bas-côté pour sortir son smartphone et vérifier quelque chose sur le GPS.

— Je vous avais dit que je pensais savoir où la photo avait été prise, non ? En fait, c'est tout près d'ici. Vous voulez qu'on y passe avant d'aller à Kabaiké ?

Les yeux de Mirei brillèrent.

— Très volontiers !

— Bien. Moi aussi, j'ai envie d'y retourner.

Ils revinrent près de la gare et garèrent la voiture dans un parking payant. D'après le GPS, leur destination se trouvait à quelques minutes de marche.

Ils prirent une petite rue et arrivèrent à un panneau qui indiquait : "Promenade du quartier des céramiques". Un autre juste à côté précisait que l'accès était interdit aux voitures.

— C'est ici ?

— Oui, je crois, répondit Kazuma.

La rue en pente devenait de plus en plus étroite. Au fur et à mesure qu'ils avançaient, les maisons qui la bordaient se firent plus anciennes. Des objets en céramique étaient disposés

* 704-1185.

devant elles. Ils arrivèrent à la “pente Denden”, un des lieux les plus connus de la ville. Mirei poussa un cri de surprise en voyant les jarres rondes en terre cuite qui cachaient les murs des deux côtés de la rue.

— Ce sont des jarres à eau-de-vie de Tokonamé, expliqua Kazuma.

Ils continuèrent et découvrirent ensuite des conduites en terre cuite incrustées dans les parois. Un panneau indiquait qu'ils se trouvaient sur la “pente des conduites”. Les échoppes de souvenirs vendaient des objets en céramique qui représentaient souvent des animaux, principalement des chats.

— La photo a dû être prise dans une de ces rues, dit Kazuma. Elle date d'il y a plus de cinquante ans, mais le lieu n'a sans doute pas changé.

Mirei observait attentivement les alentours. Apercevant ses yeux rouges, Kazuma détourna le regard. Elle pensait sans doute à son père enfant.

Ils continuèrent à marcher dans les petites rues et arrivèrent à un énorme four à plusieurs chambres, surmonté d'une dizaine de cheminées de diverses tailles, une vision étonnante. Kazuma se souvint d'avoir entendu dire que c'était un des plus grands du Japon.

— Je me demande pourquoi mon père ne m'a jamais parlé de cet endroit. C'est tellement beau ! Je regrette qu'il ne m'y ait jamais emmenée.

Kazuma s'interdit de donner sans réfléchir son opinion sur cette réflexion qui ressemblait à un cri du cœur. Peut-être allaient-ils devoir affronter ensemble l'explication qui répondrait à l'interrogation de Mirei.

Ils revinrent ensuite à la voiture et repartirent vers Kabaiké, qui se trouvait à moins de quatre kilomètres de là.

La rue centrale bordée de petites boutiques continuait vers le nord. Beaucoup d'entre elles étaient fermées, apparemment définitivement, un spectacle fréquent dans les petites villes de province. Sans doute y avait-il un centre commercial à quelques minutes de voiture d'ici.

Il freina soudain à proximité de la gare de Kabaiké, car il avait vu un petit bureau de poste sur le côté droit de la rue.

— Qu'y a-t-il ?

— Je suggère qu'on essaie là-bas.

— Au bureau de poste ?

— Oui. J'ai une idée.

Il se gara devant un commerce qui semblait fermé depuis des années.

Ils entrèrent dans le bureau de poste, et une femme d'âge mûr assise derrière le comptoir leur sourit aimablement. Au fond de la salle travaillaient d'autres employés.

— Excusez-moi, mais je voudrais vous demander un renseignement.

Il lui expliqua qu'ils cherchaient la maison d'une personne qui habitait le quartier une cinquantaine d'années plus tôt, mais ne connaissaient que son ancienne adresse.

Un des employés plus âgés dut l'entendre, car il se leva et s'approcha.

— Et quelle est cette adresse ?

Shiraishi Mirei sortit son smartphone et la lui montra.

L'homme mit ses lunettes pour la lire.

— Vous avez raison, c'est une adresse d'avant la fusion.

Il leur demanda d'attendre quelques instants. Ses collègues ne leur adressèrent pas même un regard.

L'employé plus âgé revint, un épais registre sous le bras. Kazuma vit qu'il datait de l'an Shōwa 45, c'est-à-dire 1970.

L'homme l'ouvrit, et des copies de cartes anciennes apparurent.

— Vous avez bien dit "Onizaki", n'est-ce pas ? C'est par ici. Et cette personne s'appelait ?

— Niimi Hidé, répondit Mirei.

— Ah, j'ai trouvé ! Les Niimi, c'est ici, près du port de pêche.

Il leur montra la carte. Kazuma fit apparaître sur son téléphone le plan actuel, et essaya de comparer les deux. Mirei l'imita.

— Vous pouvez nous dire qui habite là aujourd'hui ?

Leur interlocuteur eut un sourire peiné.

— Si le facteur était là, il pourrait certainement vous répondre, mais vous voulez y aller tout de suite, n'est-ce pas ? Je vous conseille de chercher par vos propres moyens. Je ne peux absolument pas vous dire quoi que ce soit à ce sujet.

Il avait raison, car il aurait dû pour cela leur communiquer des informations confidentielles. Kazuma regretta sa question. Il avait abusé de sa gentillesse.

— Je comprends, et je vous remercie, dit-il avant de s'en aller en compagnie de Mirei.

Ils retournèrent dans la voiture.

— Une visite fructueuse.

— Grâce à vous ! Je vous remercie d'avoir accepté de m'accompagner.

— Je vous en prie ! Dépêchons-nous, il fera bientôt nuit.

Ils mirent quelques minutes pour arriver à leur destination, un quartier résidentiel où se dressaient des maisons anciennes. Il n'y avait pas de parking payant, et Kazuma se gara au bord d'un trottoir. Ils continuèrent à pied dans les petites rues en consultant leurs téléphones.

— Je pense que c'est ici, dit Mirei en montrant un endroit qui avait été transformé en parking au mois.

— Allons donc frapper aux portes des maisons du quartier. Il y en a beaucoup d'anciennes, et nous trouverons peut-être quelqu'un qui connaissait Mme Niimi.

Ils se mirent à le faire. Certains habitants qui se montraient d'abord méfiants changeaient d'attitude lorsque Mirei leur montrait la photo en expliquant que le petit garçon était son père, et qu'elle cherchait la maison où avait habité la vieille dame à côté de lui.

Quelques personnes se souvenaient des Niimi, mais aucune n'avait d'informations sur son arrière-grand-mère.

Ils eurent plus de chance avec les Tomioka, les habitants de la septième maison où ils tentèrent leur chance. Une femme âgée d'une quarantaine d'années leur dit qu'elle se souvenait d'avoir entendu son beau-père mentionner le nom Niimi.

— Pourrions-nous lui parler ? demanda Mirei.

— Bien sûr. Il est allé à une réunion de la coopérative de pêche, mais il ne devrait pas tarder. Vous n'avez qu'à l'attendre !

— Merci. Notre voiture est garée à proximité, nous allons y retourner, et si vous voulez bien nous appeler quand il revient…

— Ça ne me dérange pas, mais vous pouvez aussi l'attendre ici.

Mirei sollicita l'avis de Kazuma des yeux.

— Merci, nous acceptons avec plaisir. Ce sera plus simple pour lui parler.

— Entrez donc !

Elle les conduisit dans une pièce à tatamis où se trouvait l'autel bouddhique de la maison. Un jeune garçon de l'âge du collège passa dans le couloir et leur jeta un regard curieux avant de disparaître.

La femme leur apporta deux gobelets de thé, ce qui embarrassa Kazuma et Mirei.

— Vous êtes venus de Tokyo juste pour ça, non ? Vous méritez bien un peu de thé ! répondit leur hôtesse, avant de prendre une mine pensive. Je suis arrivée ici quand je me suis mariée, il y a une vingtaine d'années. La maison des Niimi existait encore, mais personne n'y habitait. Je me souviens d'en avoir parlé avec mon beau-père. Une vieille dame y vivait seule autrefois. C'est ce qu'il me semble, en tout cas.

Mirei et Kazuma échangèrent un regard. Ils étaient tous les deux certains que ce devait être la vieille dame de la photo.

Il y eut un bruit, dont ils comprirent que c'était celui de la porte de la maison.

— Ah, il est rentré… dit leur hôtesse en se levant pour aller l'accueillir.

Ils entendirent des bribes de conversation dans le couloir, et elle réapparut, accompagnée d'un vieil homme au visage hâlé, qui avait conservé une belle carrure. Il avait dû être pêcheur autrefois.

Mirei le salua en s'inclinant devant lui, et Kazuma en fit autant.

— Alors comme ça, vous cherchez des informations sur Mme Niimi ? lança-t-il tout en s'asseyant, d'une voix où s'entendait son étonnement.

— Je crois que mon père venait la voir quand il était enfant, expliqua Mirei qui fit apparaître la photo sur son téléphone qu'elle lui tendit.

— Euh… Ah… grommela le vieil homme en prenant ses lunettes dans un tiroir.

Il les mit pour regarder l'écran qu'il étudia attentivement, sourcils froncés.

— Oui, oui, c'est bien elle, dit-il en hochant la tête. Mme Niimi. Elle s'appelait Hidé, non ? Elle est vieille, votre photo, dites donc !

— Vous la connaissiez ? demanda Mirei en reprenant son smartphone.

— Moi, non, mais ma mère et elle étaient amies. Ma mère avait continué jusqu'au lycée de filles, ce qui n'était pas courant par ici, à l'époque. Elle se prenait pour une intellectuelle et s'entendait bien avec Mme Niimi qui était institutrice. Elles aimaient parler de livres ensemble.

— Et quel genre de personne était Mme Niimi ?

Le vieil homme pencha la tête, perplexe.

— Je ne sais pas quoi vous répondre… En fait, je ne la connaissais pas bien, mais il me semble que c'était une femme très gentille, attentive aux autres. Ma mère avait tendance à se croire supérieure, mais je ne l'ai jamais entendue dire du mal de Mme Niimi.

— Ah bon… murmura Mirei, qui paraissait rassurée.

Elle ne pouvait qu'être heureuse d'avoir entendu dire du bien de son arrière-grand-mère.

— Elle n'avait pas de famille ?

— Je suis sûr qu'elle n'a pas toujours vécu seule, mais moi, je l'ai toujours connue comme ça. Euh… répondit le vieil homme en se frottant les sourcils comme s'il essayait d'activer sa mémoire. Oui, elle avait été mariée, et son fils venait la voir de temps en temps, je crois. Il était étudiant dans une bonne université à Tokyo… Je me souviens que ma mère avait dit quelque chose comme "Bon sang ne saurait mentir". Ah non, je me trompe. Ça pouvait pas être son fils, il était trop jeune pour ça. Elle était déjà vieille à ce moment-là.

Il se porta la main au front pour réfléchir.

— Excusez-moi, dit Mirei. Vous ne croyez pas que c'était son petit-fils ?

— Ah ! s'exclama son interlocuteur. Oui, c'est ça ! Je me suis trompé. C'était son petit-fils. Ma mère me l'avait dit. Le fils de Mme Niimi était mort, et ma mère m'a raconté qu'elle avait beaucoup regretté de ne pas pouvoir aller à ses obsèques, parce que son ex-mari s'était remarié. Son petit-fils a pris l'habitude de venir la voir par la suite. D'ailleurs ma mère l'avait rencontré plusieurs fois.

— Vous ne vous souvenez de rien d'autre sur lui ?

— Sur le petit-fils ? Non, je ne l'ai jamais vu, j'en ai juste entendu parler. Et puis à partir d'un certain moment, Mme Niimi n'a plus été là.

— Elle avait déménagé ?

— Oui, je crois. Il me semble qu'elle avait eu de gros problèmes, répondit-il en fronçant ses sourcils.

— De gros problèmes ?

— Les Niimi étaient une famille riche, elle avait de l'argent. Mais comme elle était seule, elle avait peur que ça ne lui suffise pas et elle avait fait des investissements, ou confié une partie de son argent à un gestionnaire de fonds, comme on dit aujourd'hui. Celui qu'elle a pris était mauvais et lui a fait perdre beaucoup d'argent. Et elle n'a jamais rien pu récupérer, car ce soi-disant gestionnaire de fonds s'est fait tuer. Il n'y avait plus rien à faire.

Kazuma, qui avait suivi toute la conversation, sursauta.

— Ça ne serait pas arrivé à Higashi-Okazaki ?

Le vieil homme ouvrit des yeux stupéfaits.

— Si, exactement. Vous êtes jeune, mais vous connaissez cette histoire ? À l'époque, ma mère en a beaucoup parlé, elle disait que c'était l'homme à qui Mme Niimi avait fait confiance, et quand elle a appris qu'il avait escroqué Mme Niimi, elle a été encore plus choquée.

Kazuma était sans voix. La grand-mère de Shiraishi Kensuké avait été victime des escroqueries de l'homme qui avait été tué à Higashi-Okazaki.

Shiraishi Mirei était pétrifiée. Kazuma ne voyait que son profil, mais il remarqua à quel point son visage était crispé.

— Qu'est-ce qui se passe ? J'ai dit quelque chose de bizarre ? demanda l'homme en les regardant tous les deux.

— Non, pas du tout, répondit Kazuma à la place de Mirei, muette de stupeur. Vous n'avez pas plus de détails ? Vous ne savez pas où Mme Niimi a ensuite déménagé ?

Le vieil homme fit non de la tête.

— Non, ça, je l'ignore. Ça faisait longtemps que je n'avais

pas pensé à elle, ou parlé d'elle. Et je doute qu'il y ait encore dans le quartier quelqu'un qui puisse vous aider.

— Vraiment… En tout cas, merci pour ce que vous nous avez appris.

— Ça vous a été utile ?

— Oui, énormément.

Kazuma le remercia encore une fois et regarda Shiraishi Mirei. Elle paraissait toujours sidérée mais inclina légèrement la tête pour exprimer sa reconnaissance, sans changer d'expression.

Ils quittèrent la maison des Tomioka et retournèrent en silence à la voiture. Kazuma n'ouvrit la bouche qu'après avoir démarré.

— Y a-t-il autre chose que vous souhaitiez voir ici ?

Elle fit non de la tête.

— Kazuma… répondit-elle dans un murmure. Que faire maintenant ?

— Je ne sais pas. J'aimerais informer M. Godai de ce que nous avons appris. Qu'en pensez-vous ?

Elle soupira.

— Nous ne pouvons rien faire de plus ici, n'est-ce pas ?

— Exactement. Dans ce cas, on repart à Tokyo ?

— Oui, souffla-t-elle.

Ils n'échangèrent aucune parole dans le train que les ramena à la gare de Nagoya, ni dans le Shinkansen pour Tokyo.

Kazuma ne pouvait deviner à quoi elle pensait. Il était incapable de déterminer comment interpréter ce qu'ils avaient découvert aujourd'hui et ne savait pas non plus ce qu'il convenait de faire à présent.

Shiraishi Kensuké avait un lien avec le meurtre de Higashi-Okazaki, commis plus de trente ans auparavant, dont son père s'était accusé.

Comment appréhender ce fait nouveau ?

Une vague idée prenait forme dans son esprit. Ce qu'il imaginait était trop grave pour qu'il puisse le mentionner, et trop cruel. En parler à Shiraishi Mirei était exclu. Mais était-ce nécessaire ?

La belle jeune femme assise à côté de lui n'envisageait-elle pas la même chose ?

Une histoire malheureuse, désespérée, sans salut possible.

Il lui jeta un coup d'œil discret, et les doigts de sa voisine frôlèrent sa main. Il la retira immédiatement. Son pouls accéléra.

Puis il sentit à nouveau ses doigts sur les siens. Cette fois-ci, il ne bougea pas. Il venait de se rendre compte que c'était elle qui avait rapproché sa main de la sienne.

Il la serra doucement, d'un geste hésitant. Elle ne le repoussa pas.

Il lui donnait la main sans la regarder. Elle serra la sienne à son tour.

Kazuma se dit que ce serait merveilleux de pouvoir disparaître quelque part avec elle.

44

Comme l'avait dit Sakurakawa, Shōtō faisait partie des beaux quartiers de l'arrondissement de Shibuya. Chaque maison avait son style, au point de faire penser que chacun de leur propriétaire avait voulu exprimer son sens esthétique.

Celle d'Anzai Hiroki était de style occidental. Elle n'avait pas de portail, mais une allée menait à l'entrée, avec de part et d'autre une place de parking pour une voiture. Une seule était occupée, par un véhicule de marque étrangère. La seconde était peut-être destinée aux invités.

Il regarda sa montre et vit qu'il était exactement 13 heures. En ce samedi, les Anzai et leurs enfants étaient chez eux. Les policiers qui surveillaient la maison l'avaient confirmé.

Sans la quitter des yeux, Godai appela un numéro qu'il avait enregistré sur son smartphone.

— Oui ? répondit calmement une voix d'homme.

— C'est bien M. Anzai ?

— Oui…

— Désolé de vous déranger un samedi. Mon nom est Godai, de la première division de la police judiciaire. Nous avons fait connaissance l'autre jour à Monzen-Nakachō.

— Ah… fit son correspondant comme s'il le remettait. Et que puis-je faire pour vous ?

— Il se trouve que je suis devant chez vous. J'aurais voulu poser quelques questions à votre fils Tomoki.

— À Tomoki ?

Godai eut l'impression qu'il était surpris. C'était compréhensible.

— Oui. Puis-je venir vous voir maintenant ?

— Que voulez-vous demander à Tomoki ?

— Je le lui dirai directement.

Il entendit Anzai inspirer. Godai retint son souffle pendant le court silence qui suivit.

— Puis-je vous demander d'attendre un instant ?

— Très bien. Je suis devant chez vous.

Anzai raccrocha sans rien ajouter. Il devait être pris de court.

Godai regarda les fenêtres de l'étage et crut voir des ombres bouger derrière les rideaux.

— Il ne risque pas de l'aider à s'enfuir ? demanda un collègue plus jeune debout derrière lui.

— Non, je ne pense pas, répondit-il immédiatement. Le père ignore tout de la situation, il doit être inquiet. Je ne le crois pas capable d'envisager de faire fuir son fils.

Son collègue hocha la tête comme si la réponse le satisfaisait. Les policiers étaient venus à trois. Si la maison avait eu une sortie à l'arrière, elle aurait été surveillée, mais il n'y en avait pas.

Aucun des collègues du commissariat où travaillait Nakamachi n'était présent. Sakurakawa avait demandé que le suspect soit d'abord interrogé à la préfecture de police avant son transfert là-bas.

Godai vit qu'il avait un appel d'Anzai. Il y répondit.

— Désolé de vous avoir fait attendre, dit Anzai. Mon fils est là, mais il n'est pas en état de vous parler. S'il vous est possible de revenir demain ou après-demain, je vous en serai reconnaissant.

Son ton se voulait calme, mais sa voix tremblait légèrement. Tomoki avait peut-être manifesté de l'émotion en apprenant que la police souhaitait le voir.

— Ah bon… Écoutez, je suis vraiment désolé, mais le temps presse, et nous avons absolument besoin de lui parler aujourd'hui. Je peux le voir seul, si vous préférez.

— Eh bien… Pouvez-vous au moins attendre jusqu'à ce soir ?

— Non, ça ne sera pas possible. Il devra peut-être nous accompagner. Votre fils est mineur et je pense que le mieux est que nous puissions lui parler avant la nuit.

— Vous voulez dire que vous l'emmènerez peut-être à la préfecture de police ?

— Oui, éventuellement, répondit Godai en cachant sa véritable intention, d'une voix douce.

— Écoutez, dans ce cas, je vous demande de nous accorder une heure… non, une demi-heure suffira. Moi aussi, j'aimerais lui poser des questions.

— À quel sujet ?

— Euh… souffla Anzai, embarrassé.

— Nous nous efforcerons d'être brefs et ne ferons rien qui puisse vous contrarier. Je vous prie de le comprendre.

Anzai ne répondit pas. Godai n'avait aucun mal à imaginer son expression décontenancée.

— Mon fils est impliqué dans cette affaire ?

— Nous n'en sommes pas sûrs, mais ce n'est pas impossible, et c'est la raison pour laquelle nous voulons l'entendre.

Anzai poussa un long soupir.

— Puis-je être présent quand vous lui parlerez ?

Godai avait prévu cette question. Sakurakawa lui avait donné des instructions à cet égard.

— Bien sûr.

Anzai mit à nouveau fin à la communication sans rien ajouter.

Godai tourna les yeux vers la porte d'entrée de la maison. Elle s'ouvrit et Anzai apparut. Il portait un pull bleu marine.

Godai s'approcha de lui après avoir demandé à ses deux collègues de l'attendre dehors.

— Désolé d'insister à ce point, dit-il en s'inclinant devant Anzai.

— Qu'a fait Tomoki ?

Son inquiétude était perceptible.

— Nous sommes venus nous en assurer. Vous lui avez parlé ?

— Non, je lui ai simplement dit qu'un policier voulait le voir.

— Quelle a été sa réaction ?

Anzai hocha la tête de droite à gauche, sans force.

— Il n'a rien dit, juste soupiré… Mais je comprends.

— Que comprenez-vous ?

— Disons que j'ai peut-être une idée. Plus Tomoki est troublé, plus il montre ses émotions.

Godai tira deux conclusions de ce qu'Anzai venait de dire : la première, qu'il avait affaire à un homme intelligent et flegmatique, et la seconde, qu'il n'était pas satisfait de sa relation avec son fils.

Anzai l'invita à entrer.

Le vestibule était vaste.

— Merci de m'accueillir, dit le policier en se déchaussant. Votre femme et vos autres enfants sont là ?

D'après ses collègues qui surveillaient la maison, c'était le cas.

— Oui. Ils sont en haut. Je suis désolé, mais je ne pourrai rien vous offrir à boire.

— Ça n'a aucune importance. Tomoki est avec eux ?

— Non, il est dans sa chambre.

Godai leva les yeux vers l'escalier.

— Il est seul ?

— Oui.

— Dans ce cas, je vous prie d'aller le chercher. Qu'il soit seul m'inquiète un peu.

Les adolescents sont souvent émotifs. Ce serait embêtant s'il devait se trancher les veines du poignet.

Anzai baissa la tête et gravit les marches.

Les soucis de Godai étaient superflus. Le père ne tarda pas à revenir, avec son fils.

— Par ici, s'il vous plaît, dit Anzai en se dirigeant avec lui vers une pièce derrière l'entrée.

Le salon où Godai les suivit était vaste et lumineux. Il s'assit en face des Anzai père et fils, de l'autre côté d'une table en marbre.

Tomoki était un adolescent maigre, au menton fin. Son visage avait gardé quelque chose de l'enfance. La tête baissée, il ne regarda pas le policier.

— Tomoki, tu as un smartphone ?

L'enfant ne réagit pas immédiatement mais finit par hocher légèrement la tête.

— J'aimerais bien que tu me répondes autrement que par gestes, tu sais !

— Réponds tout haut, enfin ! lança Anzai, irrité, à son fils.

Godai fit un geste d'apaisement de la main.

— Donc tu en as un, c'est ça ?

— Oui, répondit Tomoki, d'une voix haut perchée, un peu enrouée.

Le policier ouvrit sa serviette et en sortit une feuille de papier, de format A4, sur laquelle figurait la photo de la caméra de surveillance. Il la posa devant l'adolescent.

— C'est bien toi, n'est-ce pas ?

Anzai tendit le cou pour la regarder. Son fils n'y jeta qu'un coup d'œil. Mais Godai remarqua qu'il retint un instant son souffle.

— Alors, qu'en dis-tu ? C'est toi, non ?

— Euh… Oui, je crois.

— Tu crois ? C'est bizarre de dire ça. Si c'est toi, tu pourrais être plus clair, non ?

Godai vit qu'Anzai aurait aimé ajouter quelque chose, mais cette fois-ci, il réussit à se retenir.

— Oui… murmura Tomoki.

— Pardon ? Tu peux parler un peu plus fort ?

L'enfant inspira profondément.

— C'est moi.

— Merci, dit le policier. Tout à l'heure, tu as dit que tu avais un smartphone, n'est-ce pas ? Alors pourquoi t'es-tu servi d'une cabine téléphonique ce jour-là ? Tu avais oublié le tien chez toi ? Mais tu avais une carte de téléphone sur toi ? Tu en as toujours une dans ton portefeuille ?

Tomoki se taisait, la tête baissée.

— Et qui as-tu appelé ? Un ami ? Une connaissance ? Je peux vérifier, alors ne mens pas, s'il te plaît.

Il ne répondit pas plus. Godai s'y attendait.

— Si tu réponds à ma question et que tu me dis qui c'était, je m'en irai. Je ne t'en demanderai pas plus. Je te le promets. Alors réponds, d'accord ?

L'adolescent tremblait légèrement. Était-ce son hésitation qui se manifestait ainsi ? Ou sa panique ? Impossible de le savoir.

— Tomoki, murmura son père. Réponds !

Sa voix nouée était proche du gémissement.

— Pourquoi vous me demandez ça ? fit son fils.

— Comment ça, pourquoi ? répondit Godai.

— Vous savez bien qui j'ai appelé ! réagit Tomoki sans relever la tête.

Le policier se redressa sur son siège. Il était tout près du but.

— Je veux te l'entendre dire.

L'adolescent releva la tête et le regarda pour la première fois, avec une expression qui fit tressaillir Godai. Un léger sourire flottait sur son visage.

— J'ai appelé M. Shiraishi. Vous êtes content ?

Godai soupira profondément.

— Vraiment ? murmura simultanément Anzai.

— Si tu connais son prénom, tu peux me le donner aussi ?

— Oui. C'est Kensuké, répondit l'adolescent comme libéré par ce qu'il venait de dire.

Le policier sortit de sa serviette un carnet et un stylo, et les plaça devant lui.

— Tu peux l'écrire ici, en ajoutant ton nom et la date d'aujourd'hui ?

Tomoki prit le crayon et se mit à écrire. "Shiraishi Kensuké". Après une pause, il ajouta quelques mots. Godai les lut en écarquillant les yeux.

"Shiraishi Kensuké. C'est moi qui l'ai tué."

45

Mirei eut un mauvais pressentiment en entendant la sonnette de l'entrée. Ce visiteur vient nous apporter le malheur, se dit-elle.

Sa mère allait certainement répondre par l'interphone. Pourvu que ce soit un livreur, pensa Mirei.

Elle entendit des pas dans l'escalier et fut certaine que son intuition ne l'avait pas trompée.

On frappa à la porte.

— Tu peux entrer !

La porte s'ouvrit sur sa mère debout dans la lumière du couloir. Celle de la chambre n'était pas allumée.

— Tu es réveillée ?

— Oui, répondit-elle de son lit. Qui est là ?

— Un policier. M. Godai, tu sais, le premier qui est venu nous voir.

Mirei soupira. Elle ne s'était pas trompée. Malgré tout, mieux vaut que ce soit lui qu'un autre, pensa-t-elle.

— Il a quelque chose d'important à nous dire. Et il voudrait que tu sois présente.

— D'accord, fit-elle en se relevant. Quelle heure est-il ?

— Six heures passées.

— Ah bon…

Dehors, la nuit était tombée. Elle n'avait pas dormi longtemps, mais il était déjà tard.

— Vous pouvez m'attendre un peu ? Je voudrais me maquiller.

Comme elle n'avait pas quitté sa chambre de la journée, elle ne devait pas être belle à voir.

Sa mère alluma le plafonnier.

— Ça va, Mirei ?

— Que veux-tu dire ?

— Depuis hier, tu dis que tu ne te sens pas bien, mais qu'est-ce qui t'arrive ? Il s'est passé quelque chose au travail vendredi ?

Elle avait caché à sa mère qu'elle était allée à Tokonamé avec Kuraki Kazuma ce jour-là.

— M. Godai attend en bas, non ? Tu devrais au moins lui offrir du thé.

Sa mère lui tourna le dos. Elle n'avait pas l'air contente.

— Maman ! l'arrêta Mirei.

Ayako se retourna vers elle.

— Écoute, mieux vaut que tu sois prête.

— Prête à quoi ? répondit sa mère en fronçant les sourcils.

— Je ne pense pas que M. Godai soit venu nous apporter une bonne nouvelle.

— Je n'ai pas besoin que tu me le dises. Ton père a été tué. Comment pourrait-il nous apporter de bonnes nouvelles ?

— Je veux dire que ça risque d'être encore pire. Vertigineux.

Le visage d'Ayako se tendit. Mirei s'en voulut de lui avoir parlé sur ce ton. Mais elle n'avait pas le choix. Tôt ou tard, sa mère saurait tout.

— Mirei, tu sais quelque chose, n'est-ce pas ? Dis-moi ce que c'est.

— Ce n'est pas la peine. M. Godai va t'en parler.

La jeune femme quitta son lit et alla à la fenêtre. Elle ouvrit les rideaux en voilage et vit son reflet sombre dans la vitre.

Sa mère quitta la pièce sans rien ajouter. Le bruit de ses pas dans l'escalier parut sinistre à sa fille qui s'assit devant une petite table et saisit sa trousse à maquillage ouverte.

Le visage de Kuraki Kazuma lui vint à l'esprit. Qu'était-il en train de faire ? À quoi pensait-il ? Quels étaient ses plans pour le lendemain ?

Elle se remémora le voyage à Tokonamé. Avait-elle eu tort d'aller là-bas ? Avait-elle découvert des choses qu'elle n'avait pas à savoir ?

Elle ne voulait pas y penser mais ne pouvait s'en empêcher. Un récit malheureux qu'elle s'efforçait de chasser de son esprit s'imposait à elle, de plus en plus précis.

Pourvu qu'elle se trompe ! Pourvu qu'il y ait erreur !

Pourvu que Godai soit venu les voir pour tout autre chose !

Mais cet espoir était probablement vain. Tout en se mettant du rouge à lèvres devant le miroir, elle se dit qu'elle aussi devait être prête à tout entendre.

Quand elle arriva dans le salon, Godai se leva du canapé où il était assis pour la saluer. Il était en costume et portait une cravate, comme la dernière fois qu'elle l'avait rencontré. S'il lui paraissait en grande tenue, était-ce parce que son visage était grave ? Ils s'assirent tous les deux.

— Je te sers du thé ?

— Non, ce n'est pas la peine, répondit Mirei à sa mère. Pourriez-vous nous expliquer la raison de votre visite ?

— Oui, répondit-il, les deux mains posées sur les genoux. Je dois d'abord vous informer que ce dont je vais vous parler aujourd'hui n'est pas encore officiel. Certains de mes collègues estimaient que pour l'instant, mieux valait ne pas vous en informer. Je suis venu de ma propre initiative, parce que je pense que c'est dans votre intérêt, par rapport à ce qui va arriver, de savoir ce dont nous sommes certains à l'heure actuelle. Par conséquent, ce que je vais vous dire est confidentiel. Pouvez-vous promettre de n'en parler à personne ?

Mirei regarda sa mère. Elles hochèrent toutes les deux la tête, et s'y engagèrent à haute voix.

— Je vous remercie, répondit-il en inclinant la tête. Je commence par la fin. Un nouveau suspect est apparu dans l'assassinat de M. Shiraishi Kensuké. La probabilité que l'accusé Kuraki soit coupable étant extrêmement faible, sa mise en examen sera prochainement annulée et il va vraisemblablement être remis en liberté.

— Comment ça ? s'exclama Ayako. Qu'est-ce que cela signifie ?

— Exactement ce que je viens de dire. Les aveux de la personne dont nous pensons qu'elle est le vrai coupable sont très plausibles, et nous avons déjà pu en corroborer certains éléments. Ce qu'elle nous a raconté est bien plus convaincant que les aveux faits par l'accusé Kuraki, et nous croyons qu'elle dit la vérité.

— Et qui est ce suspect ? demanda Ayako d'un ton farouche.

— Je suis navré, mais je ne peux pas vous le dire pour l'instant.

— Dites-le-nous, je vous en supplie ! Nous n'en parlerons à personne.

— Je suis vraiment désolé, mais c'est impossible. Je viendrai vous l'annoncer quand cela le sera.

— Comment ça ? C'est inadmissible !

— Maman, intervint Mirei. Tais-toi !

Sa mère lui lança un regard stupéfait.

— Vous êtes venu nous voir juste pour nous dire ça ? reprit Mirei. Vous n'avez rien de plus à nous communiquer ?

Godai se tourna vers elle, le visage grave.

— Vous avez raison. J'ai autre chose à vous dire.

— Je m'y attendais. Et c'est encore plus important, non ? Plus important que de savoir qui est le coupable.

Malgré son trouble, les mots glissaient hors de sa bouche.

— Mais qu'est-ce que tu racontes, Mirei ?

— Quel est le mobile du vrai tueur ? demanda-t-elle en ignorant la question de sa mère. Pourquoi a-t-il tué mon père ? Que vous a-t-il dit ?

Godai lui lança un regard pénétrant.

— Vous savez quelque chose, n'est-ce pas ?

— Oui. Je sais des choses sur le passé de mon père. Il était impliqué dans le meurtre qui a eu lieu dans le département d'Aichi il y a plus de trente ans, n'est-ce pas ?

Elle s'aperçut que sa mère assise à côté d'elle était pétrifiée.

— Comment le savez-vous ? s'enquit Godai.

— Tout vous expliquer serait trop long, mais l'autre jour, je suis allée à Tokonamé dans le département d'Aichi.

— À Tokonamé ? répéta le policier en fronçant les sourcils.

Il semblait ne pas connaître cette localité.

— C'est là qu'habitait la grand-mère de mon père. J'ai appris diverses choses là-bas. J'ai compris qu'il était impliqué dans cette vieille histoire, mais j'ignore comment et jusqu'à quel point. J'ai mes propres suppositions. J'espère de tout cœur me tromper, mais qu'en est-il en réalité ? Vous avez la réponse à cette question, n'est-ce pas, monsieur Godai ? Je fais erreur ?

Il la dévisagea pendant quelques secondes.

— Non, répondit-il ensuite.

— Eh bien, donnez-la-nous. Je suis prête à l'entendre.

Le policier hocha la tête et se redressa comme pour mieux respirer.

— Je vais d'abord répondre à votre première question. Le mobile revendiqué par le véritable coupable est la vengeance. L'avocat Shiraishi a fait le malheur de toute sa famille, lui compris. Il l'a tué pour se venger. C'est ce qu'il nous a dit.

— Comment mon père a-t-il fait le malheur de sa famille ?

Mirei connaissait la réponse à cette question, mais elle en voulait confirmation.

— Il y a plus de trente ans, un homme a été arrêté pour le meurtre du gérant d'une agence de services financiers à Higashi-Okazaki. Il clamait son innocence et s'est suicidé pendant sa garde à vue. Vous n'êtes pas sans savoir que l'accusé Kuraki s'est accusé de ce crime. Mais d'après la personne que nous considérons à présent comme le véritable coupable du meurtre de M. Shiraishi, ça aussi, c'est un mensonge, et le coupable du meurtre de Higashi-Okazaki était l'avocat Shiraishi. Cette personne l'a appris, et a décidé de se venger.

Les paroles de Godai tombèrent au fond du cœur de Mirei comme des pierres au fond d'un étang. Chacune d'entre elles lui donnait un sentiment de perte, mais étrangement, ce n'était pas douloureux.

Elle était enfin arrivée à la vérité. Elle n'avait plus à hésiter, ni à continuer à chercher. Cette idée qui ressemblait quelque part à un sentiment d'achèvement se transforma en une sensation étrange, comme un renoncement agréable.

46

Godai, qui savait que Kuraki Tatsurō allait être remis en liberté, vint le chercher à sa sortie du centre de détention. Il lui demanda de le suivre à la préfecture de police. Kuraki ne refusa pas et monta dans la voiture qui les attendait avec une expression sereine. Pour tout bagage, il n'avait qu'un petit sac.

Il n'était plus l'accusé, et ne faisait plus partie des suspects. Se prétendre coupable d'un crime qu'on n'a pas commis constitue une falsification de preuves, mais pour l'instant, aucune décision n'avait été prise sur d'éventuelles poursuites. Un suspect s'asseyait normalement entre deux policiers sur la banquette arrière, mais Godai y était seul avec lui.

— Je vous présente mes excuses pour tous les ennuis que je vous ai causés, déclara-t-il sitôt que la voiture démarra.

— Dorénavant, j'espère que vous allez nous dire la vérité, répondit Godai.

Kuraki soupira et tourna les yeux vers l'extérieur.

— Je n'ai pas vraiment le choix.

Il avait beaucoup maigri pendant ces quelques mois mais ne paraissait pas malade. Son profil résigné était celui de quelqu'un qui a tout compris de la vie.

La voiture arriva à la préfecture de police. Il serait entendu comme témoin. Sakurakawa avait dit qu'il l'interrogerait, mais il avait accepté que Godai soit présent.

— Eh bien, par où commencer ? demanda Sakurakawa une fois qu'ils étaient assis dans un bureau.

Kuraki eut un sourire peiné et inclina la tête, pensif.

— Je ne sais pas, dit-il.

— Godai, tu veux commencer par quoi ? fit Sakurakawa en regardant son subordonné.

— Par le crime du passé, bien sûr, répliqua celui-ci.

Sakurakawa regarda Kuraki.

— Cela vous convient ?

Son interlocuteur ferma les yeux sans rien dire, et les rouvrit au bout de quelques instants.

— On ne peut commencer que par là, mais ça va être long.

— Ce n'est pas un problème. J'attendais ce moment depuis longtemps, et j'ai tout mon temps. Godai, tu es d'accord avec moi, n'est-ce pas ?

— Nous vous écoutons, répondit celui-ci.

— Très bien, dit Kuraki qui entama son récit.

Mai 1984.

Kuraki venait d'avoir trente-trois ans, et il était heureux. Trois mois plus tôt, il était devenu père d'un petit garçon, Kazuma. Chisato, à qui il était marié depuis deux ans, en avait un de plus que lui, et elle avait eu peur qu'à son âge, sa fertilité ne soit diminuée.

La filiale du grand constructeur automobile, chez qui il travaillait comme technicien dans l'atelier de coupe et de tournage, comptait environ mille employés.

L'industrie automobile était florissante, et l'usine avait fort à faire. Même si les horaires de travail prévoyaient deux jours de repos par semaine, le personnel d'atelier ne pouvait prendre en général qu'un samedi ou deux par mois. Les nombreuses heures supplémentaires assuraient une meilleure paie, ce dont Kuraki, qui venait d'avoir un enfant, se réjouissait.

Il allait à l'usine dans une voiture de la marque du groupe pour lequel il travaillait. Achetée d'occasion, elle était agréable, même si son apparence laissait à désirer car elle était blanche et il ne la lavait pas souvent.

Ce matin-là aussi, il était parti sous le regard de sa femme et de son fils. La famille vivait dans un appartement qu'ils comptaient quitter sitôt qu'ils auraient emménagé dans la maison individuelle de leurs rêves, pour laquelle Kuraki épargnait depuis qu'il avait commencé à travailler.

La route à deux voies était encombrée, et il savait qu'une fois qu'il arriverait en haut de la prochaine côte, il tomberait dans l'embouteillage que des feux de circulation trop lents, situés quelques centaines de mètres plus loin, causaient toujours.

Il dépassa un homme qui pédalait à gauche des voitures, dont le costume sombre voletait dans le vent. Ce ne doit pas être facile de gravir cette pente à vélo, pensa-t-il en remarquant l'expression courroucée du cycliste.

Une fois en haut, il vit comme il s'y attendait deux longues files de voitures. Après une seconde d'hésitation, il décida de prendre une petite route sur le côté, un peu plus bas, un détour qui rallongeait un peu le trajet mais permettait de gagner du temps.

Au moment où il serrait à gauche, il aperçut quelque chose qui disparut immédiatement après, et il comprit qu'il s'agissait d'une personne qui venait de tomber. J'ai dû la heurter, se dit-il.

Il arrêta aussitôt sa voiture et en descendit. C'était le cycliste de tout à l'heure. Le visage grimaçant, il se tenait les hanches.

— Ça va ? Vous êtes blessé ?

Sans se redresser, l'homme, visiblement outré, dit quelque chose que Kuraki ne comprit pas. Il se rapprocha de lui.

— Que dites-vous ?

— J'ai mal !

— Ah… Je suis désolé.

— Carte de visite ! cracha l'homme en tendant la main droite.

— Pardon ?

— Je veux ta carte de visite. Si tu travailles, tu en as une, non ? Et je veux aussi voir ton permis de conduire. Et plus vite que ça !

Kuraki sortit de son portefeuille son permis et une carte de visite. L'homme les examina et prit un stylo dans sa poche intérieure.

— Écris ton adresse personnelle et ton numéro de téléphone au dos de ta carte de visite.

— Mon adresse et mon numéro de téléphone ?

— Oui. Ça se comprend, non ? fit l'homme d'un ton irrité.

Kuraki obéit et lui tendit la carte de visite que l'homme lui arracha presque des mains.

— Tu habites dans une résidence récente ?

Il avait remarqué qu'il y avait un numéro d'appartement.

— Non, dans un vieil appartement.

L'homme parut déçu. Peut-être regrettait-il d'être tombé sur un pauvre.

— Je vais appeler la police. Et une ambulance.

L'autre hocha la tête, avec la même expression désagréable.

Kuraki se servit de la cabine téléphonique qui se trouvait un peu plus loin. Sans doute sous le coup de l'émotion, il eut un peu de mal à expliquer la situation. Puis il téléphona à son travail, et dit qu'il était souffrant et serait absent aujourd'hui. Il n'eut pas l'impression que l'employée à qui il parla trouvait ça louche.

Il revint à sa voiture. Assis en tailleur à même le sol, le cycliste fumait une cigarette. Sa serviette, qui avait été sur son porte-bagages, était posée à côté de lui.

— Je suis vraiment navré de ce qui s'est passé.

Sans répondre, l'inconnu sortit une carte de visite de sa serviette sur laquelle était écrit qu'il s'appelait Haitani Shōzō, et qu'il était PDG de Green Company.

— Je suis bien embêté, moi, grommela-t-il. Me faire renverser aujourd'hui, alors que j'ai plein de rendez-vous...

— Je suis vraiment navré, répéta Kuraki en s'inclinant devant lui.

— Va appeler le numéro qu'il y a sur la carte de visite et dis au jeune qui répondra que j'ai eu un accident, et qu'il doit annuler tous mes rendez-vous de la matinée.

— Je m'en occupe.

Kuraki courut jusqu'à la cabine, téléphona et transmit le message à la personne qui décrocha, un jeune homme, d'après sa voix.

— Il a eu un accident ? C'est grave ?

— Non, je ne pense pas. Il parle normalement, et il est en train de fumer une cigarette, je pense que ça devrait aller.

— Ah bon… lâcha son interlocuteur, d'un ton presque déçu.

Kuraki se demanda comment interpréter cette réaction. Il raccrocha en entendant la sirène de l'ambulance.

Les secouristes comprirent vite que les blessures de Haitani n'étaient pas graves, et semblèrent plus contrariés que soulagés, comme s'ils trouvaient leur présence ici superflue. Ils le firent quand même monter dans l'ambulance qui s'éloigna, sirène hurlante. Haitani avait confié la clé de l'antivol de son vélo à Kuraki, après lui avoir fait promettre de le rapporter à son bureau.

L'équipage de la voiture de police arrivée peu après commença le constat d'accident. Kuraki expliqua du mieux qu'il put l'accident. Mais il ignorait comment la collision s'était produite. Les trois policiers firent les constatations, examinant attentivement la route, la voiture et la bicyclette, avec une expression qui parut dubitative à Kuraki. Contrairement à ce qu'il croyait, ils ne lui demandèrent pas de les suivre au commissariat, mais lui dirent qu'ils le recontacteraient dans les jours suivants.

Il remonta en voiture, revint chez lui, et raconta à Chisato, surprise de le voir, ce qui lui était arrivé. Elle pâlit.

— Que va-t-il se passer maintenant ?

— Je n'en sais rien. J'imagine que ça va dépendre de sa blessure, mais ça n'avait pas l'air grave.

— Tu en as informé ton chef ?

— Non. Je préfère ne pas lui en parler.

— Tu as raison !

La société pour laquelle il travaillait étant la filiale d'un groupe automobile, elle réagissait vivement aux accidents et aux infractions routières de son personnel. Tout incident de ce genre était noté dans le dossier de celui qui l'avait commis, et cela avait des répercussions sur l'avancement de sa carrière. Dans certains cas, les détails de l'accident étaient affichés sur le panneau d'informations aux employés. Seules les initiales de la personne concernée y figuraient, mais c'était un anonymat relatif.

Kuraki appela ensuite un taxi pour retourner sur les lieux de l'accident, afin d'aller chercher la bicyclette de Haitani et la rapporter au bureau dont il avait l'adresse, devant la gare de Higashi-Okazaki. En route, il s'arrêta pour acheter une boîte de gâteaux.

L'immeuble dans lequel Green Company était installé paraissait vieillot et mal entretenu. Il gara le vélo au bord du trottoir et monta au premier, où il sonna à l'interphone de la porte sur laquelle une plaque annonçait le nom de la société. Un jeune homme vêtu d'un jean et d'une chemise sans cravate vint lui ouvrir.

Kuraki se présenta et lui dit qu'il était à l'origine de l'accident.

— Ah… Haitani a appelé tout à l'heure. Il ne devrait pas tarder.

— Dans ce cas, je peux l'attendre ici ?

— Hum… fit le jeune homme. Je ne crois pas que ce soit nécessaire.

Kuraki attribua cette réponse négative à l'embarras de son interlocuteur et entra quand même dans le bureau qui n'était pas très grand. Au milieu se trouvait une table sur laquelle des boîtes étaient posées sans ordre apparent, ainsi que des documents, des vases et divers instruments. Les étagères le long des murs offraient un spectacle semblable. Le jeune homme s'assit au bureau proche de la fenêtre, sur lequel se trouvaient un combiné téléphonique et un télécopieur, et se mit à lire un magazine de manga.

Kuraki prit place sur une des chaises métalliques.

— Comment allait M. Haitani ? Vous en savez plus sur sa blessure ?

— Euh… répondit le jeune homme sans lever la tête de son magazine.

Kuraki regarda à nouveau autour de lui, sans parvenir à comprendre l'activité de ce bureau. Ce jeune homme en était-il l'unique employé ? Mais il n'était pas habillé comme s'il travaillait ici.

Le téléphone sonna, et il répondit.

— Oui, c'est bien Green Company… Je suis désolé, mais Haitani est sorti… Vous êtes M. Tanaka ? Je vous remercie de votre confiance… Je demanderai à Haitani de vous rappeler…

Très bien, c'est noté. Je lui transmettrai votre message. Merci de votre appel, et à bientôt !

Il avait parlé sans quitter son magazine des yeux ni se redresser, d'un ton poli, mais dépourvu de conviction. Son manque de sincérité devait s'entendre.

Après avoir raccroché, il continua à lire.

La porte s'ouvrit bruyamment. Haitani apparut et Kuraki se leva immédiatement.

— T'es là, toi ? jeta le nouveau venu en lui décochant un regard méfiant.

Il entra en traînant la jambe droite.

— Que j'ai mal… Me voilà bien, moi !

— Je suis vraiment navré, dit Kuraki en s'inclinant profondément. Votre blessure est grave ?

— Ça se voit, non ? Je peux à peine marcher. Il me faudra trois mois pour me remettre. Trois mois ! Le médecin m'a prescrit le repos complet. Tu comptes me compenser comment, hein ?

— Mais vous n'avez rien de cassé, j'espère.

— C'est pas parce que rien n'est cassé que ce n'est pas grave. Je souffre !

— Oh… pardon.

Haitani s'approcha du jeune homme en boitant.

— On m'a appelé ?

— Oui, il y a eu un appel d'un certain Tanaka. Un vieux, d'après sa voix.

— Ah, ce pépé ! D'accord. C'est bon, tu peux partir.

— Vraiment ?

Le jeune homme se leva, son manga à la main, et quitta le bureau.

Haitani s'assit sur la chaise qu'il venait de quitter et tira le téléphone à lui. Il sortit un carnet de sa serviette et composa un numéro.

— Allô… Monsieur Tanaka ? Oui, c'est Haitani. Toutes mes excuses, je n'étais pas là quand vous avez appelé.

Le ton aimable avec lequel il parlait n'avait rien à voir avec celui qu'il avait utilisé jusqu'à présent.

— Oui, je me doutais bien que c'était de cela que vous vouliez me parler. Je viens d'en discuter avec la personne qui s'en occupe… Oui, tout se passe comme prévu… Mais comme je vous l'avais dit l'autre jour, c'est un produit dont on ne peut pas sortir avant le terme… C'est cela, exactement. Eh bien, je vais voir ce que je peux faire. Je vous remercie de votre appel et je vous dis à très bientôt. Au revoir, monsieur.

Il raccrocha, nota quelque chose dans son carnet, le visage sévère, et soupira. Puis il se massa la nuque et tourna les yeux vers Kuraki.

— Alors on va faire comment ?

Sa voix était redevenue désagréable.

— Vous pourriez me dire ce qu'indique le certificat médical ?

— Le certificat médical ? Il est plein de mots compliqués. Où est-ce que je l'ai mis ?

Haitani chercha dans les poches de son veston, puis dans sa serviette, et finit par lâcher un "tsss" sonore.

— Merde, je le retrouve pas. Tant pis. Il va d'abord falloir me rembourser ce que j'ai payé à l'hôpital.

— Euh… Oui, bien sûr.

Kuraki sortit son portefeuille en se demandant comment Haitani avait pu perdre un document aussi important.

— Vous avez peut-être le reçu ?

— C'est clair que je l'ai perdu en même temps que le certificat médical, non ? Je vais le chercher, mais d'abord, je veux que tu me rembourses ce que j'ai payé. 30 000 yens.

— 30 000 yens…

Il aurait aimé lui demander pourquoi cela avait coûté si cher.

— T'es assuré, non ? Donc tu seras remboursé, alors qu'est-ce que ça peut faire ?

— Euh… je ne suis pas sûr que je vais me servir de mon assurance.

— Ah bon. Ça, c'est ton problème, pas le mien. Mais je veux que tu me rembourses ce que j'ai payé à l'hôpital. J'ai jamais entendu qu'on négocie à la baisse le prix des soins.

— Ce n'est pas du tout mon intention. Mais je n'ai pas cette somme sur moi…

Haitani se renfrogna.

— T'as combien ?

Kuraki ouvrit son portefeuille qui contenait un peu plus de 20 000 yens. Il le dit à Haitani. Il n'avait pas l'habitude d'avoir beaucoup d'argent sur lui. Chisato avait leur carte de retrait.

— Dans ce cas, ça ira avec 20 000 yens, fit-il en grimaçant de douleur.

Kuraki lui tendit les deux billets que Haitani lui arracha presque des doigts pour les mettre dans la poche intérieure de son veston.

— Excusez-moi, mais…

— Quoi encore ?

— Je vous apporterai le reste, mais je pourrais avoir un reçu pour ce que je viens de vous remettre, s'il vous plaît ?

Son interlocuteur écarquilla les yeux.

— Tu penses que j'essaie de t'avoir ?

— Pas du tout, mais il me semble qu'il vaut mieux que tout soit clair.

— T'as pas à t'en faire pour ça. Je vais pas t'escroquer. Maintenant il faut qu'on parle de comment on va faire. J'ai besoin d'aller chez mes clients pour mon travail, mais dans mon état, c'est pas possible. Tu comptes m'aider comment ?

— Je vous prie de m'excuser, fit Kuraki, qui ne voyait pas quoi dire d'autre.

— D'abord, il faut que je puisse venir de chez moi à ici. Je vais pas pouvoir faire du vélo pendant un bout de temps.

Il expliqua qu'il habitait à environ trois kilomètres d'ici.

— Le mieux serait de venir en taxi, mais ils ne viennent jamais quand on les appelle, et des vides, il en passe pas souvent. Comment faire, hein ? reprit Haitani en sortant de son portefeuille la carte de visite de Kuraki, sur laquelle apparaissait au revers son adresse.

Il la considéra quelques instants.

— Tu commences à quelle heure le matin ?

— À 9 heures mais…

— C'est parfait. Tu passeras me prendre à 7 h 30 et tu m'amèneras ici. T'arriveras quand même à l'heure au boulot.

Il posa la carte de visite sur la table.

— Bon, ça, c'est réglé, fit-il comme si c'était décidé.

— Tous les jours ?

— Bien sûr. Si tu peux pas, t'as qu'à trouver quelqu'un d'autre.

Kuraki réfléchit rapidement. Il n'avait personne à qui demander ce service. En partant à 7 heures de chez lui, c'était faisable.

— Je m'en occuperai. À partir de demain, n'est-ce pas ?

— Pour ce qui est de m'amener ici.

Haitani écrivit quelque chose sur un papier qu'il lui donna. Kuraki lut une adresse et un numéro de téléphone.

— Et à partir d'aujourd'hui, il faudra aussi me ramener chez moi. Sois là à 18 heures.

— Excusez-moi, mais… Aujourd'hui, je pourrai être ici à cette heure-là, puisque je ne travaille pas, mais généralement, je finis après 18 heures. 20 heures, c'est trop tard pour vous ?

— 20 heures ? Et je ferai quoi ici, moi, en t'attendant ?

— Alors, disons 19 heures, l'implora Kuraki en s'inclinant devant lui.

Haitani poussa un grand soupir.

— Va pour 19 heures. Mais sois à l'heure !

— Vous pouvez compter sur moi.

Son interlocuteur s'affala sur une chaise, croisa les bras, et leva les yeux vers Kuraki.

— On dit comme ça pour l'instant. Je vais réfléchir aux dommages et intérêts. De toute façon, il va falloir que je retourne à l'hôpital, et faudra me rembourser chaque fois. Arrange-toi pour avoir plus d'argent dans ton portefeuille.

— Euh… Oui.

Kuraki fut envahi par une bouffée d'angoisse. Il était dominé, et pensait que cet homme allait le dépouiller. Mais il ne voyait pas comment lui résister.

Il se souvint des gâteaux qu'il avait achetés.

— Euh… je vous ai apporté ça, dit-il en les lui présentant.

— Des gâteaux ? Je mange pas de sucré, moi, mais bon, merci quand même. Pose ça là. La prochaine fois, je préférerais quelque chose à boire. Du whisky, par exemple.

La sonnette retentit pendant que Kuraki se demandait s'il devait lui en apporter une bouteille ce soir.

— Qui ça peut être à cette heure-ci ? Va donc ouvrir.

Kuraki obéit et vit un jeune homme qui avait l'air d'un étudiant. Il le salua et demanda si M. Haitani était là.

— C'est moi, répondit celui-ci de l'intérieur du bureau. Et qui êtes-vous ?

— Euh… mon nom et Shiraishi. Je suis le petit-fils de Niimi Hidé.

— Mme Niimi ? Ah oui, je vois. Elle va bien, j'espère. Ces derniers temps, je n'ai plus de nouvelles.

Le ton de Haitani était plutôt poli, malgré le jeune âge de son interlocuteur.

— Oui, elle va bien, merci, mais j'aimerais vous parler de quelque chose qui me préoccupe un peu. Elle se déplace difficilement, et elle dit avoir du mal à comprendre les choses un peu compliquées…

— Ah bon… Je ne crois pourtant pas lui avoir dit de choses compliquées… poursuivit Haitani sur le même ton, très différent de celui qu'il utilisait avec Kuraki.

Le jeune Shiraishi entra dans le bureau.

— Ma grand-mère m'a dit qu'elle avait placé de l'argent en suivant vos recommandations.

— Ah, c'est de ça qu'il s'agit… En suivant mes recommandations, je ne sais pas si on peut dire ça. Elle m'a demandé conseil, et je lui ai présenté plusieurs produits financiers qui existent aujourd'hui. Et alors ?

— D'après elle, vous ne l'avez pas vraiment conseillée, mais lui avez expliqué que ce n'était pas du tout une bonne idée de laisser tout son argent sur un compte bancaire.

— Peut-être qu'elle l'a entendu comme ça. Nous avons parlé de choses et d'autres, j'ai eu l'impression qu'elle s'inquiétait de ne pas avoir assez d'argent pour ses vieux jours, et je lui ai donc expliqué qu'aujourd'hui il existe diverses méthodes pour faire fructifier son argent.

Le jeune homme ne parut pas convaincu.

— Selon ma grand-mère, elle vous a dit qu'elle allait y réfléchir, mais vous êtes revenu la voir plusieurs fois, avec des gens qu'elle ne connaissait pas, qui lui ont fait signer plusieurs contrats.

— Je vous ai déjà expliqué que c'est son interprétation. Elle y va fort en prétendant qu'ils lui ont fait signer des contrats.

Moi, je lui ai proposé des choses par gentillesse, pour lui rendre service.

Le jeune homme secoua vigoureusement la tête, comme s'il était irrité.

— Si vous le dites. Ce qui compte, c'est que ma grand-mère veut résilier tous ces contrats.

— Résilier ? répéta Haitani en fronçant les sourcils. Comment ça, résilier ?

— Elle veut qu'on lui rende son argent. J'ai apporté tous les contrats.

Il ouvrit sa serviette et en sortit plusieurs grandes enveloppes.

— Il y a le certificat de membre du club de golf, celui du club de vacances et celui de parts dans l'hôtel d'un complexe touristique. Pour un montant total de 28 millions de yens.

Kuraki, qui avait tout entendu, ouvrit de grands yeux.

— Si elle veut résilier, il faut contacter chaque société. Elle doit avoir les cartes de visite des responsables.

— Je les ai appelés, mais ils m'ont répondu que résilier était impossible dans l'immédiat.

— Dans ce cas, il n'y a rien à faire d'autre qu'attendre la date où ça sera possible.

— Ma grand-mère affirme que vous lui avez dit qu'il était possible de résilier à tout moment.

— Je n'ai jamais dit une chose pareille ! Je lui ai présenté les responsables de chaque produit, rien de plus.

— Mais vous lui avez dit que si elle avait un problème, elle pourrait vous en parler, non ?

— Oui, ça, je l'ai dit. Et c'est quoi, son problème ?

— Elle veut savoir comment tout résilier, et qu'on lui rende tout son argent.

— Mais enfin ! réagit Haitani en tapant sur la table. Vous comprenez ce qu'on vous dit ou quoi ? Le problème se situe entre votre grand-mère et les responsables de chaque société. Moi, je n'ai rien à voir là-dedans ! Je les lui ai présentés, c'est tout. Si elle n'est pas contente de ces responsables, elle doit leur parler directement. Bon, moi, j'ai pas que ça à faire. Partez d'ici maintenant ! Allez ! dit-il en faisant un geste de la main droite comme pour le chasser.

— Mais…

— Partez d'ici ! s'écria Haitani en faisant mine de se lever, ce qui le fit pousser un cri de douleur. Et toi, qu'est-ce que tu fais à tout regarder comme ça ? Mets-le à la porte !

Kuraki se demanda pourquoi cette tâche lui incombait, mais étant donné les circonstances, il ne voyait pas comment refuser. Il se leva et vint se placer devant le jeune homme à qui il demanda poliment de s'en aller.

Celui-ci se dirigea vers la porte. Il avait l'air furieux.

Kuraki revint dans le bureau après s'être assuré que la porte était fermée. Son regard croisa celui de Haitani.

— Pourquoi tu fais cette tête-là ? lança Haitani d'un ton agressif. T'as un problème ?

— Non, non, pas du tout, répondit-il en détournant les yeux.

— Je me sens pas bien. Je vais rentrer chez moi tôt aujourd'hui. Sois là à 17 heures précises.

— Très bien. À tout à l'heure, répondit-il.

Il quitta le bureau, rentra chez lui et expliqua la situation à sa femme. Elle fronça les sourcils, l'air inquiet.

— Qu'est-ce que c'est que cet homme ? Il n'a pas l'air honnête.

— Son travail est louche, et il me paraît sournois. C'est bizarre qu'il ne veuille pas me montrer le certificat médical. Je n'ai vraiment pas eu de chance de tomber sur un type pareil, répondit Kuraki en caressant le visage de Kazuma qui dormait paisiblement.

Il avait l'impression que des nuages s'amoncelaient au-dessus de leur bonheur.

— Tu ne vas pas contacter ton assurance ?

— C'est compliqué, tu sais.

Il préférait ne pas le faire. Sa compagnie d'assurances appartenait au groupe automobile dont son employeur était une filiale. Les employés bénéficiaient d'une réduction sur leurs primes d'assurance mais savaient que l'assurance informait toujours l'employeur de la nature des accidents qu'ils causaient. Kuraki et ses collègues évitaient donc d'y faire appel pour ceux sans gravité.

— Oui, mais s'il exige beaucoup d'argent, tu devras quand même y avoir recours, non ?

— Tu as raison. Enfin, sa blessure ne semble pas grave, et je ne crois pas qu'il puisse me demander une grosse somme. Pour l'instant, je préfère attendre de voir ce que dit la police.

Il restait du temps jusqu'à 17 heures. Incapable de se concentrer, il regarda la télévision, la tête vide. Le seul moment où il se sentit un peu mieux fut lorsque Kazuma se réveilla et s'agita.

Il alla chercher Haitani à 17 heures précises. Celui-ci lui tendit sa serviette. Kuraki eut un haut-le-corps mais il la prit.

Haitani traînait encore un peu la jambe, mais ne paraissait pas avoir de difficultés à marcher. Kuraki aurait aimé savoir ce que disait le certificat médical.

— Elle est sale, cette voiture. Faudrait la laver de temps en temps, jeta celui-ci en ouvrant la porte arrière où il s'assit.

— Désolé, répondit Kuraki en se demandant pourquoi il éprouvait le besoin de s'excuser.

Il suivit les instructions de son passager et arriva en moins d'un quart d'heure à une petite maison qui n'était pas récente, avec un jardinet mais aucun espace où garer une voiture.

— Bon, à demain, 7 h 30. Sois ponctuel !

Kuraki jeta un coup d'œil sur la bâtisse, sans voir de lumière. Haitani vivait sans doute seul.

L'idée de revenir ici le déprimait. Combien de temps devrait-il le faire ? Il démarra et repartit.

À compter du lendemain, il servit de chauffeur à Haitani, l'emmenant à son bureau à 7 h 30 et venant le chercher à 19 heures. Il avait dit à l'usine que sa femme était souffrante et qu'il ne pouvait pas travailler plus tard.

En soi, c'était supportable, mais Haitani lui extorquait de l'argent presque chaque jour, sous un prétexte ou un autre – note de taxi, médicaments, réparation de sa bicyclette. Il lui remettait des reçus, toujours écrits à la main, à la véracité douteuse. Sur l'un d'entre eux, un "3" avait été visiblement été transformé en "8", mais Kuraki n'avait pas osé s'en plaindre.

En outre, Haitani l'appelait parfois au travail, afin de lui donner le montant des sommes à régler. À plusieurs reprises, il lui avait dit que si Kuraki n'était pas content, il parlerait à son supérieur. Il avait sans nul doute compris que l'usine n'était pas au courant de l'accident et faisait ainsi pression sur lui.

Plusieurs jours passèrent ainsi. Un soir qu'il était venu chercher Haitani après son travail, Kuraki vit quelqu'un debout devant la porte. C'était le jeune homme de l'autre jour, celui qui s'appelait Shiraishi. Lui aussi parut le reconnaître.

— Où est votre patron ? lui demanda-t-il.

— Il n'est pas au bureau ?

— Non. La porte est fermée à clé, il doit être sorti.

— Ah bon… fit Kuraki en regardant sa montre.

Il n'était pas encore 19 heures.

— Vous n'avez pas la clé ?

— Non, je ne travaille pas ici, moi.

— Pourtant je croyais que… lâcha le jeune homme, surpris.

Kuraki ayant obéi aux ordres de Haitani l'autre jour, sa méprise était compréhensible.

— C'est bien embêtant… murmura Shiraishi en regardant sa montre.

— J'ai l'impression que vous avez un problème avec lui.

Le jeune homme le regarda avec méfiance.

— Vous aussi, vous êtes en relation d'affaires avec lui ?

— Pas du tout ! s'exclama Kuraki. Je l'ai renversé quand il était à vélo. Un accident sans gravité, mais à ses yeux, j'en suis entièrement responsable.

— Je comprends mieux, dit Shiraishi, qui parut le voir différemment.

— D'après ce que j'ai entendu l'autre jour, ta grand-mère a signé des contrats avec lui.

Le jeune homme hocha la tête et soupira.

— Elle vit seule à Tokonamé. Quand je suis allé la voir, j'ai trouvé chez elle un reçu pour une carte de membre dans un club de golf. Je lui ai demandé ce dont il s'agissait, elle m'a répondu que c'était un placement. Le club gérait sa carte et l'avait gardée. Ma grand-mère a quatre-vingt-deux ans, elle n'aurait jamais eu cette idée seule, et je lui ai demandé de m'expliquer de quoi il s'agissait. Elle m'a dit que quelqu'un lui avait recommandé de signer ce contrat, j'ai insisté pour en savoir plus, et j'ai découvert qu'elle avait aussi une carte de membre d'un club de vacances et des parts dans l'hôtel d'un complexe touristique. La même personne qui lui avait recommandé tous ces placements était venue la voir à plusieurs reprises avec des représentants des différentes sociétés.

— Et cette personne, c'est Haitani ?

— Exactement. Il a travaillé pour une compagnie d'assurances et il a pris contact avec ma grand-mère en se présentant comme la personne qui avait assuré une de ses amies, qui venait de mourir. Il a toujours des choses intéressantes à raconter, et elle lui a tout de suite fait confiance. Selon elle, c'est quelqu'un de très gentil. Mais moi, toutes ces transactions me paraissent douteuses.

Kuraki repensa à l'attitude qu'avait eue Haitani au téléphone le premier jour. Elle n'avait rien à voir avec celle qu'il avait à son égard.

— Ce n'est pas une personne à qui on peut faire confiance. Il est sournois, et malhonnête. Ces histoires de placements sont louches et tu as raison de vouloir résilier ces contrats.

— Je suis d'accord avec vous, mais je n'arrive à rien dans mes négociations. J'ai appelé chaque société, mais on m'a dit que ce n'était pas possible de le faire dans l'immédiat, ou alors que cela engendrerait des frais importants…

Plus il écoutait le jeune homme, plus il avait l'impression qu'il s'agissait de pratiques commerciales malhonnêtes. Kuraki se rappela une énorme escroquerie qui avait fait couler beaucoup d'encre récemment, l'histoire d'une société qui vendait à ses clients de l'or pur. Au lieu de le leur remettre, elle leur confiait des certificats de propriété, et encaissait leur argent. Des milliers de personnes à travers tout le pays y avaient cru, et le montant total de leurs pertes dépasserait 200 milliards de yens.

— Tu veux que Haitani reconnaisse qu'il est coupable, n'est-ce pas ? C'est une bonne idée. Si les gens qu'il a présentés à ta grand-mère sont des escrocs, il est leur complice et il a dû toucher des commissions.

— C'est parce que j'en suis persuadé que je suis ici. Mais il se fait tard, et je risque de rater mon bus longue distance.

— Tu viens d'où ?

— De Tokyo.

— C'est loin, dis donc !

— Ma grand-mère n'a pas d'autre famille que moi. C'est la mère de mon père qui est décédé. Je vis avec ma mère qui travaille sans arrêt pour que nous arrivions à nous en sortir. Je suis le seul à pouvoir venir la voir de temps en temps.

Il ajouta qu'il était en troisième année de droit.

— Ma grand-mère s'est beaucoup occupée de moi quand j'étais petit et je lui suis très attaché. Ce qui lui arrive est trop triste. Je suis prêt à tout faire pour l'aider. Je ne renoncerai jamais !

— Bravo ! Je te soutiens, même si je ne suis pas sûr de pouvoir t'aider beaucoup.

Kuraki le pensait vraiment. Ils avaient échangé leurs coordonnées avant que le jeune homme reparte. Son prénom était Kensuké. Il le raccompagna à la gare et revint ensuite dans l'immeuble.

Peu de temps après, Haitani arriva. Il paraissait sur ses gardes.

— Qu'est-ce qu'il t'a raconté ?

Kuraki réalisa que Haitani s'était caché quelque part en voyant Shiraishi devant la porte de son bureau.

— Pas grand-chose.

— Vraiment ?

— Vous avez peur qu'on ait parlé de vous ?

Haitani le dévisagea avec animosité.

— Que veux-tu dire ?

— Rien de spécial.

Haitani exprima son mécontentement en soupirant bruyamment.

— Hum. Bon, on y va ?

Il se mit à marcher, sans boiter.

— J'ai l'impression que votre jambe va mieux.

— J'ai encore mal, mais je serre les dents. Je suis loin de pouvoir remonter sur un vélo, déclara-t-il comme pour faire comprendre qu'il devrait lui servir de chauffeur encore longtemps.

Ce jour-là, pour la première fois, Haitani ne lui réclama pas d'argent. Plongé dans ses pensées, il n'avait pas dit un mot pendant le trajet en voiture jusque chez lui.

Exactement une semaine après l'accident, Chisato lui téléphona à l'usine. La police avait appelé. Elle demandait à Kuraki de passer quand il aurait le temps. Il obtint l'autorisation de quitter tôt son travail et se rendit au commissariat.

Un agent de la sécurité routière le reçut à un petit bureau dans un coin de la salle du service.

— En fait, nous ne savons pas quelle suite donner à votre affaire, dit-il en regardant les documents posés devant lui, un plan de l'accident et une photo de la voiture de Kuraki.

— Que voulez-vous dire ?

Le policier prit en main la photo.

— Nous avons examiné votre voiture après l'accident, mais nous n'avons pas pu constater de trace de choc. Pardonnez-moi de vous dire ça, mais votre voiture n'avait pas été lavée depuis un bout de temps, non ? Elle était sale, et s'il y avait eu un contact, nous en aurions trouvé une trace. Mais nous avons eu beau regarder, nous n'avons rien trouvé.

— Ce qui veut dire qu'il n'y a pas eu de contact ?

— Nous le pensons. Ce qui a pu se passer, c'est que vous avez serré M. Haitani d'un peu trop près, et il a dû faire une fausse manœuvre. Il affirme que vous l'avez heurté, mais nous pensons qu'il en a eu l'illusion. Nous ne pouvons pas rédiger de rapport sans fait pour l'établir. L'imaginaire ne nous suffit pas.

Il n'y avait, en d'autres termes, aucune preuve qu'il y ait eu un contact.

— Et que dois-je faire à présent ?

— Eh bien… commença le policier en croisant les bras. Vous avez informé votre compagnie d'assurances ?

— Non, pas encore. J'attendais que la nature de l'accident soit précisée.

— La partie adverse, je veux dire M. Haitani, vous a dit quelque chose ? À propos des dommages et intérêts, par exemple.

— Non, rien de concret pour l'instant… Mais il m'a déjà demandé beaucoup.

Kuraki lui expliqua ses exigences.

— Ah, je comprends…

Le policier prit une mine pensive.

— Attendez-moi ici quelques instants, finit-il par dire.

Il alla trouver quelqu'un qui fit l'effet à Kuraki d'être un gradé. Les deux hommes discutèrent, puis le policier revint.

— Mon supérieur estime que vous paraissez avoir pris la mesure de ce qui s'est passé, et que vous avez montré votre bonne volonté à l'autre partie. Nous avons décidé de ne rien faire de plus, car une sanction ne peut pas tout régler. J'espère que vous conduirez dorénavant un peu plus prudemment.

— Ah… Dois-je comprendre que vous ne traitez pas ce qui s'est passé comme un accident ?

— Non, puisque rien ne prouve qu'il y en a eu un.

— Vous croyez que cela satisfera M. Haitani ?

— Probablement pas entièrement. Mais il doit s'y attendre un peu. Nous lui avons laissé entendre dès le départ que ce qui s'est passé ne serait pas nécessairement considéré un accident.

— Je l'ignorais !

— Lorsque nous avons insisté pour savoir s'il avait vraiment eu un contact avec votre voiture et que nous lui avons demandé s'il n'en avait pas seulement eu l'illusion, nous lui avons expliqué que nous n'avions constaté aucune trace de choc sur votre voiture et que nous allions réfléchir pour décider s'il y avait vraiment eu une collision.

— Ah bon…

Haitani ne lui en avait rien dit. Mais Kuraki n'était pas totalement étonné. Haitani n'avait cessé de lui réclamer de l'argent, mais après le premier jour, il n'avait plus parlé de dommages et intérêts, probablement parce qu'il savait qu'il n'y avait pas droit.

— Pour en revenir à ce Haitani, poursuivit le policier en parlant plus bas, méfiez-vous-en. Puisqu'il n'y aura pas d'autres investigations dans ce qui ne nous apparaît pas comme un accident, vous feriez mieux de couper tout contact avec lui. Et de refuser tout net de lui servir de chauffeur. Étant donné qu'il n'y a pas eu d'accident, vous ne lui devez rien.

— Vous avez raison. Je vais le faire.

Il était rassuré que le policier aille jusqu'à lui donner ce conseil.

— Nous sommes aussi allés à l'hôpital. Pour eux, c'est un mystificateur. Il faisait semblant d'avoir très mal, mais il n'avait que des contusions.

— Vraiment ?

Kuraki expliqua qu'il lui avait extorqué 30 000 yens pour les soins reçus.

Le policier secoua la tête avec une expression incrédule et lui recommanda à nouveau de se montrer plus circonspect.

Lorsqu'il quitta le commissariat, il se sentait plus léger. Puisqu'il n'avait pas causé d'accident, il n'avait pas à craindre que son employeur ne l'apprenne. Chisato était la première personne à qui il voulait le dire. Il lui téléphona depuis une cabine et entendit son soulagement.

— On va fêter ça ce soir ! Je vais faire quelque chose de bon à manger.

— Bonne idée !

Il raccrocha en fredonnant une chanson. Mais sa colère contre Haitani qui lui avait extorqué près de 100 000 yens n'avait pas disparu. Il avait gardé tous les reçus. Avec un peu de chance, j'arriverai à en récupérer la moitié, se dit-il.

Il était 17 h 30, trop tôt pour aller au bureau de Green Company mais il y partit quand même. Ce soir, il ne ramènerait pas Haitani chez lui en voiture. Ni demain, ni plus jamais.

Quand il ouvrit la porte du bureau, quelqu'un qu'il n'avait jamais vu se retourna vers lui, un petit homme trapu, en costume, âgé d'une quarantaine d'années. La fureur se lisait sur son visage.

Le jeune qui répondait au téléphone était là aussi. Il leva les yeux de son magazine de manga quand Kuraki lui demanda où était Haitani.

— Il n'est pas encore rentré. Ce qui fait que moi aussi, je suis obligé de rester.

Kuraki se demanda que faire. Attendre Haitani ici ? Avec cet inconnu ?

Pour finir, il referma la porte sans entrer et décida d'aller patienter ailleurs.

Il s'arrêta dans une librairie-papeterie pour acheter un journal et entra dans un restaurant de chaîne qui venait d'ouvrir.

Lorsqu'il releva les yeux et regarda sa montre, il vit qu'il était un peu après 19 heures.

L'espace d'une seconde, il se dit que Haitani lui reprocherait son retard, mais se rappela aussitôt qu'il n'en avait plus rien à faire. Nul besoin de s'humilier devant lui. Il lui expliquerait posément qu'il ne lui devait rien, ça suffirait.

Il repartit en voiture vers le bureau de Green Company. Au moment où il descendit de voiture, il aperçut le jeune homme chargé de répondre au téléphone.

— M. Haitani est revenu ?

L'autre secoua la tête.

— Je n'en sais rien. Il n'est pas revenu depuis que vous êtes parti. Je me suis dit qu'il était peut-être dans un café, et je me suis mis à sa recherche, mais je ne l'ai trouvé nulle part.

— Tout à l'heure, il y avait un client, non ?

Le jeune homme haussa les épaules.

— C'était plutôt quelqu'un qui était venu se plaindre.

— Et il est reparti ?

— Je n'en sais rien. Peut-être qu'il est encore là. Je suis sorti parce qu'il me mettait mal à l'aise.

Autrement dit, il avait laissé le client assurer la permanence au bureau. Le patron de Green Company était bizarre, son employé aussi.

Ils montèrent l'escalier ensemble. Le jeune homme ouvrit la porte du bureau et y entra. Kuraki qui le suivait faillit le bousculer, car il s'était abruptement immobilisé. Avant d'avoir le temps de lui demander ce qui lui arrivait, il aperçut quelque chose qui lui coupa le souffle.

Haitani était allongé par terre sur le dos, en costume gris, cravate au cou. Une grosse tache noire, ou plutôt rouge sombre, était visible sur sa poitrine.

Le jeune homme gémit sourdement et fit demi-tour en tremblant de tout son corps.

— Il faut appeler la police, dit Kuraki d'une voix rauque. Vite !

Le jeune homme tourna les yeux vers le fond de la pièce. Son hésitation était visible. Pour aller jusqu'au téléphone, il lui faudrait passer à côté de Haitani. De plus, le combiné était décroché.

— Mieux vaut ne rien toucher ici et appeler d'une cabine, lança Kuraki.

Il pensait aux empreintes digitales, mais le jeune homme qui sortit du bureau, le visage blême, ne le comprit peut-être pas.

Kuraki regarda à nouveau Haitani. Ses yeux étaient ouverts, mais il ne voyait probablement plus rien. Un couteau couvert de sang était posé sur le sol à côté de lui. Il y avait des traces de lutte dans le bureau.

Au moment où il s'avançait vers le fond de la pièce en passant à côté du corps, un oiseau pépia sur le balcon. Il tourna les yeux dans cette direction. La porte-fenêtre était ouverte.

Il y avait quelqu'un sur le balcon, un homme qui était sur le point d'enjamber le garde-corps. Il regarda Kuraki.

C'était Shiraishi Kensuké. Son visage avait une expression farouche.

Kuraki était incapable de dire combien de temps ils se dévisagèrent. Ce fut probablement très bref. La manière dont il agit ensuite le surprit lui-même. Il alla posément fermer la porte-fenêtre en prenant garde à ne pas laisser d'empreintes. Puis il se retourna vers Shiraishi et hocha légèrement la tête. Pour lui dire qu'il n'avait pas de soucis à se faire, qu'il allait tout arranger.

Shiraishi dut le comprendre, car il baissa la tête et franchit le garde-corps. Le bureau était au premier étage. Il ne courait pas grand risque à sauter.

Kuraki enclencha le verrou de la porte-fenêtre et l'essuya. Il ne fallait surtout pas que la police sache qu'il l'avait touchée.

Il devait aussi faire disparaître d'autres empreintes. Il ramassa le couteau et essuya le manche avec un mouchoir en papier. C'était celui du bureau. Le crime avait été spontané. Shiraishi n'avait probablement pas pensé aux empreintes digitales.

Au moment où il le reposa sur le sol, il entendit une sirène de police.

Le premier policier arrivé sur les lieux s'appelait Muramatsu. Il l'interrogea, ainsi que le jeune homme chargé de répondre au téléphone. Puis ils durent tous les deux le suivre au commissariat, où un autre policier leur posa les mêmes questions.

Kuraki leur raconta tout ce qu'il savait, tout ce qu'il avait vu et entendu, mais passa sous silence la présence de Shiraishi Kensuké. Pas question non plus de leur dire que le balcon était ouvert, qu'il avait fermé la porte-fenêtre et essuyé le manche du couteau.

Il attendit longtemps après son audition, et un policier vint ensuite le trouver. Après s'être excusé de l'avoir retenu si tard, il le remercia de sa coopération et le ramena à sa voiture. Il ne lui donna pas plus de détails, mais Kuraki devina que la police était allée dans le restaurant vérifier son alibi.

Il rentra chez lui. Chisato qui l'attendait s'était beaucoup inquiétée. Cela n'avait rien d'étrange : à peine était-il débarrassé de cette histoire d'accident qu'il se trouvait mêlé à un homicide.

En l'écoutant, elle comprit qu'il ne risquait sans doute plus rien, et elle retrouva graduellement son calme.

— Ça fait quand même peur ! Je me demande qui a pu faire ça ! s'exclama-t-elle.

À la peur a succédé la curiosité, pensa-t-il.

— Je n'en sais rien. Mais il faisait tellement de choses tordues qu'il devait avoir beaucoup d'ennemis.

Il ne voulait pas lui parler de Shiraishi Kensuké.

Ce soir-là, allongé dans son futon, il pensa à ce qu'il avait fait. Il savait qu'il avait mal agi en transformant la scène de crime, et en mentant pendant son interrogatoire. Mais il ne voulait pas que la vie de ce jeune homme sincère soit ruinée par le crime qu'il avait commis. De quelque manière qu'il y pense, Haitani lui faisait l'impression d'avoir mal agi et d'être responsable de ce qui lui était arrivé. Il se souvint de ce que lui avait dit le policier de la circulation. "Une sanction ne peut pas tout régler."

Mais la police n'était pas incapable. Elle finirait par retrouver Shiraishi Kensuké, et il serait vraisemblablement puni. D'ailleurs, il déciderait peut-être de se rendre spontanément à la police.

Lorsque cela arriverait, Kuraki raconterait tout. S'il expliquait qu'il avait agi pour couvrir ce jeune homme pour qui il avait de la sympathie, il ne croyait pas qu'il serait poursuivi.

Trois jours plus tard, les journaux annoncèrent qu'un suspect avait été arrêté. D'après l'article que Kuraki lut, c'était un homme qui tenait un commerce d'électroménager, un certain Fukuma Junji, âgé de quarante-quatre ans, qui était en conflit avec Haitani pour une question d'argent. Le jeune homme qui répondait au téléphone avait déclaré qu'il était venu au bureau ce jour-là. Le suspect l'avait reconnu, mais il niait avoir tué Haitani.

Kuraki se dit que ce devait être l'homme petit et trapu qu'il avait vu dans le bureau de Green Company.

L'article ne précisait pas sur quoi se basait la police pour l'accuser, mais elle se trompait. C'était bien sûr une catastrophe pour Fukuma, mais il finirait certainement par être relâché.

Tout le problème était de savoir ce qu'avait pensé Shiraishi Kensuké, s'il le savait.

Peut-être va-t-il se dénoncer, pensa Kuraki. Qu'un homme innocent soit arrêté ne pouvait le laisser indifférent. Si Shiraishi se rendait, la police viendrait aussi le trouver. Il y était prêt.

Quatre jours après la parution de cet article, Kuraki, qui dînait en regardant les informations à la télévision, faillit lâcher ses baguettes.

Fukuma Junji s'était suicidé pendant sa garde à vue. À un moment où il était sans surveillance, il s'était pendu à un barreau de la fenêtre de sa cellule, en faisant une corde de ses vêtements.

Il n'avait pas avoué, en dépit des interrogatoires qu'il avait subis plusieurs jours de suite. Le responsable de l'enquête déclara pendant la conférence de presse qu'ils avaient été conduits en respectant les normes.

— Qu'est-ce qui t'arrive ? lui demanda Chisato. Tu es tout pâle.

— Rien… euh… c'est juste que…

Il toussota.

— Je suis drôlement surpris. Qu'il se soit suicidé… ajouta-t-il.

— Je comprends. Moi non plus je ne m'y attendais pas.

Il ne pouvait pas lui confier que ce n'était pas ce qu'il voulait dire, et que cet homme n'était pas le coupable. Il reposa ses baguettes, incapable de continuer à manger.

Pendant quelque temps, il attendit en vain que de plus amples détails soient communiqués. Mais étant donné que la police avait failli à son devoir, peut-être interdisait-elle aux médias de parler de cette affaire.

Un samedi vers midi, quatre jours après le suicide de Fukuma, il reçut un appel de Shiraishi Kensuké. Comme Chisato était sortie, il décrocha le téléphone. En entendant le correspondant demander si c'était bien le domicile de M. Kuraki, il revit le visage blafard du jeune homme, l'autre jour.

— Je ne savais pas si je devais t'appeler. On devrait se voir pour parler.

— Oui, c'est la raison pour laquelle je vous téléphone.

S'il partait maintenant de Tokyo, il arriverait à Nagoya vers 17 heures. Ils se donnèrent rendez-vous à 18 heures dans le restaurant de chaîne où Kuraki était allé le jour du crime.

Il s'y rendit en voiture. Assis à une table du fond, Shiraishi l'y avait précédé. Il paraissait tendu et commença par s'excuser, d'une voix tremblante.

— Me demander pardon à moi est inutile.

— Vous avez raison, reconnut Shiraishi qui baissa la tête. Il paraissait profondément abattu.

— Raconte-moi plutôt ce qui s'est passé.

— Oui, répondit-il en soulevant sa tasse de café, qui heurta la soucoupe tellement il tremblait.

Il but une gorgée et entama son récit. D'une petite voix, en s'interrompant parfois, comme s'il essayait de se souvenir de tout ou qu'il cherchait ses mots. Mais ce qu'il racontait était logique et cohérent. C'était vraiment un garçon intelligent.

Il commença par dire qu'il avait contacté le service d'information des consommateurs du ministère de l'Économie et du Commerce et avait appris que plusieurs plaintes avaient déjà été déposées contre Haitani pour pratiques commerciales douteuses.

Shiraishi était convaincu qu'il avait escroqué sa grand-mère. Tout en sachant qu'elle ne reverrait pas son argent, il lui avait présenté des aigrefins. Peut-être aurait-il été plus exact de dire qu'il l'avait sacrifiée au profit de ces escrocs qui l'avaient certainement rétribué pour ses services.

Shiraishi avait alors décidé de retourner le voir dans son bureau afin de l'interroger, et obtenir de lui qu'il prenne ses responsabilités.

Haitani était seul quand il y était arrivé. Mais il s'était visiblement passé quelque chose dans le bureau. Tout était sens dessus dessous, comme si on s'y était battu. Il avait fait la grimace en le voyant entrer.

— Et maintenant, c'est toi ?

Shiraishi avait eu la certitude qu'il venait de se quereller avec le visiteur précédent. Cela lui était égal. Il lui expliqua ce qu'il avait appris du service d'information du ministère, et le somma de prendre ses responsabilités.

Haitani avait éclaté de rire. Il s'était contenté de présenter des gens à sa grand-mère, c'était elle qui avait décidé de signer ces contrats, et il n'était responsable de rien, avait-il répété plusieurs fois.

En voyant la fureur dans les yeux de Shiraishi, il l'avait regardé d'un air narquois.

— Toi aussi, tu veux me frapper ? Eh bien, vas-y donc ! avait-il lancé en approchant son visage de celui de Shiraishi.

Celui-ci n'avait pas bougé. Haitani s'était remis à rire.

— Qu'est-ce qui t'arrive ? T'oses pas me frapper ? Mais t'as quand même osé venir ici ? Allez, sois sage et rentre chez toi, mon petit bonhomme !

Le jeune homme avait craqué. Il avait vu le couteau posé dans l'évier. L'instant suivant, il était dans sa main.

Haitani ne riait plus. Mais cet escroc expérimenté avait gardé son calme.

— Tu préfères me poignarder que me frapper ? Tu sais ce qui t'arrivera si tu fais ça ? Ta vie sera terminée !

Shiraishi, qui le comprenait, avait reposé le couteau en ravalant sa hargne amère.

Haitani avait immédiatement soulevé le combiné du téléphone.

— Ne crois pas que tu vas t'en tirer comme ça ! Je vais appeler la police. Ce que tu viens de faire n'est rien de moins qu'une tentative de meurtre. Tes empreintes sont sur le couteau. Tu ne pourras pas t'en sortir.

Shiraishi était troublé. Haitani dut le percevoir, car il se mit à rire grassement.

— Voici ce que je te propose. Je ne vais pas appeler la police, mais tu ne reviendras plus jamais ici. Tu cesseras de faire du bruit autour de ta grand-mère. Ça te va ?

Ces conditions étaient inacceptables, et Shiraishi le lui dit.

— Dans ce cas, j'appelle la police. Tu ne crois quand même pas que tu vas t'en tirer comme ça. Je ne rigole pas, moi !

En le voyant composer le numéro, Shiraishi avait repris le couteau.

Il ne se souvenait pas clairement de ce qui s'était passé ensuite.

Il croyait que Haitani lui avait lancé : "Poignarde-moi si t'en es capable !", mais il n'en était pas sûr. Quand il avait recouvré ses esprits, il luttait avec Haitani en se servant du couteau.

Puis celui-ci s'était effondré, sur le dos. Le couteau était encore dans la main de Shiraishi, mais il ne savait pas s'il l'avait lui-même retiré de la poitrine de Haitani ou s'il en était tombé au moment de sa chute.

Quand il avait entendu des pas dans l'escalier, il avait lâché le couteau et ouvert la porte-fenêtre pour aller sur le balcon. Il n'avait pas eu le temps de la refermer.

Quelqu'un était entré dans la pièce. Il s'était dit qu'il devait fuir et avait regardé le sol par-dessus le garde-corps. Sauter lui avait paru possible. Il avait passé une jambe par-dessus. Au même moment, son pied avait fait s'envoler quelque chose.

L'homme qui était dans la pièce s'était approché de la fenêtre. Il l'avait vu et le regardait, les yeux écarquillés.

Shiraishi le connaissait. C'était l'homme qui était en conflit avec Haitani au sujet d'un accident. Au moment où il se croyait perdu, l'autre lui avait fait un geste auquel il ne s'attendait pas, en hochant légèrement la tête. Il avait eu l'impression qu'il l'encourageait à fuir.

Lui aussi avait baissé la tête, pour le remercier.

— L'idée que ta vie serait terminée, toi qui es si jeune, à cause d'un type pareil, m'était insupportable, dit Kuraki quand Shiraishi se tut.

— Mais j'ai fait une chose stupide. J'ai agi sans réfléchir, répondit Shiraishi sans relever la tête.

— Sans aucun doute, mais je peux comprendre que tu aies perdu le contrôle. Ton récit ravive ma colère contre la noirceur de Haitani.

— Cela me soulage un peu de vous l'entendre dire, et je sais aussi que vous m'avez laissé m'enfuir parce que vous comprenez ma situation. Ma lâcheté a fait qu'ensuite, je ne me suis pas livré à la police.

— Oui, fit Kuraki. Tu n'as rien dit à personne, n'est-ce pas ?

— Je ne peux en parler à personne. Ma mère dit que son seul but dans la vie est de me voir devenir adulte. Mais je ne sais plus quoi faire depuis que j'ai appris qu'un homme avait été arrêté à ma place, et qu'il s'est suicidé en détention… ajouta-t-il d'une voix nouée par l'émotion.

Kuraki eut peur qu'il ne fonde en larmes. Cela ne pourrait qu'attirer l'attention sur eux, ce qui n'était pas souhaitable.

— Moi non plus, en toute honnêteté, je ne sais pas ce que je dois faire. Un homme innocent a été soupçonné parce que je n'ai pas parlé de toi à la police. Et j'aurais jamais imaginé que ça finirait comme ça.

— Que dois-je faire ? Vous pensez que je dois me livrer à la police ?

Kuraki ne pouvait répondre légèrement à cette question. Il se rendait compte qu'il était en partie responsable de la situation.

— La police n'est pas venue te trouver ?

— Non. Je sais qu'elle est venue chez ma grand-mère, mais ils ne lui ont apparemment pas posé beaucoup de questions.

— Tu connais le jeune homme qui travaillait pour Haitani ?

— Non. Les seules personnes que j'ai rencontrées dans son bureau étaient vous et lui.

— Je vois…

La police n'avait donc aucune raison de s'intéresser à Shiraishi, pensa Kuraki. Sa grand-mère figurait dans le registre des clients de Haitani, mais les policiers n'auraient pas l'idée de soupçonner son petit-fils qui habitait Tokyo.

— Tu sais, commença-t-il d'un ton posé. Ce qui est arrivé à M. Fukuma est très triste, mais la police qui l'a arrêté alors qu'il était innocent est responsable de sa mort. Personne ne peut le ressusciter, et moi, je pense que ce sont les vivants qui comptent.

Kuraki s'interrompit pour le regarder et vit qu'il avait les yeux rouges.

— Comme toi et ta mère, ajouta-t-il.

— Cela vous semble… acceptable ?

— Je ne vois pas d'autre solution. Bien sûr, si cela t'est insupportable, libre à toi de faire autrement.

Le jeune homme cligna plusieurs fois des yeux. Puis il inspira profondément.

— Je vous remercie. Je vous dois tout, dit-il en s'inclinant devant Kuraki, qui fit non de la main.

— Ne dis pas ça !

Shiraishi l'avait remercié encore une fois, et ils s'étaient dit adieu.

Il était parti vers la gare, et Kuraki était remonté dans sa voiture. Il se sentait libéré d'un poids. La seule chose qu'il espérait était que le jeune homme continuerait à regretter son acte et n'en vivrait que plus honnêtement.

En démarrant, il avait repensé à ce qu'il lui avait dit. "Je pense que ce sont les vivants qui comptent." En toute modestie, il était heureux d'avoir su formuler les choses ainsi.

Bien longtemps après, il comprit à quel point il avait eu tort.

47

Il venait de finir son gobelet de thé vert lorsqu'il entendit une main pousser la cloison coulissante. Une femme d'âge mûr qui portait un kimono uni apparut dans l'entrebâillement.

— La personne que vous attendez est arrivée.

Elle ouvrit complètement la cloison et Nakamachi entra.

— Je suis désolé de vous avoir fait attendre. J'ai eu un peu de mal à trouver le restaurant.

— Je te comprends, ce n'est pas facile, répondit Godai. Mais ne t'en fais pas, je viens juste d'arriver.

Son jeune collègue examina des yeux la pièce qui ressemblait à celle d'une maison ancienne et s'assit à la table basse. La femme revint avec un gobelet de thé pour lui.

— Nous avons besoin de parler avant de prendre le dîner. Pourriez-vous nous l'apporter un peu plus tard ?

— Très bien, monsieur, répondit-elle. Puis-je vous demander d'appuyer sur l'interphone quand vous serez prêts ?

— Bien sûr, répondit Godai.

Elle quitta la pièce, et Nakamachi fit à nouveau le tour de la pièce des yeux.

— Quand on travaille pour la première division, on connaît des endroits très chics !

— Je ne suis venu ici qu'une fois ou deux ! Et toujours avec mon chef. Mais je voulais pouvoir te parler sans risquer d'être entendu.

Ce restaurant du quartier de Nihonbashi Ningyōchō offrait des salons particuliers.

— Je me réjouis encore plus de vous écouter que de ce que nous allons manger. Parce que je ne connais pas encore toute l'histoire.

— Et je trouve ça regrettable. Quand je pense qu'on vous a demandé, à toi et tes collègues, de vérifier les enregistrements de toutes les caméras de surveillance aux alentours des cabines téléphoniques et qu'ensuite on ne vous a plus tenus au courant. Bon, c'est parce qu'il y a beaucoup d'aspects délicats.

— Il s'agit du fils d'un haut fonctionnaire du ministère des Finances, et il est âgé de quatorze ans… Ça ne peut être que délicat.

— Il y a ça, bien sûr, et puis il fallait décider si l'accusé devait être incarcéré avant le procès. Et trouver un équilibre avec le ministère public. Ça a donné du fil à retordre aux chefs de l'Agence de police.

— Je comprends, dit Nakamachi avec conviction.

— Anzai Tomoki est pour l'instant détenu à son domicile, mais il devrait être transféré dans votre commissariat demain.

— Je suis au courant. Et il sera ensuite déféré au parquet ?

— Le directeur de notre division donnera une conférence de presse avant cela. Attendez-vous à ce qu'il y ait du monde…

— Ça aussi, je le sais. Nous sommes prêts.

Godai but un peu de thé et regarda ensuite son collègue, comme s'il venait de penser à quelque chose.

— Et tu as entendu pour le mobile ?

— Oui. Et j'ai compris le sens de l'expression "rester pantois" quand j'ai appris que M. Shiraishi était le vrai coupable du meurtre d'autrefois. Et que l'accusé Kuraki, je veux dire Kuraki, l'avait couvert… Mais je ne connais pas les détails de cette partie-là.

— Je te les raconterai une fois que nous commencerons à manger, parce que c'est une longue histoire. Bon, je vais commencer par te résumer le contenu des auditions dans le cadre du meurtre de M. Shiraishi. Nous en avons informé tes supérieurs, mais j'imagine qu'ils ne vous en ont rien dit.

— Non, nous ne sommes que la piétaille.

— Moi aussi, en gros, mais le hasard a voulu que j'aie connaissance de plusieurs détails. Et je me suis dit que c'était mieux de t'en parler. On va probablement vous demander d'en corroborer une partie, mais rien ne garantit que vous saurez tout.

— Je vous remercie.

— M. Kuraki nous avait dit la vérité, ou presque, pour ce qui est de ce qui l'a conduit à se rapprocher de Mme Asaba et de sa fille. La seule différence, c'est que l'assassin était M. Shiraishi, qu'il a protégé. Il les a cherchées pour réparer le mal qu'il leur avait fait puisque leur époux et père avait été accusé du meurtre à tort. En cachant bien sûr son implication, jusque très récemment en tout cas.

— Jusque très récemment ? Comment ça ?

— Il s'en est ouvert à Asaba Orié il y a environ un an. Il a déclaré l'avoir fait poussé par le remords, mais en réalité, c'est un peu plus compliqué que ça.

Nakamachi parut intrigué.

— Que voulez-vous dire ?

— Nous avons fait le rapport avec ce qu'elle nous avait raconté.

— Et quelle était sa version à elle ?

— Hum… En un mot, une bien triste histoire.

Godai se souvint de ce qu'Asaba Orié lui avait dit lorsqu'il l'avait entendue parce qu'elle était soupçonnée d'avoir dissimulé un criminel. Son audition lui avait été confiée parce que c'était lui qui l'avait interrogée précédemment.

"Je suis tombée amoureuse de M. Kuraki, lui avait-elle dit avec un sourire triste qu'il n'avait pas oublié. Plus encore que sa prévenance, sa gentillesse, c'est l'impression que je pouvais compter sur lui qui m'a attirée chez lui. Avec lui, je me sentais en sécurité. Un jour, j'ai osé lui dire mes sentiments. Je ne nie pas que j'étais sûre qu'il en avait pour moi, comme il l'a reconnu. Mais il a aussi ajouté qu'il pensait que ce n'était pas une bonne idée qu'il y ait plus entre nous, étant donné notre différence d'âge. Je n'étais pas prête à l'accepter. J'ai insisté, je lui ai dit que je préférais qu'il soit honnête et me dise qu'il ne m'aimait pas. Il a eu l'air catastrophé, et il s'est soudain prosterné devant moi. J'étais stupéfaite. J'ai cru qu'il ne voulait vraiment pas de moi. Mais quand il s'est mis à parler, j'ai été tellement choquée que j'ai cru défaillir."

Il lui avait avoué avoir aidé à s'enfuir le vrai coupable du meurtre du gérant de Green Company, le crime de Higashi-Okazaki, dont son père avait été accusé à tort, ce qui avait abouti à son suicide. Elle avait trouvé cela incroyable, tout en ayant la conviction que Kuraki tel qu'elle le connaissait était incapable d'inventer une telle histoire.

"J'étais comme pétrifiée", avait-elle dit.

— Elle a ajouté que malgré ce choc, elle n'avait pas ressenti de haine pour lui. Si Kuraki n'avait pas permis au vrai tueur de s'enfuir, son père n'aurait pas été arrêté, mais à ses yeux, c'était à cause de la police qu'il l'avait été et qu'il s'était suicidé. Moi, j'ai plutôt tendance à penser que c'est parce que ses sentiments pour Kuraki l'ont emporté.

— Je suis d'accord avec vous. Et que s'est-il ensuite passé entre eux ? demanda Nakamachi, les yeux brillants.

— Rien, d'après elle. Moi, j'imagine que ça a renforcé encore leurs liens. Orié n'a pas parlé à sa mère des confidences de Kuraki. C'est resté un secret entre eux. Et elle lui a fait un cadeau pour son anniversaire. Tu sais ce que c'était ?

— Un cadeau pour son anniversaire ?

Pris de court, Nakamachi cligna plusieurs fois des yeux.

— Non, je n'en ai pas la moindre idée.

— Un smartphone. Le contrat était au nom d'Orié. Elle voulait qu'il s'en serve pour l'appeler. Celui qu'il avait était vieux, elle n'arrivait pas toujours à le joindre quand elle le désirait, et cela la stressait. Il a accepté, à condition que ce soit lui qui paye l'abonnement. C'était pour eux un moyen privilégié de communiquer, mais a entraîné tout ce qui est arrivé ensuite.

— Vraiment ? lança Nakamachi, les sourcils froncés.

Godai sortit son carnet de sa poche. Il avait besoin de lire ses notes pour raconter la suite.

— Vers la mi-septembre, Kuraki faisait une recherche sur internet quand il est tombé sur un nom qui l'a intrigué, celui du cabinet d'avocat Shiraishi. Shiraishi n'est pas un nom particulièrement rare, mais il n'avait pas oublié que le coupable du crime de 1984 était étudiant en droit. Il est allé sur le site de ce cabinet, où il a découvert que cet avocat se prénommait

Kensuké. En voyant sa photo, il a été certain qu'il s'agissait de lui. Découvrir que le jeune homme avait réussi dans la vie lui a fait plaisir, mais il a eu aussi envie de savoir comment cet homme envisageait le crime à présent. Et le 2 octobre, il a appelé le cabinet.

— C'est l'appel qui figurait dans le journal du cabinet, n'est-ce pas ? Celui qui vous a conduit à rendre visite à Kuraki.

— Exactement. M. Shiraishi, à qui il a parlé, se souvenait de lui. Ils ont décidé de se revoir et se sont donné rendez-vous à Tokyo. Le 6, ils se sont retrouvés dans un café près de la gare de Tokyo. Tu te souviens que nous l'avons arrêté parce que nous les avions vus sur la vidéo d'une caméra de surveillance, n'est-ce pas ?

— Bien sûr, répondit Nakamachi en serrant son gobelet de thé dans ses mains.

— M. Shiraishi lui aurait dit qu'il n'avait jamais oublié son crime, ne serait-ce qu'une seconde, et que la culpabilité le tourmentait en permanence. Non seulement vis-à-vis de l'homme qu'il avait tué, mais aussi de la famille de M. Fukuma qui avait terriblement souffert. M. Kuraki lui a alors parlé des Asaba. Grâce au smartphone de M. Shiraishi, nous savons où cette révélation l'a conduit. Le lendemain, le 7, il s'est promené dans le quartier de Monzen-Nakachō, sans doute à la recherche du restaurant Asunaro. Ce jour-là, il est allé pour la première fois dans le café où il est revenu le 20 pour y passer près de deux heures.

— Il voulait sans doute voir les deux femmes. Mais il n'a pas eu le courage d'aller dans le restaurant…

— Tu te souviens de la première fois où nous sommes allés chez les Shiraishi, immédiatement après le meurtre ? Sa femme nous a dit que son mari n'était pas très en forme et qu'il paraissait souvent préoccupé.

— Il devait y penser sans arrêt, en se demandant que faire.

— Je me demande s'il n'avait pas décidé de renoncer à son travail d'avocat. Tu te rappelles la conversation que nous avons eue avec Yamada, cet ouvrier d'Adachi ? Il nous a raconté que M. Shiraishi était venu le voir pour rien de précis, juste pour savoir comment il allait, s'il s'était habitué à son nouveau travail. Avant de tout arrêter, M. Shiraishi devait avoir envie de s'assurer que ses anciens clients allaient bien.

— Vous avez raison. Lui non plus ne l'avait pas trouvé très en forme, d'ailleurs. Que c'est triste… ajouta-t-il tout bas, en se grattant la joue.

— M. Kuraki se demandait aussi ce qu'il devait faire. Il a longtemps hésité avant de décider de tout dire à Orié. Il a préféré le faire par mail, parce que cela lui paraissait plus facile que de l'expliquer par téléphone. Il lui a envoyé le mail de son smartphone. Et c'est ce message qui a été à l'origine du drame.

Godai releva les yeux de son carnet.

— Quelqu'un d'autre l'a lu.

— Anzai Tomoki ?

Godai hocha la tête.

— Il avait l'habitude de jouer avec le téléphone de sa mère depuis toujours, et il savait le déverrouiller. Chaque fois qu'il la voyait, il lisait ses mails et ses messages en cachette. C'est ainsi qu'il a découvert l'existence de M. Shiraishi. Le 27 octobre, il est allé voir où était son cabinet. Il n'avait pas décidé s'il y entrerait ou pas. Il était debout devant l'immeuble lorsque M. Shiraishi en est sorti. Il l'a fixé des yeux, et l'avocat a dû le sentir, car il est allé le trouver. Anzai Tomoki s'est présenté, et lui a dit qu'il était le petit-fils de Fukuma Junji. M. Shiraishi a paru étonné, mais comme il avait un rendez-vous, il lui a donné sa carte, où figurait son numéro professionnel, en lui demandant de le rappeler pour qu'ils se revoient.

Nakamachi secoua la tête en faisant la grimace.

— M. Shiraishi devait se sentir très mal…

— Absolument. Même si tout résultait de ce qu'il avait fait, on ne peut qu'avoir de la sympathie pour lui.

— Anzai Tomoki l'a appelé ?

Godai consulta à nouveau son carnet.

— Oui, trois jours plus tard, le 30, et ils se sont donné rendez-vous le lendemain en fin de journée à Monzen-Nakachō. Ce qui est intéressant, c'est qu'à ce moment-là aussi, il l'a appelé depuis une cabine. Il lui avait menti en disant qu'il n'avait pas de portable. Il ne voulait pas que l'on puisse trouver trace de son appel.

Le regard de Nakamachi se fit grave.

— Il avait déjà décidé ce qu'il allait faire. Il l'a reconnu. Le 31, il est parti en cachette de chez lui, muni d'un couteau qu'il avait depuis longtemps, et il est allé dans le quartier de Kiyosumi de l'arrondissement de Kōtō. Là, il a téléphoné à M. Shiraishi depuis la cabine que tu sais, pour lui demander de venir sur la promenade en dessous du pont de Kiyosu, un endroit qu'il avait choisi parce qu'il avait compris que personne ne les verrait. Lorsque M. Shiraishi est arrivé un peu avant 19 heures, Anzai Tomoki s'est assuré qu'il n'y avait personne alentour, et il l'a poignardé. Il avait imaginé comment il s'y prendrait avant de venir. Une fois que sa victime est tombée, il s'est enfui. Il avait mis des gants pour ne pas laisser d'empreintes.

Godai reposa son carnet.

— C'est tout ce que j'ai sur les aveux d'Anzai Tomoki.

— C'est tout ? Comment ça ? On a retrouvé M. Shiraishi dans sa voiture, dans une rue du quartier Kaigan, arrondissement de Minato. Ça veut dire que quelqu'un d'autre l'a conduite ?

— Certainement. Un collégien ne sait pas conduire. Il n'aurait pas non plus été capable de transporter le corps dans la voiture. Avant de t'expliquer comment les choses se sont passées, je vais commencer par te dire ce qu'a fait Anzai ensuite. Il est rentré chez lui, comme si de rien n'était. Il n'a parlé à personne de son crime. Le lendemain, comme tu le sais, le corps a été trouvé, et l'enquête a commencé. Les médias en ont parlé. Quand il l'a appris, Kuraki a été stupéfait. C'était arrivé quelques jours après son mail à Orié. Il a eu peur, sans croire que c'était possible, qu'elle soit mêlée à l'affaire, et il l'a appelée. Elle a répondu qu'elle ne savait rien, qu'elle n'avait pas eu de contact avec Shiraishi, et qu'elle n'en avait parlé à personne. Mais plus tard, en réfléchissant, elle s'est dit qu'une seule personne avait pu lire le message de Kuraki.

— Elle avait donc rencontré son fils après l'avoir reçu ?

— Oui. Terrifiée à l'idée que son fils ait fait une chose pareille, elle l'a convoqué. Elle l'a accusé d'avoir lu le mail, et il l'a reconnu sans difficulté aucune. De plus, il lui a avoué une chose terrible.

Nakamachi se pencha vers Godai.

— Il lui a dit que c'était lui qui avait tué M. Shiraishi ?

— Exactement. Elle a eu l'impression que le sol se dérobait sous ses pieds et qu'elle tombait en enfer, m'a-t-elle dit.

Godai se souvint de la pâleur mortelle de son visage à cet instant.

— Il voulait se venger. Il avait toujours souffert qu'on lui dise qu'il était le petit-fils d'un meurtrier. C'était à cause de ça qu'il avait dû vivre sans sa mère. Son père s'était remarié, mais il n'aimait pas sa belle-mère, et à ses yeux, les enfants qu'elle avait eus avec son père n'étaient pas son frère et sa sœur. Puis il s'était résigné, c'était son sort, puisqu'il était le petit-fils d'un meurtrier, mais en lisant le mail de M. Kuraki, il avait compris que ce n'était pas vrai. À cause de cet avocat du nom de Shiraishi, sa famille avait été détruite, une pensée qui lui était insupportable.

Orié avait dit qu'elle avait tout vu en noir en écoutant son fils. Sa vie avait déraillé à cause d'une histoire arrivée plus de trente ans auparavant. C'était comme si elle et les siens étaient victimes d'une malédiction. Elle s'en était voulu d'avoir épousé Anzai Hiroki, d'avoir donné naissance à un enfant, tout en sachant qu'il était trop tard pour revenir en arrière.

Il faut que je contacte la police au plus vite, avait-elle pensé, ce qui était normal. Mais elle avait d'abord voulu en informer Kuraki et l'avait appelé. Voici ce qu'elle avait dit à Godai de leur conversation :

“Il a bien sûr été stupéfait, mais il n'a pas tardé à me demander plus de détails, d'un ton si calme que je n'étais pas sûre qu'il ait vraiment compris la situation. Mais je me trompais, car il m'a dit que si Tomoki était là, il aimerait lui parler. Je le lui ai passé, et M. Kuraki lui a posé beaucoup de questions. Puis Tomoki m'a repassé M. Kuraki. Il m'a expliqué que je ne devais pas appeler la police, parce qu'il allait arranger la situation, et que pour le moment, le mieux était que je ne fasse rien.”

Il ne l'avait pas rappelée tout de suite et elle avait vécu plusieurs jours dans l'angoisse, s'attendant à avoir la visite de la police à tout moment.

— Je ferais sans doute mieux de t'expliquer la suite à partir des déclarations de Kuraki, dit Godai en tournant les pages de son carnet. Sa priorité était de protéger Tomoki.

— Parce qu'il estimait que son erreur trente ans auparavant était à l'origine de tout, n'est-ce pas ?

— Oui, bien sûr. Mais il n'y avait pas que ça. En écoutant le récit d'Anzai Tomoki, il s'était rendu compte de l'intention d'une autre personne.

— D'une autre personne ?

— Je parle du doute que tu as exprimé tout à l'heure. Anzai Tomoki a dit qu'il avait poignardé M. Shiraishi près du pont de Kyosu. Mais d'après les médias, son corps avait été découvert à un autre endroit. Kuraki, qui trouvait ça étrange, y a longuement réfléchi, et il est arrivé à la conclusion que M. Shiraishi avait lui-même conduit sa voiture.

Nakamachi poussa un cri de surprise.

— Parce qu'il n'était pas mort ?

— Il était à l'agonie, mais il a réussi à retourner à sa voiture. Il avait encore toute sa tête et il tenait absolument à la déplacer. Il s'est sans doute débarrassé de son téléphone, peut-être en le jetant dans la Sumida avant de monter en voiture. Une fois qu'il a réussi à la conduire jusqu'à l'endroit où on l'a retrouvée, il en a essuyé le volant avant de s'allonger à l'arrière. Je n'ai pas besoin de te dire pourquoi, n'est-ce pas ?

— Son but était de compliquer l'enquête ! Puisque la voiture avait bougé, nous n'envisagerions jamais qu'un adolescent ait commis le crime. M. Shiraishi a utilisé ses dernières forces pour protéger Anzai Tomoki.

— Kuraki le croyait aussi. Pour lui, M. Shiraishi a cherché à se racheter en le protégeant. C'est la raison pour laquelle il a voulu respecter sa volonté. Lorsque je suis venu de Tokyo pour le voir, il a compris que notre visite au restaurant Asunaro n'était qu'une question de temps, et il a décidé de tout avouer s'il le fallait. Sa version des faits devait être parfaite, et il a conçu un scénario inattaquable qui protégeait Anzai Tomoki et mettait en lumière ses remords vis-à-vis des Asaba, en s'accusant du crime de 1984. Il s'est bien sûr débarrassé du smartphone qui lui permettait d'être en contact avec Asaba Orié. C'est celui-là qu'il a brisé au marteau et jeté dans la mer.

Nakamachi laissa échapper un long soupir en se frictionnant les tempes des doigts comme s'il avait mal à la tête.

— Je suis sans voix. Un être humain peut-il vraiment aller jusque-là ?

— Peut-être as-tu été informé que M. Kuraki a un cancer et se sait condamné. N'empêche qu'il a une force de caractère et une intelligence peu communes. Mais Asaba Orié a dû beaucoup souffrir.

— Oui… C'est vrai.

— Elle me l'a d'ailleurs dit. Lorsque M. Kuraki lui a appris qu'il s'accuserait à la place de Tomoki, elle s'y est opposée de toutes ses forces. Mais il n'a rien voulu entendre. Quand elle a vu qu'il avait été arrêté, elle a été consternée.

Godai se souvenait de la tristesse de son visage quand elle lui avait dit qu'elle avait envisagé de mettre fin à ses jours. "Le mieux était sans doute que Tomoki et moi mourions ensemble. J'ai même commencé à écrire une lettre pour tout expliquer à la police. Mais j'ai pensé que ça ne servirait qu'à affliger M. Kuraki, et je n'ai plus su quoi faire."

Elle avait ajouté que lorsque Godai et Nakamachi étaient venus la trouver après l'arrestation de Kuraki, elle avait espéré que la police découvre la vérité. "Parce que je pourrais ainsi me résigner, et regarder M. Kuraki en face. C'est pour ça que je suis contente que vous l'ayez fait à présent. Je vous en suis reconnaissante. Je vous le dis sans aucune ironie. Je suis sincère."

Ces paroles qu'elle lui avait adressées en pleurant n'étaient sans doute pas un mensonge, estimait Godai. Pourtant, quand il l'avait entendue pendant l'enquête, il ne s'était rendu compte de rien. Sa conviction que toutes les femmes sont des comédiennes avait été renforcée.

Orié lui avait confié qu'elle avait souffert de tout cacher à sa mère. Celle-ci semblait se douter de quelque chose, mais elle ne lui en avait jamais parlé.

— Voilà, tu connais maintenant toute la vérité. Ça a pris longtemps, conclut Godai en regardant sa montre.

Plus d'une demi-heure s'était écoulée.

Nakamachi poussa quelque chose qui ressemblait à un grognement.

— Ce que vous m'avez raconté est si pesant que je ne suis pas sûr d'arriver à manger.

— J'annule le repas ?

— Non, non. Mais serait-ce vrai que le meurtre appelle le meurtre ? C'est terrible qu'on ne puisse pas échapper à son karma. Qu'un petit-fils venge son grand-père plus de trente ans après.

— Je n'ai rien à dire là-dessus. Tomoki et sa famille ont souffert pendant des années de cette erreur de la police. Il a découvert l'identité de l'homme qui avait causé leur malheur et l'a tué. Dit comme ça, c'est tout simple, et un adulte ne peut peut-être pas comprendre le désir de vengeance qui a poussé cet adolescent de quatorze ans à tuer. Mais quand même… lâcha Godai, perplexe. Je ne m'explique pas son sourire.

— Son sourire ?

— Juste avant de me dire le nom de la personne qu'il avait appelée de la cabine téléphonique, Anzai Tomoki a souri. Je n'arrive toujours pas à comprendre pourquoi.

— Ah… fit Nakamachi, perplexe.

Godai tendit le bras pour prendre l'interphone. Il demanda qu'on leur serve le repas, et finit ensuite son gobelet de thé.

— Tu veux que je te raconte pendant qu'on mange ce qui a conduit Kuraki à décider de couvrir M. Shiraishi il y a plus de trente ans ?

— Oui, s'il vous plaît. Mais je me demande aussi ce qui va arriver à ces deux-là.

— De qui parles-tu ?

— De Shiraishi Mirei et Kuraki Kazuma.

— Ah… La lumière et l'ombre, le jour et la nuit… Leurs rôles se sont inversés. Ils sont les seuls à pouvoir répondre à ta question. Qui sait, ça a peut-être fait naître un lien entre eux.

Nakamachi écarquilla les yeux.

— Vous croyez que c'est possible ? Ce serait presque un miracle.

— Je rêve tout haut. Nous les policiers, nous sommes toujours confrontés à la triste réalité. Ça fait du bien de rêver un peu.

À peine avait-il fini de parler que la porte coulissante s'ouvrit et que la femme en kimono uni apparut.

48

On sonna, et elle alla ouvrir.

En voyant Sakuma Azusa, Mirei se souvint de leur première rencontre. Elle avait été frappée par sa jeunesse, par la monture noire de ses lunettes, par sa petite taille et par la manière dont elle se tenait toute droite dans son tailleur, son sac sur le dos. Elle ne l'avait pas vraiment regardée depuis. Les autres fois où elle l'avait vue, elle avait été trop occupée à discuter avec elle.

Elle l'invita à entrer en lui souriant. Était-elle la seule à la considérer comme une de ses rares alliés ?

— Ma mère n'est pas là. Elle est au cinéma, lui expliqua-t-elle en la conduisant dans le salon.

— Ah bon… dit Sakuma Azusa, qui paraissait légèrement surprise. Quel film voulait-elle voir ?

— Je ne sais pas, répondit Mirei en disposant des tasses à thé sur la table. Je ne crois pas que cela lui importait. Elle voulait surtout ne pas être là et ne pas entendre notre discussion. Je doute qu'elle arrive à se concentrer sur le film.

Sakuma Azusa eut l'air embarrassée.

— Elle craignait que j'apporte de mauvaises nouvelles ?

— Elle a peur. Elle ne sait pas pourquoi vous vouliez nous rencontrer, mais elle ne s'attend à rien de bon. Elle n'a aucune envie d'apprendre du neuf.

L'avocate baissa les yeux vers la table.

— Ce que j'ai à vous dire n'a certainement rien de réjouissant.

Mirei croisa les mains sur ses genoux et inspira profondément.

— Moi, je suis capable de tout entendre. Je vous écoute.

Sakuma Azusa avait appelé en fin de matinée. Elle avait besoin de leur parler et voulait savoir si elle pouvait venir les voir. Mirei avait immédiatement accepté.

— Vous savez comment fonctionne la justice des mineurs au Japon aujourd'hui ?

— Non, pas du tout, répondit Mirei en hochant la tête de gauche à droite.

Elle veillait à ne rien lire qui ait trait au meurtre de son père.

— Étant donné que le mineur a plus de quatorze ans, sa responsabilité pénale est engagée. De plus, comme il s'agit d'un crime, il a été déféré au parquet, pour être ensuite déféré au tribunal de famille. Celui-ci a de nouveau examiné l'affaire. Il avait plusieurs options : l'envoyer dans un centre d'évaluation et d'éducation ou dans un centre éducatif fermé, le laisser en probation chez ses parents, classer l'affaire sans suite, le déférer au parquet. Cela se fait rarement pour un mineur de quatorze ans, mais comme il s'agit d'un crime, c'est ce qui a été décidé. Il sera donc jugé comme un adulte.

Mirei l'avait écoutée attentivement, sans rien ressentir.

— Vraiment, répondit-elle, comme si cela ne la concernait pas.

— Le procureur m'a demandé si vous souhaitiez avoir recours au système de participation des victimes, car vous en avez le droit. Je pense qu'il m'a contactée parce qu'il savait que j'étais chargée de vous représenter lorsque Kuraki Tatsurō était l'accusé. Je lui ai répondu que je l'ignorais. Et que je ne savais pas non plus si vous décideriez de refaire appel à moi dans ce cas. Lorsque je lui ai dit que j'étais prête à m'occuper de sonder vos intentions, il m'a fourni de plus amples informations que ce à quoi je m'attendais. Et je vous ai appelée parce que je voulais vous en faire part. Je suis venue vous voir de ma propre initiative, à titre gracieux.

— Je vous en remercie. Mais la police nous a expliqué les choses de manière assez détaillée, et je ne souhaite rien savoir de plus.

— Je peux le comprendre, mais il se trouve que plusieurs nouveaux éléments sont apparus.

— De nouveaux éléments ?

Il y a encore du neuf… pensa Mirei avec un mauvais pressentiment…

— Des éléments relatifs à l'accusé, qui constituent des points litigieux. Me permettez-vous de vous expliquer ce dont il s'agit ?

Mirei n'avait guère envie de les entendre, mais elle ne pouvait se dérober.

— Oui, je vous en prie, répondit-elle en se redressant.

Sakuma Azusa mit sa tasse de côté et sortit de son sac un dossier qu'elle posa sur la table.

— Comme lorsque M. Kuraki était l'accusé, les faits ne seront pas contestés. Le mobile, lui, le sera. Le mineur accusé a souffert parce que son grand-père a été injustement accusé de meurtre. Sa grand-mère et sa mère ont traversé des années difficiles pour cette raison, et cela a entraîné le divorce de ses parents, et du harcèlement de la part des pairs de l'accusé. Il n'a cessé d'affirmer que la vengeance est la raison pour laquelle il a tué le véritable meurtrier lorsqu'il a découvert son identité. Mais l'enquête menée par le ministère public auprès de ses professeurs principaux et de ses camarades a fait naître des doutes à ce sujet.

— Quoi ? lâcha Mirei, surprise. La vengeance ne serait pas son mobile ?

Les yeux baissés vers ses documents, l'avocate rehaussa du bout des doigts ses lunettes cerclées de noir.

— Quand était à l'école élémentaire, la rumeur a couru que son grand-père était un meurtrier, et il aurait été à cette époque vu d'un mauvais œil, mais aucun harcèlement n'a été confirmé. Le procureur est d'opinion que de la même manière, il n'a jamais fait l'objet de discriminations particulières dans le collège où il est actuellement scolarisé. Cela l'a conduit à interroger le jeune sur les torts qu'il a subis à cause de ce fait, et sur la manière dont sa mère et sa grand-mère en avaient été affectées. Les réponses du jeune ont été extrêmement ambiguës, et le procureur en a déduit que sa mère et sa grand-mère ne lui avaient jamais raconté quoi que ce soit à ce sujet, et qu'il a simplement inventé des histoires.

— Dans ce cas, il n'avait aucune raison de vouloir se venger, non ?

Sakuma Azusa acquiesça en relevant la tête, avant de reposer les yeux sur son dossier.

— Le procureur, qui commençait à avoir des doutes, l'a longuement interrogé sur l'état d'esprit qui l'a mené à la décision de se venger. Et le mineur accusé a alors commencé à parler d'un mobile d'une tout autre nature.

— D'une tout autre nature… Que voulez-vous dire ?

— Le mineur, dit Sakuma Azusa en regardant Mirei droit dans les yeux, a déclaré que l'idée de tuer l'intéressait.

— L'intéressait ?

L'avocate hocha lentement la tête et baissa à nouveau les yeux vers le dossier.

— Quand il était à l'école élémentaire, ses camarades de classe ont appris que son grand-père avait tué quelqu'un. Loin de le harceler pour cela, ils ont commencé à le craindre. Cela a fait naître en lui beaucoup d'intérêt pour ce qu'était un meurtre. Bientôt, il a eu envie de savoir quels sentiments en commettre un procurait, et l'idée de le faire lui-même lui est venue. Il savait néanmoins que c'est un crime grave, et que tuer quelqu'un gâcherait sa vie. Il a donc gardé ce sinistre désir au niveau imaginaire. Tout a changé lorsqu'il a lu le mail de M. Kuraki à l'insu de sa mère. Il s'est dit qu'il avait à présent un mobile pour tuer. Il a pensé que s'il le faisait pour assouvir sa rancœur, le monde le lui pardonnerait peut-être, et sa peine serait plus légère. Cette idée a très vite grandi en lui et l'a conduit à accomplir son geste. Voilà, en résumé, ce que le mineur a déclaré.

Mirei eut l'impression que le sol ondulait soudain. Elle dut se retenir des deux mains à la table pour ne pas vaciller sur sa chaise.

— Ce n'est pas possible…

— Il dit qu'il n'avait pas décidé jusqu'à quel point il cacherait son crime après avoir tué M. Shiraishi. Il comptait tout avouer sans résistance s'il était confronté à une preuve établissant sa culpabilité.

Mirei porta les mains à sa poitrine. Son cœur battait à grands coups.

— A-t-il dit quelque chose sur le fait que M. Kuraki ait été arrêté à sa place ?

— Il ne l'aurait pas vraiment compris. D'après le procureur, il sait maintenant que les adultes voulaient le couvrir, mais il ignorait les détails.

Sans changer de position, Mirei attendit que son rythme cardiaque redevienne normal.

— Le caractère de son acte en est transformé, n'est-ce pas ? Cela peut changer la manière dont il est perçu.

— Exactement. Pour le procureur, le mineur accusé ne montre aucun regret, et continue au contraire à justifier son acte. Lorsqu'il affirme l'avoir commis pour venger sa mère et sa grand-mère, il ment, car ce n'est qu'un prétexte qu'il a trouvé pour satisfaire son désir de tuer, et sa perversité est entière. Le procureur ne peut pas ne pas tenir compte de la tentative du mineur de justifier son acte par la vengeance, et de la sympathie que cela lui a valu au sein de l'opinion publique. Il a l'intention de faire preuve de fermeté pendant le procès. C'est pour cela qu'il m'a chargée de vous demander si vous envisagez d'utiliser le système de participation des victimes.

L'avocate leva les yeux du dossier et la regarda.

— Qu'en pensez-vous ?

Mirei baissa la tête et croisa les mains derrière la nuque. Elle passa quelques instants à réfléchir avant de se redresser.

— Je vais en parler à ma mère, mais je ne pense pas que nous participerons au procès.

— Vraiment ? dit Sakuma Azusa, qui parut légèrement déçue. Je peux vous demander pourquoi ?

— J'ai du mal à vous l'expliquer, mais pour dire les choses simplement, tout me paraît clair.

— Tout vous paraît… clair ?

— Oui, répondit aussitôt Mirei à l'avocate qui ne semblait pas convaincue. Je vous remercie de ce que vous m'avez appris aujourd'hui. Vous m'avez débarrassée de tous mes doutes. Je sais maintenant pourquoi mon père est mort. La peine à laquelle sera condamné ce mineur est peut-être importante pour l'accusation et la défense, mais moi, elle m'est égale. Et même s'il a tué non par un pur désir de vengeance, mais par perversion, c'est mon père qui l'a perverti. J'ai aussi appris que mon père avait déplacé lui-même sa voiture. Je crois qu'il est mort pour expier son crime. Ce matin-là…

Elle s'interrompit pour reprendre son souffle.

— Le matin du jour où il a été tué, il a parlé de neige, en se demandant s'il y en aurait beaucoup cette année. Autrefois, nous allions souvent faire du ski en famille, mais rarement ces dernières années. Quand j'y repense, j'ai l'impression qu'il se souvenait de l'époque où il était heureux, parce qu'il savait qu'elle était terminée. Je suis convaincue qu'en rendant son dernier souffle, il n'avait pas de regret.

Sakuma Azusa hocha la tête et soupira.

— Je comprends. Je communiquerai votre intention au procureur.

— Je vous remercie.

L'avocate commença à rassembler ses papiers.

— Vous ne travaillez pas aujourd'hui ?

— Non, j'ai pris un congé sans solde, mais je ne pense pas que je pourrai continuer ensuite. Aucune société n'est prête à employer comme réceptionniste la fille d'un tueur, même si le crime qu'il avait commis est prescrit.

Sakuma Azusa la regarda tristement.

— Dois-je comprendre que votre entourage ne vous traite plus de la même façon ?

— Pas seulement notre entourage. Le Japon tout entier nous déteste. Nous avons résilié notre ligne fixe parce que nous recevions trop d'appels malveillants. Et nous trouvons toutes sortes de choses dans le courrier que nous recevons. Des lettres, mais aussi des lames de rasoir et des poudres blanches suspectes. Nous transmettons les plus inquiétants à la police, mais il y en a tant que nous avons pris l'habitude de jeter les enveloppes sans les ouvrir.

L'avocate fronça les sourcils avec une expression peinée.

— Je ne pense pas que cela va durer. Les Japonais s'enflamment facilement et se refroidissent aussi vite.

— J'espère que vous avez raison. Ma mère et moi nous disons que nous devrions aller nous installer à l'étranger. Mais nous ne savons pas ce que nous ferions là-bas, et nous n'avons de toute façon pas assez d'argent pour partir.

Elle haussa les épaules et esquissa un sourire.

— C'est quand même bizarre, n'est-ce pas ? Il y a quelque temps encore, nous étions la famille de la victime, mais maintenant, nous sommes celle de l'agresseur.

— Non, vous êtes toujours la famille de la victime. Voilà pourquoi je pense que vous devriez participer au procès.

— N'en parlons plus ! Vous avez fait beaucoup pour nous. Et mon entêtement vous a causé bien des problèmes. Je vous prie de m'en excuser.

Sakuma Azusa posa son sac sur les genoux et hocha légèrement la tête.

— Vous n'étiez pas convaincue par les aveux de M. Kuraki et vous teniez à découvrir la vérité. Parfois, je me dis que j'aurais dû être plus ferme et vous en empêcher. Si je l'avais fait, ce policier brillant… Comment s'appelle-t-il déjà ?

— M. Godai.

— Vous avez raison. Oui, M. Godai n'aurait pas douté de la véracité des faits, et peut-être n'en serions-nous pas arrivés là.

— Et pour vous, cela aurait été une bonne chose que M. Kuraki soit condamné ? Vous le pensez vraiment ?

Mirei regarda l'avocate droit dans les yeux.

Celle-ci fit non de la tête, en se mordant les lèvres.

— Le penser me disqualifie comme juriste, n'est-ce pas ?

— Moi aussi, je me suis demandé si j'avais eu tort de m'entêter. Mais l'émergence de la vérité a été salutaire au moins pour une personne, non ?

Sakuma Azusa parut immédiatement comprendre de qui elle parlait.

— Vous parlez du fils de M. Kuraki, n'est-ce pas ?

— Lui aussi a souffert d'être considéré comme le fils d'un criminel. Il a dû retrouver sa vie d'avant, non ? Quand je pense à lui, je me dis que j'ai eu raison d'agir ainsi, que c'était juste. S'il a pu retrouver le bonheur, cela me sauve, dit Mirei en se souvenant des paysages qu'elle avait vus avec lui à Tokonamé.

49

Environ dix-huit mois après le meurtre commis à proximité du pont de Kiyosu, Kuraki Kazuma retourna au restaurant Asunaro. En marchant dans les rues de Monzen-Nakachō, il réfléchit à ce qu'il ferait si le restaurant avait mis la clé sous la porte. Il se pouvait que l'établissement n'existe plus et que les Asaba aient déménagé. Si c'était le cas, il réussirait peut-être, en faisant beaucoup d'efforts, à les retrouver. Mais si elles avaient disparu, il n'était pas sûr d'avoir une raison d'aller jusque-là. Il avait longuement hésité avant de revenir dans ce quartier.

Il arriva à l'immeuble du restaurant. Le panneau avec son nom était toujours là, mais rien ne garantissait qu'il soit ouvert.

Il se souvint de sa dernière visite ici, après qu'il avait aperçu Shiraishi Mirei, un bouquet à la main, sur la promenade Sumidagawa Terrace. Asaba Orié et un jeune garçon étaient sortis du restaurant. Il savait maintenant que c'était Anzai Tomoki, le véritable auteur du meurtre de Shiraishi Kensuké. Personne n'aurait pu imaginer que ce jeune garçon au visage encore enfantin était capable d'un acte aussi cruel. On ne peut décidément pas se fier aux apparences, pensa-t-il.

Kazuma monta le petit escalier. Le restaurant existait encore. Un panonceau indiquait qu'il n'était pas encore ouvert, mais il y avait de la lumière à l'intérieur.

Il inspira profondément avant de pousser la porte coulissante.

L'intérieur n'avait pas changé et dégageait la même impression de sobriété et d'élégance. Une femme essuyait les tables.

C'était Asaba Orié. Lorsqu'elle le vit, elle s'immobilisa comme si la pile qui l'animait était vide.

— Je vous présente mes excuses pour cette visite inopinée. J'ai une nouvelle à vous annoncer, et je préférais le faire de vive voix plutôt que par téléphone.

— Une nouvelle… murmura Orié.

Elle posa le chiffon qu'elle tenait et s'inclina devant lui.

— Cela faisait longtemps…

— Auriez-vous un peu de temps à m'accorder ? Je ne vous dérangerai pas longtemps.

— Oui, bien sûr. Asseyez-vous, je vais faire du thé.

— Mais non, ce n'est pas la peine.

Peut-être ne l'entendit-elle pas, car elle passa derrière le comptoir.

Il tira une chaise et s'y assit. Orié lui parut un peu amaigrie. Il fit à nouveau le tour du restaurant des yeux. Rien ou presque n'avait changé.

— Votre mère ne travaille pas aujourd'hui ?

— Elle ne vient que très rarement au restaurant ces derniers temps. Elle a beaucoup vieilli, répondit Orié en apportant un plateau avec deux gobelets de thé.

Elle les posa sur la table et prit place en face de lui.

— Je vous remercie, dit-il en soulevant son gobelet.

— Vous allez bien ?

— Oui, merci.

— Et votre travail ?

— Je l'ai repris. Mais je ne fais pas du tout la même chose qu'avant.

Il avait été muté dans une division où il n'avait aucun contact avec les clients, mais il ne ressentait pas le besoin de le lui dire.

— Je suis contente pour vous. Cela a dû rassurer votre père. Vous travaillez dans la publicité, n'est-ce pas ?

— Justement, à propos de mon père…

Il se redressa sur sa chaise et esquissa un sourire.

— Il est décédé la semaine dernière.

Orié poussa un cri de surprise.

— On lui avait trouvé des métastases au poumon il y a six mois. Il a été hospitalisé, mais il ne s'en est pas sorti.

Orié pressa de la paume des mains ses yeux qui avaient rougi et poussa un soupir.

— Quelle triste nouvelle ! Je vous présente mes condoléances.

— Quand l'avez-vous rencontré pour la dernière fois ?

— Eh bien… fit-elle en cherchant à s'en rappeler. Je crois que c'était environ un mois après l'arrestation de Tomoki. Il est venu au restaurant. Vous n'étiez pas au courant ?

— Non. À cette époque, il était déjà retourné à Anjō, et il a dû venir à Tokyo sans me le dire. De quoi vous a-t-il parlé ?

Elle poussa un nouveau soupir avant de répondre.

— Il m'a à nouveau présenté ses excuses. Pour n'avoir pas réussi à protéger Tomoki. C'est pour ça que je lui ai dit qu'il avait eu tort, et qu'il avait commis la même erreur qu'autrefois.

— La même erreur qu'autrefois ?

— Autrefois aussi, il savait qui était le coupable et l'avait laissé s'enfuir. C'était ça, son erreur, à partir de laquelle tout est parti à vau-l'eau. Vous n'êtes pas d'accord ?

Kazuma se renfrogna et se gratta le front.

— Comment a-t-il réagi ?

— Il m'a dit qu'il n'avait pas de mots pour me répondre, dit-elle presque en souriant. Et vous ? Vous avez pu en discuter avec lui ?

— Le lendemain du jour où il a été libéré, il m'a raconté ce qui s'était passé en 1984, et ce qui venait d'arriver. Je suis d'accord avec vous, mon père a commis une faute très grave, mais je pense aussi que ça lui ressemblait. Il avait un fort sens de ses responsabilités, et il n'hésitait pas à se sacrifier.

— Peut-être, mais ce n'est quand même pas une raison de faire souffrir son entourage et surtout son propre fils, répondit-elle en fronçant les sourcils.

— D'après mon père, c'était nécessaire.

— Nécessaire ? Comment ça ?

— Avoir été arrêté à la place du coupable ne lui avait pas été particulièrement pénible. Il savait ses jours comptés à cause de sa maladie, et la peine de mort ne lui faisait pas peur. Mais l'idée que moi, son propre fils, je sois rejeté par tous, et que je risquais même de perdre mon emploi l'empêchait de dormir.

Il m'a dit qu'il s'était rendu compte que c'était son vrai châtiment, et que son destin était de le subir.

Kazuma se souvenait comme si c'était la veille de la tristesse avec laquelle son père lui avait dit cela. Elle l'avait convaincu de sa sincérité. Sa peur que sa famille soit persécutée lui était peut-être plus pénible que celle de son propre châtiment.

— M. Kuraki a vraiment dit ça… souffla Orié, le regard vague, comme si ces mots éveillaient en elle des sentiments complexes.

Kazuma fit le tour du restaurant des yeux avant de les reposer sur elle.

— Et comment va le restaurant ? J'ai l'impression que rien n'a changé.

— Si vous voulez savoir où nous en sommes financièrement, notre situation n'est pas très bonne, mais pas particulièrement mauvaise non plus. Je sais qu'on peut lire beaucoup de choses à propos d'Asunaro sur internet, mais depuis toujours, nous nous en sortons grâce aux clients qui nous sont fidèles…

— Je suis heureux de l'entendre.

Sur les réseaux sociaux, on parlait du "meurtre du pont de Kiyosu". Même si le nom du restaurant "tenu par la mère du mineur qui a tué, dans le quartier de Monzen-Nakachō" n'était pas mentionné, beaucoup de gens savaient sans doute qu'il s'agissait d'Asunaro.

Kazuma évitait au maximum de lire ce genre d'articles, mais d'après son ami Amemiya, ce qui était écrit sur "l'habitant du département d'Aichi qui s'était fait arrêter à la place du coupable" était généralement positif. C'était aussi vrai de ce qui concernait le mineur coupable du meurtre. Les critiques les plus sévères étaient réservées à la victime, "un homme dont le crime avait fini par être prescrit, et qui avait passé sa vie à être avocat, comme si de rien n'était".

L'opinion publique est toutefois inconstante. "Le meurtre du pont de Kiyosu" n'attirait presque plus l'attention à présent, et Kazuma pouvait naviguer sur internet sans craindre de lire des choses dérangeantes.

— Avant de mourir, mon père m'a demandé de vous aider. Il souhaitait vous transmettre une partie de son patrimoine, si j'étais d'accord.

Orié leva immédiatement la main droite.

— Il m'en avait parlé. J'ai refusé tout net.

— C'est ce qu'il m'a dit. Mais j'avais besoin d'en être sûr.

— Je vous remercie d'avoir pris la peine de me le redemander. Cela me réchauffe le cœur, répondit-elle en baissant la tête.

Son ton était paisible, mais déterminé. Elle voulait vivre sans demander l'aide de personne. Tenter de la faire changer d'avis aurait été vain.

— Très bien.

Il aurait aimé savoir la peine à laquelle Anzai Tomoki avait été condamné, mais il avait décidé de ne pas lui poser la question. Bien qu'il soit mineur, il était en prison comme un adulte. Quand il serait libéré, il viendrait probablement vivre chez sa mère. Du moins était-ce ce que croyait Kazuma.

Il regarda sa montre. Presque 17 h 30, l'heure de l'ouverture du restaurant.

— J'ai un rendez-vous, je vais vous laisser. Ma prochaine visite sera en tant que client, avec des amis.

— Je m'en réjouis d'avance, répondit-elle avec un sourire sincère.

Une fois dans la rue, Kazuma sortit une carte postale de la poche de sa veste. La mention "Nous vous informons du déménagement de notre cabinet" y était imprimée.

Il avait parlé d'un rendez-vous à Orié, mais ce n'était pas tout à fait vrai. Il n'avait pas encore décidé s'il devait informer l'expéditeur de la mort de son père.

Un taxi libre passa. Kazuma l'arrêta sans avoir pris de décision et demanda au chauffeur de le conduire à Iidabashi, en lui montrant le plan qui figurait sur la carte postale.

Il arriva à destination avant 18 heures. Debout devant l'immeuble, il inspira profondément et y entra.

Il prit l'ascenseur jusqu'au troisième étage, celui du cabinet de Sakuma Azusa. Il vit par la porte vitrée qu'il n'y avait personne au comptoir d'accueil.

Il s'en approcha et elle s'ouvrit automatiquement. Une jeune femme qui portait un gilet bleu marine sur un chemisier blanc écarta le rideau qui se trouvait sur la droite. Elle vit Kazuma et parut surprise.

C'était Shiraishi Mirei. Elle était toujours aussi belle, mais ses cheveux courts la changeaient un peu. Elle avait meilleure mine que la dernière fois qu'il l'avait vue, quand ils s'étaient quittés à la gare de Tokyo en revenant de Tokonamé.

— Cela faisait longtemps, dit-il en s'inclinant légèrement.

Mirei poussa un long soupir.

— Vous ici… Comment se fait-il…

— Euh… c'est-à-dire que… j'ai reçu votre carte…

— Ma carte ?

— Celle-ci, dit-il en la lui tendant. C'est vous qui me l'avez envoyée, non ?

Mirei la prit, lut le nom du destinataire et fit non de la tête.

— Non, je n'étais pas au courant.

— Mais alors…

Le nom l'expéditeur était imprimé : "Sakuma Azusa, avocat", et la mention manuscrite "Shiraishi Mirei, assistante" avait été ajoutée au-dessous.

— Que se passe-t-il, Mirei ? demanda une voix de l'autre côté du rideau.

Une femme de petite taille, qui portait des lunettes cerclées de noir, apparut.

— Vous reconnaissez cette carte ? demanda Mirei en la lui montrant.

L'avocate la prit en main et hocha la tête en voyant le nom du destinataire.

— Oui. C'est moi qui l'ai envoyée.

— Pourquoi ?

— Parce que je pensais que ce serait bien pour vous.

— Bien pour moi ?

Sakuma Azusa rendit la carte postale à Kazuma en souriant et disparut de l'autre côté du rideau. Elle ne tarda pas à revenir, avec son manteau et son sac à dos.

— Je pars la première aujourd'hui. Je compte sur vous pour la fermeture !

— Ah… À demain !

Sakuma Azusa quitta le cabinet après avoir adressé un sourire lourd de sens à Kazuma, qui se tourna vers Mirei.

— Depuis combien de temps travaillez-vous ici ?

— Depuis l'été dernier. Azusa a pris contact avec moi pour me demander si je ne voulais pas travailler pour elle. Elle avait décidé d'embaucher une assistante quand elle s'installerait dans ses nouveaux locaux.

— Vous l'avez rencontrée grâce à votre père ?

— En quelque sorte. Au moment où nous envisagions d'utiliser le système de participation des victimes, elle avait accepté de nous représenter, ma mère et moi.

— Ah… je comprends.

Il avait l'impression d'avoir entendu l'expression "système de participation des victimes" des années auparavant. Mirei baissait la tête, comme si elle était embarrassée. Peut-être ne voyait-elle pas comment relancer la conversation.

— En fait, dit Kazuma, mon père est mort la semaine dernière.

Elle le regarda, surprise.

— Il souffrait d'un cancer depuis quelques années.

— Je vous présente mes condoléances. Et j'espère qu'il repose en paix.

— Je vous remercie.

— Vous êtes venu pour me l'annoncer ?

— Oui, mais…

Il inspira profondément avant de continuer.

— En tout cas, c'était le motif apparent.

— Le motif apparent ?

— Ma vraie raison est différente. Pour être tout à fait franc, j'ai eu envie de venir ici dès que j'ai reçu cette carte. Mais je n'en avais pas le courage. La mort de mon père m'a fourni un prétexte. Je n'arrive pas à…

Il s'interrompit pour la regarder dans les yeux.

— … à oublier le jour où nous sommes allés ensemble à Tokonamé. Je ne crois pas que je l'oublierai un jour.

Mirei garda les yeux baissés.

— Moi non plus.

— Parce que c'était une journée difficile, n'est-ce pas ? Mais il s'est aussi passé quelque chose que je ne veux pas oublier. L'instant où nous nous sommes donné la main dans le train du retour. Je ne trouve pas les bons mots, mais j'ai eu l'impression que nous nous comprenions. Et… c'est ce qui m'a amené ici.

Il baissa la tête et lui tendit la main.

— Je voulais vous demander si nous ne pouvions pas à nouveau nous donner la main.

Il espérait qu'elle comprendrait et réagirait favorablement.

Mais elle ne prit pas la sienne. Il releva la tête, rempli d'appréhension. Les deux mains posées sur la poitrine, Mirei avait les yeux tournés vers le sol.

— Parfois, je me demande si j'ai le droit de vivre, commença-t-elle en parlant lentement, d'une voix étranglée. Mon père a tué un homme et a échappé à sa culpabilité. Il a même osé fonder une famille en vivant comme tout le monde. Moi, sa fille, ai-je vraiment le droit de vivre ? Ma mère ne lui est pas liée par le sang, mais moi, si. Le sang d'un meurtrier coule dans mes veines. Si j'ai un jour un enfant, il héritera de ce sang. Peut-on l'accepter ?

Kazuma retira sa main.

— Moi aussi, je suis sûr qu'il y a des gens qui ont tué parmi mes ancêtres, ne serait-ce que pendant la guerre.

— Peut-être, sourit-elle faiblement. Me Sakuma dit que la question du crime et du châtiment est infiniment complexe, et qu'il n'y a pas de réponse simple. Elle voulait que je devienne son assistante parce qu'elle savait que je continuerais à y réfléchir. Et que nous trouverions ensemble une réponse.

Kazuma laissa sombrer dans son cœur ces mots graves.

— La question du crime et du châtiment… Je vous demande pardon. Ne croyez pas que je n'y réfléchisse pas, mais je me suis laissé aller à la légèreté. Je vous prie de m'en excuser.

— Mais non, fit-elle en hochant la tête de gauche à droite. Ce que vous avez dit me fait très plaisir. Et si je trouve un jour une réponse à cette question, je vous le ferai savoir. Si à ce moment-là, vous avez encore envie de me tendre la main, je la prendrai.

Le regard qu'elle lui adressa lui fit comprendre qu'elle était sincère. Elle ne cherchait pas à se dérober mais avait encore besoin de temps. Elle devait aussi avoir besoin de quelqu'un de capable de l'attendre.

— Je comprends, dit-il. Je vais vous laisser. Mais s'il vous plaît, n'oubliez pas que ma main vous est toujours tendue. Prenez le temps qu'il vous faudra. Je m'y engage.

— Merci, répondit Mirei en lui adressant un beau sourire.

Une larme coulait sur sa joue.

RETROUVEZ LES DERNIERS TITRES PARUS
DANS LA COLLECTION “ACTES NOIRS”

ET SOUDAIN LE CHASSEUR SORTIT DU BOIS

roman traduit du russe
par Mireille Broudeur-Kogan

Leningrad, années 1930. Plusieurs appartements communautaires deviennent le théâtre de crimes aux mises en scène excentriques et élaborées. Dans ces habitations spartiates typiques du régime communiste, les victimes, des citoyens ordinaires et anonymes, trônent au centre de décors chaque fois différents et extrêmement bien pensés. L'inspecteur Zaïtsev et sa petite équipe en charge de l'enquête doivent faire face à un autre mystère : la disparition de plusieurs tableaux de maîtres précieusement conservés dans l'illustre musée de l'Ermitage.

Mais à peine les recherches commencées, les membres chargés de l'investigation sont passés au crible par la police d'État et une purge contre les éléments antisoviétiques est lancée. La paranoïa se répand comme un virus, l'ennemi est partout. Zaïtsev et ses collègues vont devoir fouiller dans les affaires des hautes sphères étatiques pour retrouver le meurtrier. Mais Staline tient l'empire d'une main de fer, et gare à ceux qui tenteraient de contredire les ordres…

Entremêlant complot politique et corruption sur fond de toiles dérobées, *Et soudain le chasseur sortit du bois* est un thriller d'autant plus glaçant qu'il puise son efficacité dans les faits réels l'ayant inspiré.

MAISONS DE VERRE

roman traduit de l'anglais (Canada)
par Lori Saint-Martin et Paul Gagné

Au lendemain d'Halloween, un inconnu masqué et drapé de noir apparaît à Three Pines. Totalement immobile, l'inquiétante silhouette reste plantée au milieu du parc et ne réagit pas aux questions des passants. Elle semble épier quelqu'un, mettant tout le village mal à l'aise. Comme les autres, l'inspecteur-chef Armand Gamache voudrait voir disparaître le mystérieux étranger qui trouble la tranquillité de ses concitoyens, mais le directeur de la Sûreté ne dispose d'aucun mobile pour l'appréhender. Quelques jours plus tard, un cadavre est trouvé dans l'église au moment même où la "statue humaine" se volatilise. Gamache comprend assez vite que la victime n'est pas un cas isolé : une véritable purge vindicative est en cours et les persécutés savent pertinemment pourquoi ils sont visés. Le passé qui les rattrape pourrait être lié à la crise des opioïdes qui frappe tout le Québec, jusqu'à ce hameau oublié aux abords de la frontière américaine.

Tandis que Gamache et ses collègues s'efforcent de délier les langues, un procès retentissant s'achève et l'assassin présumé ne sera pas le seul à devoir rendre des comptes. En alternant les vifs échanges d'une salle d'audience avec les événements dramatiques qui viennent bouleverser cette petite communauté, Louise Penny tisse un brillant jeu d'ellipses qui ébranle toutes les certitudes.

CE QU'ON A SEMÉ

roman traduit du suédois
par Rémi Cassaigne

La ville de Karlshamn, dans le Sud de la Suède, est plongée dans la terreur. Trois meurtres ont été commis en l'espace de quelques jours, et cela semble n'être que le début. Vanja Lithner et toute l'équipe de la Crim' sont sous pression pour débusquer le tireur caché avant qu'il ne tue à nouveau. Mais il n'y a aucun indice, aucun témoin et aucun lien clairement établi entre les victimes.

Devenu grand-père, l'ex-profileur Sebastian Bergman mène une vie plus paisible depuis qu'il est psychologue à temps partiel. Mais cette tranquillité se trouve bouleversée le jour où un nouveau patient vient le consulter pour faire face à un traumatisme lié au tsunami de 2004, obligeant Bergman à replonger dans les souvenirs qui le hantent depuis tant d'années et qu'il cherche désespérément à occulter.

Sur le point de devenir père, Billy, lui-même enquêteur à la Criminelle, prend une décision radicale : il ne tuera plus. Mais les circonstances ne permettent pas de faire si facilement table rase du passé et il est bientôt rattrapé par ses démons…

Le duo d'auteurs à succès Hjorth & Rosenfeldt frappe encore très fort avec ce huitième opus. Trois trames tout en tension se télescopent et résonnent comme une déflagration.

LE CULTE

roman traduit du suédois
par Susanne Juul et Andreas Saint Bonnet

Quartier de Södermalm, Stockholm. Un petit garçon disparaît d'une école maternelle sans laisser de trace et l'hypothèse d'un enlèvement est rapidement confirmée. L'inspectrice Mina Dabiri n'est pas sans savoir que dans une telle affaire son plus grand ennemi est le temps. Et lorsque les enquêteurs font le lien avec le rapt d'une fillette survenu un an plus tôt, dont l'issue fut tragique, la course contre la montre est engagée. Tout porte à croire que ce n'est que le début d'une série de disparitions et, pour la première fois depuis leur collaboration et les événements dramatiques qu'ils ont vécus, Mina reprend contact avec le mentaliste Vincent Walder. Son regard singulier apporte un éclairage inattendu, mais il est peut-être déjà trop tard…

Sans compter que la vie personnelle de Mina n'est pas de tout repos ! Sa mère, dont elle n'avait plus de nouvelles depuis des années, refait surface. Elle vit désormais au sein d'une communauté revendiquant un épicurisme pour le moins curieux où : "Tout est souffrance, la douleur purifie."

Après *La Boîte à magie*, Camilla Läckberg et Henrik Fexeus sont de retour avec un deuxième volet redoutable de la série à succès mettant en scène le duo d'enquêteurs improbable aux multiples névroses mais étrangement complice.

ÉTUDE EN NOIR

roman traduit de l'espagnol
par Marianne Millon

1882, Angleterre. Anne McCarey fuit l'agitation londonienne et une liaison toxique avec un marin ivrogne et violent pour revenir à Portsmouth, la ville de son enfance. Infirmière chevronnée, elle est engagée dans une institution psychiatrique très select sur la côte. Elle n'a en charge qu'un seul patient : monsieur X, qui par sa singularité et ses exigences est déjà venu à bout de bon nombre de soignants. Issu d'une famille puissante et richissime, outre quelques fantaisies, l'homme a surtout développé un talent unique de déduction lui permettant de découvrir le moindre secret enfoui au tréfonds de l'âme de ceux qui passent la porte de sa chambre.

C'est dans cette atmosphère emplie de mystères qu'une série de meurtres commence à endeuiller la ville. Avec l'aide d'Anne et du jeune docteur Arthur Conan Doyle, qui prodigue des soins à notre "mentaliste" tout en peaufinant le personnage principal de son roman, un certain Sherlock Holmes, M. X utilise ses dons de clairvoyance pour diriger l'enquête depuis son antre. Et le lecteur d'accompagner ses acolytes dans l'univers décadent des théâtres clandestins et de leur inframonde où se jouent des spectacles licencieux et illicites mettant en scène un choeur de marginaux et d'enfants des rues.

Dans ce roman tour à tour conte cruel, enquête policière ou critique sociale, à l'image de ceux de ses grands maîtres littéraires du XIXe siècle, José Carlos Somoza orchestre un saisissant théâtre de la vie, et surtout de la mort.

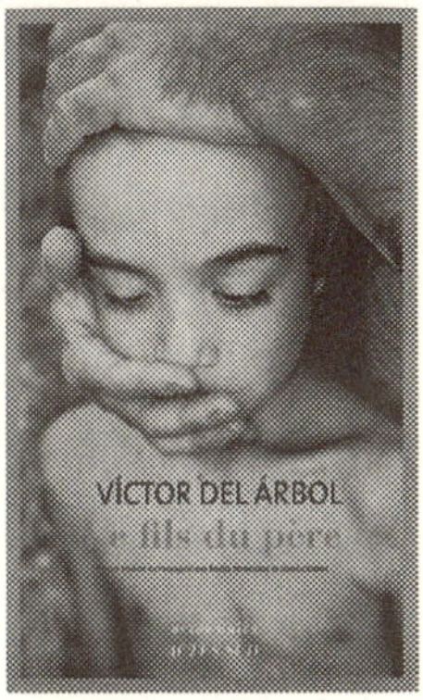

LE FILS DU PÈRE

roman traduit de l'espagnol
par Émilie Fernandez et Claude Bleton

Diego enseigne à l'université, il est heureux en ménage et vit dans une belle villa face à la mer.

En amont de la lignée, pourtant, un père a quitté son village d'Estrémadure dans les années 1950 pour la périphérie de Barcelone et ses tripots clandestins, toujours un poing américain dans la poche, jusqu'à la rixe fatale qui le mène à la Légion étrangère du Sahara oriental. Et un grand-père a dû payer pour les exactions d'un parent anarchiste qui, aux premières heures de la guerre civile, s'en est pris aux caciques du petit village qui les a vus naître. S'en est suivie une rivalité ancestrale, scellée par un châtiment cruel : le front russe dans la division Azul de Franco.

Reclus dans une unité de soins, Diego raconte la malédiction qui poursuit sa famille. Car à l'instar de ses aïeux, et contre toute attente, il est devenu, lui aussi, un assassin. Comme si les racines du mal, plantées dans cette bourgade arriérée, continuaient d'étendre leurs ramifications par-delà le temps et l'espace, vouant aux gémonies les hommes du même sang, "et leurs enfants après eux".

Parcourant les fractures saillantes de l'histoire espagnole du XXe siècle, infiniment ténébreux, *Le Fils du père* est un roman de perdition, qui met en scène des hommes faits de clairs-obscurs, déchirés entre la crainte de ressembler au père honni et le désir fou d'en être aimé.

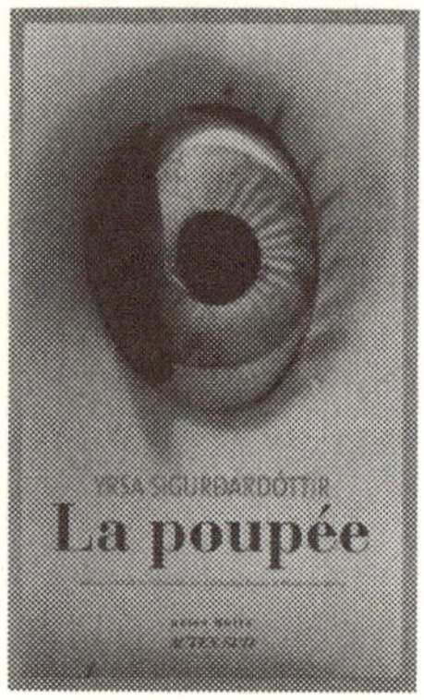

LA POUPÉE

roman traduit de l'islandais
par Catherine Mercy et Véronique Mercy

Une poupée est remontée dans le filet d'un bateau de pêche. Défigurée par les crustacés et la sédimentation après des années passées dans l'océan, elle est pourtant recueillie par une petite fille qui se trouve à bord. Ce simple acte de douceur va marquer le début d'une série d'événements désastreux… Cinq ans plus tard, des restes de squelette humain émergent des profondeurs de l'Atlantique. Identifier les ossements se révèle compliqué, d'autant que, dans un pays insulaire où chacun connaît son voisin, une disparition non signalée est pour le moins étrange, voire impossible.

Alors que le mystère autour de la victime s'épaissit, Huldar se plonge dans un nouveau dossier : le meurtre d'un sans-abri toxicomane. Freyja, elle, enquête sur des violences et maltraitances présumées d'adolescents dans un foyer d'accueil. Les deux affaires semblent liées par un témoin, introuvable : la petite fille qui désirait tant la poupée.

Cinquième opus de la série mettant en scène la psychologue Freyja et l'inspecteur Huldar, *La Poupée* s'empare de nos pires cauchemars et nous force à nous y confronter.

AU FIN FOND DE DÉCEMBRE

roman traduit du néerlandais (Belgique)
par Noëlle Michel

Anvers, Belgique, décembre 1996. Ayant purgé sa peine pour avoir tué un homme suspecté à tort du viol et du meurtre de sa fille, l'ancien inspecteur de police Theo Wolf sort de prison. Reconverti en dératiseur, il découvre lors de sa première mission le cadavre d'une femme dans ce qui semble être un studio de cinéma porno abandonné. Un sac en plastique lui recouvre la tête et l'apparence chic de la sexagénaire détonne dans ce lieu insalubre. Au milieu du fatras d'accessoires érotiques, un vinyle rayé émet en boucle la voix de velours d'Harry Belafonte : *Deep in December, it's nice to remember…* Développant une fascination obsessionnelle pour la victime, Wolf garde la découverte pour lui, bien décidé à comprendre son histoire et mettre la main sur le meurtrier – le bon cette fois.

Avec un regard décalé sur la noirceur de l'âme humaine, Patrick Conrad signe un polar singulier à l'humour tranchant et teinté d'une poésie surprenante.

OUVRAGE RÉALISÉ
PAR L'ATELIER GRAPHIQUE ACTES SUD
ACHEVÉ D'IMPRIMER
SUR ROTO-PAGE
EN NOVEMBRE 2023
PAR L'IMPRIMERIE FLOCH
À MAYENNE
POUR LE COMPTE DES ÉDITIONS
ACTES SUD
LE MÉJAN
PLACE NINA-BERBEROVA
13200 ARLES

DÉPÔT LÉGAL
1re ÉDITION : OCTOBRE 2023
N° impr. : 103628
(Imprimé en France)